George Otis, Jr.

Der letzte der Riesen

Der letzte der Riesen

Der Islam und seine Rolle in der Endzeit

George Otis, Jr.

ASAPH VERLAG

Titel der amerikanischen Originalausgabe:
The Last of the Giants

Aus dem Amerikanischen übersetzt
von Reimer Dietze

Umschlaggestaltung: Image Grafik-Design, D-Landsberg
Satz: Verlagsagentur H. Otto, D-Monheim
Druck: Breklumer Druckerei Manfred Siegel, D-Breklum

ISBN: 3-931025-14-4
Best.-Nr.: 147514

Für kostenlose Informationen über unser umfangreiches
Lieferprogramm an Büchern, Musik etc. schreiben Sie bitte an:

Asaph
D-58478 Lüdenscheid

Dieses Buch widme ich zuallererst meiner Frau Lisa und meinen drei Söhnen, Brendan, Brook und Daron. Ihr habt geduldig geholfen, obwohl sich die Sache in die Länge zog – vielen Dank dafür.

Ich widme dieses Buch ferner den Millionen geistlich durstigen Muslimen überall auf der Welt und den gläubigen Männern und Frauen, die sich der Anforderung gestellt haben, ihnen das Wasser des Lebens zu bringen.

Danksagungen

Der geachtete Bibellehrer Campbell McAlpine sagte einmal, der größte Raum auf Erden sei der Raum für Verbesserungen. Diese Wahrheit läßt sich gewiß auf das vorliegende Buch anwenden. Trotz seiner vielen Mängel setzt es aber immerhin einen Anfang, und wie sagt man: Wer nichts wagt, der nichts gewinnt. Ich hoffe, daß der Heilige Geist und gedankenreiche Leser mir beizeiten genug an konstruktiven Rückmeldungen geben werden, um sie in eine förderliche Neubearbeitung einfließen zu lassen.

Bis es soweit ist, habe ich vielen Menschen zu danken.

Zuerst und vor allem sind die Scharen von Fürbittern zu nennen, die über den gesamten Entstehungsprozeß dieses Projekts gewacht haben. Unter ihnen hervorheben will ich meine Frau Lisa und ihren Gebetspartner Jan Gaffney sowie meine Mutter Virginia Otis und all die wunderbaren Frauen der Lydia-Gemeinschaft.

Tiefe Dankbarkeit empfinde ich auch gegenüber meiner Teilhaberin Jacqueline Brown und den Verlegerinnen Jane Campbell und Ann McMath, die die komplexe und zeitweise hektische Arbeit durch ihre Einfühlsamkeit, Ermutigung und Einsicht ein gutes Stück erleichterten.

Dank gebührt ferner David Aikman für seine zeitgerechten Hinweise und Beobachtungen sowie Patrick Johnstone, David Barrett, John Robb und Patrick Sookhdeo für ihre Gastfreundschaft und die Mithilfe bei den Recherchen. Verböten es nicht der Platzbedarf und Sicherheitsüberlegungen, so wären hier noch viele andere zu erwähnen.

Zu guter Letzt danke ich Dick Hochreiter, einem echten unbesungenen Helden, dessen frühzeitige finanzielle Mithilfe es uns erlaubte, die notwendigen Feldforschungen voranzutreiben.

Inhalt

„Schreib auf, was du geschaut hast,
deutlich auf eine Tafel,
daß es lesen könne, wer vorüberläuft!
Die Weissagung wird ja noch erfüllt werden zu ihrer Zeit
und wird endlich frei an den Tag kommen
und nicht trügen.
Wenn sie sich auch hinzieht, so harre ihrer;
sie wird gewiß kommen und nicht ausbleiben."

Habakuk 2,2 und 3

Vorwort

In allen Jahrhunderten seit den allerersten Tagen des Glaubens haben sich die Christen aufgefordert gesehen, sich zum „geistlichen Krieg" zu rüsten. Um diese Forderung vom Neuen Testament her zu unterstreichen, wird oftmals Epheser 6,12 angeführt: „Denn wir haben nicht mit Fleisch und Blut zu kämpfen, sondern mit Mächtigen und Gewaltigen, nämlich mit den Herren der Welt, die in dieser Finsternis herrschen, mit den bösen Geistern unter dem Himmel." Vielen Gläubigen jagt diese Vorstellung zweifelsohne ein wenig Angst ein. Es ist schwer genug, wird mancher Christ sagen, mit dem normalen Druck und den Herausforderungen des Lebens fertigzuwerden – muß man sich da noch über die geistlichen Minenfelder den Kopf zerbrechen, die uns die dunklen Mächte des Universums in den Weg gelegt haben mögen, um Menschen abzufangen, die auf der Suche nach Wahrheit und Gerechtigkeit sind? Tatsache ist aber, daß alle großen Männer und Frauen des christlichen Glaubens in dem Bewußtsein gelebt und gearbeitet haben, daß die wesentlichen geistlichen Errungenschaften zu allen Zeiten der Geschichte Siege waren, die durch Gebet und Glauben gegen sehr reale, wenngleich unsichtbare geistliche Widersacher erkämpft wurden.

Nicht nur die Schreiber des Neuen Testaments waren sich dieser geistlichen Dimension bewußt. Auch im Alten Testament werden uns an ganz unerwarteten Stellen lebhafte Einblicke in die Sphäre der geistlichen Mächte – sowohl solcher im Gehorsam gegenüber Gott als auch solcher, die ihm widerstreben – geboten. Eine der für mich bemerkenswertesten Passagen findet sich in Daniel 10, wo Daniel, drei Wochen, nachdem er mit Fasten und Beten begonnen hatte, den Besuch eines Engels erhält, der ihn einen atemberaubenden Blick in die unsichtbare geistliche Kriegführung tun läßt. Der Engel teilt ihm mit, er sei durch den Widerstand „des Fürsten des Königreichs Persien" (REÜ) aufgehalten worden.

Wer war dieses ruchlose Individuum? Offensichtlich war es ein geistliches, kein menschliches Wesen. Man zählt nur zwei und zwei zusammen, wenn man davon ausgeht, daß dieser „Fürst" einer der „Mächtigen und Gewaltigen" ist, von denen im Epheserbrief die Rede ist, d. h. ein übernatürliches Wesen, das über ein bestimmtes geographisches Gebiet Herrschaft ausübt, den Abgesandten Gottes, den Engeln, widersteht und ein direkter Gefolgsmann des Teufels ist.

Wenn, wie man mit Fug annehmen kann, die „Mächtigen und Gewaltigen“ vom Schlage dessen, der den Engelbesuch bei Daniel verzögerte, in vielen verschiedenen Gebieten der Welt Macht ausüben, dann mögen einige der hartnäckigsten Weltprobleme zumindest teilweise eher geistlichen Mächten hinter den Kulissen als bloß den offensichtlich zutage liegenden Gegebenheiten etwa geographischer, historischer und politischer Natur anzulasten sein.

Für einige ist das eine altbekannte Selbstverständlichkeit. Andere mögen darüber ziemlich erschrecken. Doch der Versuch, den George Otis, Jr., mit diesem Buch unternimmt, ist für beide Lesergruppen wahrhaft interessant. Er gibt zu bedenken, daß es bestimmbare geographische Regionen gibt, in denen sich nicht nur menschliche Schlechtigkeit auffällig zu ballen scheint – wie zum Beispiel in Mesopotamien, dem Ursprungsland des heutigen Irak –, sondern wo auch der Widerstand gegen das freie Bekenntnis des christlichen Glaubens besonders hart ist. Er bringt auch bestimmte nichtchristliche religiöse Ideen und Praktiken mit speziellen geographischen Gebieten in Verbindung und kommt zu dem Schluß, daß es eine Kontinuität geistlicher Einflüsse – ziemlich negativer in den hier behandelten Fällen – selbst dann gibt, wenn sich die sichtbaren religiösen Phänomene im Laufe der Jahrhunderte wandeln. So stellt er zum Beispiel zur Debatte, ob nicht die extreme Gewaltanwendung, die so große Teile sowohl der alten als auch der modernen Geschichte des Irak überlagert hat, vor dem Hintergrund der böswilligen Gottheiten zu sehen ist, die die alten Mesopotamier in biblischen Zeiten verehrten.

Damit ist eine wichtige Einsicht gewonnen. Zunächst einmal enthebt sie Christen der Notwendigkeit, andere Religionen als „feindlich“ zu brandmarken. Als Christ glaubt Otis selbstverständlich, daß der christliche Glaube die wahre göttlich geoffenbarte Botschaft an die Menschheit ist. Wenn aber, wie er nahelegt, Feindseligkeit diesem Glauben gegenüber, vor allem, wenn sie gewalttätig oder gar mörderisch ist, nicht so sehr den kulturellen Eigenarten einer Region entspringt als vielmehr Ausdruck des Wirkens wahrhaft dämonischer Mächte ist, dann sind nicht nur christlich Glaubende Opfer dieser Brutalität, sondern alle, die unter den Einfluß jener dunklen Mächte in einem kulturell-geographischen Umfeld geraten sind.

Ein großer Teil dieses Buches befaßt sich mit dem Islam. Es ist wichtig, sich klarzumachen, daß Otis in keiner Weise den Islam als solchen angreift, sondern lediglich feststellt, daß in manchen Fällen dunkle

Geistesmächte im Hintergrund bestimmte Gruppen muslimisch Gläubiger zu herben Widersachern aller abweichenden religiösen Überzeugungen gemacht haben. Selbstverständlich geht mit dieser Feststellung das Eingeständnis einher, daß auch selbstberufene christliche Gruppen in der Geschichte Verhaltensweisen an den Tag gelegt haben, die man nur als dämonisch bezeichnen kann. Der Islam ist nach wie vor eine äußerst mächtige und geschlossene Religion, deren fortwährende weltweite Vitalität die Erfolgsrate von Christen beeinträchtigt, die daran arbeiten, das Evangelium von Jesus Christus zumindest in allen Teilen der Welt gleichermaßen bekannt zu machen. Nach meiner Meinung gelingt es Otis, in den Blick zu rücken, daß geistliche Kriegführung über alle bedeutenden Konfrontationen von Wertesystemen in der Welt hinausgreift.

Das Buch betritt Neuland und trägt in mancherlei Hinsicht experimentellen Charakter. Doch ist es gut belegt, gut geschrieben und wahrhaft faszinierend. Otis besitzt eine ausgeprägte Begabung, aus einer Vielfalt von Quellen die unterschiedlichsten Informationen zusammenzustellen und in aufrüttelnder Weise miteinander zu verknüpfen.

Das Buch ist einer der ersten Versuche, die Sphäre geistlicher Finsternismächte im weltweiten Zusammenhang aufzuhellen. Für diesen Forschungsprozeß hat Otis den Ausdruck „geistliches Kartenzeichnen" geprägt. Zweifelsohne wird er in späteren Arbeiten weitere Einzelheiten darüber enthüllen, wie seiner Auffassung nach das System arbeitet. Seine Schlußfolgerungen sind angemessen zurückhaltend, seine Analysen erfrischend undogmatisch. Allein schon diese Qualitäten machen das Buch zu einem wesentlichen und wertvollen Beitrag zu einer überaus bedeutsamen Thematik.

David Aikman
(Time-*Chefkorrespondent)*

Washington D.C., im Mai 1991

Geleitwort

Der letzte der Riesen zeichnet eine sauber recherchierte, prägnante Skizze der Zeiten, in denen wir leben, recht wahrscheinlich der letzten Epoche menschlicher Geschichte. George Otis, jr., hat überzeugende Beweise dafür zusammengetragen, daß wir die Generation sind, die damit rechnen muß, die grimmigste geistliche Schlacht aller Zeiten auszutragen.

Vielen, die dieses Buch lesen, mag das Thema „geistliche Bollwerke" fremd sein. Doch George reißt den Mysterienschrein, in dem die geistliche Kriegführung verborgen lag, lebhaft und zügig ein. Er unterstreicht die Notwendigkeit, der Zukunft scharfen Blicks und Intellekts entgegenzugehen – Weltereignisse so zu sehen, wie sie wirklich sind, statt so, wie sie zu sein scheinen. Er fordert uns heraus, den Kindern Isaschar gleich zu sein, von denen es 1. Chronik 12,33 heißt, daß sie „die Zeiten zu beurteilen verstanden und wußten, was Israel tun mußte" (REÜ).

Jesus befahl uns, Lichter in der Welt zu sein, und sagte, daß geistliche Schlachten nicht nur unausweichlich seien, sondern in den letzten Tagen an Schärfe zunehmen würden. Wir können uns kein Zaudern leisten und Schlachtpläne von niemand anderem als Gott annehmen. In nächster Zukunft wartet eine letzte gewaltige Schlacht auf uns, die Christen nicht aus ihren Wohnzimmern oder Kirchensälen beobachten dürfen. Die Botschaft dieses Buches muß uns Christen zum Handeln bringen, muß aus uns aktiv Beteiligte machen, gedanklich und geistlich Eingebundene.

Ich selber habe viel aus Georges erfrischenden Einsichten gelernt. Als brillanter Forscher und begabter Analytiker hat er die Fähigkeit, die Fäden substantieller Nachweise durch das Nadelöhr einer klar umrissenen Vision zu ziehen. Mit Nachdruck sei *Der letzte der Riesen* allen denen empfohlen, die in der sich rapide wandelnden physischen und geistlichen Welt aktive Mitstreiter Christi sein wollen.

Dr. Ted Yamamori
(Leiter der Arbeitsgruppe für „geistliches Kartenzeichnen"
in der Bewegung A. D. 2000 und außerordentlicher Professor
der Soziologie an der Universität von Arizona)

Einleitung

Die Erde ist des Herrn

Die Erde ist des HERRN und was darinnen ist, der Erdkreis und die darauf wohnen.

Psalm 24,1

> Wenn wir denn im Zwielicht einer abgewirtschafteten Zivilisation existieren, inmitten ihrer grotesken und beängstigenden Schatten - woran können wir hier glauben?[1]

Wenn wir ehrlich sind, werden die meisten von uns zugeben, daß wir zuweilen auf Schriftstellen stoßen, deren Aussage uns schlicht verblüfft. Solche Worte lesen wir zwar, aber sie sind uns noch nicht als Begleiter vertraut geworden. Sie gleichen den aparten Geschenken, die uns wohlhabende Verwandte würdevoll zur Hochzeit überreicht haben mögen: abgesehen davon, daß wir sie für wertvoll halten und daß sie anzuschauen gute Gefühle bei uns auslöst, haben wir bestenfalls eine vage Ahnung, was man mit ihnen anfangen könnte.
Dieser Umstand erklärt sich gemeinhin so, daß unser Bibelstudium derart oberflächlich zu sein pflegt, daß eigentlich offen zutage liegende Sinngehalte uns noch gar nicht aufgegangen sind. Wir haben uns nie die Zeit genommen, die Schätze wirklich zu heben. Bibellesen aus Pflichtgefühl – indem wir das heilige Buch seitenweise überfliegen, als müßten wir in erster Linie ein selbstgesetztes Pensum erfüllen – setzt sich eher selten zum Ziel, echte Offenbarung zu empfangen. Auch wenn unser Lesehorizont so eng bemessen ist, daß wir es versäumen, Schrift mit Schrift zu vergleichen, um eine Aussage zuverlässig abzusichern, werden wir nur schwerlich Einsichten gewinnen.
Andere Bibelstellen wiederum verwirren uns dadurch, daß wir sie scheinbar mit der Realität, die uns umgibt, nicht in Übereinstimmung zu bringen vermögen. Die „Fakten", die unsere fünf Sinne wahrneh-

---

[1] Malcolm Muggeridge, Jesus Rediscovered, New York 1974, S. 59
[dt. u.d.T.: Jesus, der Mann, der lebt, Freiburg 1980].

men, liegen offenkundig quer zu dem, was diese biblischen Feststellungen, Verheißungen und Prophetien besagen. Zuweilen tritt dieses Dilemma scharf zutage, und wir empfinden es als äußerst unangenehm. Ohne Gottes Wort anzweifeln zu wollen, möchten wir andererseits nicht in intellektueller Vagheit verharren. Wir mögen uns dann abmühen, jenen Geheimnissen durch anhaltendes Beten und Meditieren auf den Grund zu kommen. Wenn wir eifrig nachforschen, wird Gott uns mit der Wahrheit belohnen – das hat Er schließlich versprochen. Überlassen wir jedoch der Gleichgültigkeit das Feld, so werden wir die Verkrustungen ungeklärter Widersprüche mit uns herumtragen und der starken Versuchung unterliegen, eine intime und zugleich dynamische Christusbeziehung gegen eine rein oberflächliche Frömmigkeit einzutauschen.

Man sollte vermuten, daß die meisten Verständnisschwierigkeiten mit solchen Textabschnitten zusammenhängen, in denen es um komplexe theologische Hintergründe oder auch um spezifische – und scheinbar unerfüllte – Verheißungen geht. Meine eigenen Kämpfe begannen jedoch – überraschend genug – in Verbindung mit Psalm 24,1, einem Vers, der als so erhaben und glaubensstärkend angesehen wird, daß er häufig christliche Poster und Briefbögen ziert:

> *Die Erde ist des HERRN und was darinnen ist, der Erdkreis und die darauf wohnen.*

Surreale Abende und rauchende Städte: der Zusammenprall mit der Wirklichkeit

Zum erstenmal, soweit ich mich erinnere, kamen mir Zweifel an der Aussage dieses wunderbaren Psalms während meines ersten Besuchs in der Sowjetunion im Frühjahr 1973. Ich war am 1. Mai – am Maifeiertag, wie man diesen Tag der Arbeiterbewegung überall in der kommunistischen Welt zu nennen pflegte, – in Moskau angekommen, um den Moskauern, die man zwecks Abhaltung der Feierlichkeiten aus ihren Häusern gezerrt hatte, von der Liebe Jesu zu erzählen. Ich machte eine nachdenkenswerte Erfahrung.

Wenn es etwas gibt, was totalitäre Regime meisterhaft können, dann ist es die Ausrichtung monströser Festivitäten. Jener 1. Mai machte keine Ausnahme, sowenig wie jeder x-beliebige kommunistische Feiertag davor oder seitdem. Die ganze Stadt war, blutrot ausstaffiert, zu einer einzigen Bühne hergerichtet worden. Ihre Bauwerke hatten sich in sorgsam angeordnete Requisiten verwandelt, und ihre Bürger mußten an der langen Leine zentraler Planer eine ausgetüftelte Choreographie mit Leben erfüllen. Es gab keinen Winkel in dieser riesenhaften Metropole, in dem nicht irgend etwas sichtbar an den Feiertag erinnerte.

Das Herzstück der ganzen Veranstaltung bildete der Rote Platz. Unter den erstrangigen architektonischen Monumenten der Erde läßt er sich wohl nur mit dem Tiananmen in Peking oder dem Washingtoner Capitol vergleichen, wenn es darum geht, den Besucher mit den Insignien menschlicher Macht zu blenden. Gegen acht Uhr an jenem Abend neigten sich die Festlichkeiten des Tages allmählich ihrem Ende zu, doch weiterhin wogten Menschenmassen ohne Ende über diesen magnetischen Pol der kommunistischen Welt. Der Platz strahlte, speziell bei Dunkelheit, ehrfurchtgebietende Größe aus.

Zugleich enthüllte sich mir das Panorama des Kreml, wie er im geheimnisvollen Halbdunkel hinter dicken Mauern aus rotem Backstein thronte, als vielsagende visuelle Metapher der sowjetischen Gesellschaft. Wie die proletarische Masse um mich herum konnte ich nicht viel mehr von den Palästen der Macht erkennen als die grüne Kuppel des Gebäudes des Obersten Sowjets, über der sich die Hammer-und-Sichel-Flagge rhythmisch im Wind blähte. Wie sie da gegen den düsteren Himmel angestrahlt war, konnte man ohne weiteres die Empfindungen von Muggeridge nachvollziehen, als er dieses furchtbare Banner eine „Blutlache“ nannte. Das Bild wurde umrahmt von den fünf Tonnen schweren roten Sternen, die hoch über den Tortürmen an den Ecken des weitläufigen Komplexes prangten.

An der anderen Seite des Platzes, jenseits der reich geschmückten Zwiebeltürme der Basiliuskathedrale, blieben meine Augen an einer riesigen neonbeleuchteten Tafel hängen, die vier Stockwerke hohe Porträts Marx', Engels' und Lenins in dramatischen, surrealistischen Posen zeigte. Es war, als würden jene Architekten der modernen kommunistischen Bewegung von dieser erhöhten Plattform her wie stumme Beobachter über den heiligsten Hainen ihres Reiches schweben.

Als ich wieder nach unten blickte, nahm ich rasch wahr, daß die Augenpaare jener hochverehrten Ikonen des Sozialismus nicht die einzigen waren, die mich und fünfzehn Kollegen fixierten, die an diesem

Abend mit mir auf den Roten Platz gekommen waren, um die Gute Nachricht zu verbreiten. Nachdem wir eine Zeitlang Gott gepriesen, Zeugnis gegeben und Bibeln verteilt hatten, fanden wir uns plötzlich von den Wachen des Reiches umringt. Nur Sekunden später drängte sich eine große Anzahl uniformierter Milizbeamter und zivil gekleideter KGB-Offiziere rücksichtslos durch die Menschenmenge, um uns gefangenzunehmen. Während ich die Szenerie mit überwachen Sinnen in mir aufnahm, kamen mir die Worte des 24. Psalms so fern und unwirklich wie eine Himmelserscheinung vor. „Die Erde ist des HERRN?" dachte ich. „Vielleicht. Aber nicht Moskau." [2]

Zehn Jahre später befand ich mich wieder einmal weit weg von zu Hause. Diesmal war der Schauplatz Baabda im Libanon, ein sich an einen Hang schmiegender Ort, in dem sich der libanesische Präsidentenpalast befand und der einen eindrucksvollen Ausblick über das belagerte Beirut bot. In meinem Blickfeld befanden sich insgesamt acht Milizposten. In nervöser Anspannung waren sie jederzeit bereit, Blut zu vergießen.

Die Stille des späten Morgens wurde plötzlich durch das schrille Heulen einer Artilleriesalve zerrissen, die von weiter oben am Hang auf ein unbekanntes Ziel im Tal gefeuert wurde. Augenblicklich erfüllte ohrenbetäubender Kriegslärm die Luft. Aus etlichen Vorstadtgebäuden schlugen Flammen und Rauch, bevor sie zu Ruinen zerfielen. Hilflos durch ein Fernglas schauend, sah ich Menschen in der Feuerlinie im Adrenalinschock herumtaumeln und wild gestikulierend Warnschreie ausstoßen, obwohl sie letztlich nicht wußten, wo die nächste Salve einschlagen würde.

Allen heroischen Anstrengungen von Freunden und Nachbarn zum Trotz vollbrachten die Raketen und Panzer unbeirrbar ihr Werk. Nur ein paar Kilometer von meinem relativ sicheren Ansitz entfernt brannten Bauten und menschliche Körper. Eine Luft voller Angst und Tod legte sich schwer über den Tag. Während ich sie atmete, dachte ich erneut bei mir: „Die Erde ist des HERRN? Vielleicht. Aber nicht heute. Nicht in Beirut."

Im Herbst desselben Jahres bereiteten meine Frau und ich unsere Abreise aus dem sozialistischen Vorposten Mongolei vor, wo wir einen

---

[2] Aus der Fünfzehnergruppe wurden neun Personen tatsächlich verhaftet. Ich war einer von ihnen. Nach einem interessanten nächtlichen Verhör ließ man uns in unsere Hotelzimmer zurückkehren.

faszinierenden dreiwöchigen Besuch gemacht hatten. Weitab von irgendeinem der Weltmeere liegt die Mongolei eingequetscht zwischen den Landmassen der nördlichen Provinzen Chinas und den sibirischen Grenzen der Russischen Föderation. Von den frühen Heerzügen Dschingis Khans an bis hin zu den Erzählungen des kühnen Marco Polo: Die Außenwelt ist jenem mysteriösen Königtum im Osten stets entweder mit Schrecken oder mit Faszination begegnet.

Erst als der Zug aus dem schäbigen Bahnhof von Ulan Bator ausfuhr, wurden wir zum erstenmal gewahr, in welchem Ausmaß die Erfahrung dieser Reise unser Inneres in eine geradezu erstickende geistliche Düsternis gestürzt hatte. In Dutzenden von Gesprächen, die wir in Wohnungen, Hotelzimmern oder gerammelt vollen Bussen, die die Wüste Gobi durchquerten, mit Einheimischen geführt hatten, war uns nicht ein einziger Mongole begegnet, der jemals von Jesus gehört hätte.

Recherchen vor unserer Reise hatten zu der erstaunlichen Erkenntnis geführt, daß die Mongolei noch nie eine offizielle christliche Kirche gekannt hatte, seit Jesus vor etwa 2000 Jahren in Bethlehem geboren wurde. Jetzt hatten wir dieser Wahrheit ins Angesicht geschaut. Während unser Zug sich durch die alpinen Vorgebirge Südsibiriens schlängelte, rangen wir mit inneren Bildern von frisch errichteten Götzenmalen in der Wüste Gobi, den dämonisch verzerrten Gesichtern buddhistischer Mönche im Lamakloster von Gandan und, vor allem, den leeren, verständnislosen Blicken von Menschen, die zum erstenmal das Evangelium hörten.

Von neuem erklangen die Worte des Psalmisten in mir: *Die Erde ist des HERRN und was darinnen ist, der Erdkreis und die darauf wohnen.* Während der Abend hereinbrach und das gleichmäßige Geklapper des fahrenden Zuges die Sinne abzustumpfen begann, sann ich darüber nach, was dieses Wort wohl mit der düsteren Leere der Mongolei zu tun haben könne.

Während jede dieser Kollisionen mit der Wirklichkeit Spuren in meinem Inneren hinterließ, zwangen sie mich insgesamt zu einer Art Gipfeltreffen mit dem Heiligen Geist. Ein Jahrzehnt voller aufmerksamer Beobachtungen hatte mich davon überzeugt, daß diese Erfahrungen nicht ungewöhnlich waren und daß tatsächlich nur sehr weniges in der Welt irgendwelche greifbaren Spuren davon aufwies, dem Herrn zu gehören.

Ein Freund von mir sagte einmal, obwohl man Gott nicht mit einem rebellischen „Warum“ kommen dürfe, sei Er für ein ehrliches „Warum“

immer zu haben. Während ersteres in Bitterkeit und mangelnder innerer Selbstdisziplin wurzelt, sehnt sich letzteres danach, dazuzulernen. Solange unsere Herzen mit Gott in Ordnung sind, gibt es keinen Grund, warum wir nicht kühn mit unseren Fragen an Ihn herantreten sollten. Tatsächlich verhält es sich so: Fragen zu verdrängen, die aus dem Nachsinnen eines ernsten Herzens entspringen, führt oftmals dazu, daß sie später als bittere Speise eines rebellischen Herzens wieder hochkommen.

Ich stellte dem Herrn eine einfache Frage: Wenn die Erde wirklich Sein war, warum war dann so wenig davon zu sehen? In Seiner Güte gab mir der Herr freundlich Antwort. „Die Erde ist mein", sagte Er, „genauso wie Kanaan Israel gehörte: als rechtmäßiges Eigentum, aber nicht in Besitz genommen. Die Inbesitznahme steht in eurer Verantwortung."

Die Expedition der Kundschafter: Die meisten sahen Heuschrecken

Im 13. Kapitel des Numeribuches wird uns von der ersten Begegnung der Israeliten mit dem verheißenen Land berichtet. Nachdem sie fast ein Jahr am Fuß des Sinai gelagert hatten, wanderten die Hebräer nordwärts in die Wüste Paran hinein. Sie berührten zunächst die Spitze des Golfs von Aqaba und gelangten dann zur Oase Kadesch-Barnea. Von diesem Ort, nur 65 Kilometer südlich des Landes der Verheißung, sandte Mose auf Gottes Geheiß zwölf Stammesführer aus, um „das Land Kanaan [zu] erkunden".

Als die Menschen die Kundschafter in Richtung auf das Hügelland des Negev verschwinden sahen, brannte in ihren Herzen eine Erwartung, die sie nicht mehr empfunden hatten, seit sie zwei Jahre zuvor am Ostufer des Roten Meeres dem Herrn gesungen hatten. Konnte es sein, daß ihre lange, entbehrungsreiche und übernatürliche Reise sich tatsächlich dem Ende zuneigte? Was für Nachrichten würden Moses Späher aus dem verheißenen Land mit zurückbringen?

Nachdem sie 40 Tage lang draußen operiert hatte, kehrte die Expedition mit ihrem Bericht nach Kadesch-Barnea ins Lager der Hebräer zurück. Dort, vor Mose und dem versammelten Volk, legten sie Rechenschaft über ihre Entdeckungen ab, und zwar mit dem Eifer desjenigen, der weiß, daß er sowohl einen Wissensvorsprung als auch ein begieriges Publikum hat. Ihre Erzählungen entfalteten derartige Kraft, daß sie innerhalb der nächsten paar Stunden die gesamte Nation in einen emotionalen Achterbahnritt katapultierten, der sie von den Höhen hoffnungsvoller Erwartung im freien Fall in düstere Furcht und Verzweiflung abstürzen ließ.

Der Tiefpunkt des Dramas war die Uneinigkeit unter den Kundschaftern selber, eine Spannung, die allerdings nur wenig mit der Genauigkeit ihres Berichts zu tun hatte. Vielmehr unterstrichen sie zu Beginn ihrer Manöverkritik ihre Beschreibungen der unglaublichen Fruchtbarkeit des Landes durch eine üppige Traube von Weinbeeren, die sie im Tale Eschkol gepflückt hatten. Keiner stellte in Frage, daß Kanaan tatsächlich ein über alle Maßen gutes Land war. Es gab auch keinerlei Meinungsverschiedenheit darüber, daß die Einwohner des Landes zahlreich und von erschreckender körperlicher Konstitution sowie ihre Städte wohlbefestigt waren. Alle stimmten überein, daß das verheißene Land von den zentralen Höhenzügen bis hinab zum Negev und vom Mittelmeer bis zum Jordan von Bewohnern besetzt war, die auf absehbare Zeit keinerlei Gedanken hegten, sich daraus zurückzuziehen.

Vielleicht war es die Erwähnung der enakitischen Riesen, die sie gesehen hatten, die Kaleb aufspringen ließ, um das aufkommende besorgte Geraune unter den Leuten zu beschwichtigen. Woher auch immer, Kaleb spürte klar, daß es an der Zeit war, das Haus Israel Richtung Glauben in Marsch zu setzen. Für den Geschmack dieses judäischen Führers war jetzt genug darüber gesprochen worden, was man *gesehen* hatte. Es war Zeit, sich klarzumachen, was zu *tun* war! „Laßt uns hinaufziehen“, rief er aus, „und das Land einnehmen, denn wir können es überwältigen“ (Num. 13,30).

Plötzlich befanden sich Kaleb und Josua in der schwierigen Lage, einer Kraftprobe mit ihren eigenen Expeditionskameraden ausgesetzt zu sein. So einig sie sich auch über die *Fakten* ihres Berichts waren, so sehr widersprachen sich die Späher in aller Öffentlichkeit, als es darum ging, *Schlüsse* aus diesen Fakten zu ziehen. In nachdrücklicher Zurückweisung der Kalebschen Herausforderung zum Glauben nahm die Mehrheit Partei gegen eine Inbesitznahme des Landes mit dem Argument, die gegenwärtigen Bewohner des Landes seien „zu stark für uns“. Um ihren eigenen Unglauben zu rechtfertigen, fuhren sie damit fort, den Kindern Israel „böses Gerücht“ zu unterbreiten, das zwar reale Herausforderungen und Hindernisse korrekt benannte, den Absichten und Möglichkeiten Gottes jedoch keinerlei Beachtung schenkte.

Im letzten Vers des Mehrheitsberichts steht ein entlarvendes Eingeständnis, das die tragisch tiefe Augenhöhe aufscheinen läßt, mit der die Verfasser Kanaan bereisten: „Wir sahen dort auch Riesen", erzählten sie dem Volk, „und wir waren in unsern Augen wie Heuschrecken und waren es auch in ihren Augen" (Num.13,33).
Ironischerweise und all ihren Erwähnungen im Kundschafterbericht zum Trotz spielten die furchterregenden kanaanäischen Riesen am Ende kaum eine Rolle, als die Israeliten das Land, das Gott „für sie ausersehen hatte" (Hes.20,6), tatsächlich in Besitz nahmen. Für Gott war viel wichtiger – und das war natürlich Seine wirkliche Absicht, als er zunächst Späher aussenden ließ –, was die hebräischen Spione *sonst noch* in Kanaan zu sehen bekamen. – Und was steht unterm Strich? Alle sahen Riesen; die meisten sahen Heuschrecken; zwei sahen Gott.

Weinen in der Wüste: eine entbehrliche Generation

Da fuhr die ganze Gemeinde auf und schrie, und das Volk weinte die ganze Nacht.

Numeri 14,1

Wohl nirgendwo in der Heiligen Schrift wird bittere Enttäuschung lebhafter vor Augen gemalt. Wie muß dieses kollektive Jammern in den Ohren der Beduinen geklungen haben, die ihre Kamele in der Oase Kadesch ausruhen ließen? Die Schlußfolgerungen aus dem negativen Bericht der Späher hatten sich im Volk eingenistet wie ein ansteckender Virus; und in dem Maße, wie sich das angstmachende Gift im Lager ausbreitete, füllte sich die Nachtluft mit den klagenden Tönen ausgelöschter Hoffnung.
Im weiteren Verlauf des Abends verdüsterten sich die Gefühle der Gemeinschaft ebenso wie der Himmel über ihrem Lager. Enttäuschung schlug in Zwist um, und bald schon machten ominöse Drohungen die Runde, das Volk könne sich ja auch erheben. Die Gespräche begannen sich darum zu drehen, man solle aus der Menge der Männer einen neuen Führer erwählen und nach Ägypten zurückkehren. Bei allen Belastungen sei es jedenfalls besser, berechenbarer Sklaverei zu unterliegen, als den vielfältigen Gefahren, die in Kanaan lauerten, die Stirn zu bieten.
Durch solch obszönen Verfall des Glaubens ein paar Dutzend Kilo-

meter vor den Toren des verheißenen Landes völlig demoralisiert, fielen Mose und Aaron vor ihren Volksgenossen auf die Knie. Bei diesem Anblick konnten Josua und Kaleb nicht länger an sich halten. Indem sie ihre Obergewänder zerrissen – ein Zeichen ihres ungestümen Zorns –, rannten sie in einem letzten verzweifelten Versuch, die wutentbrannten Massen zur Räson zu bringen, auf die Bühne des Geschehens.

> *Das Land, das wir durchzogen haben, um es zu erkunden, ist sehr gut. Wenn der HERR uns gnädig ist, so wird er uns in dies Land bringen und es uns geben ... Fallt nur nicht ab vom HERRN und fürchtet euch vor dem Volk dieses Landes nicht, denn wir wollen sie wie Brot auffressen. Es ist ihr Schutz von ihnen gewichen, der HERR aber ist mit uns. Fürchtet euch nicht vor ihnen!*
>
> *Numeri 14, 7.9*

Traurigerweise aber hörten die Menschen nicht auf sie. Die letzten Mannakrümel noch in den Bärten, hob diese Generation, von Gott erwählt, die götzengläubigen Bewohner Kanaans zu vertreiben, stattdessen Steine gegen die auf, die sie vor dem Rückmarsch nach Ägypten bewahren wollten.

Schließlich betrat außer Josua und Kaleb kein Mensch aus der großen Masse derer, die trockenen Fußes das Rote Meer durchquert und am anderen Ufer von ihrem Erretter gesungen hatten, jemals das Land ihres Erbes. Den greifbaren Früchten Kanaans den Rücken zukehrend, zogen sie zurück in die Ödnis der Wüste, wo ihr Fleisch am Ende den Treibsänden des Sinai gleich wurde. Ihr Untergang sollte in drastischer Weise und für alle Zeit die Entbehrlichkeit einer ganzen Generation unter Beweis stellen – sogar einer Generation, die Gott erwählt und geführt hatte.

Ohne Zweifel enthalten diese Begebenheiten Lehren für uns, die wir am Ende des 20. Jahrhunderts leben – darunter diejenige, daß die bloße Tatsache, daß uns eine bestimmte Nation, ein Volk oder ein Dienst als Erbe zugewiesen wurde, nicht garantiert, daß wir im „Besitz" dieser heutigen Länder der Verheißung unangefochten bleiben werden. Man könnte auch darauf hinweisen, daß keine Generation, für wie einzigartig und bevorzugt sie sich auch halten mag, für die Erfüllung der Pläne Gottes unentbehrlich ist.

Ich höre in diesen Tagen häufig die Frage, ob ich glaube, daß angesichts christlichen Rundfunks und Fernsehens, blühender Gemeinden überall im Land und der derzeitigen offensiven Aussendung Tausender neuer Missionare die Wiederkunft des Herrn nicht zu Lebzeiten dieser gegenwärtigen Generation geschehen müsse. Obgleich das eine interessante Frage ist, pflege ich unbeugsam zu antworten: „Ich weiß es ganz einfach nicht." Ungeachtet der Zeichen, daß die Gemeinde Jesu aller Nationen heute tatsächlich dem Weichbild des verheißenen Landes nahegekommen ist, weiß ich nicht, was wir als nächstes tun werden. Wir stehen in einem schicksalsträchtigen Moment. Entscheiden wir uns, den Riesen entgegenzutreten, die uns den Weg verlegen wollen, und hissen das Banner des Himmels über den Hügeln und Feldern jenseits des Jordan, dann mag es uns in der Tat vergönnt sein, diese Erde bereitzumachen für die Ankunft ihres Königs. Wollen wir uns hingegen als Heuschrecken sehen, dann werden auch wir in die Wüste zurückkehren, während Gott auf eine andere Generation wartet.

Dieses Buch wurde nicht in der Absicht geschrieben, Christen davon zu überzeugen, daß wir dabei sind, in eine ganz besondere geschichtliche Epoche einzutreten – das liegt längst offen zutage. Vielmehr hoffe ich, daß die Enthüllungen und Empfehlungen der folgenden Seiten Leser zu ermutigen vermögen, an dem, was Gott in dieser Stunde tut, teilzuhaben, statt sich mit Beobachten zu begnügen.

Drei Hauptthemen ziehen sich durch das Buch: Weltevangelisation, geistliche Kampfführung und Endzeitfragen. Auch der Islam, der in alledem eine bedeutende Rolle spielt, nimmt in *Der letzte der Riesen* einen prominenten Platz ein. Die Informationen, die Sie über diese Themen zu lesen im Begriff sind, widerspiegeln die Auswertung von mehr als 3000 Quellen, Veröffentlichungen und Interviews; ferner stehen dahinter Tausende von Reisekilometern und nahezu drei Jahre Arbeit. Dieses Buch enthält eine Menge Stoff – mitunter hart und unschön, dann wieder erfreulich und erheiternd. Doch am wichtigsten ist: Wer sich die Zeit nimmt, das Buch ganz durchzuarbeiten, dessen Leben wird es verändern.

Weil Information auf Erfahrung nicht verzichten kann, habe ich die vorliegende prophetische Abhandlung mit meinen eigenen Erlebnissen und Beobachtungen durchsetzt. Doch letztlich muß jeder Leser selbst diese Botschaft aus Papier und Druckerschwärze in die *eigene* Lebenspraxis übertragen.

* * *

Kapitel 1

Drei Dinge, die wir verstehen müssen

Wir haben keine Wahl, als über die Zukunft nachzudenken, weil die Zukunft alles ist, was vom Leben noch bleibt.

Edward R. Dayton

Die Männer von Isaschar erkannten und rieten, was Israel zu jeder Zeit tun sollte.

1. Chronik 12,33

Im Mai 1989 bemerkte in dem Fernsehmagazin *West 57th Street* eine 110jährige Frau gegenüber ihrem Interviewer: „Hören Sie mal, mein Guter, ich habe den Anfang von allem gesehen." Eigentlich hatte sie recht.

Bis zu diesem Jahrhundert vollzog sich die Geschichte im Schrittempo eines Zugochsen. Doch jetzt ist es nicht mehr so. Seit dem späten 19. Jahrhundert hat sich die Menschheit an die Zügel des Fortschritts geklammert, als gelte es das Leben. Allein seit dem Zweiten Weltkrieg haben sich die Identitäten und Grenzverläufe von mehr Ländern verändert als durch alle vorherigen Kriege der Geschichte.[3] Nicht weniger als 60 Prozent, das entspricht über hundert Staaten, der heutigen Gemeinschaft souveräner Nationen in der Welt sind in dieser kurzen Zeitspanne erst entstanden.

Nicht weniger haben technologische Entwicklungen der jüngeren Zeit die Dinge ins Wanken gebracht. An Errungenschaften wie Personalcomputer, endoskopische Operationstechniken, *Compact Discs*, computergestützte Konstruktionsverfahren, lasergesteuerte Raketen und Raumfähren haben wir uns derart gewöhnt, daß es kaum mehr vorstellbar ist, daß diese erstaunlichen Dinge noch vor ein paar Jahren höchstens in den erdachten Biographien fiktiver Ingenieure zu finden

---

[3] Marvin Cetron/Thomas O'Toole, Encounters with the Future: A Forecast of Life into the 21st Century, New York 1982, S. 105.

waren – sie waren Stoff von Science-Fiction-Geschichten. Wie spottete der britische Autor Arthur C. Clarke in den sechziger Jahren: „Die Zukunft ist auch nicht mehr das, was sie mal war.“ [4]

---

[4] Arthur C. Clarke, Profiles of the Future, New York 1984, S. IX.– Falls ein Projekt zu Ende geführt wird, das die Verteidigungsabteilung der NASA verfolgt, werden Amerikaner, die vor 90 Jahren die Luftsprünge der Gebrüder Wright in den Dünen von Kitty Hawk bestaunten, in Kürze Zeugen des Jungfernfluges eines Raumflugzeugs werden, das mit zwölffacher Schallgeschwindigkeit fliegen kann. „In zwei Stunden oder noch weniger werden Reisende von der Startbahn eines Flughafens auf einem Kontinent aus zu einem anderen Airport katapultiert werden, per Flug um die halbe Welt. Raumfähren werden von der Piste direkt in ihre Umlaufbahn fliegen, im Weltraum arbeiten und zurückkehren, um wie ein normales Flugzeug zu landen“ (The Aero-Space Plane, The Futurist Mai/Juni 1988, S. 47). In Kürze rechnet man auch mit der Inbetriebnahme eines neuen Kommunikationsnetzes namens *Skynet 2000*. Es soll Satelliten, Laser und Computer dergestalt verknüpfen, daß es möglich sein wird, international über Mobiltelephone und Fernsehbildschirme zu kommunizieren (s. Charles Gould/C.R. Gerber, Skynet 2000, in: Careers Tomorrow, 1983, S. 137-142).
Auf dem Gebiet der medizinischen Forschung hat ein Team der *Johns Hopkins School of Medicine* in Baltimore kürzlich einen Durchbruch erzielt, der, obwohl er Alzheimer- und Schlaganfall-Patienten sowie auch Kopfverletzte hoffen läßt, zugleich an den Horror-Plot eines zweitklassigen Science-Fiction-Streifens erinnert. Im Frühjahr 1990 gab Dr. Solomon Snyder bekannt, daß es zum erstenmal überhaupt gelungen sei, eine Kultur menschlicher Gehirnzellen anzulegen, die sich unter Laborbedingungen teilten und vermehrten. Am anderen Ende des Landes ist es Wissenschaftlern der Universität von Kalifornien in Irvine gelungen, in Tieren die Wahrnehmung real nicht existenter Gerüche hervorzurufen, indem man ihren Gehirnen die entsprechenden Impulse eingab. 1988 sagte Dr. Gary Lynch vor der Jahresversammlung der *American Physical Society*, daß weiterentwickelte Versionen dieser Technologie dazu verwendet werden könnten, menschliches Lernen zu beschleunigen, indem man Informationen auf direktem Wege dem Gehirn einspeise. Durch andere Anwendungen könne man detaillierte künstliche Erinnerungen hervorrufen, etwa an einen Tag in Paris oder „eine Nacht mit dem Liebhaber Ihrer Träume“.
Als ob wir heutzutage noch nicht genug Probleme damit hätten, Realität und Schein auseinanderzuhalten, lassen uns Futuristen und Techniker begeistert wissen, wir stünden vor substantiellen Durchbrüchen im Bereich des *Cyberspace* bzw. – Paradoxon par excellence – der *artifiziellen Wirklichkeit*. Wissenschaftler in der Wirtschaft und im Regierungsauftrag konkurrieren bei der Perfektionierung von Systemen, mit denen sich Anwender durch Benutzung „computerisierter“ Spezialkleidung in eine elektronische Kunstwelt versetzen können. Innovative Software-Systeme, an Spezialhandschuhe und -brillen angeschlossen, ermöglichen es Anfängern auf dem Gebiet der Chirurgie, des Golf oder der Jet-Fliegerei, ihr Handwerk zu perfektionieren, ohne daß es sie Blut oder Renommee kostet. Schon bald werden Architekten in der Lage sein, ihre Kunden „zu Fuß“ in Gebäuden herumzuführen, die erst noch errichtet wer-

Eine höchst bemerkenswerte Illustration dieser Tatsache liefert die Prognose, die der führende Schulfunk-Fachmann der US-Rundfunkbehörde, Dr. Robert Hilliard, in den frühen siebziger Jahren gab: „Bei der derzeitigen Wachstumsrate unseres Wissens wird einem heute geborenen Kind zum Zeitpunkt seines Hochschulabschlusses weltweit viermal soviel Wissen zur Verfügung stehen wie heute. Wenn dasselbe Kind 50 Jahre alt ist, wird das Wissen der Menschheit 32mal so groß sein wie heute, und 97 Prozent allen Wissens in der Welt wird erst in den 50 Jahren seines Lebens gelernt worden sein.“ [5] In einem neueren Interview teilte der Rektor der Brown-Universität, Vartan Gregorian, mit, das potentielle Wissen, d.h. die Menge zur Verfügung stehender Informationen, verdopple sich derzeit alle fünf Jahre.[6] Im geschichtlichen Vergleich bedeutet dies, daß eine beliebige Ausgabe der Tageszeitung *New York Times* mehr Informationen enthält, als sich ein Mensch im 16. Jahrhundert im Verlaufe seines ganzen Lebens aneignen konnte.[7]

---

den müssen, und gewünschte Veränderungen direkt an Ort und Stelle vorzunehmen. Andere Futuristen gehen davon aus, daß Leute per virtueller Realität zumindest zeitweise andere Indentitäten werden annehmen können. „Im Moment ist die Technologie noch enttäuschend“, kommentiert ein Autor namens Howard Rheingold, „aber in zehn Jahren wird sie die Welt verändern.“

Während es noch den Anschein hat, als sei die Erschaffung künstlicher Wirklichkeiten das Meisterstück heutiger Computer-Zauberer, sagen einige Sachkenner bereits voraus, daß menschliche und technische Intelligenz eine „Partnerschaft der Superintelligenz“ eingehen werden (s. Derek Partridge, Social Implications of Artificial Intelligence, in: Artificial Intelligence: Principles and Applications, New York 1986). Und je mehr es Menschen in den neunziger Jahren gelingt, ihr Wissen umfassend zu vervollkommen, um so atemberaubender werden Anwendungsmöglichkeiten und -genauigkeit technischer Apparaturen. 1990 stellte die Fernmeldegesellschaft AT&T den weltweit ersten optischen Mikroprozessor vor, Ergebnis eines technologischen Durchbruchs, der die Kapazität von Computern und Telephonnetzen gegenüber dem derzeitigen Stand um mindestens das 10.000fache zu erhöhen vermag. Die Forscher von IBM stehen dahinter nicht zurück: Sie gaben kürzlich bekannt, daß es ihnen gelungen sei, einzelne Moleküle zu manipulieren – eine Errungenschaft, die möglicherweise zu ultraminiaturisierten Elektronikchips und damit zu Supercomputern im Mikroformat führt.

[5] Zit. n. Future Shock, New York 1970, S. 157.

[6] Interview mit Bill Moyers, World of Ideas v. 15.11.1988.

[7] Bericht der *Bell Laboratories*, ebd.

Die alttestamentliche Niederschrift des Propheten Daniel offenbart, daß sich „zur Zeit des Endes“ die Erkenntnis mehren werde (Dan. 12,4 REÜ). Ohne in irgendwelche chronologischen Berechnungen verfallen zu wollen, ist soviel sicher: Wenn die Endzeit an einem bemerkenswerten Wissenszuwachs zu erkennen ist, dann leben wir schon mitten darin.

Wohin führt unser Weg?

In den späten siebziger Jahren bereiste der britische Schriftsteller Robert Lacey vier Jahre lang das Königreich Saudi-Arabien und interviewte Beduinen in der Wüste, islamische Gelehrte, internationale Geschäftsleute und einflußreiche Mitglieder der königlichen Familie. 1981 erschien das daraus resultierende Buch, *The Kingdom.* Es bietet faszinierende Einblicke in die arabische Welt und das Geschlecht der Sa'ud. Gegen Ende des Buches hat Lacey eine moderne arabische Fabel zum Thema Ungewißheit aufgezeichnet. Die Einheimischen nennen sie *Das Taximärchen.*

> Eines Tages winkte ein Mann ein Taxi heran, und als es anhielt, fragte der Chauffeur,wohin er fahren wolle.
> „Machen Sie sich keine Gedanken“, antwortete der Mann und stieg ein.
> „Ja, aber welchen Weg soll ich nehmen?“ fragte der Fahrer.
> „Machen Sie sich keine Gedanken“, sagte der Mann. „Fahren Sie einfach los, dann werden wir sehen.“
> Also fuhr das Taxi ab. Wollte der Mann rechts abbiegen, so sagte er es dem Fahrer. Und wollte er links abbiegen, so sagte er es ebenfalls. Schließlich bat er den Fahrer, anzuhalten, zahlte die Rechnung und stieg aus. Er hatte weder gesagt, wohin er fahren, noch, auf welchem Weg er dorthin kommen wollte, und niemand außer ihm wußte wirklich, ob er tatsächlich an das Ziel gelangt war, das er sich ursprünglich gesetzt hatte.[8]

Das gleiche drückte Dr. Henry Kissinger beim republikanischen Parteitag 1980 in einem Aphorismus aus: „Wenn Sie nicht wissen, wohin

---

[8] Robert Lacey, The Kingdom: Arabia & the House of Sa'ud, New York 1981, S. 521.

Sie gehen“, warnte der Ex-Außenminister die Delegierten, „kommen Sie auf jedem Weg ans Ziel.“

Wenn wir aus dieser wichtigen Wahrheit logisch schlußfolgern, müssen wir uns klarmachen, daß ein Mangel an Zielorientierung, sei es im persönlichen oder gemeinschaftlichen Bereich, uns leicht zum Spielball anderer werden läßt. Das gilt verstärkt für charismatisch bewegte, zeitgeistorientierte Individuen, die heiß sind auf die im jeweiligen Trend liegenden Antworten und Ideologien. Unsere Ziellosigkeit ist wie ein Aushängeschild, mit dem wir um Richtungweisung betteln; und Kräfte, die von ihrem eigenen Sendungsbewußtsein überzeugt sind, finden leichte Beute an uns. Die Zukunft zu wagen, ohne sich restlos darüber im klaren zu sein, wohin die Reise gehen soll, führt mit Sicherheit in eine Tragödie.

Für Christen geht diese Tragödie mit der Tatsache einher, daß wir einen der Daseinszwecke, die Gott Seiner Kirche gab, nicht erfüllen: daß sie der ganzen Menschheit als geistliches Leuchtfeuer den Kurs weise. Dem verstorbenen Francis Schaeffer zufolge erlegt uns diese göttliche Absicht, erstmals bei der Schöpfung verdeutlicht, als Gott den aufmerksam lauschenden ersten Menschen den Auftrag gab, sich die Erde zu unterwerfen, eine „moralische Verantwortung“ auf, Führung anzubieten.[9] „Ihr seid das Licht der Welt“, sagte Jesus in die frühe Gemeinde hinein. „Die Stadt, die auf einem Berge liegt, kann nicht verborgen sein“ (Mt.5, 14).[10]

Das Bedürfnis der Welt, geführt zu werden, kann man nicht überschätzen. In einer neueren Ausgabe des *Washington Report* berichtete der Herausgeber, Ray Allen, von einer erhellenden persönlichen Erfahrung, die er machte, während er vor einigen Jahren eine Rede vor älteren Bürgern hielt. „Mitten in meiner Rede“, schrieb er, „wandte sich eine Dame, die an fortgeschrittenem Alzheimer litt, ihren Nachbarn zu und traf mit einer geradezu beängstigend verzweifelten Überzeugung den Nagel auf den Kopf, als sie ausrief: »Wir brauchen einen

---

9 Francis Schaeffer, Genesis in Space and Time, Downers Grove, IL 1972, S. 48.

10 Nachdem die ersten Menschen auf Erden ihrer anfänglichen Verantwortung gegenüber versagt hatten, installierte Gott beizeiten ein neues Instrument der Führung durch Offenbarung. Israel, die Erfüllung des Gottesbundes mit Abraham, sollte in einer durch und durch heidnischen Welt als „Zeichen unter den Völkern“ aufgerichtet werden (Jes.11,12). Als auch Israel versagt hatte, übergab Jesus Seinen Jüngern – der frühen Kirche – die endgültige Verantwortung.

Führer!« Wahrscheinlich sagte sie das ohne jede Überlegung, aber sie war gewiß nicht sehr fern von der Wirklichkeit.“ [11]

Die Gemeinde Jesu Christi ist in der Welt von heute Gottes erstrangiges Offenbarungsinstrument. Und mögen wir diese Tatsache auch zuweilen als entmutigend empfinden, so läßt uns unser Auftrag doch keinen Raum für Passivität oder reaktives Verhalten. Als Volk Gottes sind wir es, die den Aufmarsch der Geschichte anführen sollten. Doch stellt sich die Frage: Wissen wir, in welche Richtung wir marschieren sollen?

Beobachten kann diese turbulenten, unberechenbaren Zeiten jeder, darüber berichten auch. Doch die *Folgen* all der Entwicklungen zu analysieren, um weise über unser Leben und unsere Welt entscheiden zu können, das ist denn doch etwas anderes. Dafür brauchen wir die Hilfe Gottes.

Um diese Hilfe zu finden, müssen wir uns dem Wort Gottes zuwenden, speziell dem Propheten Daniel, dessen Aufzeichnungen aus dem Altertum erst kürzlich auf der Weltbühne unseres 20. Jahrhunderts ins Scheinwerferlicht gerückt sind. Der Prophet erinnert uns an den souveränen Überblick, den Gott über alles hat, wenn er erklärt:

> *Er ändert Zeit und Stunde; er setzt Könige ab und Könige ein; er gibt den Weisen ihre Weisheit und den Verständigen ihren Verstand; er offenbart, was tief und verborgen ist.*
>
> *Daniel 2,21 f.*

In Übereinstimmung mit dem göttlichen Prinzip, Menschen, die sich im Dienst bewährt haben, mehr Segen und mehr Verantwortung zuzuweisen, verdeutlicht Daniel hier, daß Wissen – und wir können mit Recht annehmen, daß das etwas mit Zukunftsoffenbarung zu tun hat – denen zufließen wird, die bereits zu einem gereiften Verständnis gelangt sind. Eine aufregende Feststellung, die die Frage unausweichlich macht: Wenn man verstanden haben muß, um Offenbarung empfangen zu können – was genau müssen wir verstehen?

Kurz gesagt, wird es um drei Hauptstücke gehen:

- die Zeit, in der wir leben;
- das geistliche Schlachtfeld, auf dem wir kämpfen, und
- Gottes Methoden zum Evangelisieren und zur geistlichen Kampfführung.

---

[11] The Washington Report 6/4, 1988.

Versäumt es die Gemeinde Jesu heute, sich mit diesen Themen zu befassen, so wird sie morgen niemanden in der Welt mehr führen können. Wenn das klar ist, lohnt es sich, jedes der drei Gebiete etwas genauer zu untersuchen.

Die Zeit verstehen, in der wir leben

Um es noch einmal zu wiederholen: Wir leben in einer Zeit unvorhersehbaren Wandels. Zwar ist es Gott, der „Zeit und Stunde ändert", doch waren es die alten Griechen, die als erste einen Begriff prägten, der das Eintreten solcher Veränderungen besagt: *kairos*. Der Ausdruck meint die Erfüllung eines Zeitabschnitts oder Reifungsprozesses. In der Heiligen Schrift wird er benutzt, um die einzigartige Art und Weise zu markieren, wie Gott Zeiten setzt.

Heutzutage erleben wir häufig *kairos*-Momente: außergewöhnliche Geschehnisse, die uns aus himmlischen Gefäßen voller ausgereifter Fürbitten zufließen. Und mögen auch die meisten im Volk Gottes mit dem sachgemäßen Begriff für jene Erfüllung der Zeit nicht vertraut sein, so sind sie sich sehr wohl der Tatsache bewußt, daß wir in eine einzigartige – und vielleicht abschließende – Periode der Geschichte eingetreten sind.

Es ist jedoch wichtig, das Bewußtsein von Gottes Handeln in der Geschichte beständig anzureichern. Sonst eilt die Zeit weiter, und Ereignisse wie der Fall der Berliner Mauer oder die noch nie dagewesenen Truppenmassierungen im Nahen Osten werden allzu vertraut und reduzieren sich auf schreiende Schlagzeilen, die man irgendwo in einem Archiv ablegt oder auch gebündelt in den Altpapier-Sammelcontainer wirft. Um die Zeitläufe wirklich zu verstehen, müssen wir über unsere ereignisorientierte Wahrnehmungsweise hinausgelangen und ein Gefühl für *geistliche Zeiträume* entwickeln. Wenn wir tatsächlich in ein neues Zeitalter göttlichen Handelns eingetreten sind, müssen wir verstehen, was das wirklich heißt. Es gelten neue Regeln; was gestern zählte, interessiert nicht mehr, und wir werden nicht zum *business as usual* zurückkehren können – nie mehr.

Schon ein rascher Blick in die Seiten der Heiligen Schrift zeigt uns viele Männer und Frauen, die vorher wußten, was kommen würde, und von denen wir lernen können, wie wir auf göttliche Handlungsinitiativen in der Welt reagieren sollten. Die Zukunft zu kennen ist schließlich witzlos, solange wir nicht unternehmen, was getan werden muß. Umgekehrt haben solche, die keine Zukunftserwartungen besitzen, keinerlei Treibstoff für ihr Handeln heute. Noah beispielsweise sah eine Flut kommen und bereitete eine Arche vor. Mose wußte um die kommende Befreiung und redete mit dem Pharao darüber. Rahab sah die Eroberung Jerichos durch die Israeliten voraus und verbarg die Späher. Maria spürte, daß die öffentliche Wirksamkeit ihres Sohnes unmittelbar bevorstand, und befahl den Sklaven in Kana, zu tun, was Er sagte. Petrus erkannte den Wunsch Gottes, das Evangelium den Heiden zugänglich zu machen, und predigte im Haus des Cornelius.

Das vielleicht eindrücklichste Beispiel von Vorherwissen in der Bibel finden wir im Leben Josephs. Nach langer, unrechtmäßiger Kerkerhaft wurde dieser junge Mann Gottes von jetzt auf gleich aus den Tiefen der pharaonischen Verliese gefischt, um den bizarren Traum seines Widersachers auszulegen. Zum Glück für den Pharao verstand Joseph sein Geschäft und sagte akkurat sieben Jahre des Überflusses und darauf folgend sieben Jahre des Hungers voraus, wobei er sorgfältig darlegte, daß, obwohl in diesem Falle die Zukunft von Gott festgelegt war, es in *menschlicher Verantwortung* stand, Vorbereitungen dafür zu treffen. Seinem abschließenden Rat an den ägyptischen Herrscher schickte er die Ermahnung voraus: „Der Pharao sorge dafür, daß..." (Gen.41,34). Weil er ein vorausschauender Gläubiger geworden war, bekam Joseph nicht nur die Macht über ganz Ägypten in die Hand, sondern konnte später in der Not die ganze Menschheit versorgen.

Darüber hinaus, daß es eine Voraussetzung zum Handeln ist, hat das Durchschauen der Zeitläufe mehr damit zu tun, das, was man weiß, auszulegen, als das Unbekannte zu sehen. Die Söhne Isaschar werden in 1.Chron.12,32 als Männer beschrieben, „die erkannten und rieten, was Israel zu jeder Zeit tun sollte". Das hebräische Wort für „Erkenntnis" ist *binah,* „Einsicht", und kommt von der Wurzel *bin*, „unterscheiden, auseinanderhalten". Beide hebräischen Wörter werden synonym mit verschiedenen alttestamentlichen Termini gebraucht, die für „Weisheit" stehen.[12]

Wollen wir Klarheit darüber gewinnen, wohin wir uns bewegen *sollten* und wie wir dorthin kommen können, so müssen wir im Geist der Söhne Isaschar Gott bitten, unser Offenbarungswissen zu mehren, da-

---

12 Botterweck/Ringgren (eds.), Theological Dictionary of the Old Testament. Vol. II, Grand Rapids, MI 1975, S. 99-107.

mit wir die Zeiten verstehen, und uns die Zukunft aufzuschließen, damit wir uns verantwortungsvoll darauf vorbereiten können, in ihr zu leben und zu dienen.

Das geistliche Schlachtfeld überblicken, auf dem wir kämpfen

Nicht minder wichtig ist es für uns heute, die Konturen des geistlichen Schlachtfeldes neu zu bestimmen, auf dem zu kämpfen wir berufen sind. Mit den Zeiten hat sich auch der Zuschnitt unserer geistlichen Auseinandersetzung verändert.

Veränderungen des Schlachtfeldes in jüngerer Zeit widerspiegeln sowohl *kairos*-Übergänge als auch das ausgeklügelte strategische Vorgehen des Widersachers. Diese zwei Faktoren, die vom Leib Jesu weithin nicht beachtet werden, müssen wir besser verstehen, wenn uns daran liegt, daß die Kirche erfolgreich sowohl die Gefahren als auch die Gelegenheiten ins Auge faßt, die im nächsten Jahrzehnt vor uns liegen.

Kairos-Geschehnisse, vor allem der Untergang von Königen und ihren Ideologien, rufen leicht geistige Vakuen hervor. Wir sehen dies beispielhaft in Osteuropa, wo eine Weltanschauung, die marxistische, sich überlebt und Millionen Menschen geistig orientierungslos zurückgelassen hat. „70 Jahre lang wurde uns eine phantastische Zukunft ausgemalt", seufzte der russisch-orthodoxe Priester Anatoli Koljada, „doch jetzt stehen wir vor Ruinen, und uns bleibt nichts." [13]

Der prominente russische Schriftsteller Viktor Astafjew fragte in einer populären Moskauer Literaturzeitschrift: „Was ist mit uns geschehen? Wer hat das Licht des Guten in unserer Seele gelöscht? Wer hat die Lampe unseres Gewissens ausgeblasen?" Schließlich klagt er: „Sie [die Kommunisten] haben sie uns gestohlen und uns nichts dafür zurückgegeben." [14]

Gleich einem erstklassigen Angebot, das unerwartet auf den Markt kommt, ziehen geistige Vakuen wie im Falle Osteuropas rasch rivalisierende Ideologien an, die darum wetteifern, sich die Beute zu si-

---

[13] Lawrence Gay, Idea of Going Home to Failing Economy Fills Troops with Fear, The Seattle Times v. 17.11.1990.

[14] World Press Review, Juni 1989.

chern. Die christlichen Kirchen versäumen es bedauerlicherweise immer wieder, solche Situationen klarsichtig zu analysieren. Zwei Umstände stellen uns ein Bein. Zum einen sind wir von Natur aus ein feierndes Volk. Als solches neigen wir mehr dazu, unsere Aufmerksamkeit auf Ereignisse zu richten, die zu geistigen Vakuen *führen* – wie zum Beispiel den Untergang des Kommunismus –, als auf die Vakuen selbst. Zweitens schauen wir gern auf die eigene Kirchturmspitze. Wenn wir denn endlich ein geistiges Vakuum erkennen und darauf reagieren, tun wir es häufig unter der Voraussetzung, daß unsere Konzepte, da sie von vornherein gut sind, die einzigen Konzepte weit und breit sind.

Zu feiern ist an sich gut; doch wenn wir es bei der Siegesfeier belassen und nicht darüber hinausblicken, werden wir wahrscheinlich unversehens Realitäten gegenüberstehen, denen wir lieber nicht ins Auge sehen würden. Der Fall des Eisernen Vorhangs verdeutlicht, was ich meine. Viele Christen betrachteten dieses bemerkenswerte Ereignis als *endgültige* Antwort auf ihre Gebete. Im Ergebnis nahm die Mehrheit dieser Gläubigen die weitaus gefährlicheren geistlichen Mächte, die auf der Stelle den Ruinen des Kommunismus zu entsteigen begannen, gar nicht wahr.

Als das erste Loch in die Mauer geschlagen wurde, blickte die Welt auf die Ostdeutschen, die zum erstenmal „die dekadenten Vergnügungen des westlichen Kapitalismus“ zu Gesicht bekamen, wie ein Fernsehreporter es ausdrückte. An so gut wie jeder Straßenecke stießen sie auf Läden voller elektronischem Krimskrams und Designermoden, auf blitzende Mercedes- und BMW-Limousinen hinter blanken Schaufensterscheiben. In den Theatern bekamen sie handgreiflich vorgeführt, was Habgier und sexuelle Ausschweifungen sind. Endlich stand diesen noch jungfräulichen Verbrauchern der Westen offen.

Nur ein paar Wochen später ging die Nachricht um die Welt, die Magazine *Playboy* und *Penthouse* hätten die Zeitungskioske Osteuropas erobert. Ein sowjetischer kommunistischer Würdenträger beklagte den Umstand, daß in der sibirischen Metropole Nowosibirsk „ganze Herden von Teenagern“ Kalender mit Nacktphotos kauften und studierten, die von einer neugegründeten sowjetischen Genossenschaft vertrieben würden.[15] Im Oktober 1990 sicherte sich die Fernsehgesellschaft MTV die besten Sendezeiten, um die 88 Millionen Haus-

15 Ebd., Oktober 1989.

halte der damaligen Sowjetunion zu berieseln. Völlig betört von all den geheimnisvollen Spielzeugen, die ihnen so viele Jahre vorenthalten worden waren, stiegen viele sowjetische Jugendliche voll auf das ein, was der 33jährige Schriftsteller und Ökonom Alexej Isumow die „sowjetische Ich-Generation" nannte.[16]

Wir müssen über die Verbesserung unserer Fähigkeit, geistige Vakuen infolge *kairos*artiger Veränderungen wahrzunehmen und darauf zu reagieren, noch einen Schritt hinausgehen. Bei unseren Überlegungen über das geistliche Schlachtfeld unserer Tage müssen wir auch die dämonischen Machtstrukturen in den Blick fassen, die gegen uns in Stellung gebracht sind.

In der Einleitung seiner *Dienstanweisung an einen Unterteufel* schreibt C.S. Lewis: „Es gibt zwei Irrtümer über die Teufel, in die das Menschengeschlecht leicht verfällt. Sie widersprechen sich und haben doch dieselbe Auswirkung. Der eine ist, ihre Existenz überhaupt zu leugnen. Der andere besteht darin, an sie zu glauben und sich in übermäßiger und ungesunder Weise mit ihnen zu beschäftigen." Es ist wahr: Beides ist gefährlich, sowohl böse Geister zu ignorieren als auch sie zu hätscheln. Daß wir der Tendenz unterliegen, entweder zum einen oder zum anderen dieser beiden Extreme zu neigen, hängt häufig mit unserer kulturell bedingten Weltanschauung zusammen.

In seinem Buch *Christianity with Power* stellt der christliche Anthropologe Chuck Kraft, gegenwärtig Dozent an der Schule für Weltmission des *Fuller Seminary* in Pasadena, Kalifornien, fest, daß zwar „alle Völker notwendigerweise mit der materiellen, der sozialen und der geistigen Welt umgehen, jedoch verschiedene Gesellschaften sich entscheiden, einen oder zwei dieser Bereiche zuungunsten des/der anderen überzubetonen". Ins einzelne gehend, zeigt Kraft auf, daß, während „der größte Teil der übrigen Welt sich in erster Linie um den Umgang mit den geistigen und sozialen Dingen kümmert, wir im Westen fast ausschließlich damit beschäftigt sind, den materiellen Lebensbereich zu erobern und zu gestalten".[17]

In der praktischen Konsequenz dieser Wahrheit liegt es, daß Menschen aus der Kultur des Westens, bibelgläubige Christen nicht ausgeschlossen, erst durch besondere Betonung der Dinge der geistlichen Welt in ein Verhältnis zu dem Bereich der Wirklichkeit gelangen, an den der

---

[16] Newsweek v. 4.12.1989.

[17] Charles Kraft, Christianity with Power, Ann Arbor, MI 1989, S. 87.

Apostel Paulus uns gemahnt: „Wir haben nicht mit Fleisch und Blut zu kämpfen, sondern mit Mächtigen und Gewaltigen, nämlich mit den Herren der Welt, die in dieser Finsternis herrschen, mit den bösen Geistern unter dem Himmel“ (Eph.6,12).
Dämonische Täuschungsmanöver, Angriffe und Festungen sind real und wohlausgeklügelt. In ihnen vermischen sich einseitige Maßnahmen gegen und geplante Reaktionen auf die Schlachtreihen Gottes. Um heute auf dem geistlichen Schlachtfeld durchzublicken, müssen wir unseren Weg durch feindlich beherrschte oder überdurchschnittlichem feindlichen Einfluß ausgesetzte Zonen (Festungen) abstecken und mit Dingen wie der Stärke und den Zielsetzungen rivalisierender Glaubenssysteme – etwa des Islam, des Hinduismus oder des Materialismus – zu Rande kommen.
Wenn wir diese Systeme und Festungen überwinden wollen, müssen wir sie zunächst präzise identifizieren und dann standhaft und mutig angehen. Christen, die im feinen Ausgehmantel und mit abgedroschenen Phrasen auf den Lippen in den Streit gehen wollen, müssen sich zweierlei ins Stammbuch schreiben lassen. Erstens sind Satan und seine Lakaien in der Kunst geistlicher Kampfführung seit den Zeiten vor Grundlegung der Welt bis zur Perfektion geübt. Sie taten es schon, lange bevor irgendwer von uns auch nur den Begriff gehört hatte.
Zweitens mag zwar das endgültige Schicksal des Feindes beschlossen und besiegelt sein, es gibt aber keinerlei Anzeichen dafür, daß er sich friedlich unterwerfen wird. Kraft weist darauf hin, daß in den elf Monaten zwischen der Landung der Alliierten an den europäischen Küsten 1944 und der endgültigen deutschen Kapitulation mehr Kämpfer an den europäischen Fronten fielen, als bis dahin in allen Kriegsjahren zusammen – und dies ungeachtet der Tatsache, daß in dieser Schlußphase des Krieges unzweifelhaft feststand, wer am Ende gewinnen würde.[18]

Gottes Methoden verstehen

Die ersten Christen wurden in der Kultur des östlichen Mittelmeerraums, in der sie lebten und die sich zur Hauptsache aus Juden und heidnischen Völkerschaften zusammensetzte, die „dritte Rasse“ ge-

[18] Ebd. S. 172.

nannt – eine Bezeichnung, die sie schließlich selber übernahmen. Mit Recht schreibt Herbert Schlossberg in *Idols for Destruction*, daß sie solange authentisch als Christen zu leben vermochten, wie sie sich weder dem einen noch dem anderen Zweig ihrer zweigeteilten Umwelt zugehörig fühlten.[19] Es war jedoch nicht bloß ihr Nonkonformismus, der die Christen zu außergewöhnlichen Leuten machte, sondern die Tatsache, daß nur sie allein wirklich verstanden, wie Gott handelte.

Wir beziehen uns im folgenden auf die Methoden, die Gott benutzt, um Seinen Willen auf Erden auszuführen, wie auch auf die Motive, die hinter seinem Umgang mit der Menschheit stehen. Wie hoch auch immer wir als Sein Volk die Latte der geistlichen Erfolge legen, die wir in unserem Dienst zu erringen hoffen – was immer wir tun, wird an unserem Vermögen zu messen sein, Gottes Gedanken, Prinzipien und Verfahrensweisen zu erkennen und umzusetzen.

Fehlschläge im geistlichen Dienst, wie sie zuweilen auftreten, resultieren nicht aus irgendwie eingegrenzten Möglichkeiten auf seiten Gottes, sondern widerspiegeln den Umstand, daß manche Dinge, die Er sehr wohl tun *könnte*, aus der Perspektive Seiner Allwissenheit betrachtet nicht zweckdienlich oder Seiner Ehre abträglich sein mögen. In den Worten des verstorbenen John Wright Follette: „Die Frage lautet nicht immer: »Kann Gott?«, sondern: »Ist es Gottes Wille und Vorsatz?«"[20] Eine der Methoden, die Gott benutzt, ist Gehorsam; und mögen wir auch mit einem zutreffenden Verständnis der Zeitläufe und des aktuellen Schlachtfeldes gewappnet sein, so können wir es doch nicht wagen, nach unserem eigenen Gutdünken in den Kampf zu ziehen.

Unter der Voraussetzung, daß Gott alles zu tun vermag, besteht unsere Aufgabe darin, herauszufinden, was Er tun *will*. Die Bibel verdeutlicht, daß in den letzten Tagen Erkenntnis zunehmen wird, aber glücklicherweise sagt sie nirgendwo, daß dieses Wissen ein Monopol der Ungläubigen sein wird. Vielmehr betont Joel 2 die Absicht Gottes, Seinem Volk während dieser Zeit ein einzigartiges Verständnis zu eröffnen – verbunden mit der daraus resultierenden Kraft.

Wenn diese Kraft und Erkenntnis sich mit persönlichem Gehorsam koppeln, wird die Gemeinde Jesu in der Tat zu einem Machtfaktor, mit

---

[19] Herbert Schlossberg, Idols for Destruction, Nashville 1983, S. 329.

[20] John Wright Follette, The Wonderful Venture Called Christian Living, Asheville, NC 1974, S. 63.

dem zu rechnen sein wird. Doch wie steht es um unsere Waffen? Ohne Frage ist hier nicht von Waffen zu reden, wie sie von den Armeen der Welt benutzt werden; seien sie nuklear oder konventionell – diese Waffen nützen wenig gegen menschliche Sündhaftigkeit oder geistliche Mächte. Eingedenk dessen, daß es das Endziel geistlicher Kampfführung ist, menschliche Herzen aus der Gefangenschaft der Sünde zu befreien, müssen wir Wahrheit, Liebe, Leidensbereitschaft und das Blut Christi als Waffen bei uns tragen – Waffen, die, wie der britische Schriftsteller Roger Forster uns erinnert, „nicht durch Gewalt zerstören, sondern indem sie die Verderbtheit und Häßlichkeit des Bösen, so wie es wirklich ist, bloßstellen".[21]

Wenn wir die Horizonte unserer Zeit nach Zeichen von *kairoi* und kommenden Brüchen absuchen, lassen uns die aktuellen Entwicklungen wenig Zeit für Kaffeepausen. Überall tauchen unvorhergesehene Überraschungen, tiefgreifende Herausforderungen und erregende neue Chancen auf. Wir befinden uns mitten in einem Meteoritenhagel von Veränderungen.

Zwar ist es ungemütlich, unsere vertrauten Ansichten und routinemäßigen Gewohnheiten plötzlich auf den Kopf gestellt zu sehen, doch sollte man sich sinnvollerweise daran erinnern, daß Veränderung sowohl zerstört als auch Neues schafft. Krisen, in denen Veränderungsprozesse kulminieren, führen uns nicht nur an Endstationen, sondern auch auf Startblöcke.

Man hat gesagt, es sei nicht leicht, verantwortungsvoll als Christ zu leben. Und wie die nachfolgenden Kapitel zeigen werden, ist es heute vielleicht mit größeren Herausforderungen verbunden als je zuvor. Als Marcus Dods ein alter Mann geworden war, sagte er: „Ich beneide diejenigen nicht, die die christliche Schlacht des 20. Jahrhunderts auszufechten haben werden." Doch nach einem Augenblick fügte er hinzu: „Na ja, vielleicht doch, aber es wird ein harter Kampf sein." [22]

Jetzt, wo das Volk Gottes einmal mehr am Weichbild des verheißenen Landes steht – dem Erbe der Nationen, wie es Psalm 2,8 verheißt –, hat sich eine Schlachtreihe wahrer geistlicher Riesen aufgemacht, um den Weg zu versperren. Allem Anschein nach rückt der von Dods prophezeite „harte Kampf" immer näher. Die neunziger Jahre erweisen sich

---

[21] Roger Forster/V. Paul Marston, God's Strategy in Human History, Wheaton, IL 1974, S. 21.

[22] Zit. n. Harry E. Fosdick, Christianity and Progress, S. 48.

als ein Jahrzehnt noch nie dagewesener – und vielleicht prophetisch zu verortender – Gelegenheiten und Auseinandersetzungen für die Gemeinde Jesu Christi. Wie das nächste Kapitel zeigen wird, waren es die Achtziger, die dieser entscheidenden Stunde den Weg bereiteten, indem sie die vertrauten politischen und geistigen Kulissen der Weltbühne dramatisch verschoben.

* * *

Kapitel 2

Das Jahrzehnt des Wandels

Wir hätten das [die tschechoslowakische demokratische Revolution] nicht planen können. Wir hatten Hilfe von oben.

Vaclav Havel,
erster tschechoslowakischer Präsident
der nachkommunistischen Ära.[23]

Denn aus der Wurzel der Schlange wird eine giftige Natter kommen, und ihre Frucht wird ein feuriger fliegender Drache sein.

Jesaja 14,29

1979 war ein bedeutendes Jahr, in dem drei scheinbar voneinander unabhängige Ereignisse die Blätter der Geschichte mit ihren blutigen Fingerabdrücken beschmierten: der Aufstieg des irakischen Diktators Saddam Hussein, die Rückkehr des Ayatollah Khomeini in den Iran und, in der letzten Dezemberwoche, die sowjetische Invasion Afghanistans. Jedes einzelne dieser Ereignisse sollte unvorstellbare Gewalt ausbrüten. Zusammengenommen läuteten sie das Jahrzehnt des Wandels ein und schufen eine neue Landschaft geistlicher Gegebenheiten. Mehr als irgendein anderes Ereignis der achtziger Jahre hat die sowjetische militärische Intervention in Afghanistan den sozialen und wirtschaftlichen Zusammenbruch des sowjetischen Imperiums und des kommunistischen Systems beschleunigt. Das erste Zeichen dafür ließ sich 1980 beobachten: In der sowjetischen Provinzmetropole Alma-Ata brachen Aufstände aus, als die Behörden einen gefallenen muslimischen Armeeoffizier auf einem sowjetischen Heldenfriedhof zu bestatten versuchten. Es war schlimm genug, Muslimen zu befehlen, muslimische Brüder in einem dubiosen Krieg zu töten, doch einen Muslim mit Atheisten zu begraben würde ihn seines einzigen echten Lohns berauben: des Paradieses.[24]

23 IICS Update *Eastern Europe Welcomes IICS*, Sommer 1990.

24 Amir Taheri, Crescent in a Red Sky: The Future of Islam in the Soviet Union, London 1989, S. XIV.

Als die Kriegsanstrengungen nicht Monate, sondern Jahre in Anspruch nahmen, wurden die drohenden Schatten öffentlicher Unzufriedenheit und wirtschaftlicher Verschuldung deutlich länger. Eine Umfrage von *Radio Liberty* verdeutlichte die zunehmende Desillusionierung hinsichtlich des Krieges: Nur ein Viertel aller Befragten war mit der sowjetischen Politik einverstanden.[25] Viele Bürger, vor allem in den islamischen Republiken der UdSSR, verloren jedes Vertrauen zur kommunistischen Führung. „Ihre Seelen verlieren sich in einem Meer des Zweifels", bemerkte ein Student am Islamischen Seminar *Mir Arab* in Buchara, „sie haben soeben entdeckt, daß ein Glaube, der von Menschen gemacht ist, auch von Menschen zerstört werden kann."[26]

In wirtschaftlicher Hinsicht wirkte sich der Krieg verheerend aus. Er löste nicht nur einen steilen Anstieg der Inflationsrate aus, sondern vervierfachte die Staatsverschuldung der Sowjetunion. Das jährliche Defizit im Staatshaushalt wuchs zwischen 1979 und 1989 um beängstigende 767 Prozent. Der verstorbene Nobelpreisträger Andrej Sacharow beklagte in den *Samisdat*-Schriften, die er während der frühen achtziger Jahre in Gorki herausgab, mehrmals, die afghanische Katastrophe sei schuld daran, daß das weltweite Gleichgewicht, wie er sich ausdrückte, völlig aus der Ordnung gerate.[27]

1960 prognostizierte der sowjetische Staatsführer Nikita Chruschtschow, innerhalb von zwei Jahrzehnten, also bis 1980, werde der Sozialismus voll entwickelt sein und der Übergang zum Kommunismus beginnen.[28] Stattdessen brachte das Jahr 1980 die Eskalation des afghanischen Krieges und leitete damit das Jahrzehnt ein, das den Weltkommunismus in ernsthafte Todeszuckungen verfallen lassen sollte. Im März 1990 erklärte der Direktor der CIA, William Webster, bei einem seiner seltenen Auftritte im Washingtoner Capitol, daß weltweit die „kommunistischen Parteien und marxistischen Doktrinen im Zusammenbruch befindlich sind oder bereits in Trümmern liegen".[29] Doch mochte auch der Kommunismus aus seinen erhabenen Höhen abstürzen – der westlichen Welt blieb weder im kirchlichen noch im

[25] Taras Kuzio, Opposition in the USSR to the Occupation of Afghanistan, in: Central Asian Survey 6/1, 1987, S. 100.

[26] Taheri, S. X.

[27] Kuzio, a.a.O. S. 105.

[28] Taheri, S. 207.

[29] CIA Director: Soviet Threat Fades, The Seattle Times v. 2.3.1990.

staatlichen Bereich viel Raum zum Feiern. Neue Besorgnisse verdüsterten den Horizont im Weltmaßstab denkender Politiker, Geschäftsleute, Journalisten und Missionare. Aus dem brodelnden Kessel Zentralasiens stieg von neuem eine alte Macht, der Islam, hervor und ließ ernsthaft die Muskeln spielen. Schon vor dem sowjetischen Entschluß zum Rückzug aus Afghanistan 1988 – von den meisten Muslimen ohne Zögern als russische Niederlage und islamischer Triumph verbucht – wiegelten regionale Führer wie Saddam Hussein, Gulbuddin Hekmatyar, Zia ul-Haq und vor allem die militanten iranischen Ayatollahs die Muslime auf, sich zu erheben und Heerschau zu halten.

Infolgedessen entstand eine explosive Situation. Mit den Worten einer britischen Publikation: „Weder 1914 noch 1939 oder auch 1970 spielte es eine nennenswerte Rolle, was man in den Basaren Persiens oder Algeriens dachte, ganz zu schweigen vom Jemen oder von Kuwait. Heute ist es absolut entscheidend.“ [30] Um 1989 war es soweit, daß religiöses Eiferertum die Oberhand gewonnen hatte. Der Übergang aus der sterilen Ära des marxistischen Atheismus in eine islamische Renaissance war faktisch vollzogen.

Bevor wir uns einer kleinen, sehr persönlich gehaltenen Einführung in den Islam und einige weitere geistliche Supermächte zuwenden, die im Kielwasser des schmählichen Untergangs des Kommunismus schwimmen, lohnt es sich, ein paar Augenblicke zu investieren, um die Kräfte zu würdigen, die hinter den Kulissen jenes erst kurz vergangenen Jahrzehnts des Wandels gewirkt haben. Denn nicht ihres technologischen Fortschritts, ihrer nackten Machtgier oder ihres massenhypnotischen Fanatismus wegen wird sich die Ära der achtziger Jahre dem historischen Gedächtnis einprägen, sondern als das Jahrzehnt, in dem der rote Sturm sich erhob, in Osteuropa und darüber hinaus, und sein eigenes Haus umwarf.

Anhaltendes Fürbittegebet – der Auslöser des Wandels

Wenn wir verstehen wollen, wie die Ereignisse der späten achtziger Jahre in Osteuropa zustandegekommen sind, müssen wir eine kurze Reise zurück in die Zukunft machen, genauer gesagt ins Buch der Of-

---

[30] Special Office Brief, Moreton in Marsh.

fenbarung. Dort, auf den Seiten der bemerkenswerten Endzeitvision des Apostels Johannes, wird uns vielleicht deutlicher als irgendwo sonst in der Heiligen Schrift ein Blick auf den Zusammenhang zwischen fürbittendem Gebet und *kairos*-Geschehnissen gewährt.
Wir lesen zum Beispiel von „goldenen Schalen", die im Himmel in Gebrauch sind, um die Gebete der Heiligen aufzubewahren (Offb. 5,8). Auf komplizierte, unergründliche Weise verwandeln sich die Tränen, die Mühen und das Fasten der Getreuen Gottes, wenn sie in der geistlichen Welt anlangen, in unwiderstehlich liebliche Düfte; und Offenbarung 8,1-6 zufolge stellt der Überfluß dieser Gefäße den Auslöser des Wandels dar:

> *Und als das Lamm das siebente Siegel auftat, ward eine Stille in dem Himmel bei einer halben Stunde. Und ich sah die sieben Engel, die da stehen vor Gott, und ihnen wurden sieben Posaunen gegeben. Und ein anderer Engel kam und trat an den Altar und hatte ein goldenes Räuchergefäß, und ihm ward viel Räucherwerk gegeben, daß er es gäbe zum Gebet aller Heiligen auf den goldenen Altar vor dem Thron. Und der Rauch des Räucherwerks stieg auf mit dem Gebet der Heiligen von der Hand des Engels vor Gott. Und der Engel nahm das Räuchergefäß und füllte es mit Feuer vom Altar und schüttete es auf die Erde. Und da geschahen Donner und Stimmen und Blitze und Erdbeben. Und die sieben Engel mit den sieben Posaunen hatten sich gerüstet und hoben an.*

Walter Wink schreibt über diesen bemerkenswerten Abschnitt:

> Im *Himmel* wird es still. Die Ältesten des Himmels und alle Wesen in der Heiligkeit Gottes unterbrechen ihre unablässigen Gesänge, so daß die Gebete der Heiligen auf Erden hörbar werden. Die sieben Schicksalsengel können das Signal zum Anbruch des nächsten Zeitabschnitts nicht blasen, bevor nicht ein achter Engel sich dieser Gebete annimmt … und sie mit Räucherwerk auf dem Altar vermischt. Still steigen sie hinauf in die Nase Gottes.
> Menschliche Wesen haben in die Liturgie des Himmels eingegriffen. Der stetige Fluß der Gerichtsereignisse wird für einen Moment aufgehalten. Neue Möglichkeiten treten in den Blick. Plötzlich wird das Unerwartete machbar, weil Gottes Volk auf Erden zum Himmel gefleht hat, dem Ort aller Machbarkeit, und gehört worden ist. Was jetzt

> geschieht, geschieht, weil Menschen gebetet haben. Die Botschaft ist klar: Die Geschichte gehört den Fürbittern.[31]

Ein gutes Beispiel dafür, wie dieser Prozeß sich auf der Bühne menschlichen Handelns auswirkt, bot die Wende in Tschechien, einer wiedergeborenen Nation, in der Gott Raum hatte, eine entscheidende Rolle bei der Niederringung des Kommunismus zu spielen. Tschechische Christen, die lange gelitten haben, berichten von deutlichen Anzeichen dafür, daß der sowjetische KGB insgeheim und auf erstaunliche Weise die tschechische Öffentlichkeit in ihren Bemühungen unterstützt hat, das Hardliner-Regime des Gustav Husak zu beseitigen. Milan Hulik, wissenschaftlicher Mitarbeiter der ex-tschechoslowakischen Parlamentskommission, die die Möglichkeiten zu sondieren hatte, sagte seinerzeit der BBC: „Alle Tatsachen weisen auf stillschweigendes Einverständnis des KGB hin. Wir kommen zu keinem anderen Schluß als dem, daß das Ganze von der obersten Führung der Sowjetunion abgesegnet ist."[32] Christen vor Ort sind ferner überzeugt, daß der milde Winter 1988/89 ein Geschenk Gottes war, das es Hunderttausenden ermöglichte, auf die Straße zu gehen und sich an Demonstrationen zu beteiligen.

Die Kreml-Plage

Die meisten Beobachter stimmen darin überein, daß der damalige sowjetische Präsident Michail Gorbatschow ungeachtet seiner vielfältigen innenpolitischen Probleme den größten Anteil an den sprunghaften Veränderungen hatte, die sich während des Jahrzehnts des Wandels vollzogen. Weniger bekannt ist, auf welche Weise er in die Position gelangte, die ihm seine historische Rolle ermöglichte.

Tatsächlich läßt sich der *kairos*-Charakter dieser Hintergrundentwicklung mit Händen greifen. Die Zeitschrift *US News & World Report* stellte bereits 1987 fest: „Er [Gorbatschow] kam fast wie durch ein Wunder an die Spitze."[33] Angesichts einer großen Zahl von Fürbit-

---

31 Walter Wink, History Belongs to the Intercessors, Sojourners Okt. 1990.

32 Did KGB Engineer Fall of Czech Communists? The Seattle Times v. 31.5.1990.

33 Henry Trewhitt, The Risks of a New Revolution, US News & World Report v. 19.10.1987.

tern, die wegen der Not des Kommunismus treu zu Gott gefleht hatten, erinnerten die Umstände daran, wie die Israeliten während der ägyptischen Gefangenschaft Jahwe anriefen. In beiden Fällen liefen die himmlischen Schalen mit den Gebeten der Gläubigen vor dem Thron Gottes über, und der Allmächtige antwortete, indem Er „Könige absetzte und Könige einsetzte" (Dan. 2,21).

Unglücklicherweise glichen die Hardliner des sowjetischen Politbüros ihrem Vorläufer, dem ägyptischen Pharao, darin, daß sie keinerlei Absicht hegten, Gottes Macht und Autorität anzuerkennen. Und so kam gegen Ende des Jahres 1980 eine regelrechte Plage über den Kreml. Beginnend mit dem Tode des sowjetischen Regierungschefs Alexej Kossygin in der Woche vor Weihnachten wurden die Angehörigen der kommunistischen Chefetage binnen kurzem zu einer gefährdeten Spezies. Der nächste auf der Liste war der langjährige Parteichef Leonid Breschnew, der im November 1982 starb. Zwei Monate nach ihm wurde der Präsident des Obersten Sowjets, Nikolaj Podgorny, zu Grabe getragen. Doch die Altherrenriege des Kreml verharrte in ihrer Arglist, in Atheismus und Diktatur, so daß sich der Schatten des Todes bereits im Februar 1984 wieder über Moskau legte und nach dem Leben des KPdSU-Generalsekretärs und früheren KGB-Chefs Jurij Andropow griff. Im Dezember desselben Jahres war der Politbüro-Falke und Verteidigungsminister Dimitrij Ustinow an der Reihe.

Die Zähigkeit des Politbüros war endlich gebrochen, als nur drei Monate nach Ustinows Tod der nächste Parteichef, Konstantin Tschernenko, den Geist aufgab. Durch die fast ununterbrochene Parade der Staatsbegräbnisse in Verlegenheit gebracht, hob die herrschende Nomenklatura nunmehr einen verhältnismäßig Unbekannten, Michail Gorbatschow, auf den Schild der Macht. Sofort hörte das Sterben auf. Jetzt hatte Gott endlich Seinen Mann, und dem Todesengel wurde befohlen, sein wohlgeschärftes Schwert in die Scheide zurückzustecken.

Ein tiefer Fall: das osteuropäische Wunder

In Preßburg an der Donau, dem slowakischen Industriezentrum, eilte die 68jährige Ilonka, römisch-katholische Ordensschwester seit ihrer Jugend, geschäftig in ihrer Kellerwohnung hin und her. Sie bereitete das Abendessen vor. Nichts an ihren flinken Bewegungen ließ erkennen, daß sie infolge ihrer Weigerung, ihr Ordensgelübde zu widerrufen, wie es während der stalinistischen fünfziger Jahre von ihr verlangt worden war, zehn Jahre Zwangsarbeit hinter sich hatte.

Als ihre Mitschwestern sich um den reich gedeckten Tisch versammelt hatten und die Köpfe zum Gebet neigten, schaute eine von ihnen auf und sagte mit besorgtem Gesichtsausdruck: „Sollten wir nicht die Fenster schließen, bevor wir singen?“ Schwester Ilonka hob den Kopf und brach in ein herzliches Lachen aus. „Laßt sie offen!“ sagte sie. „Die Kommunisten sind fort.“ [34]

Fort, jawohl. Aber vielleicht überrascht es einige, zu hören, *wohin* sie gegangen sind. Im Falle des 55jährigen Sohnes des früheren sowjetischen Staats- und Parteichefs Nikita Chruschtschow, der der westlichen Welt in den frühen sechziger Jahren entgegenschleuderte: „Wir werden euch zu Grabe tragen!“, war es die Harvard-Universität, wo er den Herbst 1990 als Gastdozent verbrachte. Der abgehalfterte ostdeutsche Parteichef Erich Honecker, dessen strenges kommunistisches Regime jahrelang die Christen im Lande geschurigelt hatte, fand sich in den Monaten vor der deutschen Wiedervereinigung plötzlich vom Staat fallengelassen und wurde als Obdachloser – Ironie des Schicksals – von einer lutherischen Pastorenfamilie aufgenommen. [35]

---

[34] This Year Spring Blossoms in Czechoslovakia, The Seattle Times v. 3.6.1990.

[35] Selbst diese Geschichten vermögen freilich nicht vollends augenfällig zu machen, wie tief die Mächtigen gefallen sind. In der damaligen Tschechoslowakei feierte die Bevölkerung nur sechs Monate nach dem Abzug der sowjetischen Panzer auf den Straßen von Prag, als die *Rolling Stones* in die Stadt kamen. Während nahezu 100.000 Menschen den schweißtreibenden Rhythmen des Westens lauschten, erschien an der Spitze eines Hügels über der Stadt, wo einst die Statue des Sowjetdiktators Josef Stalin gestanden hatte, eine gigantische rote Zunge in einem riesigen Mund – das traditionelle Logo der *Stones*. Auch mit Humor hat man versucht, die tiefgreifenden Veränderungen zu beschreiben, die die Politik Michail Gorbatschows in Osteuropa ausgelöst hat. Während der Herrschaft Chruschtschows and Breschnews wurde die sowjetische Vormacht in der Region durch eine Reihe von Volksaufständen in

Jemand hat das Wort geprägt, Hoffnung sei der Sauerstoff des Lebens – nehme man sie weg, würden die Menschen in Verzweiflung ersticken. Genau das passierte um ein Haar den Menschen, die in der stalinistischen Ära in Osteuropa lebten. Und mehr als irgend etwas sonst war es die Erinnerung an jene bedrückenden Jahre, die die ungezügelten Gefühlsausbrüche der berauschenden Tage von 1988-90 hervorbrachte. Gewiß werden mehr als 100.000 Tschechen und Slowaken niemals jene Nacht im November 1990 vergessen, in der sie – viele von ihnen amerikanische Flaggen schwenkend – auf dem Wenzelsplatz mit US-Präsident George Bush *We Shall Overcome* intonierten und so den ersten Jahrestag ihrer erfolgreichen Erhebung gegen die kommunistische Tyrannei begingen.

Ebensowenig werden ungefähr eine Million Ost- und Westdeutsche allzu bald den Augenblick vergessen können, als sie voll feierlicher Gefühle miteinander die Nationalhymne anstimmten, um gut 45 Jahre nach seiner Teilung infolge des Zweiten Weltkrieges die Wiedervereinigung ihres Landes zu begehen. Wie trunken tanzten die Menschenmassen bei Flutlicht und Feuerwerk die ganze Nacht unter dem Brandenburger Tor, das wieder einmal Schauplatz historischer Ereignisse war.

Noch immer werden quer durch Osteuropa die Spuren der kommunistischen Herrschaft mit dem Preßlufthammer beseitigt. In Bukarest wohnten vor einigen Jahren Hunderte begeisterter Bürger dem Abriß einer sieben Tonnen schweren Lenin-Statue bei, die einen der zentralen Plätze der rumänischen Metropole beherrscht hatte. Es dauerte zwei volle Tage und bedurfte einer Armee mit Preßlufthämmern bewehrter Bauarbeiter, bis das Abbild des Mannes, der jahrzehntelang wie ein Gott über Rumänien geherrscht hatte, endlich am Boden lag. Den letzten Rest gab ihm ein Kran mit der Abrißbirne.

Ähnliches ging in Bulgarien vonstatten, wo Zug um Zug lange in Ehren gehaltene kommunistische Ikonen geschleift worden sind. Ver-

---

Ostdeutschland, Ungarn, der Tschechoslowakei und Polen herausgefordert. Jede dieser Erhebungen wurde skrupellos niedergeworfen. Der Weltöffentlichkeit gegenüber rechtfertigte die Sowjetunion ihren Anspruch, in Osteuropa zu intervenieren, mit der im Westen so genannten Breschnew-Doktrin. Als der sowjetische Spitzenpolitiker Gennadij Gerassimow während der Wendemonate des Jahres 1989 mit westlichen Reportern zusammentraf, sagte er indessen, Moskau habe nunmehr die „Frank-Sinatra-Doktrin“ angenommen. Jedes Land solle sagen können: *I do it my way* (A New Order Emerges in East Europe, The Seattle Times v. 12.11.1989).

schwunden ist der riesige rote Stern, der vom Dach des KP-Hauptquartiers strahlte, und gleichfalls verschwunden sind aus dem kastenförmigen Mausoleum beim Haus des Sozialismus die sterblichen Überreste von Georgi Dimitroff, dem ersten Herrscher des Landes nach der kommunistischen Machtübernahme in den vierziger Jahren.[36] Im extschechoslowakischen Banska Stavnica steht der Sockel in der Stadtmitte, der einst eine gewaltige bronzene Lenin-Büste trug, nunmehr leer da. Der Lenin-Kopf liegt mit vielen anderen Hammer-und-Sichel-Ikonen und stalinistischen Standbildern vergessen in einem Waldstück, das die Studenten der Stadt als „das Dorf der Lächerlichen" titulieren.[37]

Darüber hinaus, als ob bewiesen werden müßte, daß in Osteuropa nichts mehr heilig ist, haben mehrere der neuen demokratisch legitimierten Regierungen beschlossen, daß auch die offiziellen Staatsbezeichnungen ihrer Länder der Auffrischung bedürften. So haben noch 1989 Ungarn und Polen die Bezeichnung *Volksrepublik* abgeschafft und nennen sich seitdem schlicht Republik Ungarn bzw. Polen. Im Januar 1990 schlug der damalige tschechoslowakische Präsident Vaclav Havel vor, das Attribut „sozialistisch" aus der offiziellen Bezeichnung seines Landes zu streichen. Selbst die vertraute *Union der Sozialistischen Sowjetrepubliken* blieb nicht mehr lange auf Briefbögen und Amtsschildern erhalten.

Fraglos ist es religiöser Einfluß gewesen, der den Wandel Osteuropas und selbst der UdSSR befeuert hat – eine Tatsache, die Karl Marx sprachlos gemacht hätte. Marx sah die Religion als bequemen Ausweg aus der Misere der realen Welt. Sie sei, schrieb er, „das Seufzen der geplagten Kreatur ..., Opium für das Volk". Tatsächlich aber ist das von Marx gefürchtete Rauschmittel zum auserlesenen Multivitamin-Präparat geworden. „Unsere Atheisten waren wie Schnee im Frühling", freute sich ein litauischer Kapuzinermönch, „sie sind einfach dahingeschmolzen."[38]

---

[36] For Bulgarians, a Soviet Day Is Largely a Day to Be Ignored, The New York Times v. 8.11.1990.

[37] This Year Spring Blossoms in Czechoslovakia, The Seattle Times v. 3.6.1990.

[38] Priit J. Vesilind, The Baltic Nations, National Geographic Nov. 1990. – Infolge des Umschwungs verwandelte sich das offiziöse russische Atheismus-Organ *Nauka i Religia* (Wissenschaft und Religion), mehr als vierzig Jahre lang Sprachrohr des sogenannten wissenschaftlichen Atheismus, zu einem gedankenreichen Magazin über

Die neuen geistigen Supermächte

Mit der ständigen Schwerpunktverschiebung in der geistigen Welt weg vom atheistischen Marxismus in den achtziger Jahren wurde zunehmend deutlich, daß sich eine neue Formation potenter Kandidaten zum Wettbewerb um die Wortführerschaft rüstete.

Keiner dieser Herausforderer war neu in dem Sinne, daß er nicht auch zuvor einen gewissen Einfluß in der Welt ausgeübt hätte. Im Gegenteil, jede der drei neuen geistigen Supermächte – Islam, Hinduismus und Materialismus – besitzt ein Wurzelwerk, das bis in die Anfänge der bekannten Menschheitsgeschichte zurückreicht. Neu waren hingegen die Arroganz und das scheinbar plötzlich entstandene kraftstrotzende Selbstbewußtsein, das diese Systeme zur Schau trugen.

Der Hinduismus

Der Hinduismus für seinen Teil weist seit etwa 30 Jahren zunehmend Indizien dafür auf, daß er die zur Passivität anhaltenden Lehren Mahatma Gandhis zugunsten einer militanten Haltung zurückdrängt. Vor einigen Jahren erklärte der Generalsekretär der Organisation *Vishwa Hindu Parishad* (VHP), Baikunith Lal Sharma, vor der Presse: „Unsere Toleranz ist als Schwäche mißverstanden worden. Es wird höchste Zeit zu zeigen, daß Hindus nicht schwach sind."

Um das unter Beweis zu stellen, wird der VHP-Nachwuchs in indischer Kampfkunst ebenso wie in Judo und Karate unterwiesen. „Wenn jemand uns herausfordert, werden wir ihn nicht schonen", warnt Sharma.[39] Andere Hindu-Parteien und -Bewegungen des rechten Flügels tragen offene Sympathien mit der Nazi-Ideologie zur Schau. Auf Großkundgebungen und Demonstrationszügen überall in Indien skandieren fanatische Fundamentalisten: „Sei Hindu oder verschwinde aus Indien!"

---

religiöse und kulturelle Themen im Raum der GUS und darüber hinaus, eine Veränderung, die nach Angaben des Herausgebers Karen Melik-Simonian die Auflage binnen kurzem mehr als verdoppelt hat (Harvey Cox, The Cross and the Kremlin II, World Monitor Dez. 1989, S. 57). Um dieselbe Zeit nahm der Direktor des Lemberger Museums für Religion und Atheismus seine Propagandabilder von katholischen Inquisitoren und schwärmerischen Pfingstlern von den Wänden und ließ sich von örtlichen Kirchenleitern beraten, wie er eine objektive Ausstellung der Geschichte des Glaubens präsentieren könne (Museum of Atheism Exorcises Its Tortured View of Religion, The Independent v. 31.8.1989).

39 From Moksha to Militancy, Asiaweek v. 15.7.1988.

Indische Christen, von denen viele den Zorn dieser neuen Eiferer bereits zu spüren bekommen haben, sagen, daß die Hinduführer über die wachsende Beliebtheit des Christentums in verschiedenen Landesteilen verärgert seien und deshalb verstärkt eigene Missionsbemühungen unternähmen. Das Rückbekehrungsprogramm der VHP trägt den Titel „Operation Heimkehr", und ihr monatliches Organ *Hindu Vishva* quillt über von „Zeugnissen" über Rückbekehrungen zum Hinduismus aus christlichen oder islamischen Gemeinschaften Indiens.[40] Das Programm, das schon etliche Jahre läuft, wurde mit einer landesweiten Zielvorgabe verknüpft, derzufolge bis 1990 100.000 Rückbekehrungen erreicht werden sollten.

Das Magazin *Christian Mission* veröffentlichte einen Bericht, nach dem der bekannte Swami Lakhman eine Tournee durch ganz Indien unternahm mit dem Ziel, 50.000 Christen, die ehemals Hindus waren, zur Rückbekehrung zu bringen. In seinem Fahrzeugkorso führte er eine Statue des Gottes Dschagannath mit, dessen Name soviel bedeutet wie „Herr der Welt". Inder, die sich weigerten, dem Götzen zu huldigen, wurden von Hindus schikaniert oder tätlich angegriffen. Dem Vernehmen nach animierte Lakhman Hindus vor Ort auch dazu, christliche Kirchen zu zerstören. Wie dem auch sei, Fakt ist, daß in einem Gebiet nach dem Kreuzzug des Swami 15 christliche Versammlungsräume verwüstet wurden. Ferner wurden in der Region Daringabidi vor zwei Kirchen Bomben zur Detonation gebracht.[41]

1989 wurde der Pastor einer Dorfgemeinde in Nepal von Polizisten verprügelt, bevor man mehrere seiner Gemeindeglieder zu einem hinduistischen Tempel verschleppte, wo man sie zwang, sich vor Götzenbildern niederzuwerfen.[42] Zehn Jahre zuvor, im Schicksalsjahr 1979, versammelten sich Tausende von Hindus aus aller Welt in Allahabad am Ganges in Nordindien, einem der indischen Haupttheiligtümer. Das Treffen wurde von der VHP einberufen, einer Organisation, die ein Fachmann für östliche Kulte als hinduistisches Gegenstück des Evan-

---

[40] C.V. Matthew, Neo-Hinduism: A Missionary Religion, Madras 1987, S. 45.

[41] Bei einem davon scheinbar unabhängigen Vorfall im April 1989 verübten hinduistische Demonstranten Brandanschläge und Bombenattentate auf 22 Kirchen und mehrere christliche Schulen im Bezirk Nowrangpur (Christian Mission Sept./Okt. 1989 bzw. März/April 1988).

[42] Herbert Schlossberg, A Fragrance of Oppression: The Church and Its Persecutors, Westchester, IL 1991.

gelikalen Weltbundes beschreibt. Das Fachblatt für neue religiöse Bewegungen *Update* zitierte einen Redner des hinduistischen Weltkongresses von Allahabad mit den Worten: „Unsere Mission im Westen ist von phantastischen Erfolgen gekrönt. Der Hinduismus ist auf dem Wege, die entscheidende Weltreligion zu werden, während das Christentum kurz vor dem Ende steht. Eine Generation weiter wird es in der Welt nur noch zwei Religionen geben: den Islam und den Hinduismus.“ [43]

Zwar scheint diese Prognose reichlich übertrieben zu sein, wahr ist jedoch, daß in Indien heimische Organisationen seit den sechziger Jahren großangelegte Bemühungen unternommen haben, hinduistische Spiritualität zu exportieren. Dank der im Westen grassierenden Desillusionierung haben ganze Horden von Gurus, unter ihnen Berühmtheiten wie Maharishi Mahesh Yogi mit seiner *Transzendentalen Meditation*, Swami Prabhupada von der Bewegung der *Hare Krishna* oder Baba Muktananda, Millionen Menschen beeinflussen können. Die *New-Age*-Bewegung, jüngster hinduistischer Eindringling in die westliche Gesellschaft, erfreut sich ungebrochener Popularität.

1990 konnte man in US-amerikanischen Handelsblättern lesen, daß etwa 1.821.000 m² Grund und Boden inmitten des Bundesstaates Florida zum Preis von etwa 20 Millionen Dollar angekauft worden waren, um einen neuen Freizeitpark namens *Vedaland* zu errichten.[44] Zentrales Thema des Parks, hinter dem der indische Religionsführer Maharishi Mahesh Yogi und der Magier Doug Henning stehen, sollte die sogenannte Transzendentale Meditation sein. Dem Vernehmen nach sollen in den Niederlanden, Brasilien, Kanada und Japan ähnliche Projekte in Planung sein.

Der Materialismus

Wenngleich meist nicht als ein Denksystem oder eine Philosophie eingeordnet und sicher von amorpherer Struktur als gewachsene Religionen wie der Hinduismus oder das Christentum, ist der Materialismus zweifellos einer der mächtigsten Beherrscher menschlichen Denkens und Verhaltens in der heutigen Welt. Daß seine Gefährlichkeit von

---

43 Zit. n. Matthew, S. 6.

44 Veden sind heilige Schriften des Hinduismus. Zu ihnen zählen Werke wie die Bhagavadgita oder die Upanischaden.

Menschen im Westen nicht im selben Maße wahrgenommen wird wie von vielen in der sogenannten Zwei-Drittel-Welt, erklärt sich dadurch, daß wir im Westen es uns längst inmitten seiner Verlockungen bequem eingerichtet haben.

Tatsächlich geht der Materialismus für den, der ihn mit offenen Augen betrachtet, mit einem ganzen Bündel religiöser Symbole einher. Es gibt „heilige Orte" wie Beverly Hills, Paris und Monte Carlo, an denen Materialisten nicht weniger hingebungsvoll ihre Riten zelebrieren, als Katholiken es in Rom tun oder Muslime in Mekka. Heiligtümer geringeren Ranges, etwa Einkaufstempel, Nachtclubs oder Freizeitparks, finden sich nahezu überall in der westlichen Welt. Die Idole, die Materialisten verehren, stehen hinter den Pantheons der animistischen oder hinduistischen Kultur in nichts zurück. Rhetorisch fragt der britische Reporter William Rees-Mogg: „Wer kann bestreiten, daß das New York Donald Trumps ein moderner Jahrmarkt der Eitelkeiten ist, dessen himmelsstürmende Tempel dem großen Gott Mammon geweiht sind? Als Idee", fährt Rees-Mogg fort, „ist dieser Materialismus ... eine Spielart des Götzendienstes, ein Bruch des ersten Gebots: »Du sollst keine anderen Götter haben neben mir.« Er war der führende Götzenkult im alten Rom, genauso wie er es im modernen New York ist." [45]

Als neue geistige Supermacht brach der Materialismus während des Jahrzehnts des Wandels im Gefolge eines neuen Glaubensbekenntnisses machtvoll hervor, das da lautet: GIER. Als die Illustrierte *People* mit einem Rückblick auf die achtziger Jahre aufmachte, schrie es mit großen Lettern vom Titelblatt: *Achtung - fertig - los! Von Gier bis Glasnost - Frechheit siegte, und die einzige Sünde war: nicht zu gewinnen.* Die Hollywood-Inkarnation dieser Philosophie, der Schauspieler Michael Douglas – der in *Wall Street* den skrupellosen Spekulanten Gordon Gekko gab –, erklärte vor einer Aktionärsversammlung der Firma Teldar: „Der Punkt ist, meine Damen und Herren, daß Gier – ein besseres Wort haben wir ja nicht – gut ist. Gier ist richtig. Gier funktioniert. Gier reinigt, dringt durch und setzt den Geist der Evolution im Kern frei. Ich meine Gier in all ihren Spielarten. Gier nach Leben, nach Geld, Liebe, Wissen, hat die Menschheit nach oben gespült." [46]

---

[45] The Independent v. 11.6.1990.

[46] In einem Gespräch mit seinem jungen Spezi Charlie Sheen fügte Douglas später hinzu: „Alles dreht sich um Geld, Kleiner, der Rest ist Geschwätz."

Nichts als Einbildung? Um Studenten anzulocken, geben sich US-Hochschulen neuerdings alle Mühe, zu publizieren, daß jedes Wohnheim mit Videorecordern, Satellitenempfängern, Mikrowellenherden, Bräunungsstudios und Zimmerservice ausgestattet sei. Doch selbst das reicht nicht immer – zumindest reichte es nicht für einige Studenten der Staatsuniversität von Ohio, die 1989 auf die Straße gingen, weil ihnen die Auswahl in den Kondomautomaten auf dem Campus nicht reichte.

Einer der herausragendsten Riten des Materialismus, Konsumismus, wird nachdrücklich gefördert durch den Werteschmied Nr. 1 des Systems, das Fernsehen. Die Werbeleute, Gurus des Konsumismus, reden davon, wie sie nur ein bestehendes Bedürfnis erfüllten, indem sie die Menschen informierten, wo und wie sie ihre Lebensbedürfnisse befriedigen könnten. Doch mit Recht stellt der frühere Werbefachmann Jerry Mander fest: „Wenn wir das Wort »Bedürfnis« im Sinne von etwas verstehen, das notwendig für das Überleben von Menschen ist – Nahrung, Obdach, Kleidung – oder auch für ihre seelische Ausgeglichenheit – Frieden, Liebe, Sicherheit, Gemeinschaft, Intimität, Sinnerfüllung –, so werden Menschen diese Dinge suchen und finden, ob mit Werbung oder ohne. Tatsächlich tritt Werbung zwischen Menschen und ihre Bedürfnisse, hält sie von direkter Bedürfniserfüllung ab und nötigt sie zu glauben, daß echte Befriedigung nur durch Warenkonsum erzielt werden kann.“ [47]

“Nichts“, sagen die Werbeleute, „gibt dir so ein gutes Gefühl wie Gold.“ Eine Frau braucht Diamanten, um ihr „Verlangen nach Eleganz“ zu befriedigen. Dieses oder jenes Haartönungsmittel ist ein bißchen teurer, sicher, aber, haucht die Schauspielerin im Werbespot, „ich bin es wert“. Alkohol-, Kraftfahrzeug- und vor allem Textilwerbung verkauft hartnäckig nicht die praktischen Vorzüge eines bestimmten Produkts, sondern die Attraktivität eines gewissen Lebensstils. Also wird der extravagante Tennisprofi André Agassi angeheuert, um seinem beträchtlich jüngeren Werbepublikum weiszumachen: „Image ist alles.“ Wo sind wir schon hingekommen? Einem Bericht des lokalen Rundfunksenders von Seattle entnahm ich im Oktober 1990, daß man jetzt Modeartikel, Kölnisch Wasser und sogar *Dom Pérignon* für *Hunde* kaufen könne.

---

[47] Jerry Mander, Four Arguments for the Elimination of Television, New York 1978, S. 127.

Das Stanford-Forschungsinstitut tut sich in seiner monatlichen Postille *Investment in Tomorrow* damit hervor, neue Gebiete zu dokumentieren, auf denen es vielversprechend erscheint, menschliche Gefühle in Bedürfnisse zu transformieren. Jerry Mander berichtet von einer besonders pikanten Stanfordschen Marktlücke: „Selbstfindung und Reisen nach innen". Mittlerweile, schreibt Mander, „sind wir so aufs Äußere bedacht, daß Innenerfahrung schon in den Bereich der knappen Waren aufgerückt ist, so daß man sie marktgerecht verpacken und dem Publikum wieder verkaufen kann. Die Dinge unseres Innenlebens lassen sich heutzutage als Produkte bewerben. Wir kommen dahin, das zurückzukaufen, was wir schon einmal besaßen".[48]

Bei der überwältigenden Fülle der materiellen Kultur der westlichen Welt ist die Häufigkeit innerer Leere sehr vielsagend. Schon Tocqueville bemerkte „die fremdartige Melancholie, die häufig die Bewohner demokratischer Staaten inmitten ihres Überflusses ergreift".[49] Wie kommt das? In unserer modernen Zeit hat die Antwort viel damit zu tun, daß die Medien uns fortwährend mit Bildern von lustmachenden Genüssen überschwemmen und wir schließlich irrtümlicherweise annehmen, wie Ronald Berman es ausdrückt, daß „wir nunmehr nicht mehr allein das Recht haben, nach Glück zu streben, sondern es uns auch tatsächlich anzueignen".[50]

Die Quintessenz des Materialismus – und seine große Lüge – ist, daß der Mensch sein Leben aus eigener Kraft meistern müsse. Statt sich des Glücks zu freuen, das als Nebenprodukt abfällt, wenn wir Gott gehorchen, wird die Erlangung selbstgezimmerten Glücks zum höchsten moralischen Lebenszweck stilisiert. Im Prozeß des Findens – oder besser: des Machens – des eigenen, persönlichen Glücks werden *Dinge* überaus wichtig. In der Religion des Materialismus spielen sie die Rolle, denjenigen, die sie besitzen, zu suggerieren, sie könnten mit ihrer Hilfe ihre materielle Umwelt kontrollieren. „Diese Dinge, die man sehen kann", schreibt Charles Kraft, „verdeutlichen uns, wie weit wir in dem Rennen um immer mehr materielle Genüsse anderen voraus sind." [51]

---

48 Ebd. S. 130.

49 Alexis de Tocqueville, Why the Americans Are So Restless in the Midst of Their Prosperity, in: J. Meyer/A. Kerr (eds.), Democracy in America, New York 1969.

50 Ronald Berman, Feeling Unfree, in: John Howard (ed.), On Freedom, 1984, S. 100.

51 Kraft, S. 29.

Für die Puritaner dagegen „arbeitete ein gottesfürchtiger Mann hingebungsvoll an seinem Platz, nicht so sehr um persönlichen Wohlstand zu erlangen, als vielmehr zur Bequemlichkeit und Zweckdienlichkeit der Gemeinschaft beizutragen – hatte doch Gott den Menschen als Gemeinschaftswesen geschaffen".[52] Heute werden Beziehungen nur so lange aufrechterhalten, wie sie zum persönlichen Vorteil nützlich erscheinen. Altruismus und *agape*-Liebe sind Relikte einer vergangenen Zeit. „So wie Leben seinen Zweck in sich selbst hat", lehrte der verstorbene materialistische Gelehrte Ayn Rand, „so hat jeder lebende Mensch seinen Zweck in sich selbst und ist nicht das Mittel zum Zweck des Wohlergehens anderer."[53]

Nach alledem sollte solche Amoralität, wie sie etwa in einer neulich von CBS ausgestrahlten Fernsehsendung zutage trat, wo es um eine tödliche, von Steuergeldern finanzierte Drogen-„Schießbude" in einem Züricher Park ging, reichen Schweizer Bankhäusern unmittelbar benachbart, keinen mehr überraschen. Ebensowenig die Botschaft einer politischen Karikatur im Orlandoer *Sentinel*: Sie zeigte einen rotchinesischen Offiziellen auf einem Platz, der über und über von verbogenen Fahrrädern und menschlichen Leibern bedeckt war. Sich an einen westlichen Geschäftsmann wendend, sagt der Chinese: „Wir haben das Kriegsrecht aufgehoben." Worauf der Geschäftsmann antwortet: „Und das war ein Akt der Humanität, Sir. Nun, kann ich Ihnen vielleicht ein paar neue Fahrräder anbieten?" In der Religion des Materialismus muß das Gewissen häufig auf dem Altar der Zweckdienlichkeit geopfert werden.

Am Ende des 20. Jahrhunderts ist der Materialismus zu einer deutlichen, überall gegenwärtigen Gefahr geworden – und das nicht bloß in den Vereinigten Staaten, Japan und Westeuropa. Im Jahrzehnt des Wandels ist die Predigt vom Glück durch Konsum durch die ganze Welt gegangen. Der Export in die Zwei-Drittel-Welt hat beständig zugenommen, weil die Bürger von Indonesien, Brasilien, Saudi-Arabien oder den GUS-Staaten zwar die Fehler des Materialismus erkennen, seinen Verlockungen vielfach aber nicht widerstehen können. Auf diesen Gedanken eingehend, mutmaßte die auf soziale Themen spezialisierte Kolumnistin Liz Smith in einem Interview mit der CBS-Moderatorin Connie Chung, „daß es vielleicht der widerwärtige Überfluß

---

[52] Christopher Lasch, The Culture of Narcissism, New York 1979, S. 108.
[53] Ayn Rand, The Virtue of Selfishness, New York 1964, S. 27.

war, den ihnen das Wunder Fernsehen vor Augen malte, was einige dieser kommunistischen Länder dazu bewogen hat, jetzt auch kapitalistisch sein zu wollen".

Am meisten Sorge bereitet jedoch, daß der Materialismus sich längst auch durch die moralischen und theologischen Schutzmauern der christlichen Kirche hindurchgewühlt hat. In vielen Kreisen ist Stil heute wichtiger als Substanz. Erfolg im Hinblick auf Finanzen oder Mitgliederzuwachs wird mit geistlicher Salbung verwechselt, und geistliche „Diener" halten ihren Dienst für „zehn Silberlinge und einen Leibrock" feil. Gemeinden werden zunehmend danach bewertet, wie effizient ihr Parkplatzsystem ist, und auf den Podien verdrängen die *Jesus-Christ-Superstar*-Kopien die Psalmensänger und Lobpreisleiter.

„Der furchterregende Ruf der Löwen", schreibt Gary Kinnaman, „beruht ebensosehr auf ihrer Gerissenheit wie auf ihrer Körperkraft …, und gleich einem Löwen hält Satan Ausschau nach arglosen Opfern."[54] Der Prophet Amos drückte es folgendermaßen aus:

> *Weh den Sorglosen zu Zion …, die ihr schlaft auf elfenbeingeschmückten Lagern und euch streckt auf euren Ruhebetten! Ihr eßt die Lämmer aus der Herde und die gemästeten Kälber. … Darum sollen sie nun vorangehen unter denen, die gefangen weggeführt werden, und soll das Schlemmen der Übermütigen aufhören."*
>
> *Amos 6,1.4.7*

Mit ihrer chamäleonartigen Charakteristik stellen Materialismus und Hinduismus eher subtile Bedrohungen für die christliche Mission dar. Der Islam jedoch gleicht einer mächtigen Dampfmaschine. Statt auf Gerissenheit zu setzen, pirscht Mohammeds Religion ihre Beute mit eiserner Kraft an. Die stärkste und zweifelsohne augenfälligste unter den geistlichen Supermächten, denen sich die Kirche am Ende des 20. Jahrhunderts gegenübersieht, ist der Islam.

* * *

[54] Gary Kinnaman, Overcoming the Dominion of Darkness, Tarrytown, NY 1990, S. 42 f.

Kapitel 3
Der Stärkste von allen

Im Verlaufe der nächsten vierzig Jahre wird der Volksislam zur gewichtigsten ideologischen Kraft der Welt werden.

Prof. James Bill,
Universität von Texas [55]

Die Muslime von heute haben Deinen Ruf vernommen:
Zurück zum Islam! Zurück zum Koran!
Zurück zum Dschihad und zum Martyrium!

Aus einem Gedicht mit dem Titel „O Imam Khomeini", veröffentlicht am 6. Jahrestag der Islamischen Republik Iran [56]

Ich möchte eine Bombe werden,
um Tel Aviv und Washington zu zerstören!

Jordanischer Jugendlicher in einem
BBC-Kriegsbericht aus Amman [57]

Innerhalb eines Jahrhunderts nach dem Tode Mohammeds breitete sich der Islam in dem Gebiet zwischen Spanien und Indien aus und erreichte eine größere geographische Ausdehnung, als das Römische Reich jemals gehabt hatte. Nach der Epoche europäischer Kolonialherrschaft ist er heute erneut expansiv.

Als schnellstwachsende Religion der Welt wird der Islam sich Prognosen zufolge etwa um das Jahr 2020 zahlenmäßig verdoppelt haben. Wenn die geläufigen Schätzungen stimmen, werden zu jenem Zeitpunkt ca. 1,9 Milliarden Menschen Muslime sein. Das würde einem Viertel der Menschheit entsprechen.[58] Ein islamischer Forscher geht davon aus, daß die muslimische Weltbevölkerung Jahr für Jahr um gut 50 Millionen Menschen zunimmt – dank, wie er sagt, „massiver Be-

---

55 Islam's Militants, Newsweek v. 15.7.1985.

56 Veröffentlicht von der *Islamic Republic News Agency* in London; zit. n. Clifford Denton, The Challenge of Islam, Souldern 1988.

57 Ausgestrahlt in Großbritannien zehn Tage nach der irakischen Invasion Kuwaits.

58 Nach der ABC-Sendung *Nightline* v. 15.2.1989.

kehrungskampagnen, durchgeführt von Zehntausenden von Missionaren in über 120 Ländern sowie … einer außerordentlich hohen Geburtenrate". [59]

Im Herbst 1988 berichtete die Zeitschrift *World Evangelization* über eine von Muslimen ausgerichtete Missionskonferenz in Los Angeles, deren Veranstalter stolz verkündeten, man wolle 50 bis 75 Millionen Amerikaner für den Islam gewinnen. Ihre Zielgruppe seien, wie sie sagten, „diejenigen Schichten der Gesellschaft, die unter dem Zusammenbruch der sozialen Ordnung leiden". Im übrigen, erklärten sie, wollten sie klarstellen, daß sie mit langfristiger Perspektive in Nordamerika angetreten seien – willens, wenn nötig Jahrhunderte zu investieren, um ihre Ziele zu erreichen. Als Modellfälle ihrer Beständigkeit verwiesen sie auf Ägypten, Nordafrika und Indonesien – Regionen, in denen die muslimische Bevölkerung über lange Zeiträume beständig gewachsen sei, bis sie die Mehrheit der Einwohnerschaft ausmachte. Die Städte Kleinasiens und Nordafrikas, in denen einst die Kirchenväter des Altertums wirkten – es gibt in diesen Regionen 15 Städte mit jeweils über einer Million Einwohnern –, sind heute alle fest in islamischer Hand.[60]

Zweifelsohne lassen sich die islamischen Erfolge mit Eigenschaften wie Ausdauer, Universalität und der Fähigkeit, religiöse Haltungen mit nationalistischen Hoffnungen zu verknüpfen, erklären. Doch diese Erklärungen allein genügen nicht zur Begründung des enorm wachsenden islamischen Einflusses in den achtziger Jahren. Im Kern ist der Islam eine geistliche Bewegung und muß deshalb geistlich definiert werden. Hinter seinen zahlreichen erfreulichen Charakteristika – wie Selbstdisziplin und Gemeinschaftsbewußtsein – verbirgt sich eine dunklere Seite, eine Seite, die deutlich erkennen läßt, daß eine tiefere Kraftquelle vorhanden ist. In großen Teilen der islamischen Welt sind denn auch Gewalt- und Wahrsagegeister mittlerweile vertraute Gäste.

---

59 John Laffin, Islam's Clandestine Operations, zit. n. Denton, a.a.O. – Die Bevölkerungsexperten John R. Weeks und Saad Gadalla berechnen in ihrer Studie *The Demography of Islamic Nations* die Geburtenrate islamischer Nationen auf 42 pro 1000 Einwohner im Vergleich zu weniger als 34 in anderen Entwicklungsländern.

60 Nach einem Gespräch mit Dr. Sam Wilson, Monrovia, CA Dez. 1987.

Offenbarungen und Zauberkräfte: die mystische Welt des Islam

Wer den Islam wirklich verstehen will, muß die Zeit kennen, in die er hineingeboren wurde. Die Muslime selber sprechen von dieser Epoche – den Jahren vor etwa 570 n. Chr. – als der *jâhilîya*, der „Zeit der Unwissenheit". Zwar liegen viele Züge dieses „dunklen Zeitalters" Arabiens im Nebel der Geschichte verborgen, sicher ist jedoch, daß die Kultur, in der der Islam entstand, fest in den Händen von Aberglauben und Götzenkult war. [61]

Dem stimmen viele Muslime ohne weiteres zu. Weniger bereitwillig werden sie die Ansicht akzeptieren, daß der Islam verschiedene Züge dieser frühen heidnischen Religiosität übernommen hat. Doch mögen sie dies auch ablehnen – die Beweise dafür, daß es sich so verhält, liegen auf der Hand. Sie lassen sich an etlichen zeitgenössischen islamischen Symbolen und Praktiken aufweisen.

Nehmen wir zum Beispiel die *Kaaba*, das höchste Heiligtum des Islam, heute im Mittelpunkt der Großen Moschee zu Mekka. Die heidnischen Araber verehrten sie wegen des schwarz schimmernden Meteoriten, der in eine ihrer Seitenwände eingelassen ist. Orthodoxe Muslime behaupten dagegen, die *Kaaba* sei das Haus Gottes gewesen, das ursprünglich Adam errichtet habe, bevor Abraham es wieder instandsetzte und schließlich Mohammed ihm seine heutige Gestalt gab. Mögen sie auch den vorislamischen Status der *Kaaba* als Ort von mehr als 360 Götzen beklagen, so haben die Muslime nichtsdestoweniger sämtliche Pilgerriten beibehalten, die sich an das Heiligtum knüpften. [62]

Jahr für Jahr strömen mehr als zwei Millionen Muslime als aller Welt im Königreich Saudi-Arabien zusammen, um der *hajj* Genüge zu tun, der Pilgerfahrt ins heilige Mekka, die jeder Muslim einmal im Leben absolvieren sollte. Alle zwei Minuten landen im Wallfahrtsmonat *Dû l-hijja* auf dem Flughafen des nahen Dschidda Maschinen voller Gläubiger aus dem Senegal, Pakistan, Frankreich, den GUS-Staaten, Indonesien, der Türkei und einer langen Reihe anderer Länder mit muslimischer Bevölkerung. Die *hajj* bietet den Pilgern die Gelegenheit, einen neuen Namen anzunehmen und von ihren Sünden gereinigt zu

---

[61] Siehe Michael Nazir-Ali, Islam: A Christian Perspective, Carlisle 1983, S. 25-28.
[62] Ebd. S. 26 f.

werden. Ein Gebet in der Großen Moschee während der Pilgerfahrt wiegt 100.000 sonstige auf. [63]

Vielen Wallfahrern ist der Augenblick unvergeßlich, als ihre Lippen in der Mulde, die Millionen ehrfürchtiger Küsse während vieler Jahrhunderte ausgehöhlt haben, den Schwarzen Stein berührten. Einer dieser Küsse war der von Muhammad Labib al-Batuni, der im frühen 20. Jahrhundert mit kraftvollen Schilderungen berichtete, welche geistliche Kraft von der *Kaaba* ausgeht:

> Die ganze Versammlung stand dort [um die Kaaba herum] mit allergrößter Ehrerbietung vor dieser höchsten aller Majestäten, die wie nichts anderes Ehrfurcht einflößt, vor der die größte aller Seelen so gering wird, als sei sie nichts. Wären wir nicht Zeugen der Körperbewegungen während des *salât*, der im Gebet erhobenen Hände und der gemurmelten Demutsbezeugungen geworden und hätten wir nicht das Schlagen der Herzen angesichts dieser unermeßlichen Größe vernommen, so hätten wir uns in ein anderes Leben versetzt geglaubt. Und tatsächlich waren wir zu jener Stunde in einer anderen Welt. Wir waren im Hause Gottes, in Gottes unmittelbarer Gegenwart, und alle hatten das Haupt gebeugt, die Zunge gedemütigt, die Stimme im Gebet erhoben, die Augen voller Tränen, das Herz voll Furcht und die Gedanken erfüllt mit reiner Anbetung.[64]

Neben der *Kaaba* ist der allgegenwärtige Fruchtbare Halbmond das offensichtlichste heidnische Symbol, das sich der Islam zu eigen gemacht hat. Dabei handelt es sich ursprünglich um das Symbol des mächtigen Mondgottes der Babylonier, der in vorislamischer Zeit auch als Herr der mekkanischen *Kaaba* verehrt wurde. In frühislamischer Zeit wurde dieses Symbol als Emblem der gerade flügge werdenden neuen Religion übernommen. Und wie sich der babylonische Kalender am Neumond orientierte, um der babylonischen Obergottheit Ehre zu erweisen, so wird noch heute der islamische Monatsanfang mit der Beobachtung des Neumondes durch religiöse Würdenträger begangen. [65]

Eine weitere Verbindung zwischen dem Islam und den altarabischen heidnischen Kulten erweisen die Berichte über Mohammeds frühe Of-

---

[63] Lacey, S. 515.

[64] Hajj, Arabia Sept. 1982.

[65] H.F. Saggs, The Greatness that Was Babylon, London 1988², S. 436 f.

fenbarungen. Obwohl Mohammed Götzendienst und Aberglauben, wie sie im westlichen Arabien vorherrschten, gedanklich ablehnte, stand er nachweislich selbst mit einem Fuß mitten in der Welt der Geister.

Seine früheste überlieferte Begegnung mit dem Übernatürlichen ereignete sich in einer Höhle des Berges Hira'. Nach einigen Tagen einsamer Meditation, so berichtete Mohammed, wurde er plötzlich gewahr, daß etwas „gegenwärtig" sei. Unmittelbar darauf erfaßte ihn eine „Offenbarung", die sich als auslösender Funke der islamischen Religion erweisen sollte. Es gibt Hinweise, daß er zunächst annahm, ein böser Geist habe ihn ergriffen. Erbärmlich zitternd und frierend ging er, von dieser Erfahrung tief erschüttert, nach Hause zu seiner ersten Frau Hadiga, die ihn in Decken wickelte und ihm versicherte, er sei keineswegs besessen.[66]

Nachfolgende Offenbarungen waren häufig von spürbaren Manifestationen wie Schmerz – „so daß wir es deutlich wahrnahmen", sagte Mohammed – oder Schweißausbrüchen selbst an kalten Tagen begleitet. Ein anderer Forscher berichtet, Mohammed habe „seinen Kopf verhüllt, wie ein Schlafender geschnarcht oder geröchelt wie ein Kamelkalb". [67] Dies dürfte mit dem Brauch zusammenhängen, sich mit einer Decke zu verhüllen, um konzentriert Inspirationen empfangen zu können. Der Koran legt in Sure 73 nahe, daß Mohammed diese Praktik ausübte. [68]

In dieser Weise und mit vielfältigen anderen Praktiken scheint Mohammed heidnische Priester (*kâhin* – Seher) nachgeahmt zu haben, die mit Träumen, Orakeln und Loswerfen umgingen, um sowohl die Gegenwart auszulegen als auch die Zukunft vorherzusagen. Wie die Seher verfiel Mohammed häufig in mystische Trancezustände, während derer er in rhythmischer Reimprosa exakt des Stils sprach, wie er später im Koran seinen Niederschlag fand.

Es überrascht nicht, daß diese Vermischung von Orthodoxie und Spiritismus die islamische Gemeinschaft durch die Jahrhunderte als herausragendes Merkmal begleitet hat. Heutige Schätzungen gehen da-

---

[66] Nazir-Ali, S. 28 f.

[67] Paul Duggan, ReachOut 3,1.2.

[68] Manche gehen davon aus, daß Muammar el-Ghaddafi ebendiese Praktik von Zeit zu Zeit in der libyschen Wüste ausübt.

von aus, daß von den etwa einer Milliarde Muslimen in der Welt gut 70 Prozent den sogenannten Volksislam ausüben.[69]
Wie jeder bestätigen kann, der den berühmten Basar von Marrakesch nach Einbruch der Dunkelheit besucht hat, vermag dieser Graswurzel-Islam merkwürdige Ungereimtheiten hervorzubringen. Gleichzeitig mit den Ohrwürmern, die Schlangenbeschwörer ihren Flöten entlocken, um mit ihren Vipern dem neugierigen Publikum ein Schauspiel zu bieten, versetzen ein paar Meter weiter die rhythmischen Trommelwirbel islamischer Sufis ihre Anhänger in hypnotische religiöse Verzückung. Während im Rinnstein kauernde Tarot-Kartenleserinnen Feld-Wald-und-Wiesen-Schicksale vorhersagen, geben turbangeschmückte islamische Gelehrte im surrealen Licht flackernder Laternen Koran-Weisheiten weiter. Wohin immer man schaut, sind die Fäden des klassischen Islam mit einem feinen Geflecht aus Dämonen, Heiligenfiguren, Orakeln und Amuletten verwoben.
Auch die weithin bekannte Geschichte von *Aladin und der Wunderlampe* illustriert die Welt des volkstümlichen Islam. Das Märchen erzählt, daß, wann immer der 15jährige Aladin an seiner magischen Lampe rieb, ein dienstbarer Geist aus deren Messingtülle hervorkam, um seinen Befehlen zu gehorchen. Wenn auch Aladin und seine Lampe ins Reich der Sage gehören, so gilt dies nicht für den „dienstbaren Geist". Die Araber sprechen von Dschinnen, worunter man Geister versteht, die aus rauchlosen Flammen hervorgehen und unbändige Kräfte besitzen sollen, eingeschlossen die Fähigkeit, in menschlicher oder tierischer Gestalt aufzutreten.[70] Überall in der muslimischen Welt fürchtet man die Dschinnen als Urheber einer Vielzahl von Mißhelligkeiten – von Epilepsie bis zur Unfruchtbarkeit. Ähnlich vielfältig sind ihre Wohnplätze. Bill Musk nennt in seinem Buch *Das unbekannte Gesicht des Islam* „Ziegelbrennöfen, Müllhalden (Iran), bestimmte Bäume, Haie, Krokodile (Philippinen), Moore, Flüsse, Quellen (Marokko), Ruinen, Friedhöfe und Toiletten (Ägypten). Dunkle Räume und die Dunkelheit der Nacht werden meistens als Einfalls-

---

[69] Phil Parshall, zit. n. Joan Rulison, Folk Islam – Part I, 1987; s. auch Mixing Allah and Amulets, Impact Nov. 1986, sowie Interview Gail Bennetts mit Dr. Dudley Woodberry in Pulse v. 21.3.1986.
[70] Jinns, Spells, and Talismans, SIM Now März/April 1984.

tor der Dschinn betrachtet" [71], und man verwendet viel Mühe auf vermeintlich schützende Vorkehrungen, sobald man gezwungen ist, eine Dschinn-Zone zu betreten.

Anders als im klassischen Islam, der nur Menschen Autorität verleiht, welche vorgeschriebene Studien absolviert und eine offizielle Ausbildung durchlaufen haben, anerkennt der Volksislam Personen mit nachgewiesenen übernatürlichen Fähigkeiten als Träger und/oder Beschwörer geistlicher Mächte. Viele solche Medien, Exorzisten und Heiler – wie etwa im Zar-Kult, der in Nordafrika und weiten Teilen des Nahen Ostens verbreitet ist – stehen nur nach außen hin mit dem Islam in Verbindung, während andere wie die pakistanischen *Pirs*, die *Marabuts* in Westafrika oder die *walî* in der arabischen Welt sich nachdrücklich bemühen, Koranlehren in ihre exotischen Arsenale von Heilmitteln, Wahrsagetechniken und Fluchriten zu integrieren.

Schlechthin alle Gläubigen im Volksislam begegnen alltäglichen Herausforderungen, etwa bösen Geistern oder Schicksalsschlägen, die es abzuwehren gilt, mit Hilfe von Amuletten und Talismanen. Da gibt es allerlei, angefangen von der verbreiteten „Hand Fatimas" (der Tochter Mohammeds) bis hin zu kolorierten Rosenkränzen und raffiniert gemixten Zaubertränken. Schwangere pflegen Amulette vorm Bauch zu tragen, was die Gebärmutter kräftigen soll. Zum Schutz der Neugeborenen vor Eifersuchtsflüchen wie dem „bösen Blick" pflegen pakistanische Mütter ihre Säuglinge mit Butter einzureiben und anschließend Augen und Augenbrauen mit Kohle zu schwärzen. Oft geht man noch einen Schritt weiter, indem man den Koran über dem Kind erhebt und währenddessen arabische Gebete rezitiert.

Bedarf es freilich außergewöhnlicher magischer Kräfte, so pflegen *Pirs* und *Marabuts* sich zuweilen der Dienste gefallener Engel zu versichern. Folgender Bericht eines ehemaligen Koranschülers aus Westafrika verdeutlicht, wie heikel so etwas vor sich geht:

> Dämonen wollen ein Opfer, bevor sie etwas für jemanden tun. Zu Beginn der Zeremonie schlachtet jemand zwei Ziegen, eine morgens und eine abends. Ist das getan, schneidet er ihnen die Herzen heraus und ißt sie auf. Falls der gefallene Engel – was man an bestimmten Zeichen ablesen kann – willens ist, mit der Person zusammenzukommen,

---

71 Bill A. Musk, Das unbekannte Gesicht des Islam, Marburg 1992, S. 37.

> muß diese 7777mal in einer Nacht den Namen des Engels Samharouge aufsagen. Ferner darf die Person, die den Dämon zu schauen wünscht, keinerlei Furcht zeigen, sonst muß sie sterben. Der gefallene Engel erscheint stets in einer Freitagnacht. Um zu Abmachungen mit den Dämonen zu gelangen, muß man ein weiteres Opfer bringen, bestehend aus sieben Kolanüssen, drei Eiern und sechs Ascheklumpen. Sind diese Gaben zubereitet, so begibt sich die Person in den Busch oder einen Wald. Da sie aber nicht weiß, wo der Dämon sich befindet, wiederholt sie immer wieder den Gruß „Friede sei mit dir", bis sie eine Antwort vernimmt. Dann weiß sie, daß der Dämon nah ist. Der Dämon wird auf jeden Fall einen Baum bewohnen. Folglich muß die Person ihr Opfer bzw. ihre Gaben an den Fuß des Baumes stellen und dann sagen: „Ich habe dir Essen gebracht und möchte dein Freund sein." Daraufhin werden ohne Mitwirkung einer menschlichen Hand die Kolanüsse und die Eier in den Baum hinaufgezogen werden, während die Ascheklumpen am Boden zurückbleiben. Zu diesem Zeitpunkt wird zwischen der Person und dem Dämon ein Vertrag geschlossen, der sowohl den Gegenstand benennt, in dem der Dämon der Person beistehen wird, als auch die Art und Weise, in der dies geschehen soll. [72]

Selbst auf dem Gebiet des Sports hat sich der Einfluß der *Marabuts* bemerkbar gemacht. Während das westliche Publikum sich über den Anblick von *Juju*-Männern (Hexern) amüsierte, die die überraschend erfolgreiche kamerunische Fußball-Nationalmannschaft zur Weltmeisterschaft 1990 begleiteten, bereiten die Aktivitäten dieser Geisterbeschwörer dem afrikanischen Fußballverband viel Kopfzerbrechen. Fußballvereine in mehreren afrikanischen Ländern – Kamerun, Zaire, Kenia, Nigeria und Ghana – unterhalten hochbezahlte *Marabuts*, die ihnen zum Sieg verhelfen sollen. Manche Mannschaften weigern sich, offizielle Umkleideräume und Stadioneingänge zu benutzen, aus Furcht, diese könnten verhext sein, und es ist nichts Ungewöhnliches, daß Matches vor der Zeit abgebrochen werden müssen, weil eine der beteiligten Mannschaften sich als *Juju*-Opfer fühlt.

---

[72] Bericht von Lamin Kante, zit. n. Rulison.

Eiferer des Halbmondes

Während die Muslime in ihrer Mehrheit sich gerne der Leitung und des Schutzes versichern, die ihnen Träume, Talismane, die Verehrung von Heiligen und islamische Geistheiler bieten, lehnen einige solche Praktiken strikt ab. Dabei handelt es sich um die Angehörigen des klassischen Hochislam, deren erstrangiges Ziel es ist, den Einfluß des aus dem Koran geschöpften islamischen Rechts aufrechtzuerhalten und auszudehnen. Zwar scheint es auf den ersten Blick, als stünden diese Muslime dank ihres entschiedenen Monotheismus grundsätzlich und praktisch dem Christentum näher als ihre „erdigeren" Brüder, doch hält diese Annahme einer eingehenden Überprüfung nicht wirklich stand.

Natürlich finden sich unter den Fußtruppen der islamischen Orthodoxie auch ehrliche Wahrheitssucher, doch hat die Betonung der Buchstabengeltung des Gesetzes immer mehr von ihnen in die Arme des Fundamentalismus getrieben, wo sie, nicht anders als jüdische Pharisäer und christliche Inquisitoren, durch die Annahme verführt worden sind, Gott einen Gefallen zu erweisen, indem sie andere verurteilen, quälen und schikanieren. Dieser Geist der Gewalt hat in extremen Fällen, wie wir sie heute im Iran, in Afghanistan, im Libanon oder im Sudan vorfinden, zu abscheulichen Massenmorden geführt.

"Die islamische Gesellschaft", sagt der libanesische Soziologe Sania Hamady, „ist grausam, hart und unbarmherzig." [73] Das klingt zwar rüde, selbst aus dem Munde eines Muslims, doch Dr. Hamady weiß, wovon er spricht. So vertrat beispielsweise ein Wissenschaftler der renommierten Kairoer Al-Azar-Universität vor einigen Jahren die Auffassung, man solle alle Aidskranken töten, damit sie der Gesellschaft keinen Schaden zufügen könnten, und zwar solle man ihnen Nahrung, Wasser und medizinische Versorgung vorenthalten, bis sie stürben.[74] Im Gefängnis von Kober, Sudan, finden „Amputationstage" statt, an denen Sanitäter abgeschnittene Gliedmaßen von Übeltätern, die gemäß der *šarî'a*, dem islamischen Recht, abgeurteilt worden sind,

---

[73] Zit. n. John Laffin, The Many Faces – and the Heart – of Islam (The Challenge of Islam), Souldern 1988.

[74] So Abdullah al-Mašad, Vorsitzender des *fatwâ*-Kommitees der Al-Azar-Universität, Kairo, zit. n. The Independent v. 7.4.1989.

vor riesigen Menschenmassen umherschwenken, die frenetisch *Allâhu akbar* und andere islamische Jubelrufe skandieren. [75]
Im malaysischen Bundesstaat Pahang hat der Gesetzgeber obligatorische Auspeitschungen und Haftstrafen für Muslime angeordnet, die vom Islam abfallen oder andere Religionen verkündigen. In der Provinz Xinjiang, Volksrepublik China, pflegt man Abgefallene – d. h. zum Christentum bekehrte Ex-Muslime – Augenzeugenberichten zufolge am Boden zu fesseln, woraufhin man ihnen drei Tage lang Seifenwasser einflößt, um böse Geister auszuspülen. Anschließend werden die Opfer gezwungen, einen einwöchigen Koran-Schnellkurs zu absolvieren, wonach sie ihrem christlichen Glauben abschwören oder mit Verbannung bzw. Tod rechnen müssen. [76]
Viele direkte und indirekte Anzeichen deuten darauf hin, daß der Einfluß fundamentalistischer Kräfte zunimmt. Als ich beispielsweise im April 1987 Kairo besuchte, sprangen mir an buchstäblich jeder Straßenecke Plakate und Autoaufkleber ins Auge, auf denen zu lesen stand: *Der Islam ist die Antwort!* Dahinter steckten jedoch großangelegte Manipulationen. So sagte Jihan Sadat, die Witwe des ermordeten ägyptischen Präsidenten Anwar el-Sadat, daß Fundamentalisten massenweise Autos mit Aufklebern versehen hätten, ohne daß die Besitzer damit einverstanden waren. „Und nur wenige", fuhr sie fort, „haben den Mut, sie wieder abzuziehen." [77]
Fundamentalistische Einschüchterungsversuche verfehlen ihre Wirkung auch auf Nichtmuslime nicht. Aufgrund der Erkenntnis, von ihren Nachbarn beobachtet zu werden, und um ihren labilen Rechtsstatus nicht zu gefährden, haben dem Vernehmen nach etliche ägyptische Kirchengemeinden, darunter auch evangelikale, Geldmittel für den Bau von Moscheen gespendet. Im Sudan ist der zwei Millionen Mitglieder starken katholischen Bevölkerungsgruppe zwei Jahrzehnte lang jeglicher Kirchenneubau verwehrt worden, während muslimische Kreise keiner solchen Beschränkung unterliegen und allenthalben Moscheen und Islamzentren entstehen. [78]
Ermutigt durch ihren Erfolg im Iran, haben islamische Fundamentalisten seither Jahr für Jahr bedeutende politische Ziele erreicht. So be-

---

[75] Robin Wright, Sacred Rage, the Wrath of Militant Islam, New York 1986, S. 201 f.
[76] Muslim Converts Brutalized in Urumqi, China, News Network International v. 15.11.1989.
[77] Evangelical Missions Quarterly, Okt. 1985.
[78] Joseph E. Davis, The Islamization of the Sudan, America v. 12.11.1988.

schloß beispielsweise das Parlament von Bangladesch im Juni 1988, den Islam zur offiziellen Staatsreligion zu erklären. Im selben Jahr erging im malaysischen Bundesstaat Selangor ein Erlaß, demzufolge Nichtmuslime 35 Wörter und Wendungen nicht mehr benutzen dürfen, die allein den Muslimen vorbehalten sind.[79] In Jordanien hatte mit Stand 1990 die „Muslimbruderschaft" 32 der 80 Parlamentssitze inne, während in Algerien im selben Jahr die „Islamische Heilsfront" bei kommunalen und regionalen Wahlen erdrutschartige Siege feiern konnte. Im ägyptischen Parlament wird die Opposition von der „Muslimbruderschaft" des Landes kontrolliert, wie auch die nationale Standesorganisation der Mediziner und die meisten Verbände von Hochschulmitarbeitern sowie Studenten von islamischen Interessengruppen beherrscht sind. [80]

In ihrem Buch *Sacred Rage* berichtet die Journalistin Robin Wright von einem französischen Botschafter in Nordafrika, der die Machtstellung der Fundamentalisten in sunnitischen[81] Staaten mit der Geschichte einer algerischen Lehrerin erklärte: Diese stellte ihren Englisch-Schülern, unter denen die meisten westorientiert waren, die Aufgabe, einen Aufsatz über diejenige Nation zu verfassen, die sie am meisten bewunderten. Mehr als 70 Prozent der Schüler schrieben über den Iran. [82]

Genau zwei Wochen vor Anbruch des Jahrzehnts des Wandels konnte man im Londoner *Sunday Telegraph* lesen: „Der Westen sieht sich einem wiedererstarkenden Islam gegenüber, getrieben von unversöhnlichen Motiven, die die Grenzen der Vernunft überschreiten und religiös gespeiste Zorn- und Rachegelüste in sich tragen." Sechs Jahre später – im Libanon nahmen Entführungen überhand, Geiseln verschwanden – warnte Abdelwahab el-Affendi in der Zeitschrift *Arabia*: „Wir sind Zeugen des Auflaufens antiwestlicher, radikalislamischer Flutwellen. Vielleicht ist es für den Westen schon zu spät, irgend etwas dagegen zu unternehmen, außer still dazusitzen und sich auf die Springflut gefaßt zu machen, die schon bald sein Boot überrollen wird."

---

79 Local News – Enactment Against Proselytisation, Berita [ed. Christian Federation of Malaysia], April 1988.

80 Islam's Tide Is Just a Ripple, The Economist v. 23.6.1990.

81 Der sunnitische Islam, der etwa 85 Prozent der islamischen Weltgemeinschaft umfaßt, wird im allgemeinen als traditioneller und weniger radikal angesehen als seine Rivalin, die *Ši'a*.

82 Wright, S. 173.

Doch worin besteht diese unbändige Flut, die auf uns zukommt? Im Jargon der Fundamentalisten handelt es sich um *Dschihad*, den „heiligen Krieg". In ihm sehen sie das Mittel, den Islam unter denen zu verbreiten, die sich ihm nicht freiwillig unterwerfen, sowie im Inneren den „wahren Glauben" gegenüber Abgefallenen durchzusetzen.
Kurz nach seiner Heimkehr in den Iran verkündete der Ayatollah Khomeini vor Tausenden von Bewunderern in Teheran: „Mit einer Bevölkerung von beinah einer Milliarde und unerschöpflichen Quellen des Wohlstands kann man jede Macht in die Schranken weisen. Unterstützt die Sache Gottes, so daß Er auf eurer Seite stehen kann! Ihr, großer Ozean des Islam, erhebt euch und schlagt die Feinde der Menschlichkeit! Wenn ihr euch Gott zuwendet und der himmlischen Lehre folgt, werden der Allmächtige und Seine unzähligen Heerscharen mit euch sein!" [83] In vielen islamischen Nationen, zum Beispiel in Ägypten, traf Khomeinis Botschaft auf weit offene Ohren. Seit Jahren schwenken Fundamentalisten bei Kairoer Gerichtsverfahren gegen ihre Spießgesellen Transparente, auf denen es warnend heißt: *Die Muslime sind im Kommen!* und *Wir werden durch den Islam die Welt verändern und mit dem Koran herrschen!* [84]
Mitte November 1988 verkündete der libysche Führer Muammar al-Ghaddafi, die weltweite Ausdehnung des Islam habe ein neues Stadium erreicht, das sich qualitativ und quantitativ von allen Bemühungen vergangener Zeiten abhebe. Aus Tripolis ließ er verlauten, der islamische heilige Krieg werde von nun an von einem „Internationalen Islamischen Volkskommando" getragen, dessen Aufgabe es sei, islamische Massenaktionen zu steuern.
Es ist noch nicht völlig klar, was dies bedeutet. Fest steht jedoch, daß Ghaddafi und andere radikale Muslimführer auf einen Kader junger Fanatiker zurückgreifen können, die jeden Preis zu zahlen bereit sind. So kreischte zum Beispiel zehn Tage nach der irakischen Invasion Kuwaits ein junger Jordanier ins Mikrophon eines BBC-Berichterstatters: „Ich will eine Bombe werden ..., um Tel Aviv und Washington zu zerstören!" Und mit Bezug auf derlei Einstellungen erklärte ein libanesischer Terrorist namens Hamza westlichen Journalisten: „Ich will

---

83 Rede Khomeinis in Teheran, 13.9.1980; zit. n. Hamid Algar (ed.), Islam and Revolution, Berkeley, CA 1981.
84 Wright, S. 173. 184.

vor meinen Freunden sterben. Sie wollen vor mir sterben. Wir wollen unseren Gott sehen.“ [85]

Öl – die Schatztruhe Allahs

Wohl nirgendwo sonst hat sich die Binsenweisheit, daß „Reiche immer reicher werden“, mehr bewiesen als im Königreich Saudi-Arabien. Als sie längst schon die größten Ölexporteure der Welt waren, entdeckten die Saudis im Jahre 1990 neue ausgedehnte Rohöllagerstätten, deren hochwertiges Öl die Versorgung weit ins 21. Jahrhundert hinein vollauf sichert. Während viele im Westen all dies nur als reichlich glücklichen Zufallstreffer im geologischen Lotteriespiel sehen, betrachten viele Muslime am Persischen Golf ihre Ölreserven als Schatztruhe Allahs.

In den frühen achtziger Jahren sagte der Chef des saudischen Auslandsnachrichtendienstes, Prinz Turki al-Faisal, dem britischen Reporter Robert Lacey: „Arabien ist heute reich wie nie zuvor, und viele einfache Leute in diesem Land sind überzeugt davon, daß es dafür einen Grund, und zwar nur einen einzigen Grund, gibt: daß wir immer gute Muslime waren.“ [86]

Unbestreitbare Tatsache ist, daß der Ölboom der siebziger Jahre Saudi-Arabien und mit ihm Libyen und den Iran in die Lage versetzte, die Interessen des Islam weltweit voranzutreiben. Je mehr die Petrodollars sich aufhäuften, um so stärker wurde nicht nur ihr Einfluß in Dutzenden von Ländern, vielmehr wurden sie zu einem regelrechten Machtfaktor.

Eines der Hauptziele der Interessen islamischer Ölländer war Großbritannien. Im Sommer 1987 stellte der damalige Innenminister Douglas Hurd eine als höchst dringlich eingestufte Untersuchung darüber an, welche Absichten hinter dem Einströmen von Millionen und Abermillionen Pfund aus islamischen Ölländern wie Libyen, Kuwait, dem Iran, Saudi-Arabien und dem Irak in das Vereinigte Königreich standen und welche Auswirkungen diese Gelder zeitigten. Diese ausländischen Kapitalzuflüsse verteilten sich zumeist – und sie tun es immer noch – in drei Kanäle: Investitionen, mildtätige Zwecke und reli-

---

[85] Peter Ross Range, Islam: Seeking the Future in the Past, US News & World Report v. 6.7.1987.

[86] Lacey, S. 514 f.

giöse Projekte bzw. Kampagnen. Oberflächlich betrachtet könnte man meinen, nur die dritte Kategorie müsse die Briten oder sonst eine westliche Regierung mit Besorgnis erfüllen. Es gibt aber starke Hinweise, daß in Wirklichkeit alle drei Bereiche strategisch miteinander verknüpft sind.

Zunächst zum Investmentbereich: Viele Briten sind zunehmend besorgt, daß die islamischen Ölmilliarden in ihrem Land ähnliche Auswirkungen hervorbringen wie japanisches Kapital in den Vereinigten Staaten. Langsam aber sicher kommen immer mehr britische Wahrzeichen und Institutionen unter die Kontrolle nahöstlicher Eigentümergesellschaften mit divergierenden Wertvorstellungen und Loyalitäten. Über das berühmte Kaufhaus *Harrod's* hinaus besitzen Firmen aus dem Nahen Osten mittlerweile ganz oder zum Teil erstklassige Londoner Hotels wie den *Carlton Tower*, das *Sheraton Park*, das *Churchill* oder das *Montcalm*. In den späten achtziger Jahren waren an mehr als einem Drittel aller Immobilien-Transaktionen in London Araber aus dem Nahen Osten beteiligt.

Auch das Investmentbanking ist ein Bereich wachsenden muslimischen Einflusses. Abgesehen von den ungefähr 60 arabischen Banken, die gegenwärtig in London ansässig sind, hält das mächtige *Kuwait Investment Office* mindestens fünf Prozent der britischen Geschäftsbank Morgan Grenfell und, gemäß BBC, einen 10,5prozentigen Anteil an der Midlands Bank – ganz zu schweigen von seinen zehn Prozent an British Petroleum und den drei Prozent an Trusthouse Forte. [87]

Im Gefüge der Macht kommen Besitz und Bevölkerungsanteile politischem Einfluß gleich; und politischer Einfluß sowohl innerhalb Großbritanniens als auch darüber hinaus rangiert unter den Zielen muslimischer Strategen ganz oben. Gegen den wachsenden muslimischen Bevölkerungsanteil kann letztlich niemand etwas unternehmen; die Regierung hat jedoch klargestellt, daß sie die Beziehungen zwischen ausländischen Kapitalzuflüssen und politischen Aktivitäten im Inland künftig genauer im Auge zu behalten gedenkt.

Nach Meinung einiger Beobachter indes kommt diese vermehrte Aufmerksamkeit möglicherweise bereits zu spät. „Mit unbestreitbarem Erfolg werden fortwährend islamische Schneisen in unser Land geschlagen", beobachtet Mr. Fouzi-Ayoub, ein in Britannien ansässiger

---

[87] The London Daily Telegraph v. 1.5.1987; BBC-Fernsehbericht v. 7.8.1990.

arabischer Christ. „Die Muslime verfolgen das erklärte Ziel, Britannien in eine islamische Nation zu verwandeln." [88] Solche Befürchtungen scheinen nicht aus der Luft gegriffen zu sein: Im Frühjahr 1988 veranstaltete das vom Iran finanzierte Britische Islamische Institut in einem Londoner Hotel eine Tagung, die dazu dienen sollte, die nächste Ausbreitungsphase der iranischen islamischen Revolution zu planen. Besucher der Tagung waren Führungskräfte extremer islamistischer Gruppen aus 44 Ländern, denen berichtet wurde, wie gute Fortschritte fundamentalistische Bemühungen allenthalben zuteil würden. Einige Zeit später wurden bei einer anderen Konferenz islamischer Führer nicht nur Forderungen nach einem „Muslimparlament", sondern auch nach der Etablierung „besonderer Beziehungen" zwischen britischen Muslimen und dem Iran laut.[89] Im September 1989 schließlich ging eine Gruppe britischer Muslime vom Reden zum Handeln über und gründete die Islamische Partei Britanniens, die erste muslimisch orientierte politische Partei Europas.[90]

Was mildtätige und islamisch-religiöse Projekte anbetrifft, haben die Saudis und andere Golf-Potentaten nicht nur zahlreiche Moscheen, Missionsanstalten und mindestens fünf islamische Periodika im Vereinigten Königreich ins Leben gerufen, sondern auch mit staatlichen und privaten Mitteln Islam-Fachbereiche an diversen britischen Universitäten, namentlich Oxford und Exeter, finanziert.[91] Mag man dies auch für annehmbar, ja nobel halten, so weist u. a. Daniel Pipes darauf hin, daß „namhafte saudische Finanzspritzen für Projekte der Islamforschung fundamentalistische Standpunkte gestärkt und bekanntgemacht haben". [92]

---

[88] English Churchman v. 1.6.1990.

[89] Anschließend sagte der Direktor des Islamischen Instituts, Dr. Kalim Saddiqui, vor den Medien: „Wir haben uns dem Ziel verschrieben, in Britannien Institutionen zu begründen, wie sie normalerweise einem souveränen Staat zukommen. Wir sind eine autonome Gemeinschaft und als solche fähig, sowohl innen- als auch außenpolitisch unsere eigenen Ziele und Prioritäten zu definieren." – Autonomy Vote by UK Muslims, The Independent v. 15.7.1990.

[90] Richard Evans, Islam! From Invasion to Indenture, Geographical Dez. 1989. – Eines der ersten Vorhaben der neuen Partei war, Druck auszuüben für die Durchsetzung einer breit publizierten „Charta muslimischer Forderungen", die 20 islamische Organisationen Britanniens miteinander herausgegeben hatten.

[91] Islam's Intellectual Challenge, World Evangelization Information Service v. 1.8.1988.

[92] Daniel Pipes, In the Path of God, New York 1983, S. 304.

Darüber hinaus steigern solche Forscher derzeit ihre Wirksamkeit durch den Einsatz modernster Technologie. So hat das Londoner Islamische Rechenzentrum (ICC) das Mohammed zugeschriebene mündliche Traditionsgut, die *hadît*, als Computerprogramm herausgebracht, das einzelne Wörter oder Wendungen per Knopfdruck auffindbar macht. Zur Erarbeitung dieses neuen Forschungsmaterials hat sich das ICC hochkomplexer Software bedient, die von einem EDV-Labor der britischen Atombehörde entwickelt worden ist.[93]
Auch außerhalb Großbritanniens haben die Saudis beträchtliche finanzielle Mittel eingesetzt, um massenhaft religiöse, politische, wirtschaftliche und kulturelle Körperschaften zu gründen oder zu unterstützen – allesamt dem Zweck dienlich, die Sache des Islam voranzutreiben. Unter den bedeutenderen dieser Organisationen rangieren der Islamische Weltkongreß, die Internationale Vereinigung Islamischer Studentenverbände, die Islamische Entwicklungsbank, die Islamkonferenz und die Internationale Islamische Nachrichtenagentur (deren Startkapital übrigens das der US-Agenturen AP und UPI um mindestens das Zwanzigfache überstieg).[94]
Speziell ostafrikanische Christen haben Grund zu tiefer Besorgnis im Blick auf die wirtschaftliche Potenz des Islam. Das Oberhaupt der anglikanischen Kirche Kenias, Manasses Kuria, hat offen beklagt, daß in Afrika Millionen islamischer Petrodollars mit dem Zweck investiert würden, Christen zum Übertritt zum Islam zu verlocken. Als der Oberste Rat der Muslime Kenias um eine Stellungnahme zu diesem Vorwurf gebeten wurde, gestand 1987 ein Sprecher ein, kenianische Muslime unterhielten in der Tat namhafte Projekte, die Millionen von Dollar kosteten. Und mit speziellem Bezug auf Pläne, in Nairobi, Maragua und Eldoret islamische Hochschulen zu errichten, fügte der Sprecher hinzu: „Die Finanzmittel für diese Projekte [kommen] von

[93] Prophet's Sayings Now on Computer, Arabia Juli 1986.

[94] Aslam Abdullah, Focus on the Muslim Media, Islamic World Review April 1987; s. auch Pipes, S. 303 f. – Als Speerspitze islamischer Weltmissionsanstrengungen wäre eine weitere Institution zu nennen: die Rundfunkorganisation Islamischer Staaten (ISBO). Mit namhafter Unterstützung Saudi-Arabiens, Kuwaits, Libyens, Pakistans, des Irak, Qatars, der Vereinigten Arabischen Emirate, Omans und Malaysias produziert die ISBO mehr als 6100 Sendungen im Jahr (Arabia Feb. 1987). Insgesamt gibt es islamische Rundfunkanstalten, teils mit internationalem Programm, in mittlerweile 120 Ländern (David Barrett/Todd Johnson, Our Globe and How to Reach It, Birmingham, AL 1990, S. 29).

der Islamischen Entwicklungsbank ..., von ausländischen islamischen Spendern und örtlichen Muslimen.“ [95]
Noch unverhohlener forderte der Libyer Muammar al-Ghaddafi während eines Staatsbesuchs im westafrikanischen Togo im Januar 1977 eine „Revolte gegen das Christentum“. Dieselbe Saite schlug er zehn Jahre später in Ruanda an, dessen Bürger er aufstachelte, „einen heiligen Krieg zu unternehmen, auf daß der Islam sich in Afrika ausbreite“. Einer nigerianischen christlichen Dachorganisation zufolge hat Ghaddafi die Gründung eines internationalen „Islamischen Dschihad-Fonds“ als Finanzpool zur Islamisierung Afrikas gefordert und die Bereitschaft erklärt, jegliche darauf gerichteten Aktivitäten von libyschem Boden aus zu starten.[96] Derlei findet anscheinend offene Ohren, haben doch 1990 24 afrikanische Regierungen gemeinsam eine neue Organisation namens „Islam in Afrika“ gebildet, die sich zum Ziel setzt, das Christentum auf dem afrikanischen Kontinent völlig zu eliminieren.[97]
Nun ist zwar Ghaddafi einer der größten Maulhelden auf der derzeitigen politischen Szene, er hat aber durchaus die Bereitschaft bewiesen, seinen Worten Gelder und Truppen folgen zu lassen. So stand hinter der Bekehrung des ehemaligen starken Mannes Ugandas, Idi Amin, zum Islam neben saudi-arabischen Kräften kein anderer als Ghaddafi, und nachdem dieses Ziel erreicht war, unterstützte er das Amin-Regime finanziell und militärisch. Noch in den letzten Tagen des Regimes standen 2000 libysche Soldaten dem Diktator zur Seite mit dem erklärten Ziel, „den Islam in Uganda zu retten“.[98] Ferner ist bekannt, daß Ghaddafi einen muslimischen Präsidentschaftskandidaten in Burkina Faso mit Mitteln in Millionenhöhe unterstützt hat – unter der Maßgabe, daß dieser im Falle seiner Wahl dem islamischen Recht im Lande zur Durchsetzung verhelfen würde – und dem früheren Präsidenten des Tschad, François Tombalhaye, zwei Millionen Dollar samt einem Strauß von Entwicklungshilfeprojekten für sein Land anbot, falls dieser zum Islam konvertiere.[99] Im übrigen hat Ghaddafi diverse

---

[95] Open Doors New Service v. 15.12.1987, S. 11.
[96] Africa News Juli/Aug. 1988.
[97] Harold Brown in The Religion and Society Report Nov. 1990; zit. n. Schlossberg.
[98] Pipes, S. 320.
[99] Ebd. S. 305. 320.

islamische Missionsanstalten begründet, unter denen wahrscheinlich die Konferenz „Ruf zum Islam“ am bekanntesten ist. Diese unterhält gegenwärtig mehr als 500 Missionare in mindestens 60 Ländern. Die Saudis wiederum investierten allein zwischen 1979 und 1981 zehn Millionen Dollar, um den Islam in den Vereinigten Staaten zu verbreiten [100], und wie man hört, haben sich diese Beträge seither laufend erhöht.

Die Revolution zielt auf den Westen

Nachdem der Islam sich mit Hilfe von Bekehrungsdruck, Einwanderung und Geburtenwachstum ernsthaft in den Westen auszubreiten sucht, findet sich in immer mehr Ländern ein nennenswerter muslimischer Bevölkerungsanteil. Die meisten Beobachter gehen davon aus, daß in Europa mittlerweile schätzungsweise zwölf Millionen Muslime leben, wobei diese Zahl sich beträchtlich erhöht, wenn man osteuropäische Länder wie Ex-Jugoslawien, Bulgarien und die GUS-Staaten hinzurechnet. Auch in Japan hat sich nach Angaben des Islamischen Weltkongresses die Zahl der Muslime seit 1977 verdoppelt.
Das westeuropäische Land mit dem höchsten islamischen Bevölkerungsanteil ist Frankreich. Die meisten französischen Muslime sind aus nordafrikanischen Ländern eingewandert. Offizielle Statistiken nennen 2,8 Millionen islamische Immigranten; inoffizielle Schätzungen gehen jedoch von bis zu 4,5 Millionen aus.[101] Auch in der ehemaligen Bundesrepublik hat sich die Zahl praktizierender Muslime seit 1985 beträchtlich erhöht, islamischen Angaben zufolge auf jetzt ca. zwei Millionen Gläubige, die sich in gut 900 Moscheen und Gebetsstuben versammeln. In den Niederlanden hat sich die Zahl zum Islam Bekehrter in den letzten Jahren sprunghaft erhöht, und eine Vielzahl islamischer Schulen ist gegründet worden. Seit 1987 beherbergen die Niederlande die erste muslimische Fernsehanstalt Europas.[102]
Zur Ergänzung noch folgende Daten: In den Vereinigten Staaten leben gegenwärtig dreimal mehr Muslime, als die größte nationale Pfingst-

---

[100] Ebd. S. 320.
[101] Islam's Solemn March West, Asiaweek v. 23.2.1990.
[102] News of Muslims in Europe 39/1987.

kirche, *Assemblies of God*, Mitglieder zählt, und in Großbritannien gibt es mehr Nachfolger Allahs als Methodisten und Baptisten zusamengenommen.[103] In Frankreich stellt der Islam die zweitgrößte nationale Religionsgemeinschaft dar – mit mehr Zugehörigen, als alle protestantischen Denominationen zusammen aufweisen.[104]

Im *U. K. Christian Handbook* veröffentlichte Zahlen zeigen, daß, während die christlichen Kirchen in Britannien und Nordirland jährlich ca. 100.000 Mitglieder einbüßen, der Islam traumhafte Zuwachsraten verzeichnet. Allein von 1987 bis 1988 nahm die Anzahl britischer Muslime um beinah 50.000 zu. 300 britische Kirchenbauten sind mittlerweile zu Moscheen umgewidmet worden, darunter das Gebäude der Gemeinde, die einst William Carey nach Indien aussandte. Im Bezirk Whitechapel im Osten Londons, nicht weit von den Predigtstätten Wesleys und Whitefields, erschallen jetzt die Gebetsrufe von Muezzins aus Bangladesch.[105]

Wen erreicht die islamische Verkündigung? Auf den ersten Blick solche, die genug haben von der Dekadenz der westlichen Kultur, sowie Menschen auf der Suche nach einem ungebrochenen Weltbild. Dr. Edward Skinner, leitender Psychologe am St.-Lukas-Krankenhaus, West Yorkshire, sagte, er habe sich der wachsenden Gruppe britischer Konvertiten zum Islam angeschlossen, weil seinem Empfinden nach in vielen christlichen Gemeinschaften und vor allem in der anglikanischen Staatskirche jegliche Spiritualität einem faden liberalen Intellektualismus gewichen sei, der so gut wie jeder moralischen Fragestellung ausweiche. „Der Islam", fuhr er fort, „[bietet] jene Klarheit und Festigkeit der Lehre, die dem Großteil der christlichen Welt längst abgeht." [106]

Auch Yussuf Islam, der einst als Pop-Megastar Cat Stevens mit Leuten wie Jimi Hendrix und Englebert Humperdink auftrat und in den späten sechziger Jahren acht Goldene Schallplatten abräumte, glaubt, daß der Islam die Antwort sei. „Schon vor langer Zeit habe ich mich auf die Suche nach Frieden und Erleuchtung begeben", sagt er. „Meine Seele dürstete nach Wahrheit. Ich machte meine Lieder zum Vehikel meiner

---

103 Islam Growing in U. K., The Church Around the World 18/1, 1987.

104 George W. Braswell Jr., Christianity Encounters Islam: Iran and Beyond, Missiology 11/2, 1983.

105 Robert C. Douglas, A New Star Over London, World Christian Feb. 1989.

106 Britons with Faith in Themselves, The London Daily Mail v. 6.2.1989.

geistigen Suche ..., doch all das stellte mich nicht zufrieden." Als er 1972 im marokkanischen Marrakesch den Islam entdeckte, „war es", so Stevens, „als hätte irgendwo irgendeiner das Licht angemacht."[107]
Nicht jeder beurteilt die Rolle des Islam in der westlichen Welt derart überschwenglich. Bei einer BBC-Umfrage äußerten 60 Prozent der befragten Briten die Ansicht, die islamisch-christliche Auseinandersetzung werde das religiöse Hauptthema der neunziger Jahre sein. Indes verkündete der Imam und Generaldirektor der britischen Islamstiftung, Khurram Murad: „Die [islamistische] Bewegung im Westen sollte erneut klarstellen ..., daß ihr höchstes Ziel ist, den Islam zur überlegenen Kraft der westlichen Gesellschaft zu machen, und diesem Ziel die allerhöchste Priorität verleihen." [108]
Nach den Worten eines arabischen Christen „ist es ein totales Mißverständnis, davon auszugehen, Christentum und Islam könnten koexistieren". Angesichts der heranrollenden islamischen Flut gemahnt er seine Mitchristen der Dringlichkeit „verbindlicher und tatkräftiger Evangelisation". Doch steht in Frage, ob die Kirchen die Herausforderung annehmen werden. Zumindest in den Niederlanden ist die islamische Gemeinschaft bis dato von kirchlichen Maßnahmen völlig unbeeindruckt: „Wir sagen: »Allah ist groß« – sie sagen: »Der Gulden ist groß«. Nicht einer von ihnen redet von Jesus." [109]
Die nordamerikanische islamische Gemeinschaft ist zwar im allgemeinen weniger militant als ihr europäisches Gegenstück, erreicht aber etwa dieselbe Größe: zehn bis zwölf Millionen Menschen. Sollte ihr gegenwärtiges Wachstum anhalten, so dürfte der Islam um das Jahr 2015 die Stelle des Judentums als zweitgrößte religiöse Gemeinschaft der Vereinigten Staaten übernehmen, so die Islamwissenschaftlerin an der Universität Massachusetts Dr. Yvonne Haddad.[110]
In Verfolgung dieses Ziels starteten im Frühjahr 1989 Hunderte von Islamzentren in allen Teilen der USA eine Kampagne mit dem Titel „Einladung zum Islam". Im Verlaufe desselben Jahres wurden quer durch das Land 42 private Islamschulen eröffnet, und dem Präsidenten

---

[107] Arthur Clark, On the Road to Find Out, Aramco World Mai/Juni 1987.
[108] Khurram Murad, The Islamic Movement in the West.
[109] Paul Verschuur, Islam Makes Its Mark on Dutch, Jordanian Newspaper/AP Mai 1988.
[110] Zit. n. Eternity März 1988.

der Nordamerikanischen Islamischen Gesellschaft zufolge machten 300 Imame und andere muslimische Verkündiger ihren Abschluß an amerikanischen islamischen Hochschulen. Sie alle, so Dr. Ahmad Zaki Ahmad, arbeiten nunmehr für *da'wa*-Organisationen, d. h. an der Missionierung von Nichtmuslimen.

Insbesondere die Afro-Amerikaner stehen in der Schußlinie islamischer Missionsbemühungen. So gehören beispielsweise 40 Prozent der Lebensmittelmärkte in schwarzen Stadtteilen Chicagos arabischen Kaufleuten, die ihre Läden als Vorposten islamischer Propaganda nutzen. Nachdem sie bereits etwa ein Drittel der islamischen Gemeinschaft Amerikas stellen, erweisen sich Schwarze nach Ansicht des Beobachters Ray Bakke weiterhin als besonders anfällig für den Islam, weil sie ihn als eine Bruderschaft erleben.

Als Dr. Bakke mit seinen christlichen Studenten eine Exkursion in mehrheitlich von ethnischen Minderheiten bewohnte Chicagoer Stadtteile unternahm, besuchten sie mit als erstes eine örtliche Moschee und befragten den dortigen Imam, einen früheren Christen. Auf die Frage, warum er dem Christentum zugunsten des Islam den Rücken gekehrt habe, antwortete der – schwarze – Imam: „Der Islam bietet verweichlichten Männern die Gelegenheit, etwas zu werden. Das Christentum dagegen ist eine Wohlfahrtsreligion – Jesus hat für alles bezahlt –, und das braucht mein Volk nicht."

Weitab von allen Innenstädten befindet sich auf dem Hochplateau des nördlichen New Mexico ein anderes einflußreiches islamisches Zentrum. *Dar al-Islam* wurde 1980 als erste islamische Kommune in den Vereinigten Staaten ins Leben gerufen. Finanzielle Starthilfe kam von fünf saudischen Prinzessinnen, und heute erfreut sich das Zentrum der uneingeschränkten Unterstützung des Riader Islamischen Weltbundes. Haupteinrichtungen des Dorfes sind eine Moschee, eine Koranschule, Wohnbereiche und ein Institut für Traditionelle Islamstudien. [111]

Im Frühjahr 1991 legten vier muslimische Geschäftsleute in Talbot County, Georgia, Pläne für das 100 Millionen Dollar schwere Projekt

---

[111] Eine frühere Hacienda auf dem Gelände dient als Veranstaltungsort vielfältiger Programme und Seminare. Mitte 1986 fand z. B. ein Praxisseminar für muslimische Lehrer statt, das u. a. vom Islamischen Weltbund finanziert wurde. Um zu verdeutlichen, daß der Islam nicht einfach eine weitere Kirche innerhalb der Gesellschaft, sondern eine eigenständige Gesellschaft mit religiöser Identität ist, gründete Sahl Kabbani, Treuhänder der *Dar-al-Islam*-Geldgeber, die *Crescent Leasing and*

einer 785 Hektar umfassenden islamischen Kommune mit Hochschule, Moschee, Geschäften und Wohnvierteln vor. Soweit das Projekt genehmigt wird, werden auch die Finanzen vorhanden sein, nicht anders als im Falle des *Dar al-Islam*. Die nötigen Gelder werden von Muslimen sowohl in den USA als auch in Saudi-Arabien aufgebracht werden.[112]

Obgleich islamische Propagandabemühungen sowohl im Westen als auch in der Zwei-Drittel-Welt bereits jetzt beträchtliche Erfolge zu verzeichnen haben, ist es ernüchternde Realität, daß die Bewegung sich in mancherlei Hinsicht erst noch im Aufbruch befindet. Jahr für Jahr gehen aus Trainingslagern, die in Ägypten, dem Iran, Libyen und anderswo abgehalten werden, Hunderte neuer Missionsarbeiter hervor, die die schätzungsweise 10.000 bereits aktiven Missionare verstärken. Allein die Universität Kairo beispielsweise nimmt alljährlich gut 100 Islamstudenten auf, die ein spezielles Studium zum missionarischen Dienst in spanischsprachigen Ländern absolvieren. Nach ihrer Ausbildung werden die Aktivitäten dieser Mitarbeiter durch regionale Konferenzen koordiniert, wie die im Januar 1988 in Bogota, Kolumbien, veranstaltete islamische strategische Konsultation, ein Gipfeltreffen, das von etwa 250 muslimischen Führern aus ganz Lateinamerika besucht wurde.[113]

Im Dezember 1983 hielt der Islamische Weltbund im westafrikanischen Sierra Leone ein Seminar über „Islam in Afrika" ab. Über die dort ausgesprochenen Empfehlungen, wie der Islam in Afrika – wo er sich alle 25 Jahre zahlenmäßig verdoppelt [114] – vorangebracht werden könne, liegt eine vertrauliche Niederschrift vor, die interessante Einblicke in muslimisches strategisches Denken bietet. Über Strate-

---

Development Company, die sich zum Ziel setzte, Arbeitsplätze für die Bewohner der Kommune zu schaffen. Die Firma pachtete einen Teil des ausgedehnten *Dar-al-Islam*-Grundbesitzes und errichtete am Rande einer Fernstraße ein Hotel-Restaurant, einen Souvenirladen und eine Autowerkstatt. Eine andere Firma namens *Al-Manjara* („Die Bauleute") verdingt sich in den laufenden Ausbaumaßnahmen der Kommune, arbeitet aber auch für Kunden bis hin nach Santa Fe und Albuquerque (Aramco World Mai/Juni 1988).

[112] Georgia, USA Today v. 14.3.1991.

[113] Dialogue and Encounter: Latin Muslims, Latin American Evangelist April - June 1988.

[114] Cetron/O'Toole, S. 168.

gien wie Medieneinsatz, islamische Kurangebote und die Kontextualisierung der Botschaft hinausgehend, drängt ein Ratschlag die Konferenz, sich dem Projekt der Neuschreibung der Geschichte des Islam zu widmen mit dem Zweck, ihn von seinen Fehlern reinzuwaschen.[115]

Die Ungläubigen beobachten: die Überwachung christlicher Mission

Die islamische Herausforderung ist gewaltig. Unter den Unerreichten der Welt ist nach Berechnungen von Dr. Robert Douglas vom Zwemer-Institut, Pasadena, Kalifornien, jeder Dritte ein Muslim. Je mehr nun freilich christliche Missionare und Organisationen sich aufrappeln, dieser Herausforderung entgegenzutreten, um so wütenderem Widerstand von seiten islamischer Machtträger begegnen sie. Eine vor einigen Jahren in den Medien zu hörende Äußerung des Generalsekretärs des Islamischen Weltbundes ging so weit, den Kommunismus, zwei halbislamische Kulte und die christliche Mission zu den schlimmsten Feinden der islamischen Welt zu erklären.[116]

Nicht nur, daß einkommende Post und Medienübertragungen strikt zensiert werden – so werden z. B. in Saudi-Arabien Videoaufnahmen der *Muppet Show* mit der Begründung konfisziert, daß die Hauptfigur der Sendung ein Schwein ist[117] –, vielmehr wird eine weltweite Überwachung christlicher Organisationen und ihrer Absichten vorbereitet, von der man annimmt, daß ihre Koordination in den Händen des saudischen Nachrichtendienstes liegt bzw. dieser zumindest technische Unterstützung dabei leistet.

Vor einigen Jahren erhielt die Mitarbeiterin einer internationalen Studentenmission am Vorabend ihrer Abreise aus den USA nach Südostasien, wo sie einige Studenten besuchen wollte, den Anruf eines palästinensischen Studenten. Dieser schickte sich an, sie eindringlichst zu befragen, wohin sie reise, wen sie sehen wolle und was genau sie vor-

---

[115] Recommendations du 11ème Séminaire Islamique Mondial sur l'Islam en Afrique, Al-Rabita 22/3, 1983, S. 51.

[116] World Christan News Nov. 1989.

[117] Lacey, S. 518.

habe, sobald sie in Asien ankomme – all dies unmittelbar vor seiner eigenen Abreise nach Saudi-Arabien.

In islamischen Medien finden sich mehr und mehr Nachweise dafür, daß Muslime christliche Unternehmungen genau beobachten. So forderte z. B. vor einiger Zeit der Verfasser einer pakistanischen Zeitungskolumne, die Regierung solle Gastarbeiter, die an den Persischen Golf ausreisten, genauer kontrollieren, da viele von ihnen dort Muslime zu evangelisieren versuchten. Und eine Schlagzeile der in London erscheinenden und europaweit verbreiteten arabischen Zeitung *Al Musalmin* lautete: „Evangelisationskonferenz in Europa". Der zugehörige Bericht, der recht detailliert auf Fragen des geistlichen Dienstes einging, war von einem in einer skandinavischen christlichen Zeitung veröffentlichten Artikel übernommen.

In seinem Buch *The Challenge of Islam* erzählt Clifford Denton folgendes: „Ich hörte davon, daß eine bestimmte Missionsgesellschaft interne Informationen über zukünftige Vorhaben in einer *Focus*-Ausgabe [*Focus* ist ein von der Britischen Islamstiftung herausgegebenes Blatt] wiederfand, und zwar standen die Dinge in *Focus*, bevor noch ihre eigene Hauszeitschrift mit denselben Informationen herauskam." Während eines England-Aufenthaltes sah ich daraufhin einige ältere Ausgaben durch und fand darin (berücksichtigte Ausgaben bis einschließlich April 1990) die Namen von wenigstens 17 ausschlaggebenden evangelikalen Missionsleitern, 24 Missionsgesellschaften und reihenweise wichtige Publikationen und Veranstaltungen verzeichnet.

Es liegt auf der Hand: Wir stehen unter Beobachtung. Dann aber ist es unerläßlich für uns, nicht nur christusgemäß zu leben, sondern uns auch klarzumachen, daß zu diesen täglichen Beobachtern auch Legionen unsichtbarer Mächte in der geistlichen Welt gehören.

Ungeachtet all der Besorgnisse, die in diesem Kapitel zum Ausdruck kamen, wäre es unbedingt falsch, zu der Schlußfolgerung zu gelangen, Muslime – oder, je nachdem, Hindus, Buddhisten oder auch Kommunisten – seien Feinde Gottes und Seiner Gemeinde. Im Gegenteil: die Schrift stellt klar, daß jeder Mensch sich der unsterblichen Liebe und Zuneigung Gottes erfreut. Und wenn sie in Seinen Augen wertvoll sind, wie kann Sein Volk ihnen feindselig gegenüberstehen? Damit ist nicht gesagt, daß die Gemeinde Jesu keine Feinde hätte. Vielmehr sind ihre Feinde zahlreich und skrupellos. Doch da sie nicht aus Fleisch und Blut geboren sind, werden nur diejenigen sie wahrnehmen und sich ihnen stellen können, die die Sprache und die Geheimnisse der geistlichen Wirklichkeit kennen.

* * *

Kapitel 4

Geistliches Kartenzeichnen

Die Menschen urteilen im allgemeinen mehr nach dem Anschein als nach der Wahrheit. Jeder Mensch hat Augen, aber nur wenige haben die Gabe der Durchdringung.

Machiavelli

Es wird gegen dich heraufziehen, der dich zerstört. Bewahre die Festung! Gib acht auf die Straße...

Nahum 2,2

Rechtgläubigkeit ist vonnöten, aber sie reicht nicht aus. Wenn es zutrifft, daß unser Kampf nicht gegen Fleisch und Blut ist, dann brauchen wir geistliche Einsicht und eigene Kraft, damit wir auch kämpfen können.

Gary Kinnaman[118]

Auf den ersten Blick kann man den Eindruck gewinnen, die Welt, in der wir leben, sei ein vielschichtiger, verwirrender Ort, ein undurchsichtiges Gestrüpp aus Grenzen und Ideologien, Machtbereichen und Umstürzen. Selbst Dinge, über die wir etwas zu wissen meinen – wie regionale Bündnisse, Weltreligionen und die Namen verschiedener leitender Persönlichkeiten –, unterliegen oft jähen und radikalen Veränderungen.

Um irgendwie die Übersicht zu behalten, pflegen wir uns auf Profis zu verlassen, die uns Hilfsmittel zur Verfügung stellen: Kartographen, Historiker und – vor allem – Journalisten. Indem wir uns ihr Wissen und ihre Erfahrung zunutze machen, hoffen wir unsere Welt irgendwie durchschauen zu können.

Und soweit die Welt das Ergebnis menschlicher Entscheidungen ist, müßte uns das, was diese Profis zutage fördern und analysieren, tatsächlich alles Nötige an Einsicht vermitteln. Sollte hingegen die

118 Zit. n. Overcoming the Dominion of Darkness, Tarrytown, NY 1990, S. 24.

materielle Welt nicht den eigentlichen Kern der Wirklichkeit darstellen, dann steckt hinter der menschlichen Gesellschaft mehr, als es den Anschein hat, und wir bedürfen einer anderen Art und Weise des Erkennens und Beurteilens.

Als Christen sind wir von Schrift und Tradition gelehrt, in der geistlichen Dimension den Inbegriff der Wirklichkeit zu sehen. Alles menschliche Vornehmen ist eine damit verbundene, aber vom Geistlichen abhängige äußere Schicht der Wirklichkeit. Das behaupten wir zumindest. Tatsächlich sind viele Christen längst praktizierende Atheisten geworden – Leute, die ihr tägliches Leben so führen, als gäbe es keinen Gott. Genau wie ihre ungläubige Umwelt vernachlässigen oder geringschätzen sie gewohnheitsmäßig die geistliche Dimension.

Solche Christen, das muß gesagt sein, entscheiden sich keineswegs bewußt, das, woran sie glauben, *ad acta* zu legen. Viel eher sind sie frustriert von ihrer scheinbaren Unfähigkeit, Sprache und Spielregeln des Übernatürlichen zu beherrschen. Das stressige Tempo des modernen Lebensstils frißt ihnen die Zeit weg, die Gott gern benutzen würde, um sie in den Wegen des Geistes zu unterweisen. Und so bleibt ihnen der Bereich des Geistlichen verschwommen, schwer faßlich und zumindest zeitweise unerheblich.

Dieser Befund ist gefährlicher, als wir vielleicht meinen. Denn wenn wir auch niemals die Wirklichkeit *völlig* verstehen, so müssen wir sie doch, wie Chuck Kraft sagt, *angemessen* wahrnehmen – sonst „werden wir nicht lange und nicht gut überleben“.[119] Dies trifft mehr denn je zu in einer Stunde, in der die geistlichen Heerscharen der Finsternis im Begriff stehen, sich zu dem zu formieren, was vielleicht einen Teil der folgerichtigsten Schlachten darstellt, die in der Geschichte geschlagen werden müssen. Wollen wir aus diesen geistlichen Treffen triumphierend hervorgehen, so müssen wir unsere Fähigkeiten verbessern, die wirklichen Umstände hinter den Schlagzeilen aufzuklären und die authentischen Machtmittelpunkte korrekt zu identifizieren. Kurz, wir müssen lernen, die Welt zu sehen, wie sie wirklich ist, nicht, wie sie zu sein scheint.

Diese neue Wahrnehmungsweise bezeichne ich als *geistliches Kartenzeichnen*. Das beinhaltet, unser Verständnis von geistlichen Mächten und Ereignissen wie ein Raster über Orte und Umstände innerhalb

---

[119] Kraft, S. 15.

der materiellen Welt zu legen. Heraus kommt oft eine Struktur von Grenzen, Metropolen und Kampffronten, die sich deutlich von dem unterscheidet, woran wir uns aufgrund des politischen Status quo gewöhnt haben. Auf dieser neuen Weltkarte erscheinen die drei geistlichen Supermächte, die wir untersucht haben – Hinduismus, Materialismus und Islam –, nicht als in sich geschlossene Einheiten. Sie sind vielmehr die *Mittel*, durch die eine ausgedehnte Hierarchie mächtiger dämonischer Gewalten Milliarden von Menschen beherrscht.

Geistliche Grenzlinien – unsichtbare Blockaden des Willens

Viele christliche Reisende haben die Erfahrung gemacht, ein bestimmtes Land, eine Provinz, eine Stadt oder auch nur ein Stadtviertel zu betreten und unversehens zu empfinden, daß eine bedrückende Atmosphäre vorherrscht.

Vor etlichen Jahren begegnete meiner Familie und mir ein solches nicht abzuschüttelndes Unwohlbefinden, als wir in den Straßen der jugoslawischen Stadt Titograd unterwegs waren. Wir hatten die Stadt nach einem adrenalinverschleißenden Tag auf den Landstraßen des Kosovo und Montenegros erreicht und waren auf nichts anderes aus, als ein Nachtquartier zu finden. Während wir allerdings auf der Suche nach Hotelzimmern waren, wurde das Gefühl der Bedrückung so ausgeprägt, daß wir uns entschlossen, uns doch lieber anderswo umzusehen.

Was nagte da an uns? War es nur die Müdigkeit? Die Irritation durch die ungewohnte Umgebung? Erst als wir am nächsten Morgen auf unsere Karte schauten, stolperten wir über eine andere Erklärungsmöglichkeit. Offenbar waren wir während unseres kurzen Aufenthalts in Titograd in den dunklen Schatten der Nordalbanischen Alpen geraten – die Stadt lag gerade mal 25 Kilometer entfernt von der Grenze des damals radikalsten atheistischen Staates der Erde. Ferner dämmerte uns, daß Titograd als Geburtsort des gefeierten Kommunistenführers Josip Broz Tito wahrscheinlich einer der letzten Horte treuer Anhänger des Kommunismus im damaligen Jugoslawien war. Das sollte sich uns später bestätigen.

Diese unsere Erfahrung auf dem südlichen Balkan war keineswegs eine Ausnahme. Dasselbe unerklärliche Schaudergefühl war uns bei

Reisen durch das walisische und schottische Hochland, die Hochebene des nördlichen New Mexico und das andalusische Spanien einschließlich eines Abstechers zum berühmten Felsen von Gibraltar ein immer wiederkehrender Begleiter gewesen. Während wir die Naturschönheiten all dieser dramatischen Landschaften genossen, signalisierten auf einer tieferen Bewußtseinsebene unsere geistlichen Sensoren, daß wir uns in der Gegenwart von irgend etwas befanden, das jenseits auserlesener Sehenswürdigkeiten stand.

Wie wir am Beispiel Titograds sahen, vermag konsequentes Nachforschen oftmals faszinierende Schlüsselerkenntnisse über die Mächte zu liefern, die geistliche Unruhe in uns auslösen. In den oben genannten Fällen gehörten dazu Dinge wie unsere Nähe zu keltischen oder indianischen Kultstätten, die nachklingenden Auswirkungen der maurischen Besetzung Spaniens und Gibraltars uralter Ruf, ein Schwerpunkt von Hexerei und allerlei sonstigen Okkultpraktiken zu sein. Wiederholt sagten uns Christen hin und her in Andalusien: „Zwar sind die Muslime selbst lange fort, doch der Geist des Islam ist hiergeblieben."

Geistliche Territorialmächte und menschliche Systeme

Es stimmt zwar, daß unsere emotionale Reaktion auf einen Ort von Faktoren wie politischer Unterdrückung, beengenden topographischen Verhältnissen oder allgemeiner Schäbigkeit gedämpft werden kann, eine bedrückende Atmosphäre kann aber ebensogut eine Umgebung durchdringen, wo Demokratie, äußere Schönheit und materieller Überfluß in voller Blüte stehen. Zuweilen vermögen wir überhaupt keine äußeren Anlässe für unsere innere Rastlosigkeit zu erkennen. Zwar neigen manche Leute dazu, derlei negative Gefühle als subjektive Gemütsbewegungen abzutun, doch mehr und mehr Christen erkennen, daß das, was sie erleben, unmittelbar mit der Gegenwart und dem Einfluß unsichtbarer territorialer Geistmächte zusammenhängt.

C. Peter Wagner zufolge ist schlicht deshalb so wenig über dieses weitverbreitete und alte Phänomen bekannt, weil „territoriale Mächte für Theologen und Bibelgelehrte lange Zeit kein Thema waren". Offenkundig in der Hoffnung, diesen Trend umkehren zu können, hat Wagner dem Thema ein Buch gewidmet, in dem er ausführt, daß Satan hochrangige böse Geister mit der Herrschaft über Nationen, Regionen, Städte, Stämme, Volksgruppen, Wohngebiete und andere signifikante Beziehungsnetze betraut. Hauptauftrag dieser dämonischen Mächte ist nach Überzeugung Wagners, „zu verhindern, daß Gott in ihrem Territorium verherrlicht wird".[120]

Gehen wir grundsätzlich von der Richtigkeit des Konzepts geistlicher Territorialmächte aus, so drängt sich als nächstes die Frage auf: *Wie* gewinnt Satan die Kontrolle über ein Gebiet oder, was noch wichtiger ist, über ein Volk? Die Bibel sagt uns in Psalm 24,1, daß die Erde und alle, die auf ihr leben, des Herrn sind. Doch in Johannes 14,30 wird Satan als Fürst dieser Welt bezeichnet. Fangen wir uns hier in einem Widerspruch der Bibel?

Um diese Fragen zu beantworten, müssen wir bei einer wichtigen Unterscheidung anfangen: Während Gott das rechtmäßige Oberhaupt menschlicher *Familien* (*ethnoi* – Stämme und Volksgruppen) ist, liegt die generelle Kontrolle über menschliche *Systeme* (den *kosmos*, d. h. Königreiche und Strukturen) in der Hand Satans.[121] Während Gottes Autorität auf *Vaterschaft* beruht, erwächst die Herrschaft Satans letztlich aus *menschlicher Willkür*.

Weil alle menschlichen Völker vom Ursprung her per Vaterschaftsrecht Gott gehören, kann Satan nicht von vornherein über sie herrschen. Solange sich Individuen nicht willentlich der Regierung Satans unterstellen, werden sie unter dem sanften Einfluß des Heiligen Geistes verbleiben (s. Apg. 17,26 ff.). Dementsprechend besteht Satans Ziel darin,

---

[120] C. Peter Wagner/F. Douglas Pennoyer, Der Kampf mit satanischen Engeln, Solingen 1993, S. 78.

[121] Diese Theorie vertrat mir gegenüber als erster der Missiologe Steven Hawthorne im Anschluß an eine Missionskonferenz im Jahre 1990 in Houston, Texas.
Die Tatsache der universellen Vaterschaft Gottes untermauernd, stellt der Prophet Maleachi die rhetorische Frage: „Haben wir nicht alle *einen* Vater? Hat uns nicht *ein* Gott geschaffen?" (Mal. 2,10.) Und im Matthäusevangelium warnt Jesus: „Und ihr sollt niemand euren Vater heißen auf Erden; denn *einer* ist euer Vater, der im Himmel ist" (Mt. 23,9). Später belehrt der Apostel Paulus die Christen in Ephesus über „*einen* Gott und Vater aller, der da ist über allen" (Eph. 4,6).
Satans Autorität über menschliche Systeme bestätigt Joh.14,30, wo Jesus von ihm als dem „Fürsten der Welt" (des *kosmos*) spricht. Sie wird ferner offenkundig in Mt. 4,8 f. bzw. Lk. 4,5 f., wo der Teufel Christus die „Reiche der Welt" zeigt und sie Ihm im Tausch gegen unziemliche Verehrung anbietet. Die Bibel gibt uns aber auch die gute Nachricht, daß am Ende „die Reiche der Welt unsers Herrn und seines Christus" werden „und er wird regieren von Ewigkeit zu Ewigkeit" (Offb. 11,15).

Herrschaft über Menschenleben qua Dominanz der Systeme zu erringen, und zwar der politischen, wirtschaftlichen und religiösen, die die Menschen aufgebaut haben. Und mögen auch diese Systeme den Menschen noch so real und sinnvoll erscheinen – Satan weiß, daß sie nicht authentischer sind als Potemkinsche Dörfer. Seine einzige Absicht – die er durch Tricksen und Manipulieren hinter den Kulissen verwirklicht – besteht darin, die Illusion glaubwürdig zu machen. So stellte er die alten Griechen zufrieden, wenn sie Weisheit in den Orakelsprüchen von Delphi suchten. Die Deutschen in ihren Träumen von einem „Dritten Reich" blendete er durch „salbungsvolle" Reden Goebbels' und Hitlers. Und der Suche von Millionen Afrikanern, Tibetern, Arabern und Haitianern nach übernatürlicher Kraft, die ihnen die Probleme des Lebens zu bewältigen helfen könne, begegnete er mittels einer stattlichen Schar von Schamanen, *Marabuts* und Gurus.

Heute ist es das oberste Ziel vieler Bürger, vor allem im wohlhabenden Westen, eine „neue Weltordnung" zu schaffen, gekrönt von Frieden und allseitigem Wohlstand. Den maßgeblichen Architekten dieses neuen Utopia, deren vielen der Freizeitüberfluß der High-tech-Gesellschaft zu Kopf gestiegen ist, erscheinen philosophische Toleranz und menschliche Initiative als letztgültige Schlüssel zum Erfolg. Das sind genau die Trophäen, mit denen Satan menschliche Systeme liebend gerne schmückt, um sich ihre fortwährende Dienerschaft zu sichern.

Mit all ihren vielversprechenden Wechseln auf die Zukunft gleichen die heute etablierten Systeme doch nur der keltischen Sage, in der arglose Reisende zu glitzernden Festmählern gelockt wurden und sich endlich mitten in Glanz und Gloria gefangen fanden. Das Alte Testament bezeugt, wie sehr Gott sich der Gefahren, die menschlichen Königtümern innewohnen, bewußt war: Aus ebendiesem Grund mühte er sich, die Israeliten zu überzeugen, von der Errichtung eines irdischen Königtums abzusehen und lieber Seiner direkten, übernatürlichen Führung zu vertrauen. Kern Seiner Besorgnis war das Wissen darum, wie rasch menschlich inspirierte Initiativen zu von Menschen gemachten Ersatzkonstruktionen degenerieren – zu Einfallstoren des Götzendienstes, durch die sich dämonische Abgesandte Zutritt zu Gesellschaften verschaffen und geistliche Bindungen hervorbringen. Solcher Infiltration nicht achtend, ist der moderne Mensch den dunklen Ecken seines eigenen Hauses zum Opfer gefallen: der Kapitalist seinem Materialismus, der Kommunist seinem Totalitarismus und der Muslim entweder dem Fundamentalismus oder dem Spiritismus.

Brückenköpfe und aufgefrischte Loyalitäten

Es gibt keinen Hinweis darauf, daß satanische Mächte irgendwelche geographischen Regionen oder ethnische Gruppierungen von Natur aus bevorzugen. Daß heute in bestimmten Gebieten und unter bestimmten Völkern dämonische Aktivitäten deutlicher vorherrschen als anderswo, ist der Tatsache geschuldet, daß dort von früheren Generationen geistliche „Brückenköpfe" eingerichtet worden sind. Irgendwann und auf die eine oder andere Art haben Menschen böse Geister eingeladen, sich unter ihnen breitzumachen.

In den meisten dieser Bollwerke des Feindes scheinen sich Reichweite und Intensität dämonischer Herrschaft direkt proportional dazu zu verhalten, wie ausdrücklich die Geister ursprünglich willkommen geheißen wurden, ferner zu der Aufmerksamkeit, die daran gewandt wurde, das Untertanenverhältnis mittels verschiedenster Festbräuche, Riten und Pilgermühen zu pflegen.

Nicht von ungefähr kommt die Tatsache, daß bergige Gebiete regelmäßig einen hohen Grad dämonischer Aktivität aufweisen. Mit den Worten des Asienkundlers Edwin Bernbaum: „Von jeher haben Menschen Berge als Orte heiliger Kräfte und geistlicher Versöhnungsriten verehrt." Unter den zahlreichen Beispielen, die Bernbaum aufführt, ist das isoliert lebende Qollahuaya-Volk im nordöstlichen Bolivien, das den nahen Kaataberg fast wie ein menschliches Wesen behandelt: „Statt zu ihm zu beten, füttern sie ihn, stopfen Lamafett in seine Höhlungen und Löcher und übergießen Erdaltäre mit Opferblut." [122]

In Japan besteigen während der Mittsommer-Monate Künstler und ganze religiöse Vereine den Ontakeberg („Berg der Verzückung"), um die Innewohnung shintoistischer Gottheiten zu erleben.[123] In entlegenen Gegenden Tibets ziehen Hindus und Buddhisten über gefahrvolle Gebirgspässe, um in den eisigen Wassern des Manasarovar, des „Sees des Gemütes", zu baden, bevor sie auf den heiligen Berg Kailas starren, den Sitz der höchsten Götter.

Die Gebirgskette des Himalaya beherbergt die wohl dichteste spiritistische Ballung der Welt. In allen Ländern, die an diese eisigen Urzeit-

---

122 Edwin Bernbaum, Sacred Mountains of the World, San Francisco 1990, S. 183 f.

123 Percival Lowell, Occult Japan, Rochester, VT 1990², S. 223-229; s. auch Bernbaum, S. 58.

riesen grenzen – Nepal, Indien, Bhutan, China, Pakistan und Tibet –, sind offene dämonische Manifestationen an der Tagesordnung. Augenzeugenberichten von lange in Nepal ansässigen Missionaren zufolge erlitten christliche Mitarbeiter Bisse von Dämonen mit der Folge deutlich sichtbarer Wunden. Auch wurden ihnen Nahrungsmittelvorräte von bösen Geistern aufgefressen. Bei anderen Gelegenheiten stießen mysteriöse Lichtreflexe, die normalerweise an hohen Berggipfeln sichtbar waren, auf ihre Behausungen herab und waren nur durch nachdrückliche Zurückweisungen im Namen Jesu zu vertreiben.[124]

Der christliche Anthropologe Don Richardson erzählt in seinem bemerkenswerten Buch *Ewigkeit in ihren Herzen* eine aufschlußreiche Geschichte darüber, wie frühere menschliche Bewohner eines Gebietes möglicherweise einen Brückenkopf etabliert haben könnten, auf den ein guter Teil solcher Geister-Aktivitäten zurückgehen mag.

---

[124] Nach einem in den siebziger Jahren mit einem alten Nepal-Missionar geführten Gespräch, dessen elfjähriger Dienst im Lande auch tibetisch-buddhistische Mönche erreichte; sein Bericht wurde bekräftigt durch die Aussagen eines nepalesischen Mönches, Lobsang-la Dorje, und eines einheimischen nepalesischen Christen.
Von einigermaßen regelmäßigen Lichtphänomenen wird auch aus Großbritannien, den Vereinigten Staaten, Indien und Skandinavien berichtet. In Großbritannien und den USA sind die Phänomene verschiedentlich wissenschaftlich dokumentiert und sogar per Video festgehalten worden. Gegenden, in denen sie aufzutreten pflegen, sind die Smoky Mountains in Nordkarolina, das mittlere Wales (zwischen Llanidloes und Devil's Bridge) und der Peak District in der britischen Grafschaft Derbyshire. 1987 erregte eine außergewöhnliche Lichterscheinung weites öffentliches Aufsehen. (Manche erklärten sie mit Experimenten der Firma British Aerospace.) Einer Beschreibung des britischen Wissenschaftlers Paul Devereux zufolge „gehen die Lichter von den Spitzen der Hügel und Berge in Form blendend weißer Blitze und blauer Lichtkugeln aus. Ebendiese Bergketten sind regelrecht durchlöchert von prähistorischen Grabstätten, in denen sich vielfach heidnische Steinhaufen-Altäre finden".
Geistern zugeschriebene Lichtphänomene werden aus dem Bereich der unterschiedlichsten Naturvölker in weit voneinander entfernten Gebieten berichtet: von Eskimos wie von Bewohnern der Hawaii-Inseln, von afrikanischen Völkerschaften wie von den Lappen Nordskandinaviens. Was Nordamerika betrifft, sind von den mexikanischen Tzeltal ebenso Begegnungen mit geistlichen Lichterscheinungen überliefert wie von den Yakima, Snohombish, Penobscot und verschiedenen kalifornischen Indianerstämmen in den Vereinigten Staaten. – Siehe Paul Devereux, Places of Power, 1990; ders., Earth Lights, 1982; ders. Earth Lights Revelation, 1989.

> Ein Zweig der Menschheit, den wir „Proto-Santal“ nennen wollen, wanderte … östlich „von Wald zu Wald“, bis hohe Berge ihnen den Weg versperrten. Verzweifelt suchten sie einen Weg durch das Gebirge, aber jeder Pfad erwies sich als ungangbar, zumindest für ihre Frauen und Kinder. …
> Als sie … dieser Krise gegenüberstanden, verloren sie ihren Glauben an ihn [den Gott Thakar Jiu, „echter Gott“ – *A. d. Ü.*] und taten den ersten Schritt hin zum Spiritismus. „Die Geister dieser großen Berge haben unseren Weg blockiert“, sagten sie. „Kommt, wir wollen ihnen einen Eid schwören, damit sie uns weiterlassen.“ So verbündeten sie sich mit den „Maran Buru“ (Geister der großen Berge) und sagten: „Oh, Maran Buru, wenn ihr uns die Pfade freigebt, dann werden wir euch Geister befriedigen, sobald wir auf der anderen Seite ankommen.“

Jahrhunderte später, 1867, so Richardson, entdeckte ein norwegischer Missionar namens Lars Skefsrud gemeinsam mit einem dänischen Kollegen das 2,5 Millionen Menschen starke Santalvolk, das in einer Gegend nördlich des indischen Kalkutta lebte, nicht weit von den Vorbergen des Himalaya. Da aber die großen Berge nicht im unmittelbaren Heimatgebiet der Santal gelegen waren, forschte Skefsrud dem Geheimnis nach, warum das Santalwort für „Dämonen“ „Geister der Berge“ lautete. Die Lösung des Rätsels fand er, als ein hochangesehener Ältester der Santal namens Kolean ihm erzählte, wie die Geschichte der Ostwanderung seiner Vorfahren weiterging.

> „Kurz darauf“, fuhr Kolean fort, „kamen sie auf einen Paß (den Khyber Paß?) in Richtung des Sonnenaufgangs.“ Sie nannten den Paß *Bain*, was „Tagestor“ heißt. So brachen die Proto-Santal durch in die Ebene, die jetzt Indien heißt. Spätere Wanderungen führten sie noch weiter nach Osten ins Grenzgebiet zwischen Indien und Bangladesh, wo sie das heutige Santal-Volk wurden. … Gebunden an diesen Eid, … fingen die Santal an, Geisterbesänftigung und Zauberei zu treiben, sogar die Sonne anzubeten.[125]

Auch auf der entgegengesetzten Seite des Planeten, im karibischen Haiti, tun sich dämonische Mächte sehr hervor. Die machtvollste Bin-

---

[125] Don Richardson, Ewigkeit in ihren Herzen, Lahr 4. Aufl. 1992, S. 48 f.

dung zwischen Tausenden von Haitianern und der Welt der Geister stellt der Voodoo-Kult dar, der in den letzten Jahren durch Kinofilme und anderes im Westen sehr popularisiert wurde.

Ursprünglich in Westafrika beheimatet, ist Voodoo letztlich nichts anderes als ein Geisterkult. Der kreolische Begriff *vodou* kommt von *vodun*, was in der Fon-Sprache Benins und Nigerias „Geist" bedeutet. Aus der Sicht des Voodoo-Anhängers ist der Allmächtige Meister des Universums zu fern, um sich mit den Tagesproblemen der Menschen abzugeben. Darum hat er Geister gesandt, die als Mittler dienen. Seit der Mitte des 17. Jahrhunderts wurden afrikanische Sklaven, die nach Haiti verschleppt worden waren, zwangsweise katholisiert und durften die religiösen Bräuche ihrer Voreltern nicht mehr ausüben. Statt aber ihre Geister im Stich zu lassen, verehrten die Sklaven sie heimlich im Gewand katholischer Heiliger.

Zu den Lieblingsplätzen der Geister oder *loa* Haitis gehören Wasserfälle. Diese werden Jahr für Jahr als Wallfahrtsorte von Tausenden von Insulanern, unter ihnen viele Katholiken, aufgesucht. Am populärsten sind die Fälle von Saut d'Eau nahe Ville Bonheur.

Auf einem Felsvorsprung, von dem man den heiligen Wasserfall überschaut, steht eine Frau, Palmzweige vor sich haltend, und erfleht das Wohlwollen der *loa*: „Mein Baby ist gestorben. Gebt mir ein anderes! Erhört ihr mein Gebet, will ich wie Butter in eurer Pfanne sein – bratet mich, röstet mich, tut mit mir, was immer ihr wollt!" Unterhalb der Fälle beginnt plötzlich eine andere Frau zu kreischen und zu taumeln. „Von Kopf bis Fuß zitternd, bricht sie wie eine Stoffpuppe zusammen. Der *loa* hat ihren Anruf beantwortet. Leute umringen sie, damit sie sich nicht an den Felsen verletzt. Andere berühren sie, um etwas von der göttlichen Gegenwart abzubekommen, während sie sich wie eine Schlange unter dem Wasserfall entlangwindet. »*Danbala ap monte l!* – Danbala reitet sie!« Der hohe Voodoogeist *Danbala Wedo*, symbolisiert durch eine Schlange, hat sich diesen beeindruckenden Ort als Wohnplatz ausgesucht. Zusammen mit ihm lebt seine Gattin, *Aida Wedo*; ihr Symbol, das des Regenbogens, schimmert in den irisierenden Wasserkaskaden. Die von *Danbala* besessene Frau wird jetzt zum »Pferd« – sie geht ihrer eigenen Persönlichkeit verlustig, um die des Geistes anzunehmen, der sie reitet." [126]

---

[126] Carole Devillers, Of Spirits and Saints, National Geographic März 1985.

Böse Geister werden im Normalfall in einer Gegend wie Haiti oder dem Himalaya verharren, bis ihre ursprüngliche Einladung widerrufen wird, was aber bedauerlicherweise selten geschieht. Unabhängig von Bildung oder Weltanschauung scheuen sich Menschen fast überall, Geschehnisse und Überlieferungen zu widerrufen, die sie als legitime, wenngleich wenig schmeichelhafte Bestandteile ihres kulturellen Erbes empfinden. Folglich versuchen viele Gesellschaften, statt mit ihren alten Glaubensinhalten und Bräuchen zu brechen, diese an zeitgenössische Lebenshaltungen und -stile anzupassen.

Während die arabischen Muslime ihre vorislamischen heidnischen Rituale durch die *hajj* ersetzt haben, waten die Hindus alle zwölf Jahre anläßlich des *Kumbh-Mela*-Festes in den heiligen Ganges. Während Europäer und Amerikaner in Form von *Halloween* druidisches Heidentum am Leben erhalten, legen die Brasilianer bei den frenetisch-bunten Beatrhythmen des Karnevals alle Hemmungen ab. Indem sie uralte Geister-Willkommens- und Beschwichtigungsriten in populäre und vermeintlich freundlichere Volks- und Pilgerfest-Verpackungen hüllen, bestätigen nachfolgende Generationen den dämonischen Residenten immer wieder aufs neue ihre Anrechte in bestimmten Gebieten.

In Japan, das lange Zeit als eines des verschlossensten Missionsländer der Erde angesehen wurde, bekräftigte Kaiser Akihito die Bindungen des Landes an die geistliche Welt vor einigen Jahren in Form einer Krönungszeremonie auf dem Gelände des kaiserlichen Palastes. In den seidenen weißen Gewändern eines hohen shintoistischen Priesters kommunizierte der neue japanische Kaiser mit seiner mythischen Urahnin, der Sonnengöttin – das Ganze in einem von Fackeln beschienenen Thronbesteigungsritual (*Daijosai*), das bis zur Abenddämmerung andauerte. Nicht nur, daß er der Göttin auserlesenen Reis und etliche weitere Lebensmittel des Landes und des Meeres opferte – Akihito rezitierte auch ein Gebet, das die Göttin bestürmte, das Wohlergehen des japanischen Volkes zu beschirmen.

Für etliche Japaner verkörperten diese Riten die definitive Verwandlung Kaiser Akihitos in ein göttliches Wesen, indem er der Seele der Sonnengöttin durch die symbolische sexuelle Vereinigung mit ihr teilhaftig wurde.[127] Tatsächlich handelte es sich bei der Zeremonie um eine detailgetreue Übernahme des jährlichen babylonischen Rituals

---

[127] Secret Rite Climaxes Akhito's Coronation, The Seattle Times v. 23.11.1990.

der „Heiligen Hochzeit“, in dem der König als inkarnierter Gott sexuell mit der Göttin Inanna verkehrte, bevor diese „das Schicksal des Landes bestimmte“.[128]

Geistliche Hauptstädte: die wahren Machtzentren herausfinden

Es scheint nahezuliegen, daß die Machtzentren unserer heutigen modernen Gesellschaft sich in Städten wie London, Moskau, Tokio oder Washington befinden. Das kann aber nur dann stimmen, wenn wir davon ausgehen, daß genuine Macht mit materiellem Reichtum und/oder Bewaffnung zusammenhängt. Tatsächlich wissen wir jedoch, daß derlei Dinge keine große Rolle spielen. Wirkliche Macht, geistliche Macht, unterliegt einer ganz anderen Ordnung.

Es kommt darauf an, präzise zu bestimmen, wo diese wirkliche Macht zentriert ist. Für Christen stehen dabei satanische Befehlsstellungen und Steuerungszentren im Blickpunkt, Herrschaftsstrukturen des Bösen, die in der ganzen Welt dämonische Heerscharen in Stellung bringen. Diese strategischen Kommandozentralen des Feindes aufs Korn zu nehmen, um sie dann auszuschalten, nennt die Bibel „den Starken binden“ (Mt. 12,29; Mk. 3,27).

Geistliche Hauptstädte oder Bollwerke hängen sowohl mit Örtlichkeiten als auch mit Personen zusammen. In ersterem Sinne sind sie spezifische Zentren dämonischer Machtausübung innerhalb von Bedingungen, die von dem abhängen, was die Menschen am Ort wollen; im letzteren stehen sie in Verbindung mit geistlichen Potentaten und ihrem Umfeld unreiner Geister.

Heutzutage erstreckt sich eine Hierarchie böser Mächte über die ganze Erde und verwaltet Gebiete und Völker, die bereits unter einem Besitztitel Satans stehen (Festungen/Bollwerke). Sie führen aber auch Krieg gegen Regionen und Gruppen, die Satan nicht beherrschen

---

[128] Vgl. Saggs, S. 330-337. – Man weiß nicht, ob die Ähnlichkeiten zwischen *Daijosai* und der „Heiligen Hochzeit“ auf geschichtliche Verbindungen zwischen Altjapan und der babylonischen Kultur zurückgehen oder schlicht auf das jeweilige Einwirken verwandter Geistmächte.

kann.[129] Die Schrift zeigt uns einige „geistlich Starke“ (hochrangige Geister) mit Bezug auf die von ihnen kontrollierten Gebiete. Darunter sind der Fürst von Persien (Dan. 10,13), der Fürst von Griechenland (Dan. 10,20), der König von Tyrus (Hes. 28,12) und der Geist Babylons (Offb. 17,3 ff.). In anderen Fällen begegnen wir führenden satanischen Mächten, die die Identität örtlicher Gottheiten angenommen haben, beispielsweise Bel von Babylon (Jer. 51,44), Baal-Sebub von Ekron (2.Kön. 1,2 f.) oder Apollyon, „Engel des Abgrunds“ (Offb. 9,11).

Obschon es leicht geschehen kann, sollte man geistliche Bollwerke nicht mit den Tausenden „heiliger Orte“ verwechseln – wie z.B. dem australischen Berg Uluru oder Gotland in Schweden –, die wir über den Globus verstreut finden. Zwar liegen solche Orte häufig im Bereich geistlicher Bollwerke, aber wir dürfen beide Phänomene nicht synonym setzen. Heilige Orte, die ja sichtbar sind, bilden *Schnittstellen* zwischen materiellen und geistlichen Herrschaftsbereichen, während Bollwerke die *Aufenthaltsorte*, *Kommandozentralen* und *„Werkstätten“* unsauberer Geister darstellen.

Strategisch gesehen scheint es mindestens zwei Arten geistlicher Bollwerke zu geben. Die erste – wir können sie als *gefangene Festungen* bezeichnen – findet man in solchen Gebieten, wo Verbindungen, die Menschen mit bösen Geistern eingegangen sind, zu dichter dämonischer Besiedlung und Kontrolle umliegender Gesellschaften geführt haben. Die andere Art – wir nennen sie *Grenzfestungen* – umfaßt im Prinzip Brückenköpfe in solchen Gebieten, die noch nicht völlig unter satanischer Kontrolle stehen.

Um die Erörterung nicht zu abstrakt werden zu lassen, folgt nun eine Liste von Beispielen geistlicher Metropolen.

GEFANGENE FESTUNGEN

- Lhasa, Tibet
- Peshawar, Pakistan
- Kerbela und Nadschaf, Irak
- Peking, China
- Allahabad, Indien

---

[129] Ein Beispiel für diese Hierarchie der Geister findet sich in Haiti: Der erste im Voodookult herbeigerufene *loa* ist stets *Legba*. Geht man anders vor, so werden möglicherweise die anderen Geister, die unter *Legbas* Autorität stehen, nicht antworten.

- Baalbek, Libanon
- Tripolis, Libyen
- Konya, Türkei
- Mekka und Medina, Saudi-Arabien
- Benares, Indien
- Kairo und das Gebiet des unteren Nil, Ägypten
- Baku, Aserbeidschan
- Beirut, Libanon
- Horn von Afrika
- Khartum, Sudan
- Bali, Indonesien
- Tirana, Albanien
- Sindschar, Irak
- Pagan, Burma
- Himalaya
- Äußere Mongolei
- Teheran, Iran
- Qom, Iran
- Babylon, Irak

GRENZFESTUNGEN

- San Francisco, Kalifornien, USA
- New Orleans, Louisiana, USA
- Hollywood, Kalifornien, USA
- Amsterdam, Niederlande
- Medellin, Kolumbien
- Gibraltar
- Provinz Andalusien, Spanien
- Ville Bonheur, Haiti
- Tschenstochau, Polen
- Rio de Janeiro, Brasilien
- Athen und Delphi, Griechenland
- Dalmatinische Küste, Ex-Jugoslawien
- Monte Carlo und französische Riviera
- Honshu, Japan
- Utah, USA
- Wien, Österreich
- Nördliches New Mexico, USA
- Titicacasee und Umgebung, Peru

- Walisisches und schottisches Hochland
- Las Vegas, Nevada, USA
- Bahia, Brasilien
- Havanna, Kuba
- Serbien
- Mayan-Toltec-Gebiete, Zentralamerika

Diese Liste ist selbstverständlich unvollständig, und im Rahmen dieses Buches ist es nicht möglich, jeden Eintrag zu begründen; sie bietet aber immerhin ein Sprungbrett ins Gebet. Darüber hinaus ist es an jedem von uns selber, weitere Festlegungen zu ergründen und hinzuzufügen. Wenn wir unsere Hausaufgaben machen, werden wir nicht bloß die unvergleichliche Kraft des Gebets entdecken, die Bollwerke zerstört (s. 2. Kor. 10,4), sondern auch vermeiden, daß wertvolle geistliche Munition für belanglose oder lediglich eingebildete Ziele verschwendet wird.
Wenn das klar ist, werden solche, die sich der Schlacht widmen wollen und können, ihre Wahrnehmungen als Fürbitter auch an den im folgenden aufgeführten Städten trainieren wollen. Dabei handelt es sich samt und sonders um Orte, an denen augenblicklich ein heißer geistlicher Krieg entbrennt.

STÄDTE IM BELAGERUNGSZUSTAND

- London
- New York
- Berlin
- Hongkong
- Manila, Philippinen
- Johannesburg, Südafrika
- Stockholm
- Kathmandu, Nepal
- Singapur
- Addis Abeba, Äthiopien
- Moskau
- Guatemala-Stadt
- Belfast, Nordirland
- Jerusalem

Das „10/40-Fenster“

Geistliche Frontlinien: das 10/40-Fenster

Da unser vorrangiger Auftrag als Christen, die Verlorenen zu erreichen, uns unmittelbar mit geistlicher Kampfführung befaßt, ist der Arbeitsschritt bei der Erstellung einer „Realitätskarte“, in dem es um geistliche Frontverläufe geht, besonders wichtig. Nachdem wir jetzt etwas über die Methoden des Feindes gelernt haben, territoriale Kontrolle zu gewinnen und zu behalten, besteht der nächste Schritt darin, herauszufinden, wo es höchstwahrscheinlich zum Kampf mit seinen Streitkräften kommen wird. Zwar stellen *alle* satanischen Bollwerke legitime Gegenstände konzertierter Fürbitte- und Evangelisationsanstrengungen dar, es bedarf jedoch einer durchdachten Strategie und Schlachtordnung, wenn christliche Streiter ihre Kräfte im Kampf bündeln wollen.

Zwar sollten wir die Wertigkeit unserer Kampfziele nicht nur nach örtlichen Gesichtspunkten festlegen; andererseits können wir aber die Erkenntnisse nicht ignorieren, die wir hinsichtlich feindlicher Truppenzusammenballungen an bestimmten Orten gewonnen haben. [130] Wenn wir bevollmächtigt sind, „Festungen zu zerstören“ und „Gefangenen die Freiheit zu verkündigen“ (2.Kor. 10,4; Jes. 61,1), dann werden wir dem Feind dort entgegentreten müssen, wo er stark ist. Zum Glück läßt sich das hervorragend ausmachen.

Im Frühjahr 1990 besuchte ich in der Außenmissionszentrale der Südlichen Baptisten in Richmond, Virginia, einen der herausragendsten Zielanalytiker der Gemeinde Jesu, Dr. David Barrett. Als Herausgeber der *World Christian Encyclopedia* und führendem Fachmann für Missions- und Gemeindewachstumsstatistik gehen Dr. Barrett von den meisten protestantischen Denominationen und Missionswerken jährliche Fortschrittsberichte zu. Diese Berichte und eine große Menge weiterer Daten aus der Analyse der weltmissionarischen Situation werden in dem Institut Dr. Barretts katalogisiert und ausgewertet.

Während meines Gespräches mit Dr. Barrett führte er mich in einen Raum, wo eine große Wandkarte der Welt aufgehängt war. Mitten auf

---

130 Es muß zwar nochmals betont werden, daß unser Kampf niemals gegen Fleisch und Blut ist. Wen aber die Verwendung militärischer Terminologie stört, der sollte einmal seine Empfindlichkeiten an der Schrift messen – siehe 1. Sam. 17,45; Ps. 144,1; Eph. 6,10-18; 2. Kor. 10,4; 1. Thess. 5,8; 1. Tim. 1,18; 2. Tim. 2,4; Offb. 19,11-21.

dieser Karte war mit dickem Stift ein ungefähres Oval eingezeichnet. Mit Hilfe seines gespeicherten Materials über unerreichte Völker, so Dr. Barrett, habe er genau untersucht, wo sich die gegenwärtigen Frontverläufe in der Weltmission befanden. Was herauskam, war eine scharfe Linie, die im Westen ganz Nordafrika und den Nahen Osten umfaßte, dann nach Osten fortlaufend Indien und Burma mitten durchschnitt, bevor sie im Fernen Osten wellenförmig um Südostasien, die entlegenen Provinzen Chinas, Japan und Nordkorea herumlief und schließlich durch die geistlich ausgedörrten Weiten der Mongolei, Zentralasiens, der Türkei und Albaniens nach Westen zurückschnellte.
Dr. Barrett zeigte auf das Oval und erklärte mit großer Gewißheit: „Das hier ist die Aufgabe, die uns bleibt. Innerhalb dieser Grenzen leben mindestens 95 Prozent der unerreichten Völker der Erde, darunter alle noch unevangelisierten ethnischen Megagruppen."
Später hat der aus Argentinien stammende Missionar Luis Bush etwa den gleichen Bezirk als das *10/40-Fenster* bezeichnet, weil das Gebiet sich ungefähr zwischen dem 10. und dem 40. Breitengrad erstreckt. [131]
Tritt die Gemeinde Jesu der Aufgabe entgegen, das 10/40-Fenster zu evangelisieren, so stellt sie sich einer Herausforderung von gewaltigen Ausmaßen. Denn innerhalb dieses strategischen Gebietes befinden sich die Steuerzentren buchstäblich aller großen nichtchristlichen Weltreligionen: des Buddhismus, des Kommunismus – in Rotchina und, in zweiter Linie, Nordkorea –, des Konfuzianismus, des Hinduismus, des Islam, des Shintoismus und des Taoismus. Nur die Weltzentralen des Materialismus liegen außerhalb dieses Bereichs, beschäftigt mit der Aufgabe, die christliche Mobilmachung für die Schlacht subtil zu unterlaufen.
Als Heimstatt all jener religiösen Nervenzentren, dazu von 95 Prozent der unerreichten Völker auf Erden, können die Länder und Gesellschaften des 10/40-Fensters kaum dem Schicksal entgehen, zum wesentlichen geistlichen Schlachtfeld des 21. Jahrhunderts zu werden. Und sobald der Entscheidungskampf ausbricht, werden die feindlichen Operationen aller Wahrscheinlichkeit nach von zwei starken Bollwerken aus gesteuert werden, die im Epizentrum des „Fensters"

---

131 Es ist wichtig zu vermerken, daß dieser Ausdruck einerseits hilfreich, andererseits aber ungenau ist. So verbleiben z. B. in Asien diverse Ballungen unerreichter Völker in Gebieten wie Nordchina, der Mongolei, Indonesien und Zentralasien außerhalb des 10/40-Fensters.

liegen: Iran und Irak. Dramatischer könnte das Bild kaum ausfallen: ein Endzeitszenario im Weichbild des alten Persien und Babylonien. Nach nahezu 7000 Jahren kehrt der Mittelpunkt des Weltgeschehens wieder an die Wiege der Zivilisation zurück, in das wehmütig stimmende Traumland, in dem Gott Seinen allerersten Umgang mit dem Menschen pflegte.

Der Garten der Träume

Die Überlieferungen der Heiligen Schrift offenbaren, daß es, nachdem Satan anfänglich infolge seines Aufstandes im Himmel besiegt worden war, in der Geschichte zwei entscheidende Momente gab, in denen es zu ganz besonders giftigen Gegenangriffen auf die Pläne Gottes kam. Von einem berichtet Offenbarung 12,4: dem entschlossenen Versuch des Drachens, das Christuskind zu vernichten – einem Versuch, der glücklicherweise fehlschlug. Der anderen, wohlbekannten Handlung hingegen, festgehalten in der Genesis, war einiger Erfolg beschieden.

Eden, was soviel bedeutet wie „Entzücken", war der erste Ort, den Gott sich auf Erden bereitete. Es war in vielerlei Hinsicht Sein Garten der Träume – ein zauberhafter Ort, bar jeder Sünde, wo Er mit den Menschen spazierenging und ihnen von Seinem Herzen und Seinen Wegen mitteilte. Hier gab Gott den Menschen ihren ersten Auftrag bzw. ihre erste Vollmacht: die Ordnung Seines Reiches auf der Erde zu vertreten. Von diesem Ort namens „Entzücken" aus sollte das Wissen um Gott und sollte Sein Segen durch Adam, Eva und ihre Nachkommen die ganze Erde überströmen (s. Gen. 1,26 ff.; vgl. auch Ps. 36,9).

Genesis 3 enthüllt jedoch, daß Eden zugleich die Heimstatt einer listigen Schlange war, die, von grausamer Bosheit angetrieben, entschlossen war, Gottes Garten der Träume in eine Art geistlich vergifteter Müllhalde zu verwandeln.

Mit meisterhaftem Täuschungsvermögen vorgehend, gelang es Satan, das Eindringen der Sünde in die Welt zu erleichtern. Und während Adams und Evas moralische Kapitulation zu ihrer Verbannung von Eden führte, gibt die Schrift keinerlei Hinweis darauf, daß die Schlange mit ihnen ging. Deutlich zeigt sie indessen, daß die Schlange von Eden auf den ölhaltigen Überresten der einstmals blühenden Flora und Fauna des Gartens ein weltweit operierendes Befehls- und Kontrollzentrum errichtet hat. Die Bibel nennt solche Schwerpunkte dämonischer Autorität „Sitze", und diese Residenzen sind dem, was Gott im Sinn hat, nicht freundlich gesonnen. Wenn wir im folgenden die historischen und operativen Tricksereien, die von diesem Bollwerk ausgegangen sind, genauer untersuchen wollen, sei der Leser zunächst daran erinnert, daß Gott zwar von uns erwartet, wachsam und nüchtern mit derlei Dingen umzugehen, aber nicht will, daß sie uns ängstigen oder unziemlich beeindrucken. Die Bibel verschleiert auf der einen Seite nicht, daß das Böse in der Welt existiert, andererseits aber zeigt sie es keineswegs als triumphierend. Am Ende werden alle verderbenbringenden Geistmächte der furchtbaren Gewalt und dem gerechten Gericht des Allmächtigen zum Opfer fallen. Sogar gegenwärtig, wie wir in Kapitel 7 sehen werden, kommen Gottes siegreiche Strategien inmitten des Sitzes Satans und um ihn herum unaufhaltsam zum Zuge.

* * *

Kapitel 5
An den Strömen Babylons

An den Wassern zu Babel saßen wir und weinten, wenn wir an Zion gedachten.

Psalm 137,1

Und er schrie mit großer Stimme und sprach: Sie ist gefallen, sie ist gefallen, Babylon, die große, und ist eine Behausung der Teufel geworden und ein Gefängnis aller unreinen Geister und ein Gefängnis aller unreinen und verhaßten Vögel.

Offenbarung 18,2

Mindestens sieben Jahrtausende lang hat Mesopotamien Dämonen als Tummelplatz gedient, geistlichen Vandalen, die sich einen Spaß daraus machen, die Werke eines überlegenen Baumeisters zu demolieren. Vereint mit den menschlichen Zivilisationen der Region, den Assyrern, Babyloniern und jetzt den Irakern, haben sie ein bemerkenswertes Vermächtnis der Arroganz, der Gewalt und der Ausschweifung hervorgebracht.

Jene Fürsten der Dunkelheit sind im Lande verblieben, weil ihnen dort bereitwillig Unterschlupf gewährt wurde. Angefangen mit der Willfährigkeit der allerersten Menschen der Schlange in Eden gegenüber hat buchstäblich jede Generation, die dieses strategische Gebiet bewohnte, die Betten in ihren geistlichen Gästezimmern stets bezogen gehabt – mit der Folge, daß man heute wohl unter keiner anderen Adresse der Erde eine so zahlreiche Versammlung böser Geister findet.

Der Pfauenengel

Ein modernes Beispiel dafür findet man in den Sindschar-Hügeln im nordwestlichen Irak. Hier, in der Umgegend der Städte Mossul und Lalesch, lebt das Volk der Jeziden, die in der Region als „Teufelsanbeter“ bekannt sind. Die Jeziden, etwa 150.000 Köpfe stark, sind ein Mischvolk aus Arabern und Kurden. Wie die Christen glauben sie, daß

Satan ein mächtiger Engel ist; doch anders als die Christen zollen sie ihm große Achtung und regelrechte Anbetung.
Unter anderem glauben die Jeziden, daß der Oberste der himmlischen Heerscharen, den sie statt Luzifer Azazel nennen, wesentlich an der Schöpfung beteiligt war. Sie behaupten, daß Azazel keineswegs für den Fall des Menschen verantwortlich war, vielmehr Adam und Eva lediglich praktische Ratschläge zu den biologischen Körperfunktionen gab.[132]
Nun ist der Name Azazel unter heutigen Jeziden nicht sehr in Gebrauch. Der Satansname ist sogar streng verboten. Der gängige Name ist Melek Ta'us, Pfauenengel. Jeden Oktober wird das bronzene Abbild des Pfauenengels, genannt Anzal, Alter Pfau, in einer Prozession mit Fackeln und Weihrauch durch Lalesch getragen. In den Straßen verneigen sich die singenden Gläubigen vor dem heiligen Bild.[133]
Beim jährlichen Fest der Zusammenkunft, einem Ereignis, in dem sich „mystisches Erweckungserleben mit Karnevalsfreude" mischt, werden Kinder getauft, und zwar an einer Kultstätte, wo die für heilig gehaltene Weiße Quelle sich in Kavernen ergießt, in denen „heilige" Wassermolche leben. Später, in der Abenddämmerung, ziehen Pilger ihre Hände durch die Flammen von Öllampen, die ihnen jezidische Fakire hinhalten, während die verantwortlichen Scheichs vor dem bronzenen Bild des Malek Ta'us um seine Führung bitten. Um Mitternacht findet die Geheimzeremonie im Innenhof des Heiligtums mit arabischen Gesängen ihren Abschluß.[134]
Der große Prophet der jezidischen Religion ist Scheich 'Adi Ibn-Musafir. Nach jezidischer Tradition ritt dieser vor gut 800 Jahren zwanzigjährig im Mondlicht über eine Ebene, als in der Nähe einer alten Grabstätte aus dem Erdboden eine Erscheinung vor ihm aufstieg. Es handelte sich um zwei achtfüßige Kamele mit Köpfen wie Wasserbüffel, langen, borstigen Zotteln, großen runden, grünschimmernden Ochsenaugen und tiefschwarzem Fell. Unterdessen wurde das Grabmal größer und größer, bis es in die Wolken aufragte und die Gestalt eines Minaretts annahm, das zu schwanken begann. Plötzlich verwandelte sich die Erscheinung in einen hübschen Jungen mit einem Pfauenschwanz, der zu ihm sagte:

---

132 John S. Guest, The Yezidis, London 1987, S. 30.
133 K. Jansel, They Worship the Satan, Depthnews v. 7.1.1989.
134 Guest, S. 37. 96 f.

> „Fürchte dich nicht; zwar mag das Minarett hinfallen und die Welt zerstören, doch du und die auf dich hören werden unversehrt bleiben und über die Ruinen herrschen. Ich bin Melek Ta'us und habe dich erwählt, die wahre Religion in der Welt zu verkündigen." [135]

Noch entlarvender sind die folgenden Auszüge aus den zwei heiligen Büchern der Jeziden, dem *Buch der Offenbarung* und dem *Schwarzen Buch*. Zunächst aus dem *Kitab-i-dschilwa (Buch der Offenbarung)*:

> „Jedes Zeitalter hat einen Regenten, und zwar durch meinen Ratschluß. Jede Generation verändert sich mit dem Herrn dieser Welt."
> „Ich leite ohne eine Schrift; ich zeige meinen Freunden den Weg mit unsichtbaren Mitteln."
> „Drei stehen mir entgegen, und drei Namen hasse ich."

Und aus *Mashaf-i-raš (Das Schwarze Buch):*

> „Auch ist es uns nicht erlaubt, den Namen Satans auszusprechen; denn es ist der Name unseres Gottes."
> „König Ahab und Omri waren von den Unseren, weshalb man den Gott Ahabs Beelzebub zu nennen pflegte. ... Wir hatten einen König in Babylon; sein Name war Nebukadnezar. ... Und Ahasveros in Persien." [136]

Omen, Geister, Zikkurate: ein Märchen von vier Städten

„Bagdad", so hat jemand geschrieben, „ist eine alte Stadt und doch nicht halb so alt wie die mesopotamische Geschichte." In diesem Teil der Welt weht der Staub noch älterer Stätten: von Ur, der Chaldäerstadt, von den assyrischen Hauptstädten Ninive und Nimrud und von Babylon selbstverständlich.

Besser als jedes Schlaglicht, das wir sonst werfen könnten, enthüllen uns die Städte die Geschichte dämonischer Verschanzung in diesem

---

135 Ebd. S. 31.
136 Ebd. S. 200-204.

uralten Land. Von den vieren, die wir im knappen Umriß darstellen wollen, sind Ur und Ninive-Nimrud, die man als Doppelmetropole ansehen kann, durch die Unbilden der Witterung vom Erdboden radiert worden. Babylon ist feierlich wiederaufgebaut worden, und Kerbela steht unverwandt als Metapher für den Kampf des Islam.

Ur, die Chaldäerstadt

Genesis 12,1 erzählt, wie Gott, augenscheinlich mit einiger Dringlichkeit, zu Abraham redete und sprach: „Geh aus deinem Vaterland und von deiner Verwandtschaft und aus deines Vaters Hause in ein Land, das ich dir zeigen will." Es erhebt sich die Frage: warum? Was sah Gott, das Ihn überzeugte, Seinen Bundesplan mit Abraham nicht gerade dort ausführen zu können, wo dieser sich befand?

Die Antwort hängt möglicherweise mit dem Umstand zusammen, daß die in Mesopotamien aufkommenden mächtigen Stadtstaaten buchstäblich allesamt Tempelkulte und örtliche Schutzgottheiten als Mittelpunkte hatten. Jedenfalls traf dies auf Ur, die Chaldäerstadt, zu, den berühmten Heimatort Abrahams.

Tatsächlich trug der geistliche Regent Urs, Šin, ein Mondgott, der später zur Obergottheit des gesamten babylonischen Reiches werden sollte[137] ,den Übernamen „Herrscher der Nacht". Sein Emblem, der Halbmond, wurde später – zugleich mit der Einführung des Mondkalenders – zum herausragenden religiösen Symbol des Islam.

Nimrud und Ninive, Städte der Assyrer

Eine weitere der mächtigsten zeitgenössischen Gottheiten, Ištar, Göttin der Liebe und des Krieges, hing an den Hauptstädten des assyrischen Großreiches, Ninive und Nimrud. Heute sind diese großen Städte nur noch Tells am Rande des modernen irakischen Mossul, in ihrer Glanzzeit aber waren sie beeindruckende Metropolen, überragt von den Tempelbezirken der heidnischen Ištar.

Thorkild Jacobsen führt in seinem Buch *The Treasures of Darkness* verschiedene sumerisch-babylonische Texte und Gesänge auf, die

---

137 Šin wurde von Nabu-na'id (Nabonid) zum Obersten des babylonischen Pantheons erwählt in dem Bemühen, die babylonische Religion für Untertanenvölker wie Araber und Aramäer annehmbarer zu machen. Denn diese schätzten zwar den Mondgott, konnten sich aber nicht recht mit Marduk, dem babylonischen Obergott, anfreunden, der in erster Linie an der Stadt Babylon hing.

Ištar als göttliche Hure verehren, eine Göttin, deren überbordende Sexualität 120 Männer befriedigen konnte, ohne daß sie ermüdete. Mit dem Kult der Ištar waren Transvestitentänze und die Figur einer Hohenpriesterin Entu verbunden, deren Rolle es war, auf einem Lotterbett oben auf dem Zikkurat den Göttern zu Willen zu sein.[138]
Das Ištar-Erbe der Tempelprostitution griff in der Folgezeit weit über die Entu-Figur hinaus. Im 5. Jahrhundert v. Chr. berichtete der griechische Reisende Herodot, daß in Babylon jede Frau einmal im Leben hingehen müsse, um im Tempel zu sitzen und Geschlechtsverkehr mit einem Fremden zu haben. (Das Procedere sah vor, daß die Frau zu warten hatte, bis ein Fremder ihr eine Münze in den Schoß warf und sie mit den Worten „im Namen der Göttin Mylitta" [ein Ištar-Titel] aufforderte.) „Sobald sie sich hingegeben hat", fährt Herodot fort, „hat sie der Göttin ihre Pflichten erfüllt und kann nach Hause zurückkehren." [139]

Babylon die Grosse

Angesichts geschätzter 4000 Götter, die zu seiner polytheistischen Kultur gehörten, trug Babylon – babylonisch *Bab-ilim*, Gottespforte – einen wahrlich treffenden Namen. Wollten Götter die Stadt betreten, so taten sie es zumeist durch eine „Himmelspforte", die nur der König und bestimmte Tempelbedienstete zu schauen vermochten.
Zum Tempelbezirk Babylons und der meisten anderen Städte des Reiches gehörte der Zikkurat, ein mächtiger Stufenturm mit drei bis sieben Etagen, an dessen Spitze sich ein kleiner Tempel befand. Nach Ansicht vieler war dieser Hochtempel ein Rastplatz der Götter auf ihrem Weg vom Himmel zur Erde herab. Der berühmteste Zikkurat, der Turm von Babel, war also eine Art Himmelsleiter. [140]
Auf der Erde angekommen, nahmen die Götter ihren Erstkontakt mit Menschen mit Hilfe von Götzenbildern auf, die in einer Art Ehrenruhe im Tempel aufbewahrt wurden. Um sicherzustellen, daß die Gottheit ihren Aufenthalt tatsächlich in dem jeweiligen Bild genommen hatte, übten die Babylonier ein faszinierendes „Mundöffnungs"-Ritual aus. Sobald die menschlichen Hersteller ein Götzenbild aus der Hand gegeben hatten, wurde an ihm eine Art Initiationsritus, ein „Gurgeln" mit

---

138 Saggs, S. 302-305.
139 Zit. n. Saggs, S. 303.
140 Ebd. S. 308.

heiligem Wasser, vollzogen, wonach

> der Gott nachts im Schein von Fackeln ans Flußufer geführt wurde, wo man ihn mit dem Gesicht nach Osten auf eine Schilfmatte setzte. Die ganze Nacht hindurch wurden Beschwörungsformeln rezitiert und „Mundwaschungen" vorgenommen. Morgens, nach Opferung eines Widders, kam dann der entscheidende Punkt des Rituals: Der Götze begann Empfindungen zu haben. Unter Hersagen eines Zauberspruchs – „heiliges Bild, vervollkommnet durch ein erhabenes Ritual" – „öffnete" der Priester die „Augen" des Gottes, indem er sie mit einem Zweig des magischen Tamarisken berührte. Sodann wurde das Standbild, nunmehr lebendig mit der innewohnenden Gottheit, an der Hand zu seinem Tempel geführt und nach weiteren Opfern auf seinen Thron gesetzt. [141]

Auch Omen und Wahrsagerei waren unlösbare Bestandteile der babylonischen Zivilisation. Zu jedem Jahresbeginn vollzogen der König, der als Inkarnation eines Gottes gesehen wurde, und eine Tempelpriesterin in der Rolle der Göttin Ištar die „heilige Hochzeit", d.h. einen rituellen Geschlechtsverkehr, als Auftakt zur „Schicksalsschau" für das anbrechende Jahr. Auf einer profaneren Ebene wurden Botschaften aus der Welt der Geister ferner durch Dinge wie Leberbeschauungen, Träume, Astrologie und sogar bestimmte Tierbewegungen überbracht. Astrologie und Leberbeschauungen waren anscheinend die bevorzugten Mittel der Zukunftsdeutung (wobei aber die einfachen Leute sich in der Regel auf anderes verließen).

Für die Babylonier war die übernatürliche Welt etwas durch und durch Lebendiges. Götter, Geister und Dämonen waren allgegenwärtig. Letztere, den Göttern zwar an Kraft ebenbürtig, aber in weitaus geringerem Maße vernunftbegabt, wurden besonders gefürchtet. Neben Rabisu, dem „Geduckten", einem überall anzutreffenden, in Türnischen und dunklen Ecken herumlungernden Dämon, wurden furchterregende Geister mit Dingen wie Kindsgeburten, Krankheiten, der Nacht, Ruinen und freien Plätzen in Verbindung gebracht – wie es noch heute geschieht.

Auch mit den Geistern Verstorbener mußte man rechnen. Besonderen Schrecken lösten „herumirrende Geister" aus: ruhelose, auf Rache

---

[141] Ebd. S. 309.

sinnende Gespenster solcher, die infolge von Gewalthandlungen oder der Verletzung irgendeines Tabus zu Tode gekommen waren. Wer von solchen Geistern gequält wurde, bemühte sich, sie mit Hilfe von Gebeten, Beschwörungen und berufsmäßigen Exorzisten nach Kutha zu zwingen, in die Stadt, die als „Versammlungsplatz der Geister“ [142] angesehen wurde. Kutha wird in 2. Kön. 17,24.30 als die Stadt Nergals, des Gottes der Unterwelt, erwähnt.

Die Exorzistenpriester der Babylonier wurden *ašipu* genannt. Dasselbe Wort benutzt der Prophet Daniel (2,10) im Sinne von „Beschwörer“. Nicht viel anders als bei Geistheilern unserer Tage wurden ihre Prozeduren in Form von magischen Texten namens *Šurpu* und *Maqlu* festgehalten. Beide Wörter haben mit „brennen“ zu tun, was der im Verlauf des exorzistischen Rituals vorzunehmenden Verbrennung von hölzernen, tönernen und wächsernen Bildern geschuldet ist.

Das schiitische Kerbela

Ein weiterer wichtiger Ort im Irak ist die Stadt Kerbela. Ihre Bedeutung liegt nicht in Geschichten von Dämonen und Zaubereien, sondern in ihrer Rolle als das Heiligtum, das schiitischen Muslimen ihren Märtyrereifer einimpft. Hier wurde, im Zuge eines Versuches, dem regierenden sunnitischen Kalifen Yazid die vermeintlich von ihm angemaßte islamische Erbfolge wieder zu entreißen, 680 n. Chr. Husain, der Enkel Mohammeds, mit 72 Anhängern abgeschlachtet. Dadurch wurde Husain zum schiitischen Schutzheiligen der Märtyrer. Alljährlich führen Schiiten überall auf der Welt am Todestag Husains, *Ašura*, blutige Passionsspiele auf, in denen sie mit Hilfe selbstzugefügter Verwundungen am Opfer ihres Helden teilzuhaben versuchen.

Der verstorbene Ayatollah Khomeini pflegte seinen frenetischen Anhängern mit dem Ruf „Jeder Tag ist *Ašura*, und jeder Ort ist Kerbela!“ einzuheizen. Indem er das Opfer Husains immer wieder hervorhob, schärfte der Imam seinen Gläubigen ein, daß ein guter Schiite den blutigen Tod einem Leben der Schande vorzuziehen habe. „Wir sind bereit zu sterben“, erklärte er mit erschreckender Entschlossenheit, „und wir haben einen Bund mit Gott geschlossen, dem Pfade unseres Führers, des Herrn der Märtyrer, zu folgen.“ [143]

---

[142] Vgl. ebd., S. 266.

[143] Aus einer Teheraner Rede Ayatollah Khomeinis vom 12.9.1980; zit. n. Hamid Algar (ed.), Islam and Revolution, Berkeley, CA 1981, S. 305.

Kerbela und das nahegelegene Kufa sind auch bedeutend für die schiitische Eschatologie. Die Tradition will, daß der Messias des Islam, der *Mahdi*, nach seiner anfänglichen Erscheinung in Mekka in den Irak zurückkehren wird, um in Kufa, der Stadt des Mohammed-Schwiegersohns 'Ali, seine Residenz zu errichten. „An jenem Tag", schrieb ein Gelehrter, „werden alle Gläubigen in jener Stadt und ihrem Umland, das sich unermeßlich ausdehnen wird, bis nach Kerbela hin, um alle Schiiten aufnehmen zu können, versammelt werden. Kerbela wird an jenem Tage von den Engeln und den Gläubigen aufgesucht werden." [144]

Der wiederauflebende Geist Babylons

In einer Auslegung der Offenbarung stellte der Theologe J.A. Seiss im Jahre 1957 fest: „Es scheint Grund für die Annahme vorzuliegen, daß das tatsächliche Babylon wiederhergestellt werden wird und wir nach dem Wiederauftauchen dieser frühen Stadt Ausschau halten müssen." [145]

In den drei Jahrzehnten, die der Seiss'schen Vorhersage folgten, gab es wenig sichtbare Anzeichen, die seine Schriftauslegung bestätigt hätten. Doch in den späten achtziger Jahren wurden viele Christen durch geschäftige Bautätigkeit aus ihrer Skepsis gerissen. Ungefähr eine Fahrtstunde südwestlich Bagdads bot sich ein bemerkenswerter Anblick: An den Ufern des Euphrat wurden in flimmernder Hitze und Wüstenstaub tatsächlich die alten, zwölf Meter hohen Lehmziegelmauern Babylons wieder aufgebaut.

Nach Plänen Robert Koldeweys, des deutschen Babylon-Ausgräbers, der die Stätte im frühen 20. Jahrhundert freigelegt hatte, waren Tausende Iraker, Ägypter und Sudanesen damit beschäftigt, etliche der herausragendsten Bauten der einstmals so bedeutenden Stadt zu rekonstruieren. Mit Hilfe von alten wie auch speziell angefertigten neuen Baumaterialien gelang es Baumeistern und -handwerkern, den 90 Meter hohen, dem babylonischen Gott Marduk geweihten Zikku-

---

[144] Muhammad Baqir Majlisi; zit. n. Abdulaziz Abdulhussein Sachedina, Islamic Messianism, Albany, NY 1981, S. 165.

[145] J.A. Seiss, The Apocalypse: Lectures on the Book of Revelation, Grand Rapids, MI 1957, S. 397.

rat, den Krönungssaal Nebukadnezars und das blaugeflieste Ištar-Tor neu zu schaffen. Die Architektur der berühmten Hängenden Gärten ist bis dato ein Rätsel geblieben, ungeachtet einer Zwei-Millionen-Dollar-Prämie, die die Regierung demjenigen ausgesetzt hat, der als erster die Konstruktion durchschaut.

Mögen auch einige das neue Babylon bloß als eine Art antikes *Disneyland* betrachten, so liegt doch auf der Hand, daß hinter diesem Unternehmen mehr steckt, als man bei oberflächlicher Betrachtung wahrnimmt. Welche Absichten und Zwecke auch im einzelnen verfolgt werden mögen: wiedergeboren worden ist ein *Geist* und nicht nur eine Stadt – der Geist babylonischer Ausschweifung, des Größenwahnsinns und des Gewaltrausches (vgl. Offb. 18,7; 17,4 ff.).

Die jüngste Inkarnation dieses Geistes ist Saddam Hussein, zugleich einer der energischsten Betreiber seiner Wiederauferstehung. Seinem berechnenden Naturell entsprechend stand als ursprüngliche Überlegung hinter dem Babylon-Wiederaufbau zweifelsohne das Kalkül, die modernen Iraker sich im Glanz der Zivilisation Mesopotamiens sonnen zu lassen. „Wir wollen wieder das große arabische Land werden, das wir einmal waren", erklärt der einflußreiche irakische Schriftsteller und Intellektuelle Jabra Ibrahim Jabra. „Saddam Hussein ist der Inbegriff dieses Enthusiasmus ..., denn wir sehen mit seinen Augen und seiner Vorstellungskraft." Und im übrigen, so Jabra, „ist ein großer König nur dann groß, wenn er eine Stadt baut oder wiederaufbaut".[146]

Nicht weniger als ein Dutzend Großreiche wurden vom heutigen Irak aus regiert, und während der achtziger Jahre gab sich der Husseinsche Propaganda-Apparat alle Mühe, Saddam in eine Reihe mit den größten Herrschern dieser Reiche zu stellen. (Mythen, hat jemand gesagt, sind wirkungsvoller als die Geschichte selbst.)[147] So wurde Saddam öfters als Al-Mansur bezeichnet und dergestalt mit jenem Abbasidenkalifen identifiziert, der erfolgreiche Eroberungen machte und dessen Name mit „der, den Gott siegreich gemacht hat" wiedergegeben werden kann. Bei den Feierlichkeiten zu seinem Geburtstag 1990 in seiner Heimatstadt Takrit wurde Saddam als moderne Wiederverkörperung Sargons des Großen ausgerufen. Anderweitig ist er mit den antiken ba-

---

146 Saddam's Dream: Babylon Reborn, The Seattle Times v. 7.10.1990.

147 Das abenteuerlichste aller Konstrukte verhalf Saddam zu einem Stammbaum, der seine Familienherkunft auf die arabischen Könige und schließlich auf den Propheten Mohammed zurückführte.

bylonischen Königen Hammurapi und – dies vielleicht am allerbemerkenswertesten – Nebukadnezar identifiziert worden. Photomontagen, die Saddam händeschüttelnd mit dem von der biblischen Überlieferung her berüchtigten Nebukadnezar zeigen, schmückten eine Zeitlang Bagdader Straßenecken. Eine noch dramatischere Darstellung des alten und des neuen Führers findet sich in Gestalt eines Mosaiks in einem kleinen Museum nahe dem Babyloner Ištar-Tor. Linker Hand lächelt ein selbstzufriedener Saddam angesichts seiner modernen Hauptstadt – vor dem alliierten Bombardement im Golfkrieg, versteht sich –, während rechts Nebukadnezar mit eiserner Strenge im Blick seinen neuen Palast bewundert.

An jeder einzelnen Dorfzufahrt im Irak erheben sich turmhohe Saddam-Pappfiguren, die von weither zu sehen sind. Untertags überschatten sie übellaunigen Wachtposten gleich den ländlichen Handel und Wandel, während in der Dunkelheit etwas von ihnen ausgeht, was der Schriftsteller und Dissident Samir al-Khalil „einen gespenstisch schimmernden Schein" nennt. In vielfacher Hinsicht hat Saddam Hussein sich selbst mit der Aura Babylons und seines schrecklichsten, größenwahnsinnigsten Herrschers umgeben. Brüstete sich Nebukadnezar, er habe „keinerlei Rivalen zwischen dem Horizont und dem Himmel", so trat Saddam in den achtziger Jahren mit einem Rattenschwanz von Ehrentiteln auf, darunter „der Bannerträger", „väterlicher Führer" und „Knecht der arabischen Nation". [148]

Was hat es auf sich mit der Nebukadnezar-Identifikation? Nebukadnezar erträumte sich, wohlgemerkt, nicht weniger als Unsterblichkeit. Er glaubte der anfänglichen Lüge der Schlange, mit der sie Adam und Eva verführte, einer Lüge, die bis heute durch das mesopotamische Becken nachhallt. Seine Arroganz, Gewalttätigkeit und Ausschweifung verstiegen sich in noch nie dagewesene Höhen. Dieser babylonische Geist hat sich in unseren Tagen aufs neue manifestiert, und zwar in bemerkenswert ähnlicher Weise.

Nicht nur, daß ein düsterer Personenkult Saddam zur quasi unsterblichen Persönlichkeit stilisiert hat [149] – er hat auch selber gerissen über

---

[148] Samir al-Khalil, Republic of Fear: The Politics of Modern Iraq, London 1989, S. 110.

[149] Mit dem Ausmaß des Saddam-Personenkultes können sich aus jüngerer Zeit nur der sowjetische Diktator Stalin und der Nordkoreaner Kim Il-Sung messen. Vor dem Golfkrieg begann das allabendliche irakische Fernsehprogramm mit einer Hymne der

Leben und Tod gewaltet. Wer huldigt, genießt das Wohlwollen des Königs. Wer es nicht tut, wird zu Reisig für den glühenden Feuerofen. Mit den Worten Samir al-Khalils:

> Die Allmacht des Führers wird dramatisch ausgespielt, so als handle es sich um eine Bühnenaufführung. Man kann in den Genuß von Vorzügen gelangen, die die vom Führerstaat erlassenen Regeln geradezu ad absurdum führen: So hat Saddam ein Beschwerdetelephon eingerichtet, über das Bürger ihn zu bestimmten Zeiten direkt erreichen können, und erläßt dann schon mal dem Ehemann oder Sohn von irgend jemandem eine lebenslange Strafe, die von seinem eigenen Polizeiapparat verhängt worden war. Oder er verschenkt auf Rundreisen durch den ländlichen Süden Fernsehapparate oder Bündel frisch gedruckter Banknoten; zuweilen schneit er auch scheinbar unverhofft bei einfachen Bürgern herein, um mit ihnen zu frühstücken und sich ihre Beschwernisse anzuhören.[150]

Mit dem gleichen Geschick wird Furcht verbreitet. Männer aus der Entourage Saddams bieten ein Bild kriecherischer Unterwürfigkeit – geradeso wie die Höflinge Nebukadnezars (mit der höchst erfreulichen Ausnahme der Juden, die Jahwe mehr fürchteten als den König). Der

---

Hingabe an den Diktator, und in einer durchschnittlichen Radiosendung wurde sein Name stündlich dreißig- bis fünfzigmal erwähnt. Schulkinder überall im Land mußten regelmäßig Saddam-Lobpreisungen aufsagen, während Heerscharen von Dichtern stoßweise blumige Huldigungen verfaßten. Saddams Gesicht verzierte von Armbanduhren über Radioapparate bis zu riesigen Anschlagtafeln schlechthin alles, und für den protzigen, gekreuzte Säbel darstellenden Triumphbogen im Zentrum Bagdads wurden seine Hände einschließlich der Fingerabdrücke präzise detailliert nachgebildet. 1990 stand in der Zeitschrift *Newsweek* von einem ganz besonderen Kultritual zu lesen, bei dem einige Iraker mit ihrem eigenen Blut Treueschwüre an ihren „kämpfenden Führer" verfaßt oder auch sein Porträt gezeichnet haben sollen. Wer derlei freilich nicht mitmacht, muß vorsichtig sein; denn der von der Staatspartei verordnete Kult ist mit Androhung der Todesstrafe gekoppelt. Öffentliche Herabwürdigung des Präsidenten oder führender Gremien der Partei ist seit 1986 als Kapitalverbrechen eingestuft.

150 Al-Khalil, S. 116. – Diejenigen, die behaupten, der irakische Diktator sei ein Abweichler und tatsächlich habe der Islam die regionale Mentalität für alle Zeit verwandelt, sollten sich die Worte des jordanischen Oberrichters Scheich Abdullah Ghosbah zu Gemüte führen. Er bemerkte einmal: „Allah, der Allmächtige, liebt es, wenn ein kämpfender Muslim hochmütig ist, zeigt das doch seine Unerbittlichkeit dem Feind gegenüber und seine Entschlossenheit, ihn zu bezwingen." Zit. n. Laffin, a.a.O.

frühere iranische UN-Botschafter Mansour Fahang erzählte von „zwei Irakern, die rückwärts und seitwärts gingen, wenn sie den Raum verließen, um dem erhabenen Führer ja nicht den Rücken zuzuwenden". [151] So verhielten sie sich nicht von ungefähr. Es wurden bereits hochrangige Beamte, die Saddam nicht beachtet oder geschnitten hatten, in Stücke zerhackt und in schwarzen Baumwollbeuteln an ihre Familien geschickt. [152]

Arabische Terrornächte

Die mit Furcht, Gewalt, Blutvergießen und Unmenschlichkeit aufgeladene Atmosphäre ist eine unübersehbare Manifestation des Geistes Babylons und eine regelrechte Verneigung vor den unsichtbaren Herrschern der Finsternis. Vielleicht nirgendwo sonst auf Erden sind Menschen über so lange Zeit so brutal gequält worden. In früheren Jahrhunderten widerfuhr es den Unglücklichen der mesopotamischen Gesellschaft nicht nur, daß sie in Nebukadnezars berüchtigten glühenden Feuerofen geworfen wurden; es gab auch die Assyrer, die ihnen ihre „Lügenzungen" herausrissen. Überhaupt waren die Assyrer ein Geschlecht von trainierten Mördern, die ihre Opfer auch lebendigen Leibes verbrannten, häuteten, pfählten und begruben.[153]
Der abbasidische Gouverneur des heutigen Irak, Hadschadsch ibn Yusuf, errichtete im 7. Jahrhundert ein Regime, das ein Historiker als „nackten Terror" qualifizierte. Sobald er seinen Posten sicher hatte, ließ er sämtliche Rivalen exekutieren – genau wie Saddam Hussein viele Jahrhunderte später. Angesichts ihrer abgeschlagenen Köpfe

---

151 The Seattle Times v. 16.9.1990.

152 Schon immer haben mesopotamische Führer gemeint, insbesondere ihre hochrangigen Militärs in Angst und Schrecken halten zu sollen. So beschuldigte einst der Eroberer des Byzantinischen Reiches und muslimische Vorläufer der Inquisition, Kalif Mu'tasim, seinen Heerführer der Häresie und ließ ihn in einem Verlies seines Palastes verhungern. Im Irak Saddams haben in den späten achtziger Jahren mindestens vier aktive Generäle und über ein Dutzend Obristen unter mysteriösen Umständen den Tod gefunden. Auch davor und danach sind Berichten zufolge etliche liquidiert worden. Al-Khalil schreibt: „Die schiere Tatsache der Mitgliedschaft eines Soldaten in einer Organisation, die man als politisch diffamieren kann, ist mittlerweile seit vielen Jahren, ungeachtet tatsächlicher politischer Aktivität, ein Kapitalvergehen."

153 Saggs, S. 217.

hielt Hadschadsch sodann eine Rede, aus der der Geist Babylons sprach. Sie enthielt folgende unsterblichen Worte, die Generationen irakischer Schulkinder auswendig lernen mußten:

> Vor mir sehe ich Köpfe, reif und bereit, abgepflückt zu werden, und ich bin derjenige, der sie pflückt. Und ich sehe Blut, das zwischen Turbanen und Bärten glitzert.[154]

Wenn der Anbruch der „modernen Zivilisation" überhaupt zu etwas geführt hat, dann dazu, das staatlich gelenkte Abschlachten noch effizienter zu machen. Seit den frühen siebziger Jahren haben Saddam Hussein und seine unmittelbaren Vorgänger mehr als 4000 Dörfer geschleift, mindestens 1,5 Millionen Bewohner vertrieben und mehr als eine Viertelmillion Menschen hinrichten lassen.[155] In den achtziger Jahren wurden schätzungsweise 35.000 Personen nur aus religiösen Gründen exekutiert.[156] Darüber hinaus wurden Tausende, zumeist Kurden und Kuwaitis, aus anderen Gründen verschleppt.

In diesem unvorstellbar brutalen Land kann man wegen Vergehen wie dem Erzählen eines politischen Witzes, Nichtzeigen des Präsidenten-

---

154 Al-Khalil, S. 123. – An anderer Stelle (S. 59) beschreibt al-Khalil ein anderes makabres Glied in der Kette gewalttätiger Intrigen, die das politische Leben Mesopotamiens seit den fernen Tagen der Babylonier und Assyrer durchzogen hat. 1963, gut 16 Jahre bevor Saddam Hussein im Irak an die Macht kommen sollte, verübte seine Baath-Partei einen tödlichen Anschlag auf den damaligen Präsidenten Abd al-Karim Qassem. In der Absicht, Qassems verbliebene Anhängerschaft zu demoralisieren, brachten die siegreichen Verschwörer Fernsehbilder des zerschossenen Leichnams des Präsidenten, den sie auf einem Stuhl präpariert hatten. Nach dem Bericht al-Khalils „schlenderte ein Soldat umher und sammelte verstreute Leichenteile auf. Dann kam ein Schnitt, und man sah Szenen der Verwüstung im Verteidigungsministerium, wo Qassem sich zuletzt aufgehalten hatte. Im Gelände des Ministeriums verweilte die Kamera auf den verstümmelten Leichnamen der Qassem-Gefolgsleute. ... Wieder im Studio, wurden Ein- und Austrittslöcher jeder Kugel in Nahaufnahmen gezeigt. Die ganze makabre Sequenz endete mit einer Szene, die dem Gedächtnis aller, die sie sahen, für immer eingebrannt bleiben wird: Der Soldat packte den schlaff herabhängenden Kopf an den Haaren, näherte sich ihm und spuckte dem toten Präsidenten mitten ins Gesicht."

155 Schätzungen der deutschen Gesellschaft für Bedrohte Völker, nach: Iraq Disregards Human Rights, Christian News World Juni 1990.

156 Nach einem CBS-Interview vom 7.10.1990 mit dem Arzt Dr. Abo Ali, der irakische Folter überlebte und heute der in London ansässigen Islamischen Daawa-Partei vorsteht.

porträts, Photographieren des Tigris bei Sonnenuntergang oder weil man versehentlich Kaffee auf ein Zeitungsphoto Saddams geschüttet hat, eingesperrt, gefoltert und sogar hingerichtet werden.[157] In einer nordirakischen Stadt wurden die Leichname Hingerichteter ihren Angehörigen zurückgegeben mitsamt einer Rechnung für die bei der Exekution verbrauchte Munition. Auch Hinrichtungen durch Rattengift, Erschlagen, Giftgas und Erhängen waren üblich. Einem besonders schauerlichen Einfall folgend, ließ die Regierung einmal die verstümmelten Leichname einiger ihrer Opfer auf dem Platz der Befreiung aufknüpfen, während Radio Bagdad sein Publikum ermunterte, „herbeizukommen und das Fest zu genießen".[158]

Die Fußtruppen dieses Terrors rekrutieren sich aus den Angehörigen des riesenhaften irakischen Geheimpolizei-Apparats. Dieses Monster hat vier Köpfe: die Innere Staatssicherheit, den Militärischen Geheimdienst, den Sicherheitsdienst der Baath-Partei und den persönlichen Geheimdienst des Präsidenten. Die größte und gefährlichste dieser Institutionen ist der Partei-Sicherheitsdienst *Mukhabarat*, eine Einrichtung, die selbst andere Polizeiabteilungen überwacht und aktiv an den in Kuwait begangenen Greueltaten beteiligt war. Addiert man den Personalbestand der Geheimpolizei zu dem der Grenztruppen, der mobilen Polizei-Einsatzkommandos, der sogenannten Allgemeinen Abteilung für Bürgerschaftsangelegenheiten und der Verwaltung von Polizei und Armee, so kommt man auf erstaunliche 20 Prozent aller irakischen Arbeitskräfte, die laut al-Khalil „in der einen oder anderen Form mit der Ausübung von Gewalt"[159] befaßt sind.

In stalinistischer Manier hat es die irakische Geheimpolizei fertiggebracht, einen Großteil der Bürger in eine geistige Zwangsjacke zu stecken. Kaum jemand wagt frei zu sprechen aus Furcht, von einer der überall versteckten Videokameras des Regimes aufgezeichnet, von einem Blockwart abgehört oder, was noch schlimmer wäre, von einem Mitglied der eigenen Familie denunziert zu werden. 1977 schrieb der irakische Präsident:

---

[157] Im besetzten Kuwait konnte man seinen Kopf verlieren, wenn man nur Münzen benutzte, die das Porträt des Emirs zeigten.

[158] Al-Khalil, S. 52.

[159] Ebd. S. 38.

> Wenn wir nicht wollen, daß Väter oder Mütter die Familien mit Rückständigkeit beherrschen, müssen wir die Kinder dazu bringen, die Dinge nach außen zu tragen, um sie auszurotten. Einige Väter sind uns, warum auch immer, entglitten, doch den kleinen Jungen haben wir nach wie vor in der Hand, und aus ihm müssen wir einen interaktiven Sender innerhalb der Familie machen. ... Sie müssen in jeder Ecke einen Sohn der Revolution plazieren mit vertrauenswürdigem Auge und fester Gesinnung, die ihre Anweisungen von der verantwortlichen Zentrale der Revolution empfängt. [160]

Der erste Chef der Inneren Staatssicherheit unter Saddam, Nadhim Kzar, hat Berichten zufolge die Folterung und Hinrichtung Tausender angeordnet. Allein 1971 wurden über 400 seiner politischen Konkurrenten im passend betitelten „Palast des Endes“ liquidiert. Der für seine Gewohnheit, Zigaretten an den Augäpfeln seiner Opfer auszudrücken, berüchtigte Kzar hat viel dazu beigetragen, die heutigen weitverbreiteten und sadistischen Foltermethoden zu entwickeln, zu denen beispielsweise das „Grillen“ von Opfern über offenem Feuer, die Amputation von Nasen, Extremitäten und Geschlechtsorganen und das Einhämmern von Nägeln in Gelenke gehören. Kinder werden im Angesicht ihrer Eltern gefoltert, Säuglinge ohne Nahrung in Zellen gehalten, die denen ihrer Mütter benachbart sind, bis ihre Schreie die Mütter jede gewünschte Aussage machen lassen. Ein Überlebender berichtete, daß am Eingang seiner Folterkammer eine Fußmatte mit der zynischen Aufschrift „Willkommen“ lag.[161]

Es muß auch darauf hingewiesen werden, daß das irakische Regime diese Schrecken nicht nur seiner eigenen Staatsbevölkerung angedeihen läßt. So folterten und ermordeten irakische Soldaten und Geheimpolizisten z. B. im besetzten Kuwait wahllos Tausende von Einwohnern, bevor sie vor den vorrückenden alliierten Truppen zurückweichen mußten. Indirekt auf die dämonische Natur des Gemetzels Bezug nehmend, konnte US-General Norman Schwarzkopf die beteiligten irakischen Truppen nur als „nicht zur selben menschlichen Rasse gehörig“ bezeichnen.

---

[160] Saddam Harks Back to a Glorious Past, The Independent v. 11.8.1990.

[161] Aus einem *Amnesty-International*-Bericht über Folter im Irak; zit. n. Thousands Killed in a Reign of Terror, The Independent v. 16.3.1990.

Dr. Khalid Šalawi, Chefarzt des Mubarak-Krankenhauses in Kuwait-Stadt, sagte, er müsse bei der Erinnerung an das, was während der Schreckenstage geschah, oft weinen. Augenzeugen wie die Unfallschwester Basma Yusef berichteten, daß Opfer irakischer Folterer mit Brandwunden von Zigaretten und Säure, ausgerissenen Fingernägeln und Haarbüscheln, in Kniescheiben gebohrten Löchern und voll Luft gepumpten Gedärmen eingeliefert wurden. Andere hatten Tritte in die Magengrube oder Elektroschocks an den Genitalien verabreicht bekommen oder waren kopfüber aufgehängt worden. Etliche wurden durch Axthiebe umgebracht. „Der Schädel klafft offen, die Hirnmasse quillt heraus", berichtete Yusef. „Einigen hat man die Augen herausgerissen." [162]

Auch Frauen entgingen dem Alptraum nicht. Einem *Newsweek*-Bericht zufolge führten die Iraker gefangenen kuwaitischen Widerstandskämpfern eine stillende Mutter vor mit den Worten: „Hier ist die Milch Kuwaits. Trinkt sie!" Andere, unter ihnen unzählige Vergewaltigungsopfer, erlitten Schlimmeres. Einige wurden von ganzen Horden vergewaltigt und dann umgebracht; ihre nackten Körper zwängte man in Mülltonnen. Einer jungen Mutter von drei Kindern, Raša Kabundi, schoß man viermal in Brust und Kiefer, bevor man ihr mit einer Elektrosäge die Schädeldecke abtrennte. Auch ihren Körper fand man in einem Abfallhaufen.[163]

Man glaubt es kaum, doch die Kuwaitis stehen unter den Objekten der Grausamkeit und des Rassismus der irakischen Baath-Parteigänger keineswegs in der vordersten Reihe. Dort befinden sich Perser und Juden. 1981 gab die irakische Regierungsdruckerei ein Pamphlet des früheren Gouverneurs Bagdads und Schwiegervaters Saddam Husseins, Khairallah Tulfah, heraus, das weite Verbreitung fand. Das Büchlein trug den Titel: *Drei, die Gott nicht hätte erschaffen sollen: Perser, Juden und Fliegen*. Die Perser nannte Tulfah darin „Tiere, denen Gott menschliche Gestalt verlieh". Juden waren „ein Gemisch aus Dreck und den Überresten verschiedener Völkerschaften" und Fliegen

[162] Kuwaitis Weep for Countrymen After Senseless Acts by Iraqi Forces, The Seattle Times v. 1.3.1991; Steven Strasser, Kuwait: The Rape of a Nation, Newsweek v. 11.3.1991; Bericht einer *Amnesty-International*-Forschungsgruppe in The International Journalist v. 18.-24.1.1991.

[163] Ebd.

verspielte Geschöpfe, „von denen wir nicht verstehen, welchen Zweck Gott mit ihrer Erschaffung verfolgte".[164]

Soweit es sich um die Juden handelt, besuchten die Geister Saddam Hussein in seinen Träumen ebenso wie seinerzeit den Nachfolger Nebukadnezars, Nabonid, den sie aufforderten, dem Mondgott Šin die höchste Ehre zu erweisen. Nachdem er das erstemal von einem namenlosen Botschafter besucht worden war, der ihn gedrängt hatte, die Herrlichkeit Babylons wiedererstehen zu lassen, behauptete Saddam in der Folgezeit, im Traum von keinem Geringeren als dem Propheten Mohammed die Anweisung erhalten zu haben, die irakischen *Scud*-Raketen so auszurichten, wie es kürzlich geschehen ist.

Der nicht weniger verhaßten Perser vermögen die Iraker leichter habhaft zu werden. Im irakisch-iranischen Krieg kam es in den Sumpfgebieten des Südens, die die Iraker *Madschnun*, „Irrsinn", nennen, zu besonders erbitterten Kämpfen. Verblüfft vernahm ein amerikanischer Kriegsberichterstatter die Worte eines irakischen Frontoffiziers, der ihm mit breitem Grinsen sagte: „Warten Sie bis in die Nacht, dann werden Sie sehen, wie wir diese iranischen Hunde zur Strecke bringen. Wir braten sie wie Auberginen." Nacht für Nacht wurden die Iraner zu Hunderten in die Sümpfe gelockt und dann mit elektrischen Schlägen, ausgelöst durch ein ausgefeiltes Netz unter Wasser verlegter und an Generatoren angeschlossener Kabel, getötet. Tags darauf wurden ihre Leichname mannshoch aufgestapelt, mit Kalk und Kot bestreut und als Piste für Militärfahrzeuge benutzt.[165]

Eine in den assyrischen Königsannalen häufig wiederkehrende Wendung, die beinah eine Weiheformel für den heidnischen Gott Moloch sein könnte, lautet: „Aus ihren Leichen machte ich Säulen; ihre Jünglinge und Maiden verbrannte ich im Feuer." [166] Zwar sind Moloch wie das assyrische Reich im Nebel der Geschichte verschwunden, nicht aber die Geister, die sie anleiteten.

---

[164] Zit. n. al-Khalil, S. 17.

[165] Mark Fineman, In '84, Iraq Displayed Electrifying Brutality, The Seattle Times v. 15.8.1990.

[166] Zit. n. Saggs, S. 217.

Die Nachmahd des Krieges

Mark Fineman, Reporter der *Los Angeles Times*, hatte im Irak ein Erlebnis, das die Denkart der dortigen einfachen Leute illustriert. Auf der Suche nach einem Stück *Irak, wie er wirklich ist,* spazierte er in Begleitung eines deutschen Studenten in einen Buchladen an der Rashidstraße in Bagdad, wo sie zu ihrer nicht geringen Überraschung ein Exemplar von Hitlers *Mein Kampf* fanden. Feierlich nahm der Buchhändler das Buch aus dem Regal und sagte: „Ihr Amerikaner werdet uns niemals verstehen. *Mein Kampf* gehört zu meinen meistverkauften Titeln. Es ist das brillante Werk eines starken Mannes. Hier im Irak mögen wir Hitler. Hitler verkauft sich.“ [167]

Interessanterweise entdeckten Forscher während des Golfkrieges eine Saddamsche Version des berüchtigten Hitler-Buches. Unter dem deutschen Titel *Unser Kampf* umreißt das Buch irakische Konzepte, die Araber zu einen und den Westen zu zersplittern. Der irakische Diktator erklärt: „Wir glauben an eine Politik der Spannungen, an die Bereitschaft zum Krieg.“ [168] Es mag manchen überraschen, daß die von Saddam benutzten Wörter *wir* und *unser* wirklich zutreffend sind. Wie sagte ein subalterner Beamter kürzlich: „Selbst wenn Saddam umkommen sollte, werden tausend andere aufspringen, um seinen Platz einzunehmen.“

Wer glaubt, mit herkömmlichen Kriegswaffen die Bestie namens Irak bezwingen zu können, irrt sich gewaltig. Denn diese Schlacht kann nicht gegen eine einzelne Person geführt werden – nicht einmal eine so verachtenswerte wie Saddam Hussein –, ebensowenig, wie sie sich überhaupt gegen Fleisch und Blut richten kann. Wie eine geistliche Hydra werden der Geist Saddams und seine Vision eines erneuerten Babylon solange fortleben, wie die dämonischen Fürstentümer, in denen das Land seine Wurzeln hat, in Blüte stehen.

Vielfach wird die Auffassung vertreten, daß die irakische Geschichte inmitten einer blutrünstigen und instabilen Umgebung die allerblutigste und instabilste ist. „Es gibt eine Menge Theorien darüber, warum es sich so verhält“, schreibt Laurie Mylroie vom Harvard-Zentrum für

---

167 Mark Fineman, Searching for the Heart and Soul of Iraq, The Seattle Times v. 18.11.1990.

168 Saddam Watch: His „Unser Kampf“, Los Angeles Times v. 23.2.1991.

Nahöstliche Studien, „doch keine erklärt es überzeugend.“[169] – Richtig: keine, die die ungeheure Blutrünstigkeit der im Lande residierenden unreinen Geister und den brutalen Zerstörungsdruck, den sie ausüben, außer acht läßt.

* * *

---

169 Zit. n. Doyle McManus, In Unforgiving Iraq, Hussein's Job – and His Life – On the Line, Los Angeles Times v. 26.2.1991.

Kapitel 6
Der neue Auftritt des Fürsten von Persien

Aber der Fürst des Königreichs Persien stand mir 21 Tage entgegen. Und siehe, Michael, einer der ersten Fürsten, kam, um mir zu helfen.
Daniel 10,13 (REÜ)

Wir sind im Krieg. Und unsere Schlacht hat gerade einmal begonnen. Unser erster Sieg wird ein komplett vom Islam beherrschter Landstrich sein, irgendwo in der Welt. Nichts kann den Islam in seiner Ausbreitung aufhalten.

Abd al-Qadir [170]

An diesem feierlichen Tag, dem Tag, an dem die islamische Gemeinschaft eine Führung erhält, dem Tag des Sieges und Triumphes unseres Volkes rufe ich die Islamische Republik Iran aus. Es ist der erste Tag der Regierung Gottes.

Ayatollah Ruhollah Khomeini
aus Anlaß der offiziellen Proklamation der
Islamischen Republik Iran am 1.4.1979 [171]

Es ist von kurioser und zugleich tragischer Ironie, daß eben das Regime, das seinen Feinden den Titel *Der große Satan* beilegte, seinerseits von niemand anderem beherrscht ist. Heute steht das geistliche Persien Seite an Seite mit Babylon als eines der vorgeschobensten Hindernisse auf dem Wege voranschreitender Botschafter Christi. Zunehmende Anzeichen legen nahe, daß der mächtige Dämonenfürst Persiens kürzlich aus seinem kosmischen Kampf mit dem Erzengel Michael entlassen worden ist und erneut die umliegenden Gebiete des Nahen Ostens durchstreift (vgl. zum Hintergrund Dan. 10). Wenn es sich tatsächlich so verhält, kann das erneute Auftreten dieses geistlich

170 Jihad – A Ground Plan, London 1978; zit. n. Laffin, a.a.O.
171 Zit. n. Hamid Algar (ed.), Islam & Revolution, Berkeley, CA 1981, S. 265 f.

Starken sehr gut mit der Heraufkunft der gewalttätigen, ihre Fühler weithin ausstreckenden islamischen Revolution zusammengefallen sein.

Ist der Irak (Babylon) der bevorzugte Aufenthaltsort dämonischer Heerscharen geworden, so der Iran (Persien) ihre Werkstatt – mit dem Fundamentalismus als ätzendem Rohstoff und dem Ayatollah Khomeini, der am 3. Juni 1989 verblich, als vermeintlich unsterblichem Vorarbeiter.

Von den einschneidenden Ereignissen im Iran, weitaus mehr als ein bloßer politischer Rülpser, gingen anhaltende Schockwellen in die gesamte Weltgemeinschaft aus. Angesichts der Nachwirkungen der Revolution sagte ein überrumpelter Beobachter, der Direktor des renommierten Chicagoer Nahostinstituts, Dr. Marvin Zonis, hochrangigen Wissenschaftlerkollegen in einem Seminar des US-Außenministeriums:

> Die Botschaft aus dem Iran – wie bizarr oder trivial auch immer sie beim ersten, zweiten, vierten oder 39. Hören anmuten mag – ist meines Erachtens die einzige beeindruckende politische Ideologie des 20. Jahrhunderts seit der bolschewistischen Revolution.[172]

Die Geschichte begann – und endete zugleich, jedenfalls in gewissem Sinne – an einem eisigen Januartag 1979. Fast zwölf Stunden harrten Iraner jeden Alters in der Kälte an der Hauptstraße zwischen dem Teheraner Flughafen Mehrabad und der Hauptstadt aus. Aufgestachelt von dem Gefühl, an einem historischen Moment teilzuhaben, waren sie gekommen, um einen Blick auf ihren Imam zu erhaschen. Nach Jahren im irakischen und französischen Exil kehrte die Symbolfigur der Revolution, der achtzigjährige Ayatollah Khomeini, heim.

Als der *Air-France*-Jet mit dem greisen Kleriker an Bord endlich landete, war die verzückte Menge auf mehr als drei Millionen Menschen angewachsen. Viele, auch Khomeini selber, waren von der emotionalen Hochspannung des Augenblicks überwältigt. In einem Nebengedanken ihrer gebannten Schilderung des Ereignisses äußerte die Reporterin Robin Wright die Vermutung, daß wohl nur wenige zeitgenössische Beobachter die volle Tragweite der Heimkehr Khomeinis

---

[172] Zit. n. Wright, S. 31.

begriffen. Die iranische Revolution war nicht befeuert von der den meisten revolutionären Situationen inhärenten Fortschrittsidee. Stattdessen katapultierte sie ihr Volk weit in die Vergangenheit zurück, um dort Antworten zu suchen.

Der Aufbau der Regierung Gottes

Um zu verstehen, was Khomeini meinte, als er den 1. April 1979 als „den ersten Tag der Regierung Gottes" ausrief, müssen wir zunächst einen kurzen, aber unentbehrlichen Ausflug in die islamische Geschichte unternehmen. Denn die Taten des Ayatollah werden zwar als Teil unserer modernen Zeit in Erinnerung bleiben, ihre Ursachen aber sind in längst vergangenen Tagen zu suchen.

Die Lektion muß kurz nach dem Tode Mohammeds im Jahre 632 ansetzen. Seine Anhänger lagen im Streit darüber, wem das Recht zukomme, den Herrscher- und Prophetenmantel des Meisters aufzuheben. Eine der streitenden Parteien waren die wohlhabenden Umaiyaden, die vornehmste der alten aristokratischen Familien Mekkas. Auf der anderen Seite standen religiöse Puristen, die davon ausgingen, daß die legitime Führung der islamischen Gemeinschaft nur von einem Familienangehörigen des Propheten ausgeübt werden könne.

Da es keine überlebenden Söhne des Propheten gab, hatte die letztgenannte Faktion ʻAli, seinen Vetter ersten Grades und Schwiegersohn, als legitimen Erben nominiert. Man nannte diese Gruppe deshalb *Šiʻat ʻAli*, die ʻAli-Partei. Aus ihr sollte später die militantere der islamischen „Konfessionen", die *Šiʻa*, hervorgehen. Zwischen den beiden Gruppen kam es zur definitiven Spaltung, als die Umaiyaden-Kalifen[173], die Vorläufer der sunnitischen Mehrheits-„Konfession", ʻAli und seine Söhne Hassan und Husain – letzteren in der berühmten Schlacht bei Kerbela – umbringen ließen.

Obzwar es den Umaiyaden gelang, ihre politische Macht zu festigen, waren sie in den Augen der *Šiʻa* nur *De-facto*-Herrscher, unwürdige Usurpatoren ohne jedwede geistliche Legitimität. „Die rechtmäßige

---

[173] Der erste offizielle Nachfolger Mohammeds war ein weiser, gelehrter Mann namens Abu Bakr. Er wurde als *halif*, Stellvertreter, des Propheten betitelt. Daraus entstand die geschichtsträchtige Institution des Kalifats.

Führerschaft des Islam", so die Auffassung der im Untergrund weiterkämpfenden 'Ali-Anhänger, „wurde über eine Reihe von Imamen weitervererbt, die in einer Art apostolischer Sukzession standen." [174] Diese Imame galten zwar nicht als gleichrangig mit dem Propheten, wohl aber als bedeutende Gefäße göttlicher Leitung und Mitteilung. Einer ihrer Ehrentitel war „sprechender Koran".[175]

Die meisten Schiiten zählen, beginnend mit 'Ali im Jahre 650, insgesamt zwölf solcher Imame, deren letzter um 940 von der Bildfläche verschwand. Die Legende ist, daß der zwölfte Imam, der weithin als messianische Figur angesehen wird, gut fünf Jahre nach dem Tode seines Vaters, Hasan al-Askari, vor den Nachstellungen rachsüchtiger Herrscher verborgen wurde und die folgenden etwa 70 Jahre hindurch durch vier Vizeregenten, die Botschaften überbrachten und Steuern eintrieben, mit seinen Anhängern in Kontakt blieb.[176] Mit dem Tode des letzten der Vizeregenten riß der Kontakt zum Imam ab, und für die *Ši'a* begann eine Periode, die als die Große *Gaiba* (Verborgenheit) bezeichnet wird. Seitdem heißt der Imam der „Verborgene", und die Schiiten sehen in ihm den *Mahdi*, den „Rechtgeleiteten", dessen messianische Wiederkunft sie erwarten.

Bis zur Wiederkunft des *Mahdi* wird der Wille Allahs, wie er sich in Glauben und Lebenspraxis der Muslime ausdrücken soll, nach schiitischer Auffassung durch die Geistlichkeit (*'ulama'*) ausgelegt. Indem er diese Doktrin einen Schritt weiterführte, legte sich der Ayatollah Khomeini den Titel *Vilayat-e-Faqih* bei, einen sowohl politischen als auch geistlichen Rang (etwa „Wächteramt des Obersten Geistlichen Führers"). Damit kam er zwar nicht an die geistliche PS-Stärke der zwölf Imame heran – die Khomeini zufolge immerhin „als Lichter unter dem Thron Gottes vor der Schöpfung der Welt existierten [und] über ihren Mitmenschen standen"[177] –, versetzte sich aber in den Stand, bis zur Enthüllung des *Mahdi* als oberste islamische Autorität zu sprechen.

---

[174] Edward Mortimer, Faith and Power: The Politics of Islam, New York 1982, S. 44.

[175] Abdulaziz Sachedina, Islamic Messianism, Albany, NY 1981, S. 15.

[176] Den Vizeregenten, auch Botschafter genannt, kam die schwierige, zweischneidige Aufgabe zu, einerseits den Mantel der Verschwiegenheit über Namen und Aufenthaltsorte des Imams zu breiten, andererseits aber seiner treuen Anhängerschaft seine Existenz zu beweisen. Vgl. Jassim Hussein, The Occultation of the Twelfth Imam, London 1982.

[177] Zit. n. Islam & Revolution (vgl. Anm. 171).

Mehr als die meisten Religionsführer begriff Khomeini die Bedeutung politischer Macht. Die Maxime Sir Muhammad Iqbals, Religion ohne Macht sei nichts als Philosophie[178], überzeugte ihn völlig. Nachdem er endlich jenen „Landstrich unter völliger Herrschaft des Islam" errungen hatte, machte sich der Ayatollah daran, seine Regierung als Regentschaft für den *Mahdi* zu errichten. „Macht euch bereit, dem Islam zunutze zu sein", forderte er seine iranischen Landsleute auf, „handelt als die Armee des Imams des [letzten] Zeitalters, damit ihr fähig seid, ihm bei der Ausbreitung der Herrschaft des Rechts zu helfen." [179] Die Präambel der erneuerten Verfassung des Iran bezeichnete später die „ideologische Mission" der Revolutionswächterschaft als eine, die „die souveräne Herrschaft des göttlichen Rechts weltweit aufrichten werde" .[180]

Schon bald nach ihrer Rückkehr in den Iran 1979 verlegten der Ayatollah und seine asketische Entourage ihr Hauptquartier aus der heiligen Stadt Qom in die nördliche Teheraner Vorstadt Jamaran (wörtlich – und vielleicht auch im übertragenen Hinsichtlich zutreffend – „Schlangengrube"). Fast ein Jahrzehnt später berichtete Robin Wright, daß „über den hoch aufragenden Toren Jamarans ein weißes Banner aufgespannt war, dessen eher flehentlicher Text lautete: »Gott, Gott, laß Khomeini am Leben bis zur Revolution des *Mahdi*!«".[181]

Wenngleich dieses Gebet nicht im Sinne seiner Urheber erhört wurde, folgt man in anderer Hinsicht überall in der islamischen Welt mit großem Eifer dem geistlichen Pfad, den der rachgierige Ayatollah eingeschlagen hat. Im Iran selber, gegenwärtig das Land mit der weltweit zweithöchsten Bevölkerungszuwachsrate – mit einer angenommenen Einwohnerzahl von einer Milliarde um das Jahr 2070 –, erklärte der damalige Premierminister Mussavi dem Publikum des staatlichen Fernsehens im Anschluß an die Volkszählung von 1986 zufrieden: „Seit der Revolution sind gut elf Millionen Iraner zur Welt gekommen, und [sie alle] werden groß unter den Parolen *Tod Amerika!* und *Allâhu akbar* [Gott ist groß]." [182]

---

[178] Zit. n. Daniel Pipes, In the Path of God, New York 1983.

[179] Zit. n. Islam & Revolution, S. 146.

[180] Shaul Bakhash, The Reign of the Ayatollahs: Iran and the Islamic Revolution, New York 1984, S. 233.

[181] Wright, S. 188 f.

[182] Scheherazade Daneshku, Iran's Growing Population Problem, MEI v. 16.2.1990.

Neuer Zulauf im Tal der Assassinen

Wohl nirgendwo sonst in der Welt ist das Ideal des Märtyrertums tiefer verwurzelt als unter den iranischen Schiiten. Die Ursachen dafür gehen bis auf das Massaker an Husain und seinen Anhängern in Kerbela zurück, doch Khomeini und seine Islamische Republik haben viel dafür getan, der Doktrin unter den Massen neuen Auftrieb zu geben. Das wurde mit Hilfe von Freitagspredigten und Märtyrer-Gedenkfeiern ebenso erreicht wie durch zahlreiche Militärmanöver unter Namen wie *Kerbela* und *Martyrium*.

Eine weitere Quelle der Martyriumsbegeisterung sprudelt für viele fromme Schiiten aus dem Vermächtnis des geheimnisvollen Assassinen-Kults, der in Persien und Umgebung zwischen etwa 1090 und 1256 in Blüte stand. Die Assassinen-Bewegung stand unter der Leitung des scharfsinnigen, charismatischen Hasan-e Sabbah – eines verblüffend ähnlichen Vorläufers des Ayatollah Khomeini. Dank seiner Bergfestung Alamut im schroffen nordiranischen Elbrus-Gebirge legte man dem um die Mitte des 11. Jahrhunderts geborenen Sabbah den Übernamen „der Alte Mann vom Berge“ zu. Beinah ein Jahrtausend später sollte sein Geburtsort, die heilige Stadt Qom, Khomeinis Residenz und der erste Regierungssitz der Islamischen Republik Iran werden.

Die Gefolgsleute des Alten Mannes, korrekterweise als Nizar-Isma'iliten zu bezeichnen, gehörten zum äußersten rechten Flügel der Schiiten-Bewegung und waren, so der Wissenschaftler Peter Willey, „glühende Anhänger von 'Ali und zweien seiner Nachkommen, Isma'il und Nizar“.[183] Sie waren vollauf bereit, für ihren Glauben oder ihren Meister in den Tod zu gehen. Viele taten es tatsächlich. Bevor ihre Sekte durch den Mongolensturm des mittleren 13. Jahrhunderts fast völlig ausgelöscht wurde, gelang es den Isma'iliten, ihre Feinde – zu denen in erster Linie die arabischen Abbasidenkalifen und die osmanischen Herrscher, aber auch die abendländischen Kreuzritter zählten – durch raffiniert eingefädelte Attentate, die in aller Munde waren, in Angst und Schrecken zu versetzen.

Nicht lange nach dem Tode Sabbahs beschrieb der kühne venezianische Reisende Marco Polo das Innenleben der Assassinen-Festungen.

---

183 Peter Willey, The Assassins, The Traveller.

Auf ihn geht alter Überlieferung zufolge sogar der Name Assassinen zurück, wobei Marco Polo fälschlich annahm, es handle sich um eine Verballhornung von *Hašišyun* (Haschischtrinker – es wird berichtet, daß der Alte Mann seinen Ergebenen vor ihren Mordzügen einen haschischhaltigen „Zaubertrank" verabreicht habe). Tatsächlich geht der Name auf das Wort *assas* („Mission") zurück, verstand doch Sabbah sein Tun viel mehr in diesem Sinne denn in dem des punktuell zuschlagenden Terroristen.
Dem Bericht Marco Polos gemäß bestanden die „Truppen" Sabbahs aus Jungen zwischen zwölf und 20 Jahren, die aus einfachen Gebirgsfamilien in der Nachbarschaft seines Hauptquartiers stammten. Hatte er sie einmal unter seinen Fittichen, so begann der charismatische Sabbah seinen jungen Schützlingen von den Vorzügen des Paradieses zu erzählen. Wenn die Zeit gekommen war, versetzte der Alte Mann seine jungen Novizen in einen Rauschzustand, in dem sie sich in einem Garten wähnten, der nach Marco Polo „so bezaubernd" war, daß sie ihn für das Paradies hielten. Ging es dann darum, einen Trupp dieser Getreuen auf eine Mission zu senden, so sagte ihnen Sabbah:

> Geh hin und schlachte hier und dort, und sobald du zurückkehrst, werden meine Engel dich ins Paradies tragen. Und selbst wenn du sterben solltest, werde ich nichtsdestotrotz meine Engel senden, um dich ins Paradies zurückzubringen.[184]

Auch Khomeini sprach viel vom Paradies und vom Martyrium. Auch er sammelte Kinder – darunter Jungen im Alter von nicht einmal zehn Jahren – für Selbstmordeinsätze. Mit einer über dem Herzen an die Kleidung gehefteten Photographie des Imams und seinen auf Band gesprochenen Reden im Ohr bereiteten sich diese *basidschi* (Freiwillige) darauf vor, entweder Leben zu nehmen oder ihr Leben zu lassen. „Unsere Nation ist nicht länger bereit, Erniedrigung und Verachtung hinzunehmen", peitschte Khomeini ihnen ein. „Sie zieht einen blutigen Tod dem Leben in Schande vor. Wir sind bereit zu sterben, und wir haben einen Bund mit Gott geschlossen, dem Pfade unseres Führers, des Herrn der Märtyrer [Husain], zu folgen." [185]

---

[184] Zit. n. Sacred Rage, S.39 f.
[185] Aus einer Teheraner Khomeini-Rede v. 13.9.1980; zit. n. Islam & Revolution, S. 305.

Im iranisch-irakischen Krieg kam für Tausende von *basidschi* nach mindestens dreimonatiger religiöser Indoktrination in Isolierlagern der Augenblick der Wahrheit. Sie versahen sich mit roten Stirnbändern, auf denen Koransprüche standen, und hingen sich Plastikschlüssel um den Hals, von denen sie glaubten, sie würden ihnen die Tore des Paradieses öffnen. Kurz darauf sandte man sie an die Front, wo sie in feindliche Minenfelder gejagt wurden, um die Minen zur Explosion zu bringen.[186]

Bevor er im Krieg fiel, hinterließ Mohsen Naeemi eine letzte Niederschrift, auf daß niemand an seiner Hingabe für den anstehenden Auftrag zweifle. „Ich vermähle mich an der Front", schrieb er, „und meine Braut ist das Martyrium. Die Predigt wird im Kanonendonner zu vernehmen sein. Ich werde mich zu dieser Zeremonie mit meinem eigenen Blut herausputzen. Meine Braut, das Martyrium, wird meinen Sohn gebären, die Freiheit. Ich lasse diesen Sohn in eurer Obhut – paßt gut auf ihn auf." [187]

Andere Absolventen der Khomeinischen Märtyrer-Trainingslager begaben sich in den Westen oder suchten bestimmte Gebiete des Nahen Ostens auf, um islamfeindliche Ziele anzugreifen. Viele von ihnen gehörten zur *Selbstmordbrigade „Imam Husain"*, begründet von einem der ersten Schüler des Ayatollah, Ali Akbar Mohtashemi. Tief beeindruckt von den Lehren Khomeinis, hatte Mohtashemi bereits im Alter von 16 Jahren Kurierdienste zwischen dem islamischen Führer und seinen Anhängern im iranischen Untergrund ausgeführt. In den späten siebziger Jahren hatte er es zum vertrauten Mitstreiter im innersten Kreis um den Imam gebracht und wurde gemeinsam mit zwei anderen dazu ausersehen, die Vorbereitungen revolutionärer islamischer Terroranschläge im Ausland zu überwachen.[188]

Hauptrekrutierungsgebiet – und Schlachtfeld – Mostashemis war der Libanon. Unter den unzufriedenen schiitischen Massen im Libanon gab es viele junge Leute, für die die iranische Botschaft von der Erlösung durchs Martyrium äußerst verlockend klang. Es herrschte wütender Haß auf Israel und den Westen, und Mostashemis Selbstmord-Schwadronen boten die Gelegenheit, in einem orgiastischen Augen-

---

[186] Nathan Adams, Iran's Ayatollahs of Terror, Reader's Digest Jan. 1985.

[187] Zit. n. Wright, S. 36.

[188] Nathan Adams, Iran's Mastermind of World's Terrorism, Reader's Digest Sept. 1990.

blick sowohl den Rachedurst zu stillen als auch ins Paradies zu gelangen. „Beim Angriff auf die Israelis“, erklärte ein jugendlicher Kämpfer, „reden wir nicht über weltliche Dinge. Wir träumen vom Martyrium und den Jungfrauen des Paradieses.“ Während der achtziger Jahre wurden islamische Selbstmord-Attentate auf verhaßte Ausländer im Libanon auf Video aufgezeichnet und, mit persönlichen Zeugnissen versetzt, in Devotionalienläden verkauft.[189]

Seinen fordernd-manipulativen Methoden und dem offenkundig an seinen Händen klebenden Blut zum Trotz wurde Hasan-e Sabbah als Volksheld verehrt, und sein Einfluß wirkte über seinen Tod hinaus. Auch darin liegt eine auffällige Parallele zwischen dem Assassinen-Führer und dem Ayatollah Khomeini. Selbst nachdem er den Tod Hunderter unschuldiger fremder Staatsbürger im Ausland [190] angeordnet und Tausende und Abertausende seiner eigenen Landsleute blutiger Vergessenheit oder lebenslanger Verkrüppelung überantwortet hatte – „alle unsere geliebten Knochen sollten wir für die Sache des Islam aufopfern“, erklärte er [191] –, genoß der Imam immer noch ein Maß an Verehrung, das sich einzig und allein geistlich erklären läßt.

Wie fest dieser Griff des Übernatürlichen war, sprang vielleicht am dramatischsten in den Stunden äußerster Zerquältheit ins Auge, die mit der Trauerfeier für Khomeini und seiner Beerdigung im Jahre 1989 einhergingen. Während des Trauerzuges durch die Teheraner Straßen

---

[189] Ein solches Zeugnis liegt von Sana'a al-Muhaidli vor, einem 19jährigen Mädchen, das mit einem sprengstoffbeladenen Wagen im Südlibanon in eine israelische Militärkolonne fuhr: „Meine Geliebten!… Jetzt werde ich in den Boden des Südens gepflanzt, den ich mit meinem Blut und meiner Liebe netze. Oh, ich wünschte, ihr wüßtet, wie glücklich ich bin! O Mutter!… Ich bin nicht tot. Dies ist nur der erste Schritt. Ein zweiter, noch größerer wird folgen und dann ein dritter, ein vierter, schließlich Hunderte ebenso tapferer und wagemutiger Unternehmen.… Sei mir nicht böse, weil ich von zu Hause weggegangen bin, ohne Dir Bescheid zu sagen.… Ich bin nicht gegangen, um zu heiraten oder mit irgend jemandem zusammenzuleben. Ich bin gegangen, um das tapfere, ehrenvolle und glückliche Martyrium zu suchen. Mein letzter Wille ist ‚die Braut des Südens‘ genannt zu werden.“ Zit. n. Islam in Britain, ed. Gairdner Ministries.

[190] Darunter Leute wie Malcolm Kerr, Rektor der Amerikanischen Universität, und die 241 US-*Marines* der Beiruter Friedenstruppe, die Opfer iranischer Todesschwadronen, die 1988 in Großbritannien ihr Unwesen trieben, und scharenweise französische Einkaufsbummler und Gläubige, die von Terroristen unter dem Kommando des iranischen „Diplomaten“ Wahid Gordji in die Luft gesprengt wurden.

[191] Zit. n. In the Name of God, S. 87.

versuchten fanatisierte Eiferer ein Stück aus dem Sarg zu brechen, den sie als heilig erachteten. In dem Tumult stürzte der Leichnam des Führers gänzlich unfeierlich in den Straßenstaub und wurde beinah zertrampelt. Über neun Stunden lang kühlten Feuerwehrspritzen geschätzte zehn Millionen singende und sich an die Brust schlagende Trauernde ab, die in der Hitze zusammenzubrechen drohten. Polizeikräfte mühten sich unterdessen, eine Gruppe verwirrter Verehrer zu vertreiben, die das frisch ausgehobene Grab Khomeinis besetzt hielten und sich weigerten, auch nur einen Schritt davon weg zu tun. Als dann endlich der Sarg des Ayatollah zur Ruhe gebettet wurde, brachte ein fassungsloser TV-Reporter die aufgewühlten Gefühle der Nation auf den Punkt, als er während einer Livesendung schluchzend ausrief: „O Sterne, verliert euren Schein! O Ströme, hört auf zu fließen!“ [192]

Fünf Monate später, als die Massen sich endlich verlaufen hatten, humpelte der 30jährige Kriegsversehrte Hassan Samabati, während sich die Dunkelheit über den südlichen Stadtrand Teherans senkte, unter Schmerzen zum Grab seines Meisters auf dem Ehrenfriedhof der Märtyrer – für Samabati ein inspirierendes Ritual, trotz der emotionalen Landminen, von denen das Areal verseucht war. Nachdem er den Friedhof betreten hatte, so berichtete Samabati später, „blitzten die Erinnerungen vor meinen Augen auf. Ich sah meine Freunde, wie sie an der Front in Stücke gerissen wurden. Ich sah die Gesichter der Toten.“ Nicht weit von der Grabstätte entfernt ließ ein Springbrunnen, aus dem rot gefärbtes Wasser als Symbol für das Blut der jungen Märtyrer, die in der Revolution des Ayatollah ihr Leben gelassen hatten, hervorsprudelte, die Erinnerungen erneut aufleben. Am Grab selbst stand Samabati an dem Aluminiumgitter, das sich um den Sarkophag des iranischen Führers herumzog, und murmelte leise Gebete. Es mochte eine Stunde vergangen sein, als der Geist des Alten Mannes greifbar wurde. „Der Imam stand vor mir“, bezeugte der Mann mit zitternden Knien. „Ich sprach mit ihm. Als ich von dort wegging, war ich wie neugeboren.“ [193]

„Dies war das Jahrhundert Khomeinis“, schwärmte Hamze Jalali, ein junger iranischer Lehrer. „Er war einzigartig. Er war ein Über-

---

[192] Ebd. S. 204.

[193] Ray Wilkinson, Seeking Iran's Soul, Newsweek v. 13.11.1989.

mensch." [194] Dieselbe Saite anschlagend, erklärte der frühere algerische Staatspräsident Ahmed Ben Bella: „Ein strahlendes Licht ging im Iran auf, welches die ganze islamische Welt erhellte." [195] Tatsächlich erscheint das weltweite Emporkommen des islamischen Fundamentalismus seit den späten siebziger Jahren ohne die wie eine Neonreklame leuchtende Führergestalt des Ayatollah nicht vorstellbar. [196]

Die Vereinigung der militanten Geistlichen: Die Politik des Hasses wird exportiert

Die luziferischen Zielsetzungen des Fürsten von Persien – Raub, Mord und Zerstörung – sind im Kern dieselben, wie sie sein babylonischer Nachbar verfolgt. Doch der machtvolle „Starke" des Iran ist im Vorteil: Er besitzt in Gestalt des fundamentalistischen Islam einen nahezu perfekten geistlichen Vorposten. Obwohl seine Untertanen unter einer extrem böswilligen Zwangsherrschaft leiden, vermögen sie buchstäblich nichts von deren dämonischem Charakter wahrzunehmen. Vielmehr drückt sich der tiefinnere Haß, den viele persisch orientierte Fundamentalisten zur Schau tragen, durchweg in Redensarten vom Willen Gottes aus. Die Anwendung von Gewalt ist damit nach ihrer Auffassung zwingend verbunden.[197]

---

[194] The Independent v. 7.6.1989.

[195] Zit. n. Pipes, S. 325.

[196] Im Gazastreifen nannte ein Zimmerer seine Firma *Khomeini*. Er erklärte, das sei für Muslime ein zeitgemäßer und attraktiver Name. Auch in der damaligen Sowjetunion zeigte sich der Einfluß Khomeinis in Form massenhaft zur Schau gestellter Porträts des Ayatollah samt grüner Islamflaggen. Der Gouverneur der indonesischen Hauptstadt Djakarta kam zu dem Spitznamen „Khomeini Nr. 2", weil er Nachtklubs und Bordelle schließen ließ. Unter den Besitztümern der Attentäter des ägyptischen Präsidenten Sadat fand die Polizei eine versteckte Kurzfassung des Khomeini-Buches über islamische Herrschaft. – Vgl. Pipes, S. 325 ff.

[197] Bevor er 1978 in Libyen verschwand, kreischte der proiranische libanesische Kleriker Musa as-Sadr während einer Rede: „Was erwartet die Regierung? Was erwartet sie außer Zorn und Aufständen? Eines Mannes Schmuck sind Waffen. ... Brüder, tretet in das Glied eurer Wahl: das der Tyrannei oder das Husains! Ich bin gewiß: Ihr werdet nichts anderes wählen als die Schlachtreihen der Revolution und des Martyriums." Zit. n. Shireen Hunter, The Politics of Islamic Revivalism, Bloomington, IN 1988, S. 62.– Der Ayatollah selber erklärte im Frühjahr 1982: „Die Waffen,

Was den religiösen Empfindlichkeiten Khomeinis am meisten zusetzte, waren die Supermächte. In einer Denkschrift an die sogenannten Pragmatiker im Iran erklärte er: „Ich vertraue darauf, daß das iranische Volk und insbesondere unsere Jugend in seinem Herzen Zorn und Haß auf die kriminelle Sowjetunion und die kriegshetzerischen Vereinigten Staaten wachhalten wird. So muß es sein, bis über jedem Haus auf Erden das Banner des Islam weht.“ [198]

Derartige Statements verstörten und verblüfften Analytiker in aller Welt. Wie konnte ein Staatsmann der achtziger Jahre sich solcher Brandstifter-Rhetorik bedienen? Der muslimische Wissenschaftler Bernard Lewis indes schrieb in einem Artikel über die Ursachen islamischer Aggressivität: „Es sollte nunmehr klar sein, daß wir einer Stimmung und einer Bewegung gegenüberstehen, die über die Ebene von Sachfragen und politischer Willensbildung und auch über die dafür stehenden Regierungen weit hinausweisen.“

Haß und Gewalt stellen weiterhin die treibende Kraft sowie die hauptsächlichen Exportartikel der iranischen Revolution dar, doch ihre tatkräftigsten Verkäufer finden sich in den Reihen der islamischen Geistlichkeit. Eine erste regelrechte strategische Marketingkonferenz fand im Frühjahr 1982 in Teheran statt. Unter der Schirmherrschaft der für westliche Ohren kurios firmierenden Vereinigung Militanter Geistlicher verfolgte die Versammlung zur Hauptsache das Ziel, die Voraussetzungen für einen weltweiten islamischen Säuberungs-„Kreuzzug“ zu schaffen. Obgleich iranisch-fundamentalistische Geistliche das Sagen hatten, zog die Veranstaltung auch religiöse Radikale aus mehr als zwei Dutzend anderen islamischen Ländern an. Im Dezember desselben Jahres goß der iranische Staatspräsident Ali Khamenei Öl ins Feuer, indem er die Imame der Freitagsgebete aufforderte, ihre Moscheen in „gebetsmäßige, politische, kulturelle und militärische Operationsbasen“ umzuwandeln und „den Grund zu legen für die Errichtung islamischer Regierungen in allen Ländern“.[199]

---

die wir tragen, werden eingesetzt, um das Bestreben Gottes und des Islam zu verwirklichen.“ Unter den ersten Zielen dieser Waffen, glaubte Khomeini, würden zweiflerische Emire der Golfregion sein, die sich entweder völlig dem Islam ausliefern müßten oder „dem Schwert überliefert und in die Hölle geworfen“ würden, „wo sie für immer braten werden“. Wright, S. 27.

198 Zit. n. In the Name of God, S. 196.

199 Iran Times v. 7.1.1983; s. auch Bakhash, S. 235.

Inmitten von Gebeten haben die 75.000 Moscheen des Iran von militanter ideologischer Indoktrination bis zu martialischem Kampf- und Waffentraining alles im Angebot. Jede Moschee gilt nicht nur als Ort der Anbetung und religiösen Verkündigung, sondern ist zugleich Sitz des örtlichen *komiteh*, einer religiösen Polizeistelle, sowie einer Art Wohnviertel-Aufsicht namens *Mobilmachung der Armen*.
Nichts lag dem Ayatollah Khomeini ferner, als die Macht der Kanzel zu beschneiden:

> Die ersten Muslime... pflegten wichtige Geschäfte bei Gelegenheit der *hajj* oder bei den Freitagsversammlungen abzuschließen. Die Freitagspredigt war mehr als die Verlesung einer Koransure und ein kurzes Gebet, gefolgt von einer knappen Ansprache. Ganze Armeen wurden durch die Freitagspredigt in Marsch gesetzt; sie marschierten geradewegs von der Moschee zum Schlachtfeld. Und ein Mann, der aus der Moschee in die Schlacht aufbricht, wird nur Gott allein fürchten, nicht Armut oder Entbehrung, und sein Heer wird siegreich und triumphierend sein.[200]

Den Nachwuchs für die fundamentalistischen Kanzeln des Iran liefern die Seminare. 14 davon beherbergt die Stadt Qom, in der viele Experten die wahre Brutstätte des radikalen Islamismus sehen. Das Interesse an islamischen Studien hat während der vergangenen Jahre sprunghaft zugenommen: Allein in Qom studierten 1991 über 18.000 Islamschüler, verglichen mit etwa 6400 1975. Ein Drittel von ihnen wird durch Stipendien unterhalten, die aus „Zielländern" wie dem Libanon, dem Irak, Pakistan, Kuwait, Afghanistan und Tunesien kommen. Auch im Westen studierende Iraner und Studenten aus anderen islamischen Ländern werden herangezogen, um die Sache der Fundamentalisten voranzutreiben.[201]

---

[200] Ruhollah Khomeini, Islamic Government; zit. n. Islam & Revolution, S. 131.

[201] In einer Botschaft an die 20. Jahresversammlung der Islamischen Studentenschaften Amerikas und Kanadas vom Juni 1988 mahnte der iranische Ayatollah Djannati die Studenten, alles in ihrer Kraft Stehende zu tun, „um die islamische Botschaft und die iranische Revolution zu verbreiten", und in ihrem Kampf gegen die „Handlanger der Korruption" niemals nachzulassen. – Ettela'at, Jannati's Message to U.S. & Canadian Islamic Students Societies, Joint Publications Research Service v. 8.8.1988.

Einem Bericht zufolge wandte im Jahre 1982 Ayatollah Hosein Ali Montazeri, ein enger Gefolgsmann Khomeinis, mehrere Millionen Dollar auf, um muslimische Studenten und eingewanderte Gastarbeiter in Frankreich, Großbritannien und der Bundesrepublik zu rekrutieren. Es wurde behauptet, daß mindestens 100 vollamtliche Anwerber im Schutz von Moscheen und islamischen Studentenverbänden in Europa aktiv waren. Im selben Bericht stand von einer islamisch-missionarischen Terrororganisation in den Vereinigten Staten zu lesen, wo gut 60.000 Studenten aus islamischen Nationen verschiedensten Studien nachgehen. „Die Anhänger Khomeinis haben sich seit 15 Jahren in den Vereinigten Staaten eingerichtet", so der frühere iranische Premierminister Ali Amini, „sie sind sehr gut verborgen und finanziert." [202]
Etliche Bildungseinrichtungen im Iran selbst sind in Wahrheit in fundamentalistischer Hand befindliche Terror-Trainingslager[203], darunter die Melli-Universität nordwestlich Teherans und die Universität Shiraz. Über einheimische Iraner hinaus besteht die Studentenschaft dieser „Hochschulen" aus irakischen, libanesischen, saudischen und kuwaitischen Schiiten ebenso wie aus hoffnungsfrohen Revolutionären so unterschiedlicher Herkunft wie Irland, Paraguay, der Türkei, Sri Lanka und den Philippinen.
An diesen und anderen Einrichtungen überall im Iran absolvieren Tausende von Studierenden Kurse, deren Gegenstände von islamischem Recht und Sabotagetechniken bis zu fortgeschrittenem Hacker-Knowhow reichen.[204] Europäische, asiatische und nahöstliche Gastdozenten bieten Wissenswertes über solch exotische Themen wie die nachrichtendienstliche Abschöpfung von Geistlichen und Journalisten

---

202 Nathan Adams, Iran's Ayatollahs of Terror, Reader's Digest Jan. 1985. – Zwar müssen islamische Infiltrationsstrategien mit vermehrter Aufmerksamkeit beobachtet werden, doch ist festzustellen, daß die große Mehrheit der islamischen Studenten in Nordamerika keinerlei Verbindung zu terroristischen oder sonstigen subversiven Aktivitäten hat. Christen würden deshalb einen großen Fehler begehen, wenn sie ihnen aus Angst ihre Liebe und Gastfreundschaft vorenthielten.

203 Einem Pressebericht zufolge ist, nach einer jähen Schicksalswende, die frühere US-Botschaft in Teheran jetzt eine Schule für Revolutionswächter und beherbergt einen Laden, der aus Fetzen zusammengestückelte Dokumente aus der „Höhle der Spione" verkauft. – The Economist v. 12.9.1989.

204 Einem Pressebericht zufolge ist es iranischen EDV-Fachleuten bereits 1990 gelungen, in die Buchungscomputer führender westlicher Fluggesellschaften einzudringen und an Passagierlisten zu kommen. – Adams, Mastermind, a.a.O.

oder die Anwendung psychologischer Kenntnisse im *Dschihad* an. Neben ortsansässigen Ayatollahs und Revolutionswächtern lehren Dozenten, die aus Libyen, Pakistan, Nordkorea und diversen PLO-Zentralen eingeflogen sind.[205]
In den achtziger Jahren wurden die meisten dieser Schulungsprogramme wie auch internationale Undercover-Operationen aus einem vierstöckigen Gebäude in der Teheraner Innenstadt, dem Taleghani-Center, geleitet. Von hier aus entfalten sich unter der Gesamtverantwortung des Islamischen Revolutionsrates die zahlreichen Fangarme islamischer Missionsbemühungen und terroristischer Aktivitäten (einschließlich Selbstmordkommandos). Robin Wright zitiert Berichte, nach denen der Rat mehr als eine Milliarde Dollar an jährlichen Zuwendungen aus Hunderten von Freitagsopfern weltweit erhält, dazu staatliche Mittel aus dem iranischen Revolutionsschatz. Außerhalb Europas sind konkrete Maßnahmen iranisch gesteuerter Subversion in folgenden Ländern bekannt geworden: Ägypten, Türkei, Kuwait, Bahrain, Saudi-Arabien, Jemen, Pakistan, Afghanistan, Äthiopien, Malaysia, Irak, Libanon, Israel, Sudan, Philippinen.[206]
Von den genannten Geldmitteln hat mit in erster Linie die geheime Terrororganisation *Islamischer Heiliger Krieg* profitiert. Diese Gruppe, die Berichten zufolge aus über 30 selbständigen Einheiten besteht, wird, wie man hört, durch einen iranischen Obersten Koordinierungsrat mit fünf Regional- und diversen örtlichen Kommandos gesteuert. Nach mehreren Jahren der Aktivität ist das blutige Handwerk dieser Organisation mittlerweile überall in Europa und im Nahen Osten nur allzu bekannt.

Unter den Tempeln von Baalbek: Klein-Teheran und die *Hisbollah*

Betrachtet man all dies von der geistlichen Dimension her, so kann es nicht mehr verwundern, daß von all den Brandpfeilen, die seit der Revolution vom Iran aus verschossen worden sind, zuerst in der von den alten Griechen Heliopolis (Sonnenstadt) genannten Stadt ein Flächen-

205 Siehe Wright, S. 34 f.; Laffin, a.a. O.
206 Näheres bei Pipes, S. 328-333.

brand entzündet wurde. Die Stadt, auch Baalbek genannt (nach dem alten Stadtgott Baal-Beqa', „Baal der Ebene"), befindet sich in der zentral im östlichen Libanon gelegenen Beqa'-Ebene, einem Gebiet, das möglicherweise mit dem bei Josua erwähnten „Baal-Gad in der Ebene beim Gebirge Libanon, am Fuße des Berges Hermon" (Jos. 11,17) identisch ist.

Seit den frühen achtziger Jahren ist Baalbek der erste nennenswerte Stationierungsort iranischer Revolutionswächter im Ausland. Handelte es sich anfänglich um Verbände, die nach Dutzenden zählten, so dürften sich mittlerweile etwa 5000 Mann in Baalbek aufhalten. An genaue Zahlen ist schwer zu kommen, da die Iraner die Öffentlichkeit scheuen und ihre libanesischen „Jünger" weltweit zu den radikalsten zählen. Nachdem anzunehmen ist, daß einige der britischen und amerikanischen Geiseln in der nahegelegenen Scheich-Abdullah-Kaserne festgehalten wurden, kann man westliche Reisende nur ermahnen, daß sie sich auf eigenes Risiko in diese weithin schiitische Stadt begeben.

Bald nach ihrer Ankunft in Baalbek begannen die Iraner damit, ihren neuen Unterkünften ein angemessen revolutionäres Outfit zu verpassen. Es dauerte nur ein paar Monate, bis die libanesischen Einwohner die Stadt in Klein-Teheran umgetauft hatten. Kneipen wurden geschlossen, Frauen begannen verschleiert zu gehen, und die Altstadt wurde mit Plakaten, die das grüblerische Antlitz Khomeinis zeigten, regelrecht tapeziert. Zwei Straßen vom Hauptverkehrsknoten der Stadt entfernt, den sie in Ayatollah-Khomeini-Platz umbenannten, errichteten die Revolutionswächter unter einer iranischen Flagge und einem großen Transparent mit der Aufschrift *Verehrer des Martyriums* ein islamisches Propagandabüro. Von dort aus wie über die lokalen Moscheen und den Rundfunk boten die Iraner der Einwohnerschaft Aufklärung über revolutionär-islamisches Gedankengut.

Wiewohl nur ca. 55 Kilometer von den ersten israelischen Vorposten entfernt, haben die Revolutionswächter bislang den direkten Kampf mit ihren Todfeinden gescheut.[207] Sie ziehen es vor, geduldig den Samen des Hasses auszustreuen und zu düngen, von dem sie überzeugt sind, daß er eines Tages ein verzehrendes antizionistisches Feuer in der Region entzünden wird. Mögen auch heroische Banner die Gläubigen

---

[207] Nach Shireen Hunter, a.a.O. S. 68, „waren die iranischen Revolutionswächter im Libanon mehr Missionare als Kämpfer".

aufstacheln, gegen Jerusalem zu marschieren, so scheinen sich die meisten Militanten in Baalbek momentan damit zufriedenzugeben, ihre Schuhsohlen an einem Davidstern abzuschaben, der unweit des Hauptquartiers der Revolutionswächter in den Gehweg graviert wurde.[208]

Der US-Fernsehreporter Charles Glass berichtete, wie er bei einem Libanon-Besuch das gewundene Beqa'-Tal überschaute und den Wunsch verspürte, Baalbek wiederzusehen, das er aus den siebziger Jahren kannte. Da er aber nicht wagte, in die Stadt hinabzufahren, die ein mit knapper Not entkommener britischer Kollege als „einen nicht gerade kompromißbereiten Ort" bezeichnet hatte, gab er sich damit zufrieden, eine Reihe von Überlegungen anzustellen. Darunter: „Warum exportierten die Iraner ihre Ideologie ausgerechnet nach Baalbek, anstatt irgendeinen anderen Ort zu wählen? Warum gingen die Revolutionswächter 1982 nach Baalbek und machten die Stadt zu einem der Hauptquartiere der *Hisbollah*?"[209] Diese Fragen entsprangen nicht bloß schierer Neugier, sie führen zum Kern unseres Verständnisses geistlicher Taktiken in der unsichtbaren Welt. Die oberflächliche Antwort, in Baalbek gebe es eine schiitische Bevölkerung, trägt nicht weit, wenn man in Rechnung stellt, daß heute etliche andere Städte hin und her im Libanon zusammen über eine Million schiitischer Einwohner haben. Also nochmals: warum Baalbek?

Halten wir inne und besinnen uns darauf, daß die wirkliche Macht im Iran seit 1979 nicht in den Händen des Khomeinischen Revolutionsregimes liegt, sondern bei einer festverwurzelten geistlichen Herrschaft unter der Hoheit des Fürsten von Persien, so ergeben sich auf einmal ganz neue Blickwinkel bezüglich der Baalbek-Frage[210] – so derjenige, daß die Stadt für Tausende von Jahren ein Mittelpunkt heidnischer Kultausübung war. Diese Kultpraxis, die dämonische Geister anzieht wie das Aas die Fliegen, erreichte ihren Höhepunkt in griechischer und römischer Zeit. Damals wurden in der Stadt selbst und ihrem

---

[208] Robert Fisk, Iranian Ambitions Beneath Black Flags of Baalbek, The Independent v. 26.6.1989; William Barrett, We are here at the order of Khomeini, The Seattle Times v. 9.8.1983; Wright, S. 114.

[209] Charles Glass, Tribes with Flags, New York 1990, S. 398 f.

[210] Es ist nachdrücklich daran zu erinnern, daß sich häufig hinter den Kulissen systemischer, d. h. politisch-religiöser Strukturen ganz andere, nämlich geistliche, Kräftebündnisse verschanzen.

Umland eine Anzahl großer Tempelkomplexe errichtet, von denen noch heute beeindruckende Überreste zu sehen sind, darunter der gewaltige Jupitertempel, der wohlerhaltene Bacchus- und der in runder Form erbaute Venustempel. Weniger erhalten ist von einem Tempel zu Ehren des populären griechischen Gottes Hermes und den sakralen Teichen. All diese Bauten und besonders das Vorherrschen bacchischer Symbole in ihrem Inneren weisen stark auf die früher hier ausgeübten griechisch-römischen Mysterienreligionen zurück.[211]
Zwischen den extremistisch-fundamentalistischen Schiitengruppen und den Ausübern der antiken Mysterienkulte gibt es verblüffende Ähnlichkeiten. Beide betonen die Bedeutung mystischer Offenbarungen. Beide verehren ihre Führer als Halbgötter. Beide vertreten eine elitäre Doktrin. Beide stehen für die Idee der Bruderschaft. Beide veranstalten „Passionsspiele", bei denen es zu massenpsychotischen Auswüchsen wie z. B. Selbstkasteiungen kommen kann. Schließlich finden wir in beiden Bewegungen die Erwartung an die Mitglieder, im Interesse der von der Gruppe verfolgten Ziele auch Verbrechen zu begehen.
Bei mindestens zwei Gelegenheiten begingen griechisch-römische Geheimgesellschaften tatsächlich Anschläge im politischen Untergrund. Zum erstenmal geschah dies, als sich im Jahre 415 v. Chr. verschiedene Verschwörergruppen in der Absicht zusammentaten, die athenische Demokratie zu stürzen. Im Interesse der Konspiration mußten alle Verschwörer an einem gemeinsam verübten Verbrechen teilnehmen. Später, im Jahre 63 v. Chr., fädelte Catilina aus einer religiösen Geheimgesellschaft heraus eine Verschwörung ein, deren Ziel der Sturz der römischen Regierung war. Sowohl von der Praxis als auch vom Prinzip her unterscheidet diese historischen Geschehnisse wenig von denen um Hasan-e Sabbah und den späteren *Islamischen Heiligen Krieg*.
Zwar gab es in den römischen Bacchanalien oder Geheimkulten gewisse Elemente, die sich in schiitischen Untergrundzirkeln nicht finden – wie alkoholische und sexuelle Exzesse –, doch haben wir andererseits genügend strukturelle und operative Ähnlichkeiten, um jeden

---

211 Dabei handelte es sich um geheime Kulte bzw. Kultgesellschaften, die sowohl spezielle Initiationsriten als auch gemeinschaftliche Mähler, Tänze und Zeremonien beinhalteten. Je nach Region wurden in ihnen auch sexuelle Promiskuität und/oder politisches Intrigantentum betrieben.

aufmerksam Recherchierenden nach einem gemeinsamen *spiritus rector* Ausschau halten zu lassen. Es gab also einen einfachen Grund für den Fürsten von Persien, seine iranischen Untertanen zwecks Aufbau ihrer Geheimgesellschaften nach Baalbek und nicht in andere schiitisch-libanesische Städte zu senden: Er fand dort eine schon von langer Hand vorbereitete geistliche Infrastruktur und also weit geöffnete Türen vor.

Ihren wohl deutlichsten Ausdruck finden Haß und Verschworenheit iranischer Kräfte in der im Untergrund wirkenden, gewalttätigen *Hisbollah* („Partei Gottes"). Geboren aus dem Zusammengehen satanischer Büttel mit willfährigen menschlichen Partnern, trägt dieser abscheuliche Bastard die erschreckenden Züge einer Giftschlange. Zwischen seinen bösartigen Angriffen rollt sich dieses Untier unter den Tempeln Baalbeks und in den pferchähnlichen Slums von Beirut zusammen. Wenngleich es sich nicht oft im Tageslicht zeigt – untertags ist es damit beschäftigt, seine Beute zu verdauen: Geiseln, die als Eigentum des Großen Satans angesehen werden –, weist eine Untersuchung seines Baus seine Existenz so eindringlich nach, daß es einen frösteln macht. Da sind an die Wände gesprühte Mordparolen, dunkelverstohlene Seitenblicke, Poster und Wandgemälde des islamischen Verschlingers. Letztere zieren feuchte Löcher und bröckelnde Mauern an düsteren Gassen. Sie zeigen ein Wesen mit glühend roten Augen, das aus dem Inneren eines düsteren Heiligenschreins hervorstarrt. Von seinen Lefzen tropft Blut: von Christen, Ungläubigen oder Zionisten. Seine Opfer werden teils ausgeweidet, teils enthauptet dargestellt. Diese Bilder sind in der Hölle entworfen.

Laut der Zeitschrift *Time* spenden die persischen Hintermänner „zwischen 15 und 50 Millionen Dollar jährlich zur Finanzierung von *Hisbollah*-Aktivitäten".[212] Dafür ist die Schlange den Teheraner Mullahs ein treuer Bundesgenosse. In einem Manifest vom Februar 1985 erklärten die Führer der damals neu formierten „Partei Gottes":

> Wir, die Söhne der *Hisbollah*-Nation, deren Vorhut Gott den Sieg im Iran verliehen und die den Zellkern des weltbeherrschenden islamischen Staates gelegt hat, stehen treu zu den Befehlen eines einzigen

[212] John Greenwald, At War On All Fronts, Time v. 17.8.1987.

> weisen und gerechten Kommandeurs, gegenwärtig verkörpert in dem überragenden Ayatollah Khomeini.[213]

Weitere Einnahmen erwachsen aus einträglichen Cannabis- und Opiumplantagen im Beqa'-Tal. Wenngleich den Schiiten selbst die Einnahme von Drogen streng untersagt ist, förderte Khomeini tatkräftig deren Produktion und Export, speziell in die USA, als „ein Mittel der sozialen Zersetzung".[214] Die Profite aus dem Drogengeschäft werden u. a. zur Abdeckung der Kosten verwandt, die die internationale Ausbreitung, z. B. in ex-sowjetische Gebiete – wo die *Hisbollah* Berichten zufolge bereits über eine Operationsbasis im armenischen Eriwan verfügt – und in den Sudan [215], verursacht.

Die Gefahren des ungöttlichen Pfades

Sobald der islamische Verschlinger seinen Heißhunger nicht mit Ausländern stillen kann, zögert er nicht, sich an den eigenen Leuten zu vergreifen. Im Iran bilden die Polizei, die staatlichen Geheimdienste, die Garden der Revolutionswächter und vor allem die stets auf der Lauer liegenden *komitehs* seine Augen. Die *komitehs* rekrutieren sich aus handverlesenen Hundertprozentigen. Sie patrouillieren an Schulen, an den Arbeitsplätzen und in Wohngebieten und halten nach Individuen Ausschau, die vom „göttlichen Pfad" abweichen. Werden sie fündig, so sind die *komitehs* autorisiert, gestrenge Warnungen auszusprechen oder Delinquenten sogar in den Bau des Ungeheuers zu zerren. „Die *komiteh*-Leute kommen vorbei", erzählt eine Frau, „und wenn sie dich im Hof antreffen, fordern sie dich auf, den *Tschador* überzuwerfen." Und es ist besser, zu tun, was verlangt wird. Denn wird jemand dabei erwischt, mit unliebsamer Musik, Mode oder auch unerwünschten Kontakten zu liebäugeln, so kann das ernste Folgen haben.

---

[213] Zit. n. Hunter, S. 66.

[214] Zit. n. Laffin.

[215] Nach Aussagen eines geachteten sudanesischen Politikers, der mittlerweile im Exil lebt, hat das gegenwärtige islamische Regime des Sudan vier militärische Trainingscenter für Mitglieder der nationalen Muslimbruderschaft eingerichtet. Diese werden im Gegenzug von iranischen und arabischen Ausbildern betreut, die ihrerseits ein Training in libanesischen *Hisbollah*-Lagern absolviert haben. – Islam Marches toward the Heart of Africa, The Independent v. 15.6.1990.

Da es ein riskantes Unterfangen ist, sich in der Öffentlichkeit als Liebespaar zu erkennen zu geben – unverheiratete Paare, die nach Einbruch der Dunkelheit im selben Wagen vorgefunden werden, laufen Gefahr, von den *komitehs* verhaftet zu werden –, bleibt den meisten jungen Leuten im Iran, wenn sie nicht auf eine durch den Familienclan für sie arrangierte Eheschließung warten wollen, nichts anderes übrig, als telephonisch miteinander zu kommunizieren. In einem 1989 der Zeitschrift *Newsweek* gegebenen Interview brüstete sich die Direktorin der Fatima-Mädchenoberschule in der Teheraner Innenstadt, nicht ein Mädchen von ihren 1400 Schülerinnen habe einen Freund. „Der letzte Fall eines Rendezvous liegt mehr als ein Jahr zurück.“[216] Während einer „Woche der öffentlichen Moral“ im Herbst 1990 „erhielten Frauen einen strengen Verweis, die auch nur das unscheinbarste Härchen unter ihrem *Tschador* hervorlugen ließen“.[217]
Ein paar Monate zuvor waren zwei Korrespondenten der BBC und eine Reporterin in ihrem Büro im Hotel *Laleh* mit der Durchsicht einiger Videoaufnahmen beschäftigt. Um sieben Uhr abends klingelte das Telephon, und es meldete sich der Sicherheitsbedienstete des Hotels: „Es ist nach sechs Uhr. Sie haben eine Frau im Zimmer. Das ist nicht erlaubt.“[218] Laut Shaul Bakhash stellte Khomeini vor seinem Tode zufrieden fest, der Schah habe einer Geheimpolizei bedurft, die Islamische Republik dagegen könne auf eine Nation von 36 Millionen Informanten zurückgreifen.[219]
Unter den vorrangigen Beobachtungsobjekten dieser Informanten rangieren religiöse Minderheiten. In seinem Buch über islamische Herrschaft schrieb der Ayatollah: „Sogar in unserer eigenen Stadt Teheran gibt es heute Nester übler Propaganda, unterhalten von den Kirchen, den Zionisten und den Baha'i, um unsere Menschen auf Abwege zu führen, so daß sie die Verordnungen und Lehren des Islam verlassen. Haben wir nicht die Pflicht, diese Nester, die den Islam schädigen, auszuräuchern?“[220]

---

216 Ray Wilkinson, Seeking Iran's Soul, Newsweek v. 13.11.1989.

217 Perplexed, The Economist v. 12.9.1990.

218 Walking in Fear under the Imam's Gaze, The London Times v. 2.7.1990.

219 Bakhash, S. 226. – Um der Regierung die noch perfektere Überwachung nach innen zu ermöglichen, erließ das iranische Parlament 1988 ein Gesetz, das jeden Bürger verpflichtete, sich die Fingerabdrücke nehmen zu lassen.

220 Zit. n. Islam & Revolution, S. 128. – Wer gern glauben wollte, im Iran sei in den späten achtziger Jahren eine Mäßigung eingetreten, mußte eine bittere Enttäuschung

Im Laufe des Jahres 1990 erlitten die christlichen Kirchen im Iran eine neue Welle von Verfolgung durch die Fundamentalisten. Mehrere Pastoren und Bibellehrer wurden durch islamische Behörden arrestiert, und im Dezember wurde ein Pastor der Pfingstkirche *Assemblies of God*, der sich vor 30 Jahren aus dem Islam heraus bekehrt hatte und aktiv an einer Übersetzung der *Living Bible* ins Farsi beteiligt war, auf Veranlassung der iranischen Regierung öffentlich gehängt.[221]
Vom persischen *Gulag* heißt es, in ihm seien gegenwärtig mindestens 5000 politische Gefangene in über 650 Haftanstalten und Folterlagern.[222] Etliche dieser Gefangenen sind wegen Vergehen in Haft, von denen man im Westen noch nie gehört hat: *Moharebeh* (Feindschaft gegen Gott) und *Mofsed fil Arz* (irdische Verdorbenheit). Während der achtziger Jahre sind Tausende hingerichtet worden, und nicht anders als im benachbarten Irak wird weithin gefoltert.[223]
Überlebende eines der berüchtigsten iranischen Gefängnisse, Gohar Dasht, berichteten, Folterungen seien – und sind möglicherweise immer noch – routinemäßig von Lautsprecherübertragungen islamischer

---

einstecken, als im Januar 1990 Demonstranten vor dem Haus des „gemäßigten" Ayatollah Montazeri skandierten: „Tod den Liberalen!"

221 Pressemitteilung der *Assemblies of God*, Springfield, MO v. 5.2.1991.

222 Gordon Martin, Khomeini Enemies Were „Baked Alive", London Daily Telegraph v. 11.1.1990.

223 Umfassende Berichte, erstellt von der Menschenrechtskommission der UNO und *Amnesty International*, lassen keinen Zweifel daran, daß die iranische Strafjustiz direkt aus der Hölle gesteuert wird. Der Verfasser des UNO-Reports, Reynaldo Galindo Pohl, schildert die Folterung eines zehnjährigen Mädchens im Rollstuhl, die Verbrennung einer Frau und zweier Jugendlicher bei lebendigem Leibe in einem Backofen und die Praxis von Vergewaltigungen vor der Hinrichtung von Frauen (vgl. The Daily Telegraph v. 11.1.1990; Leonard Doyle, Iran Defends Torture of Terrorists, The Independent v. 17.11.1989). Laut Suroosh Irfani erklärte der oberste islamische Richter Ayatollah Mohammadi Gillani in einem offiziellen Interview, die Hinrichtung eines neunjährigen Mädchens stehe in Übereinstimmung mit dem islamischen Recht, denn in diesem Lebensjahr setze bei Mädchen die Pubertät ein. Demgemäß, so Gillani, „gibt es für uns keinen Unterschied zwischen einem neunjährigen Mädchen und einem 40jährigen Mann" (Revolutionary Islam in Iran: Popular Liberation or Religious Dictatorship, London 1983, S. 264). Anderen Berichten aus dem Iran zufolge wurden Gefangene vorgetäuschten Exekutionen unterzogen, ausgepeitscht, mit Elektroschocks mißhandelt und gezwungen, Urin zu trinken. Eine bis jetzt – soweit bekannt – noch nicht angewandte Strafmaßnahme ist die von Ayatollah Ardebeli vorgeschlagene, Kriminellen „die rechte Hand und den rechten Fuß" zu amputieren und sie dann „dem Tode zu überlassen" (Iran: Violations of Human Rights, ed. *Amnesty*

Gebete und religiöser Ansprachen begleitet gewesen. Von hoch oben über ihren gequälten Opfern schnarrten dazwischen die Stimmen der Mullahs: „Bist du kaputt? Wirst du bereuen?“

Ein junger Mann, der im Gefängnis von Täbriz inhaftiert war, berichtete:

> Sie legten mich bäuchlings auf ein Bett, fesselten mich daran und fingen an, mich auszupeitschen. Nach einigen Streichen begannen sie, meine Fußsohlen mit etwas wie einer Eisenstange zu schlagen. Es kam mir vor, als würden meine Knochen zerschmelzen – und dann peitschten sie wieder meinen Rücken ..., und zu jedem Streich sangen sie: *Allâhu akbar* [Gott ist groß]. Sie lachten über meine Schmerzen. ... Während der Auspeitschung sagte ich: „Mein Rücken tut weh.“ Da trat einer von ihnen auf meinen Rücken und drückte mir den Absatz seines Stiefels ins Kreuz. Ich verlor das Bewußtsein. [224]

Schließlich weisen Dokumente und mündliche Berichte, die aus dem Iran dringen, vermehrt auf eine besonders zynische Praxis des Regimes hin: Als es dem Vater von Ali Niaz Baz gestattet wurde, kurz vor dessen Hinrichtung noch einmal seinen Sohn zu sehen, war er schockiert von dem Anblick, der sich ihm bot, und von dem, was er zu hören bekam. Unfähig zu gehen, wurde sein Sohn von zwei Revolutionswächtern in den Besuchsraum geschleift. Er sah erschreckend blaß aus und hatte trockene, aufgerissene Lippen. Mit letzter Kraft flüsterte

---

International, 1987, S. 28). – Zur Gewissensbeschwichtigung islamischer Richter, die es für „unislamisch“ erachteten, an Jungfrauen die Todesstrafe auszuführen, ordnete eine islamische Behörde an, man solle solche jungen Mädchen für die Zeitdauer, die zu ihrer Defloration nötig sei, an Revolutionswächter verheiraten. Nachdem sie einmal „legal“ vergewaltigt worden seien, könnten sie „islamisch“ exekutiert werden. Khomeini ging hierüber noch einen Schritt hinaus mit der Anordnung, Frauen und Mädchen, die unter dem Vorwurf der „widergöttlichen Kriegführung“ inhaftiert seien, generell als Kriegsbeute zu betrachten, wodurch es ihren Wächtern und Folterknechten religiös gestattet wurde, sie zu vergewaltigen. Dem führenden Politiker der radikalen Partei der Islamischen Republik Hodschatolislam Hadi Ghaffari, von dem die Drohung überliefert ist: „Wir werden jeden Parlamentarier umbringen, der sich dem Gedankengut Khomeinis widersetzt“, geht der Ruf voraus, der „professionelle Vergewaltiger des islamischen Regimes“ zu sein (Irfani, S. 266 f.).

224 *Amnesty-International*-Bericht, 1989, S. 91.

der junge Mann seinem Vater zu: „Sie haben mein Blut abgezapft." Dann wurde er weggezerrt und erschossen.[225]

So wie alle blutrünstigen Götter wird der Fürst von Persien binnen kurzem sogar noch stärker und furchterregender werden. Seine Heerscharen werden sich vermehrt unter dem Banner des islamischen Fundamentalismus sammeln, und während dieses in den kommenden Jahren immer höher gezogen wird, wird sich der Haß von Millionen in letzter Instanz bereits verurteilten Dämonen in einem Exzeß von Gewalt entladen, wie ihn die Welt noch nie gekannt hat.

* * *

225 Irfani, S. 265 f. – Aus dem Jahre 1981 stammende Dokumente aus dem Büro des Chefanklägers beweisen, daß Khomeini höchstpersönlich die Praxis absegnete, zum Tode verurteilten Gefangenen vor ihrer Hinrichtung das Blutplasma zu entziehen.

Kapitel 7
Annäherung an Eden

Bitte mich, so will ich dir Völker zum Erbe geben und der Welt Enden zum Eigentum.

Psalm 2,8

Es geht nicht darum, das Anliegen der Mission territorial zu Ende zu führen, sondern darum, das in der Genesis verliehene Mandat zu erfüllen: allen Völkern auf Erden zum Segen zu sein.

Ralph Winter[226]

Wehe aber der Erde und dem Meer! denn der Teufel kommt zu euch hinab und hat einen großen Zorn und weiß, daß er wenig Zeit hat.

Offb. 12,12

Es geschah im Sommer 1945 auf einem unzugänglichen Wüstenstützpunkt namens „Objekt Y" in der Nähe von Los Alamos, New Mexico. Eine Schar hochrangiger Wissenschaftler in Diensten der US-Regierung schaute angestrengt durch speziell abgeschirmte Feldstecher in die Ferne, unter ihnen Dr. Robert Oppenheimer, einer der leitenden Ingenieure des Projekts mit dem Decknamen *Manhattan*. Es herrschte eine unbeschreibliche Spannung. Jahrelange harte Arbeit und das Schicksal ganzer Nationen standen auf dem Spiel. Schließlich entlud sich der Countdown in einem unglaublich hellen Lichtblitz, und Oppenheimer erblickte der Welt ersten Atompilz, der aufstieg wie ein bösartiger Geist aus seiner Lampe. Überwältigt von dem furchterregenden Spektakel, das sich vor seinen Augen entfaltete, rezitierte Oppenheimer flüsternd zwei Verse aus der *Bhagavadgita:*

Der Tod bin ich geworden, Erschütterer der Welten; wartend auf jene Stunde, die heranreift zu ihrem Gericht.

In vielerlei Hinsicht ähnelt die unaufhörliche Wut des Teufels, wie sie sich in den unmenschlichen Gespinsten des heutigen Persien und Ba-

---

226 Mission Frontiers 9/9, 1987.

bylon ausdrückt, diesem alten Eidschwur. Der Spruch entsprang einst seiner Inspiration, die Taten heute sind sein Handwerk.

Der Teufel ist voller Zorn, weil er genau weiß, daß sein eigenes Gericht nahe bevorsteht; seine Züge und sein Benehmen spiegeln zunehmend seinen widerwärtigen, gallenbitteren Groll. Der zeigt sich in den makabren Beiruter Postern des islamischen Verschlingers. Er ist zu hören in der haßerfüllten Rhetorik der freitäglich amtierenden Imame. Er reagiert sich ab, wenn ein Missionar in Algerien verprügelt, ein Pastor im Iran gehängt, jugendliche Christen in Ägypten gefoltert werden. Solche krampfartigen Ausbrüche von Zorn und Gewalt sind zweifellos zerstörerisch, führen aber zugleich die Aussichtslosigkeit all dessen vor Augen, was Satan tut. Sie gleichen den lustlosen Schüssen eines enttäuschten Fußballers kurz vor dem Abpfiff eines verlorenen Spiels, den irrsinnigen *Verbrannte-Erde*-Befehlen aus dem „Führerbunker", während die Russen den Belagerungsring um Berlin schlossen. Es stimmt: wenn Satan die Berichte der Aufklärer von seinen Schlachtfeldern studiert, hat er wahrlich Grund zur Besorgnis.

Die zurückweichende Grenze

In den Tagen der frühen Kirche genügte eine relativ einfache Missionsstrategie. *Alle* Länder waren unevangelisiert, *alle* Völker unerreicht. Wohin auch immer die ersten Missionare ihren Fuß setzten, einer Sache konnten sie gewiß sein: Wenn sie ihr Missionsfeld erreichten, würden sie die einzigen Christen auf dem Markt sein.

Entzündet von der ewigen Flamme des Himmels, verließen diese frühen Fackeln des Glaubens das Land der Verheißung und machten sich auf zu den düsteren Horizonten Asiens, Afrikas und Europas. Wie Er verheißen hatte, ging Gott mit ihnen, und am Ende des 1. Jahrhunderts bildete ein schmaler Kranz von Gemeinden rund um das Mittelmeer den Lohn ihrer Bemühungen.

Die folgenden 1800 Jahre lang sollte das Glück ihrer Nachfolger wie Ebbe und Flut an- und abschwellen, je nach den in puncto Gehorsam und Fürbitte gerade vorherrschenden Gezeiten. Um das Jahr 500 waren Verzettelung und Spaltung an die Stelle energischer Ausbreitung getreten, und in den darauffolgenden 450 Jahren verlor das Christentum viele seiner frühen Brückenköpfe im mediterranen Raum an den keck zugreifenden Islam. Zum Glück kam es im mittel- und nordeuropäischen Raum zu wunderbaren Belebungen, und zwischen 1500 und 1800 schlugen die ersten Wellen des Evangeliums an die Gestade Australiens und Amerikas.

Bis dahin hatten sich die Dinge aus Satans Perspektive gesehen nicht allzu schlecht entwickelt. Gelegentliche Rückschläge wie die Reformation oder die Ankunft des Evangeliums in Amerika hatte man erwarten müssen. Ins Gewicht fiel, daß das Christentum geostrategisch gesehen immer noch einigermaßen eingegrenzt war.

Nicht erwartet und gewiß viel weniger begrüßt war die verheerende Eruption der Weltevangelisation im 20. Jahrhundert. Seit dem Erlaß des Missionsbefehls sind 788 umfassende Konzepte zur Evangelisierung der Welt in der Kirche bekannt geworden. 540 davon, beinah 70 Prozent, entstanden nach 1900. Allein in den 30 Jahren zwischen 1961 und 1991 stieg der Meßstrich für neue Weltmissionspläne dreimal so hoch wie in den ersten 1500 Jahren der Kirchengeschichte. [227]

Doch was ist bei all diesen neuen Plänen netto herausgekommen? Zum großen Verdruß des Feindes sind die Grenzen der unevangelisierten Welt so kraftvoll zurückgeschoben worden, daß heute 75 Prozent der Weltbevölkerung eine reelle Möglichkeit haben, das Evangelium zu hören.[228] Geographisch gesehen sind das buchstäblich alle Völker außerhalb des 10/40-Fensters bzw. 4½ der sechs bewohnten Kontinente der Welt.[229] Dazu kommt ein wachsender Anteil derer, die *innerhalb* der strategischen Linie des 10/40-Fensters leben.

Kurz gesagt, haben die Kämpfer des Herrn der Heerscharen heute die letzten Bollwerke der Schlange umzingelt: die Nationen und geistlichen Fürstentümer des 10/40-Fensters. Zugegebenermaßen stellt die verbleibende Aufgabe den herausforderndsten Teil der ganzen Schlacht dar, doch sehen sich die Armeen Luzifers gegenwärtig mit einer Gemeinschaft von Gläubigen konfrontiert, deren geistliche Ressourcen – die richtige Motivation, Vorgehensweise und Einheit vorausgesetzt – wahrlich einschüchternd sind.

---

[227] Vgl. David Barrett/James Reapsome (eds.), Seven Hundred Plans to Evangelize the World, Birmingham, AL 1988, S. 8 f.

[228] Vgl. Luis Bush in: Thomas Wang (ed.), Countdown to A.D. 2000, Pasadena, CA 1989, S. 40.

[229] Nord- und Südamerika werden hierbei als eigenständige Kontinente gezählt; *A. d. Ü.*

Wenn man Dr. David Barrett glaubt, verzeichnen gegenwärtig nicht weniger als 260 weltweit operierende Missionswerke Fortschritte in ihrer Arbeit. Sie repräsentieren einen signifikanten Anteil der aktuellen Gesamtstreitmacht von 285.000 – wenn man die römisch-katholischen einbezieht – interkulturell arbeitenden Missionaren, von denen übrigens 38.000 aus Entwicklungsländern stammen.

Über diese beeindruckenden Zahlen hinaus rechnet Barrett mit gut 21.000 interdenominationellen Missionsanstalten, die die Anstrengungen der beinah 4000 kirchlich gebundenen Missionswerke ergänzen. In Zusammenarbeit mit örtlichen Kirchen stehen diese Werke für die Verteilung von fast 1,5 Milliarden Bibeln und Bibelteilen und die Abhaltung von 2500 Großevangelisationen (an etwa 1300 verschiedenen Plätzen) jährlich. Mit Stand 1990 gab es ferner 2160 christliche Rundfunksender, die den Äther mit dem Evangelium anreicherten.[230]

Da Satans globale Kommunikationsnetze diese und andere Informationen aus der Reichsgottesarbeit sammeln und auswerten, müssen ihre vorlaufenden Schadensschätzungen geradezu lähmend sein. Betrachten wir beispielsweise folgende Daten:

WELTMISSIONARISCHER ÜBERBLICK [231]

- An jedem einzelnen Tag hören weltweit ungefähr 364.000 Menschen [232] zum erstenmal das Evangelium. Etwa 70.000 davon entscheiden sich, ihr Leben Christus zu geben.
- Am Ende des 1. Jahrhunderts war das Verhältnis von Ungläubigen zu Christen 360:1. Heute beträgt es 7:1.
- Der weltweite jährliche Nettozuwachs an christlichen Gemeinden beträgt etwa 44.000.
- Im Jahre 100 n. Chr. kamen auf jede einzelne Christengemeinde zwölf unerreichte Volksgruppen. Heute kommt bei weltweit fünf Millionen Gemeinden eine unerreichte Volksgruppe auf 416 Gemeinden.

---

230 David B. Barrett/Todd Johnson, Our Globe and How to Reach It, Birmingham, AL 1990, S. 27.

231 Ebd. S. 25; vgl. A.D. 2000 and Beyond, Bd. 1/5, 1990.

232 Das sind auf ein Jahr hochgerechnet 133 Millionen Menschen – die Gesamtbevölkerung Brasiliens –, die mit dem Evangelium in Berührung kommen.

AUSGEWÄHLTE REGIONALE SITUATIONEN [233]

- In Afrika nimmt die Gemeinde Jesu täglich im Durchschnitt um 20.000 Glieder zu. 1900 waren 3% aller Afrikaner Christen. Heute liegt die Rate bei über 40%.
- In Korea gab es 1900 keine protestantische Kirche. Heute sind 30% aller Koreaner Christen, und allein Seoul hat mehr als 4000 Gemeinden.
- Im islamischen Indonesien ist der christliche Bevölkerungsanteil so hoch, daß die Regierung sich weigert, die entsprechende Statistik zu veröffentlichen. Man schätzt, daß nahezu 25% der Bevölkerung Christen sind.
- Nach 70 Jahren sowjetischer Unterdrückung leben in den ehemals sowjetischen Gebieten heute mehr als 80 Millionen Menschen, die sich als Christen bezeichnen.
- Das Zentrum zur Erforschung der kirchlichen Situation in China rechnet mit gegenwärtig wenigstens 50 Millionen Christen dort (zum Vergleich: 1949 gab es weniger als eine Million).
- Inmitten des nicaraguanischen Bürgerkrieges ist der evangelikale Bevölkerungsanteil im Lande sprunghaft gewachsen: von etwa 7 auf 50%.

Könnte man diese statistischen Daten auf einer Weltkarte eintragen und dabei die zeitliche Entwicklung berücksichtigen, so würde sichtbar, daß die letzten 100 Jahre die geistliche Landschaft der Welt verwandelt haben wie ein Blitzkrieg. Der bis heute erzielte Fortschritt ist in der Tat so überwältigend, daß immer mehr kirchliche und missionarische Leiter ernsthaft von einem Endspurt zum Sieg reden. Viele beten, planen und arbeiten für eine Vollendung des Missionsauftrages bis zum Jahr 2000.

David Barrett nennt dies das *Konvergenzphänomen*; denn: „In den letzten 30 Jahren sind die wesentlichen christlichen Denominationen in puncto Weltmission in verblüffender Weise zusammengerückt." [234]

Viele der Betitelungen, die die neunziger Jahre von den verschiedenen Kirchen verpaßt bekommen haben, untermauern Barretts Beobachtung [235]:

---

[233] Quelle: A.D. 2000 and Beyond (s. Anm.231).

[234] Barrett/Johnson, S. 72.

[235] Ebd. S. 35.

- Weltweites Jahrzehnt der Evangelisation (Römisch-katholische Kirche)
- Jahrzehnt der Ernte (*Assemblies of God*)
- Jahrzehnt der Evangelisation (Weltweite Ev.-methodistische Kirche)
- Jahrzehnt der Entscheidungen (Presbyterianische Kirche)
- Schicksalsjahrzehnt (Gemeinde Gottes)
- Jahrzehnt der kühnen Mission (*Southern Baptist Convention*)
- Jahrzehnt der Weltevangelisation (Kreise der charismatischen Erneuerung)

Infolge der ihnen heute zur Verfügung stehenden präziseren Informationen über die aktuelle weltmissionarische Situation gehen mehr und mehr kirchliche Entscheidungsträger dazu über, ihre Kräfte entlang der Frontlinien des 10/40-Fensters zu bündeln. Selbst traditionelle Missionsfelder wie Schwarzafrika, Lateinamerika und Indien wandeln sich rapide zu wertvollen sendenden Gebieten, deren Anstrengungen sich auf das Herzstück der noch unerreichten Welt richten. Heute gilt, daß die Grenze zurückweicht – und Satan weiß das.

Offene Türen und Fenster der Gelegenheit

Wenn wir uns die Millionen Unerreichter vor Augen stellen, die weiterhin im Bereich des 10/40-Fensters schmachten, ist es wichtig zu sehen, daß das heutige geistliche Schlachtfeld nicht allein mit Örtlichkeiten, sondern mehr und mehr auch mit dem Erkennen strategischer Zeitkorridore zu tun hat. Zusätzlich zu geographischen „Fenstern“, durch die wir Gebiete voller Not sehen, müssen wir auch auf Fenster der Gelegenheit achten.

Was diesen Punkt auf einmal wichtiger erscheinen läßt denn je, ist die Tatsache, daß Gott während der vergangenen Jahre in souveräner Manier Breschen in die Mauern mehrerer bedeutender Festungen des Feindes gelegt hat. Einige davon klaffen so weit und sind derart einladend, daß man christliche Missionare sehen konnte, die sich zwickten, um sicherzugehen, daß sie noch im wirklichen Leben waren. Die offensichtlicheren dieser Schneisen führen nach Osteuropa hinein, doch auch in solch entlegenen Gebieten wie der Äußeren Mongolei, Nepal und der arabischen Halbinsel hat es nicht weniger dramatische Öff-

nungen gegeben – samt und sonders Gegenden mit erwiesenen Widerständen gegen das Evangelium.
Daß sich gerade in der Stunde einer noch nie dagewesenen weltweiten Mobilisierung der Gemeinde Jesu so viele außergewöhnliche Gelegenheiten auftun, ist mit Sicherheit kein bloßer Zufall. Theologisch gesprochen muß man hier den Begriff *Vorsehung* einführen. Nachdem das kritische Gleichgewicht zwischen Evangeliumsangebot und –nachfrage nun endlich stabil zu sein scheint, kann man mit Fug davon ausgehen, daß Gott in der Entscheidungsschlacht um die Befreiung des Planeten Erde die ersten Schüsse abgegeben hat.
An dieser historischen Weggabelung stellen sich der Kirche mindestens drei drängende Fragen:

- Wo genau befinden sich diese *kairos*-gemäßen Breschen?
- Was sind die besten Methoden, diese einzigartigen Gelegenheiten auszukaufen?
- Wie lange werden die Tore geöffnet sein?

Die Fragen 2 und 3 werden wir in späteren Kapiteln ins Auge fassen. An dieser Stelle gilt es zu sehen: Die von Gott gelegten Breschen zeigen sich im Bereich aller drei Hauptfronten des 10/40-Fensters – Asien, Osteuropa / GUS-Länder sowie Nahost / Nordafrika.

ASIEN

Ungeachtet einiger Rückschläge auf dem chinesischen Feld kamen in den Jahren 1989/90 begeisternde Nachrichten aus mehreren anderen feindlichen Bollwerken Asiens. Besonders hervorzuheben sind davon das Hindu-Königreich Nepal, das von Massengräbern *Roter-Khmer*-Opfer durchzogene Kambodscha und die alte Heimat Dschingis Khans, die Mongolei.
Im Königreich Nepal kam es nacheinander zu blutigen politischen Aufständen, der Errichtung einer demokratischen Interimsordnung und dem Entwurf einer neuen Verfassung.[236] Nach 35 Jahren der Unterdrückung konnten die Christen Nepals erstmals im Jahre 1990 frei

[236] Bereits vor den für die Anwendung der neuen Verfassung entscheidenden Parlamentswahlen im April 1991 kam es – ein gutes Zeichen – zur Freilassung aller religiösen Gefangenen und zur Niederschlagung anhängiger religiös motivierter Prozesse.

und ohne Furcht Weihnachten feiern. Die Dachorganisation der nepalesischen Kirchen hielt sogar einen Weihnachtsgottesdienst im Festsaal der Königlichen Akademie Kathmandus ab und lud einen amtierenden Minister als Ehrengast dazu ein. Der Premierminister des Landes, Dr. Krishna Prasad Bhattarai, ließ es sich nicht nehmen, zu diesem Anlaß eine warme Grußbotschaft zu senden.[237]

Nachdem es 1950 in Nepal, soweit bekannt, keine Christen gab, zählen gegenwärtig mehr als 50.000 Gläubige zur christlichen Gemeinde dieses exotischen Gebirgsreiches. Sie versammeln sich in mehreren hundert Hausgemeinden. Allein in den achtziger Jahren ist ihre Zahl um das Zehnfache gewachsen.[238]

15 Jahre nachdem die *Roten Khmer* Pol Pots in Kambodscha wüteten und zwischen 20 und 30 Prozent der sieben Millionen Einwohner des Landes abschlachteten, erkannte die Regierung in Phnom Penh im April 1990 die christliche Kirche als legale Glaubensgemeinschaft an. Den 4000 Gläubigen des Landes ist es nunmehr erlaubt, öffentliche Gottesdienste zu halten. So atemberaubend haben sich die Dinge gewandelt, daß sogar schon evangelistische Großveranstaltungen in staatlichen Gebäuden durchgeführt werden konnten.[239]

Eine dritte Bresche Gottes wurde in die nordasiatische Mongolei geschlagen – lange Zeit als das geistlich notleidendste Gebiet der Erde betrachtet. Nachdem sie im 13. und 14. Jahrhundert einen großen Teil der damals bekannten Welt erobert hatten, verschwanden die geheimnisumwitterten mongolischen Horden in jahrhundertelanger Isolation. Manchen Bemühungen nestorianischer und später britischer sowie skandinavischer Missionare zum Trotz konnte die Mongolei bis zu den achtziger Jahren keinerlei christliche Kirche aufweisen.[240]

---

237 Nach einem Brief des Nepal-Missionars Nicanor Tamang, Dehradun/Indien.

238 Nach Stan Guthrie, Pulse v. 28.12.1990.

239 Nach Briefwechseln mit einem thailändischen Kambodscha-Kenner sowie Radha Manickam, Leiter von *Cambodia Ministries*, Seattle.

240 Man sollte beachten, daß die Mongolei in drei eigenständige geopolitische Einheiten aufgeteilt ist: das nördliche Gebiet, bestehend aus zwei autonomen Republiken der Russischen Föderation, die Zentralregion, die als Äußere Mongolei (unter kommunistischem Regime Mongolische Volksrepublik) souverän ist, sowie die weiten Einöden des Südens (Innere Mongolei), die zur Volksrepublik China gehören. Während die Mission in der Äußeren Mongolei keinerlei nachweisbare Frucht hervorgebracht hat, erwuchsen auf der chinesischen Seite aus der bis in die dreißiger Jahre anhaltenden Arbeit europäischer und amerikanischer Missionare zahlreiche Gemeinden.

Es war eine interessante Fußnote der Geschichte, als sich die Mongolei 1924 zum zweiten kommunistischen Staat der Welt, dem ersten in Asien, erklärte. Nach einem Dreivierteljahrhundert der Bundesgenossenschaft mit der UdSSR konnte es nicht ausbleiben, daß das von Michail Gorbatschow in den mittleren achtziger Jahren initiierte *Glasnost-* und *Perestroika*-Experiment auch auf die mongolische Politik übergriff. Und augenscheinlich haben sich die Mongolen entschieden, ihre Politik konsequent danach auszurichten. Folglich haben sie ihre Xenophobie abgelegt und ihr Land erstmals seit Jahrhunderten der westlichen Welt geöffnet.[241]

Es kommt kaum überraschend, daß sich in diesem uralten Land jetzt deutlich das Handeln Gottes abzeichnet. Allein im August und Dezember 1990 beispielsweise verteilten Einsatzteams jeweils über eine halbe Tonne christlichen Schrifttums in den Straßen der Hauptstadt Ulan Bator. Beide Male waren die Schriften innerhalb einer halben Stunde restlos vergriffen. Gleichzeitig fand in den Räumen des ersten Touristenhotels am Platze ein öffentlicher Anbetungsgottesdienst mit neubekehrten mongolischen Gläubigen statt. Dabei teilten die Leiter dieser gerade flügge werdenden nationalen Kirche – unter ihnen ein junger Touristenführer des staatlichen Reisebüros und ein Mann, dessen Name sinngemäß „Eiserner Held" lautet – ihre eigene Vision mit, den unerreichten Völkerschaften in ihrem Land, darunter 80.000 muslimische Kasachen in den westlichen Provinzen, das Evangelium zu bringen.

Wie alle „Gelegenheitsfenster" werden sich auch diese neuen Zugänge nach Asien eines Tages wieder schließen. Wenn auch niemand weiß, wann das sein wird, ist die Gemeinde Jesu – in Asien und anderswo – gut beraten, zu agieren, als habe sie nur eine beschränkte

---

241 Democracy Gets a Chance, Time v. 13.8.1990. – Im Rahmen neu aufgenommener diplomatischer Beziehungen zu den Vereinigten Staaten unterzeichnete die mongolische Regierung im August 1990 ein Abkommen mit US-Staatssekretär James Baker, nach dem die Mongolei bereit ist, bis zu 15 Angehörige des US-Friedenskorps für ein Jahr aufzunehmen, in der Hauptsache als Englischlehrer. Etwa zur selben Zeit brachte eine entschieden christliche Organisation ein Abkommen unter Dach und Fach, das ihr erlaubt, mehr als 20 Englischlehrer ins Land zu senden. Weitere missionarische Möglichkeiten taten sich durch ein US-Hilfsprogramm auf, das Forschungsstipendien sowie den Austausch von Wirtschaftsfachleuten, Bankern, Juristen, Computertechnikern, Biologen und Landwirtschaftsspezialisten vorsieht.

Zeitspanne zur Verfügung. In der Mongolei geht die Bedrohung von der möglichen Rückkehr der konservativen Hardliner an die Macht aus, in Kambodscha von der Gefahr einer erneuten Machtübernahme der *Roten Khmer* [wie sie zwischenzeitlich tatsächlich eingetreten ist; *A. d. Ü.*]. Selbst in Nepal hält es ein ehemals dort inhaftierter amerikanischer Missionar für nötig, daß die einheimischen Christen „Gas geben". Der *Operation-Mobilisation*-Mitarbeiter Dave McBride gab nach einer Nepal-Reise den Eindruck wieder, die Christen machten überhaupt nur äußerst zögerlich von den Vorteilen des neuen politischen Klimas Gebrauch. Dem Magazin *Pulse* sagte er im Dezember 1990: „Wir sind soeben Zeugen der weitesten Öffnung geworden, die es in der Geschichte Nepals je gegeben hat, doch die Masse der Kirchen hat diese verpaßt." Zwar beeilte er sich hinzuzufügen, das Land sei nach wie vor offen, warnte dann aber wiederum: Wenn die Kirchen nur „herumsitzen und abwarten, was als nächstes passiert, werden sie wahrlich großartige evangelistische Gelegenheiten verpassen".

Osteuropa und die GUS-Länder

Im März 1990 versammelte sich eine Gruppe neuer osteuropäischer Führungspersönlichkeiten an der journalistischen Fakultät einer US-Universität, um darüber zu diskutieren, wohin die demokratische Revolution in den Ländern des Ostblocks führe. Wie zu erwarten war, verlangten die Europäer nach noch mehr freiem Unternehmertum, ausgeweiteten Bürgerrechten und politischer Pluralität. Darüber hinaus aber thematisierten die Redner auch ein noch grundlegenderes Bedürfnis ihrer Gesellschaften: das nach einer neuen Moral. Mit den Worten des rumänischen UNO-Gesandten Dragos Munteanu: „Wenn Sie 45 Jahre in einem moralischen Vakuum gelebt haben, braucht die Gesellschaft als erstes ein moralisches Fundament." [242]

Ganz ähnliches könnte man über die Länder der ehemaligen Sowjetunion sagen. Lassen wir Anatoli Koljada, einen russisch-orthodoxen Priester, zu Wort kommen: „In Rußland greift infolge des Zusammenbruchs des Kommunismus Unsicherheit um sich." Die Leute, die ihren Glauben verloren haben, sagt er, „kommen zurück zu den Kirchen. Sie suchen etwas." [243]

---

[242] East Europe Is Trying to Rediscover, Re-establish Morality, The Seattle Times v. 26.3.1990.

[243] Idea of Going Home to Failing Economy Fills Troops with Fear, ebd., 17.11.1990.

Noch prägnanter tritt die Suche nach Wahrheit und Sinn in der ehemaligen Sowjetunion in folgendem Leserbriefauszug aus einer vielgelesenen russischen Zeitung – verfaßt von einem *Nichtchristen* – zutage:

> Soeben habe ich ein bedeutendes Buch zu Ende gelesen und bin überwältigt von dankbaren und frohen Gefühlen. Und doch bleiben einige bittere Fragen unbeantwortet: Warum erst jetzt? Warum so spät? Mein halbes Leben ist vorbei. Wäre es doch nur zehn Jahre früher geschehen! Erst mit dreißig konnte ich zum erstenmal das Evangelium lesen. Es war reiner Zufall, daß mir das Büchlein in die Hände fiel, und ich griff nach ihm aus schierer literarischer Neugier. Doch was ich las, packte mich, und es stellte sich heraus, daß man den Wert dieses Buches nicht unterschätzen darf. In mir begann Entrüstung zu brodeln: zu denken, daß man mir einen solchen Schatz vorenthalten hatte! Wer hatte entschieden – und mit welchem Recht? –, daß dieses Buch für mich schädlich war? In unserer Zeit der Unruhe und Zerbrochenheit, in der sich Kristallpaläste als Kartenhäuser entpuppen, einst majestätische Könige in Schande dastehen, unter granitenen Bauten brüchige Lehmfundamente zutage treten, weiß ich jetzt, daß es ein Buch gibt, nach dem ich jederzeit greifen kann und das mir noch in der düstersten Stunde Hilfe, Trost und Ermutigung geben wird.

Nur selten in der Geschichte ist der Gemeinde Jesu eine günstigere Gelegenheit eingeräumt gewesen als heutzutage in der früheren UdSSR. Die Menschen sind nicht bloß geistlich dem Hungertod nahe, sondern zwei britischen Umfragen aus dem Jahre 1990 zufolge „genießen religiöse Organisationen in der sowjetischen Öffentlichkeit mehr Vertrauen als irgendwelche sonstigen Institutionen“. Sogar von staatlicher Seite wird Hilfe gewährt. Im September 1990 beschloß der Oberste Sowjet mit 341:2 Stimmen, den jahrzehntelang als Staatsdoktrin behandelten Atheismus über Bord zu werfen und das langjährige Verbot von Sonntagsschulen, privaten Gebetsversammlungen und öffentlicher Evangelisation aufzuheben. Seinerzeit wurde ausdrücklich gesetzlich geregelt, daß die Regierung keines der verschiedenen religiösen Bekenntnisse im Bereich der Union „in akademischer, finanzieller oder propagandistischer Hinsicht“ beschneiden dürfe.[244]

Der noch nie dagewesene geistliche Hunger hat im Verein mit der neugewährten Freiheit nicht weniger als einen religiösen Erdrutsch ausgelöst. Ein erschöpfter Priester, der regelmäßig einen Ansturm von bis zu hundert Taufaspiranten auf einmal zu verkraften hatte, murrte: „Ich fühle mich hinterher wie eine ausgepreßte Zitrone.“[245] Auch Sonntagsschulen platzen aus allen Nähten. Nach dem Besuch einer solchen, die in Moskau neu eingerichtet war, schrieb ein völlig perplexer Reporter der *Komsomolskaja Prawda*: „Eine unzählbare Schar von Kindern war in dem Raum zusammengepfercht.“ Ein anderer Journalist besuchte die Katechumene einer Gemeinde im litauischen Wilna und bemerkte, daß diese zehnmal mehr Kinder und Erwachsene anzog, als man erwartet hatte.

Die Kirche muß nicht nur mit dem Massenandrang fertigwerden, sondern steht auch vor der Herausforderung, ihren vormaligen Unterdrückern die Hand zu reichen – vor allem den Angehörigen der Geheimpolizei, den Propagandisten des Atheismus und den Lehrern des Marxismus. Hier und da hört man von kirchlicher Seite, daß aus diesen Kreisen erste Hilferufe kommen. „Sie haben“, schreibt der ostdeutsche lutherische Bischof Günther Krusche, „keinerlei Zukunftsperspektive mehr. Sie hofften nicht auf den Himmel, sondern auf eine bessere Zukunft der Gesellschaft, und diese Hoffnung ist jetzt verloren.“[246]

Beim Besuch einer internationalen Humanisten-Delegation im Moskauer Institut für Wissenschaftlichen Atheismus im Juli 1989 stellte der agnostische Philosophieprofessor Paul Kurtz einem Institutsmitglied die Frage, wie viele wirklich überzeugte Atheisten es in der UdSSR gebe. Die Antwort war ein nervöses Lachen, gefolgt von dem Satz: „Nur 1000, und die meisten davon gehören zum Institut für Wissenschaftlichen Atheismus.“ [247]

Für die Mehrheit der übrigen denkenden Ex-Sowjetmenschen, die sich plötzlich von dem Gefühl beherrscht sehen, intellektuelle Waisenkin-

---

244 Soviet Legislators OK Home Prayer and Sunday Schools, Los Angeles Times v. 27.9.1990.

245 The Daily Telegraph v. 21.11.1989.

246 The People Involved in East Germany's Revolution, The Seattle Times v. 11.11.1990.

247 Paul Kurtz, Free Inquiry, 1989.– Eine andere Besucherin der untergehenden Sowjetunion, die Erzatheistin Madalyn Murray O'Hair, fand diese Tatsache gar nicht lustig. Zur Moskauer Buchmesse 1989 hatte sie einen Stand gemietet, um ihre atheistische Propaganda feilzuhalten, doch nach dem Bericht eines *Pulse*-Reporters saß

der zu sein, ist Hilfe unterwegs. Der vormals inhaftierte orthodoxe Laienaktivist Alexander Ogorodnikow hat die behördliche Genehmigung erhalten, in Moskau eine „Freie Universität der christlichen Demokratie" zu eröffnen. Diese wird öffentliche Ausbildungsgänge anbieten, in denen Persönlichkeiten sowohl aus der Ex-Sowjetunion als auch aus dem Westen lehren werden.[248]

Darüber hinaus hat das Internationale Institut für Christliche Studien (IICS) mit den staatlichen Universitäten von Moskau und Nowosibirsk vertraglich vereinbart, christliche Professoren zu entsenden, die nicht nur gastweise, sondern ständig lehren werden. An der Moskauer Universität, die stolz darauf verweist, daß Michail Gorbatschow einer ihrer Absolventen ist, und die als angesehenste Hochschule in der früheren UdSSR gilt, werden IICS-Professoren an den Fachbereichen Philosophie sowie Religion und Freidenkertum (der ehemaligen Atheismus-Fakultät) unterrichten. In Nowosibirsk – wo bereits anläßlich der Vorträge eines britischen Mathematikers über die Übereinstimmung zwischen wissenschaftlichem Weltbild und biblischem Offenbarungsgut die Hörsäle gerammelt voll waren – ist dem IICS zugesagt, einen Lehrstuhl für Christliche Studien einrichten zu dürfen, der innerhalb des neu konzipierten Fachbereichs für Säkulare und Theologische Philosophie angesiedelt sein wird.[249]

Ein weiterer dramatischer Schritt wurde im Oktober 1990 getan, als sich mehr als 1000 sowjetische Pastoren, Evangelisten und nebenamtliche kirchliche Leiter in Moskau trafen, um einen bereits historischen viertägigen Evangelisationskongreß abzuhalten. In geistlicher Ein-

---

O'Hair „auffallend allein" da, düsteren Antlitzes angesichts einer langen Schlange von Moskauern, die nach von einer amerikanischen Verleger-Organisation gratis verteilten Neuen Testamenten anstanden. Bei ihrer Rückkehr in die Vereinigten Staaten erklärte O'Hair: „Ich bin total verblüfft darüber, daß sich in der UdSSR niemand für den Atheismus interessiert."

248 Nach Stan Guthrie, Pulse v. 26.10.1990.

249 Auch die Prager Karlsuniversität ist an IICS mit dem Anliegen herangetreten, man möge beim Aufbau eines neuen Fachbereichs für Christliche Studien praktische Mithilfe leisten. – Für das Gebiet der ehemaligen Sowjetunion sind noch eine Reihe weiterer Kooperationen christlicher Akademikerverbände und Hochschulen aus den USA mit einheimischen Universitäten bekannt geworden. In einem Radiobericht Ende 1989 hieß es sogar, die Studierenden an der Jounalistischen Fakultät der Moskauer Universität hätten jetzt das Studium der Bibel auf ihrem regulären Lehrplan stehen.

tracht mit den einheimischen Brüdern nahmen 152 internationale christliche Leiter an dem Kongreß teil. Sie stammten aus 20 Nationen und vertraten 58 Missionsgesellschaften. Es wurden 97 verschiedene Praxisseminare angeboten, die eine Vielfalt strategieorientierter Themen – von pastoraler Leiterschaft bis zur Evangelisation an Intellektuellen – zum Thema hatten.[250]

Gemeinsam mit ihren neuen ausländischen Helfern schicken sich die ex-sowjetischen Christen an, eine verwirrende Vielfalt von missionarischen und pastoralen Herausforderungen zu meistern. Es beginnt mit Aufgaben im sozialen Sektor: So helfen Freiwillige einer Moskauer Baptistengemeinde in einem riesigen psychiatrischen Krankenhaus mit[251], Christen in St. Petersburg betreuen Selbstmordgefährdete in den unüberschaubaren Plattenbausiedlungen der Metropole, andere dienen in Gefängnissen, Vorschulen, Waisenhäusern und Altersheimen. Im kaukasischen Krasnodar haben Gläubige eine andere, jedoch nicht weniger kreative Art gefunden, ihren Mitmenschen zu dienen: Sie haben in den Hauptstraßen des Stadtzentrums evangelistische Leihbüchereien eröffnet. Diese bestehen meist aus nicht viel mehr als einem Klapptisch mit einer Auswahl christlicher Literatur, bieten aber interessierten Passanten die Möglichkeit, sich Lesestoff für eine ganze Woche auszusuchen. Die Arbeit hat nicht nur öffentliche Aufmerksamkeit gefunden, sondern auch bereits zu echten Bekehrungen – meist infolge von „Leser-Partnerschaften", die Mitarbeiter Interessierten anboten – geführt.[252]

Unverzüglich haben Gemeinden und Missionsgesellschaften in der GUS auch damit begonnen, unter den Völkern in den entlegenen Gebieten der Ex-UdSSR Pionierarbeiten aufzubauen. Eine ukrainische Gruppe namens *Licht des Evangeliums*, erst 1989 gegründet, hat bereits fünf voll finanzierte Profi-Missionare ausgesandt – drei davon als Pionierevangelisten in das Gebiet von Jakutsk in Innersibirien. Andere Teams haben solch exotische Regionen wie die Schwarzmeerküste,

---

250 Nach Kathy Giske, Strategic Times Journal 4/4, 1990.

251 Kent Hill, The Puzzle of the Soviet Church, Portland, OR 1989, S. 282 f.– Nach Hill hat dieser Liebesdienst öffentliche Würdigung durch den Chefarzt der Klinik, Dr. Walentin Kosyrew, sowie die überregionale Presse erfahren.

252 George Otis, Jr., The Soviet Union in Transition, Strategic Times Journal 4/1, 1990.

das Tienshan-Gebirge an der chinesischen Grenze oder die Pazifikinsel Sachalin aufgesucht.[253]
Der wohl am rigorosesten unterjochte osteuropäische Vorposten des Feindes außerhalb der ehemaligen Sowjetunion selber war in den vergangenen Jahrzehnten das kleine Albanien. Diese kleine Nation glich einer brüllenden Maus, als sie 1967 hochdramatisch erklärte, sie werde künftig die Rolle des ersten atheistischen Staates der Welt ausfüllen. Länger als 20 Jahre hielt Albanien diese seine Entscheidung eisern durch. Ohne mit der Wimper zu zucken, ließ es das albanische Regime sogar wegen angeblicher ideologischer Abweichungen zum Bruch mit seinen sowjetischen und chinesischen Spießgesellen kommen. Doch die Verrücktheit hatte Methode, was die Machthaber unter Beweis stellten, indem sie ihre Isolation nutzten, um von ihrer brutalen, systematischen Auslöschungspolitik gegenüber allen religiösen Institutionen im Land nichts nach außen dringen zu lassen.
Im November 1990 jedoch zeitigten jahrelange Fürbittegebete auf bemerkenswerte Weise Frucht: In einer historischen Rede rief der albanische Präsident Ramiz Alia nach einer umfassenden Verfassungsreform und kündigte insonderheit die Aufhebung des berüchtigten Religionsverbots von 1967 an. Drei Monate später waren in der Hauptstadt Tirana die Massen auf der Straße und brachten nicht nur die monströse Statue des früheren kommunistischen Staatschefs Enver Hodscha ins Wanken, sondern durchkreuzten auch die Karrieren diverser orthodox-kommunistischer Politiker.
In noch aufrüttelnderer Weise zeigte sich aber die in Albanien anbrechende Erneuerung im März 1991, als das nationale Fernsehen in endlosen Live-Übertragungen den albanischen KP-Vorsitzenden Arm in Arm mit Mutter Teresa zeigte. Wie sich zeigte, fand das Treffen aus Anlaß der vorgesehenen Akkreditierung des ersten religiösen Hilfswerkes auf albanischem Boden seit dem kommunistischen Kahlschlag von 1967 statt.
Nicht anders als in Asien besteht die Gefahr für das osteuropäische Feld heute darin, daß die dramatischen geistlichen und politischen Wandlungen rückgängig gemacht werden könnten. Über naheliegende Besorgnisse hinsichtlich einer möglichen gewaltsamen politischen Reaktion hinaus – gerade im russischen Raum wie in Albanien

---

[253] Ebd.

hat man in Zeiten akuter Instabilität immer gern nach einer starken Hand gerufen – sind bürgerkriegsartige ethnische Auseinandersetzungen wie auch die Vergiftung der Moral durch das Eindringen des westlichen Materialismus ernsthaft zu befürchten.[254]

Der Nahe Osten und Nordafrika

Zwar sorgten die ungeahnten missionarischen Chancen in Osteuropa und der auseinanderbrechenden Sowjetunion während der ausgehenden achtziger und beginnenden neunziger Jahre für das nachhaltigste Rauschen im christlichen Blätterwald, doch der Golfkrieg lenkte einen Teil der Aufmerksamkeit auf ein anderes Gebiet. Und das mit Recht, denn kein anderes Ereignis in jüngerer Zeit, nicht einmal der israelische Sieg über die Araber 1967, hat dem ägyptischen Journalisten Mohammed Sid Ahmed zufolge den Nahen Osten „so tief erschüttert wie diese Krise". [255]

Irakische Bürger, traumatisiert durch den Golfkrieg und ihren Entschluß zum unerbittlichen Kampf, erfahren den Dienst christlicher humanitärer und Wiederaufbauhelfer aus dem Nahen Osten und anderen Ländern. Es wird berichtet, daß viele Iraker dem Evangelium mit einer nie gekannten Offenheit begegnen. Erfüllt sich hier die alte Prophetie Jeremias?

> *Babels Helden haben aufgehört zu kämpfen, sie sitzen in den Bergfestungen. Versiegt ist ihre Kraft, sie sind zu Weibern geworden. Man hat ihre Wohnungen angezündet, ihre Riegel sind zerbrochen. Ein Läufer läuft dem anderen entgegen und der Bote dem Boten, um dem König von Babel die Botschaft zu bringen, daß seine Stadt von allen*

---

254 Dem Theologen Harvey Cox verdanken wir einen erschreckenden Bericht über eine junge, gläubige orthodoxe Christin namens Ana. „Sie erzählte mir", so Cox, „daß sie vor ein paar Wochen hundert Rubel für eine Eintrittskarte zum Rockkonzert der britischen Band *Pink Floyd* ausgegeben hatte. Das überraschte mich, denn als ich sie das letztemal sah, hatte sie mir erzählt, wie sehr sie sowohl Rockmusik als auch die kultische Besessenheit, mit der viele ihrer jungen Freunde an derselben hingen, verabscheue. Doch jetzt zuckte sie die Schultern, »Sonst gibt es nichts, wofür man seine Rubel ausgeben könnte«, sagte sie." Harvey Cox, The Cross and the Kremlin II, World Monitor Dez. 1989.

255 Nach Michael Ross, Turmoil in Region Just Beginning, Say Many Analysts, Los Angeles Times; zit. n. The Seattle Times v. 14.9.1990.

Seiten her eingenommen ist. Und die Übergänge sind besetzt, und die Festungen hat man mit Feuer ausgebrannt, und die Kriegsleute sind vor Schrecken erstarrt. – Denn so spricht der HERR der Heerscharen, der Gott Israels: Die Tochter Babel ist wie eine Tenne zur Zeit, da man sie stampft. Noch kurze Zeit, dann kommt die Zeit der Ernte für sie.

Jeremia 51,30-33 (REÜ)

Im befreiten Kuwait haben der enorme Wiederaufbaubedarf [256] und die dem Westen gegenüber empfundene Dankbarkeit der Gemeinde Jesu einen ersten gesicherten Standort auf der scharf überwachten Arabischen Halbinsel verschafft. Mit einer eigenen Bevölkerung von unter einer Million – eine Zahl, von der die Kriegsopfer und -verschleppten noch nicht einmal abgezogen sind und die massenhaft Kriegsverwundete beinhaltet – bleibt dem Emirat im Blick auf die Zukunft nichts anderes übrig, als viele ausländische Staatsbürger ins Land zu holen. Selbst wenn christliche Arbeitskräfte aus den USA, Kanada, Europa, Indien, Ägypten oder von den Philippinen nur fünf Prozent der wachsenden Schar ausländischer Arbeitnehmer ausmachen, würden damit über 60.000 Christen – abgesehen von denen in Saudi-Arabien und anderen Golf-Anrainerstaaten – ihren Aufenthalt im Herzen des islamischen Kernlandes nehmen.

In einer Zeit, wo Menschen aus dem Westen und speziell Amerikaner von den Kuwaitis als Befreier willkommen geheißen werden, ist eine Gelegenheit wie nie zuvor gegeben, Jesu Liebe in Wort und Tat mitzuteilen. Nachdem sie einen wüsten Angriff muslimischer „Brüder" auf ihr Land durchgemacht haben, denken viele Kuwaitis insgeheim über ihre islamischen Wurzeln und Werte nach. Der junge Ali Salaam, der während der Schlußphase der irakischen Okkupation in einem Radiointerview zu Wort kam, dürfte nur einer von vielen sein, deren geistliche Grundmauern ins Wanken geraten sind: „Nach fünfeinhalb Monaten beten wir nicht mehr. Gebet hilft nicht."

Zweifelsohne stehen Kuwait und der Irak auch weiterhin im Mittelpunkt der Erlösungsanstrengungen, die Gott in dieser Region unter-

---

[256] Der New Yorker Versicherungsfachmann David Snow schätzt den kuwaitischen Wiederaufbau nach dem Krieg als „eines der gewaltigsten Bauvorhaben aller Zeiten" ein.

nimmt. Doch mit Recht weist der *Los-Angeles-Times*-Reporter Kim Murphy darauf hin, daß „eine wachsende Anzahl von Saudis zu der Überzeugung kommt, daß lange nach dem Abzug der Amerikaner, der Einmottung der Waffen und dem Abschluß der kuwaitischen Angelegenheit" ihr eigenes Land „als eine merklich veränderte Stätte" aus der Krise hervorgehen werde. Weiterhin betont Murphy, daß „eine Anzahl reformorientierter saudischer Geschäftsleute, Regierungsbeamter und Akademiker die Kuwait-Invasion dazu nutzt, die Tore des abgeschotteten Königreiches auf Dauer gen Westen zu öffnen. »Natürlich wird es Veränderungen geben«, so ein junger Beamter des Außenministeriums. »Wir befinden uns in einer Krise, und Krisen brüten Gelegenheiten aus.«" [257]

Kairos, die Muslime und das Übernatürliche

Eine weitere Entwicklung, die zweifellos die roten Alarmlampen in Satans Hauptquartier hat aufleuchten lassen, hängt mit der bemerkenswerten Zunahme übernatürlicher Kraftwirkungen unter Muslimen zusammen, die in jüngerer Zeit zu verzeichnen ist. Nach ersten einschlägigen Beobachtungen Anfang der achtziger Jahre stimmen die Berichte vieler Kenner der Szene darin überein, daß es um 1987 zu einem deutlichen Anstieg sowohl der Häufigkeit als auch der Intensität solcher Geschehnisse kam. Zeugnisse von bekehrten Ex-Muslimen wie von Missionaren in der islamischen Welt deuten auf dreierlei Kategorien von Erfahrungen hin: Träume und Nachtgesichte, Wunderheilungen sowie besondere Befreiungen (in physischer wie geistlicher Hinsicht).[258]

---

[257] Vgl. Kim Murphy, U.S. Presence Brings Glasnost to Soviet Society, Los Angeles Times; zit. n. The Seattle Times v. 6.9.1990.

[258] Es läßt sich nachweisen, daß Gott jahrhundertelang übernatürlich unter Muslimen gewirkt hat. In unserem Zusammenhang geht es lediglich darum, daß dieses göttliche Handeln in den letzten Jahren auffällig zugenommen hat.
Eine faszinierende Überlieferung aus der Vergangenheit geht auf die Schriften Marco Polos zurück und betrifft ein Wundergeschehen, von dem man annimmt, daß es sich zur Zeit der Herrschaft des letzten Abbasidenkalifen, Musta'sim, zutrug. Marco Polo erzählt, daß die täglichen Gedanken Musta'sims, seit er an die Macht kam, darum kreisten, „mit welchen Mitteln er alle, die in seinen Landen ansässig waren, zu seiner

Diese Phänomene sind derart herrlich, daß etliche christliche Missionsanstalten und -mitarbeiter Zeit dafür investieren, ihre Lehrpositionen hinsichtlich göttlicher Heilung und Dämonie zu überdenken. Nachdem sie viele Male mit der Nase auf die Realität gestoßen sind, sind es viele dieser Mitarbeiter müde, irgendwelche ausweichenden Erklärungen an den Haaren herbeizuziehen, und haben sich stattdessen entschieden, den Herrn um vermehrte Kraft in ihrem Dienst zu bitten. Wie man hört, scheint Gott diesen Wünschen entgegenzukommen.

Religion bekehren oder welche Vorwände er im Falle ihrer Weigerung finden könne, sie dem Tode zu überliefern". Ganz besonders verabscheute der Kalif die Christen in seinem Reich, zumeist Nestorianer und Jakobiten. Folglich ließ er sich, beraten von seinen Weisen, etwas einfallen, was er für eine perfekte Christenfalle hielt.
Musta'sim befahl den Christen Bagdads, vor ihm zu erscheinen, und empfing sie mit dem Text aus Matthäus 17,20: „Wenn ihr Glauben habt wie ein Senfkorn, so könnt ihr sagen zu diesem Berge: Hebe dich von hinnen dorthin!, so wird er sich heben…". Nachdem er den Vers aufgesagt hatte, sprach er: „Wenn das wahr ist, wollen wir sehen, wer von euch den Beweis seines Glaubens antreten kann; denn es ist gewiß: Sollte unter euch nicht einer zu finden sein, der auch nur ein so kleines Maß an Glauben an seinen Herrn besitzt, wie es ein Senfkorn ausmacht, bin ich gerechtfertigt, wenn ich euch fürderhin als ein verworfenes, widersetzliches und ungläubiges Volk betrachten werde." Womit der Kalif den Christen zehn Tage einräumte, um zu bedenken, ob sie den ihnen angewiesenen Berg bewegen, zum Islam konvertieren oder „des allergrausamsten Todes" sterben wollten.
Nach kurzer Beratung unterzogen sich die Christen einer Zeit unaufhörlichen Betens und Fastens, in der sie den Herrn bestürmten, den Fluch von ihnen abzuwenden. Am achten Tag träumte einem gottesfürchtigen Bischof, wie Gott ihn anwies, nach einem bestimmten Schuhmacher zu suchen, der sie im Gebet um die Versetzung des Berges leiten werde. Nachdem er den demütigen Mann, der sich einer solchen Aufgabe unwürdig erachtete, zur Zustimmung genötigt hatte, entspannte er sich und lobte Gott für Seine Gnade und Hilfe.
Als der bezeichnete Tag endlich anbrach, marschierten die Christen in einer feierlichen Prozession zu dem Berge. Das Ganze als vergebliches Spektakel betrachtend, standen der Kalif und seine Wachen dabei, um wie Aasgeier auf ihre bereits todgeweihte Beute hinabzustoßen. An der Spitze des Zuges kniete der Schuhmacher sich nieder, hob die Hände gen Himmel und pries Gott. Am Ende seines Gebets schrie er plötzlich laut auf: „Im Namen des Vaters, des Sohnes und des Heiligen Geistes befehle ich dir, o Berg, dich fortzuheben!". Dieser gehorchte aufs Wort; denn, wie Marco Polo erzählt: „Zur selben Zeit erzitterte die Erde – es war wunderbar und beängstigend zugleich."
Es überrascht nicht, daß dem Vernehmen nach an jenem Tag viele Zuschauer gläubig wurden, darunter, wiewohl nur insgeheim, der Kalif höchstselbst. Von dem Tage an,

Raummangel und gebotene Vorsicht stehen dem Wunsch entgegen, hier eine ganze Reihe von Schlaglichtern aus Gottes derzeitigem Marsch quer durch die islamische Welt aufscheinen zu lassen – einer übernatürlichen Reise, die viele Gläubige als eine weitere gebetsgestützte *kairos*-Antwort sehen. Dennoch füge ich ein paar Geschichten an, die wertvolle Aufschlüsse über Gottes Kraft, Seinen Charakter und Seine Art geben.

Göttliche Heimsuchungen in Algerien

In den frühen achtziger Jahren trug sich in einem nordafrikanischen Dorf gute 200 Kilometer östlich Algiers ein wahrlich bemerkenswertes Ereignis zu. Laut Zeugnissen geschah es eines unvergeßlichen Abends im Jahre 1983, daß Gott – ohne Vorankündigung oder unmittelbar ersichtlichen Grund – in Seiner Souveränität mit gnädiger Freigebigkeit über diesen Küstenflecken kam. Er ging von Haus zu Haus und teilte sich durch zusammenwirkende Träume, Visionen und Engelerscheinungen mit. Er ruhte nicht, solange nicht jedes Mitglied dieser muslimischen Gemeinde Seinen eingeborenen Sohn Jesus gebührend vor Augen gestellt bekommen hatte (vgl. Offb. 14,6). Wie nicht anders zu erwarten, hatte bei Tagesanbruch so gut wie jeder Dorfbewohner eine Geschichte zu erzählen.

Unter Verweilen des Heiligen Geistes gelang es diesen einfachen Leuten, das ganze Bild dessen, was ihnen widerfahren war, in seiner Großartigkeit zusammenzufügen. Da kam ein Empfinden geistlicher Ehrfurcht über das ganze Dorf. In den darauffolgenden Wochen zogen sie ihre Schlußfolgerungen, und am Ende stand eine aufsehenerregende Kollektivbekehrung von 400-450 muslimischen Dörflern – was ein fast 18faches Wachstum der algerischen Christenheit ausmachte!

Als verwunderte Missionare, die in keiner Weise in das außergewöhnliche Geschehen verwickelt gewesen waren, Nachforschungen anzustellen begannen, um den Ursachen für diese souveräne Heimsuchung auf die Spur zu kommen, stießen sie auf ein verblüffendes Faktum. Genau an diesem Ort war im Juni 1315 der spanische Missionar Raimund Lull, der von Mallorca herübergekommen war, von fanatischen Mus-

---

so wurde erzählt, habe Musta'sim unter seinen Gewändern verborgen ein Kreuz getragen. Als man es bei seinem Tode entdeckte, lieferte dies, wie man gemeint hat, den Grund, ihn nicht an der Grabstätte seiner Vorfahren zu bestatten. – Nach W. Marsden (ed.), The Travels of Marco Polo, 1908; Nd. New York 1987, S. 44-47.

limen zu Tode gesteinigt worden, nachdem er öffentlich auf dem Markt gepredigt hatte. [259]

Das Blut von Märtyrern, ist oft gesagt worden, stellt den Samen der Kirche dar. Das glaubte gewiß auch Lull, der vielfach als erster Missionar unter den Muslimen gesehen wird. In seinem Buch *Arbor philosophiae amoris* („Baum der Philosophie der Liebe") schrieb er, am besten nehme man islamische Bollwerke „durch Liebe und Gebete wie durch das Vergießen von Tränen und Blut" [260] ein. Rückblickend betrachtet, scheint es präzise diese Formel zu sein, die die jüngsten übernatürlichen Ereignisse in Algerien heraufbeschworen hat. Wie ein Same fiel das hingegebene Leben Raimund Lull an jenem Sommertag im 14. Jahrhundert auf den Boden, ein Same, der hernach durch die Tränen von Generationen glaubensvoller Beter bewässert wurde. Treu an ihrer Sache festhaltend, warteten diese Heiligen geduldig, bis irgendwann im späten 20. Jahrhundert die goldenen Schalen im Himmel überliefen und Gott freigesetzt wurde, die Ernte zur rechten Zeit einzufahren. [261]

Noch erhebender wird diese begeisternde Geschichte durch den Umstand, daß sie anscheinend in anderen Teilen Algeriens eine Erweckung ausgelöst hat, die den Berichten der Apostelgeschichte nicht nachsteht und bis heute andauert. Im Sommer 1990 wurde mir das große Vorrecht zuteil, einige Dutzend ehemalige Muslime zu treffen, die in den vorangehenden 18 Monaten zum Glauben an Christus gelangt waren. So gut wie alle berichteten von übernatürlichen Einwirkungen der einen oder anderen Art. Wie Pilze schießen Gemeinden auf, vor allem unter den Kabylen, einem Berbervolk in der Atlasregion. Ein arabischsprachiger Bibellehrer und Evangelist, der vor einiger Zeit diese Gegend bereiste, erzählte von nicht weniger als einigen tausend neuen Gläubigen, die sich in Privathäusern und auf Berggipfeln zu Bibelstudien und Marathon-Gebetsgemeinschaften versammelten.

---

[259] Vgl. Ruth Tucker, Bis an die Enden der Erde, Metzingen 1996, S. 45-51.

[260] Tucker, S. 46; zit. n. Samuel Zwemer, Raymund Lull: First Missionary to the Moslems, 1902, S. 52 f.

[261] Vgl. den Abschnitt „Die Rolle des Gebets", Kap. 10.

Errettung und Gemeindewachstum in Afghanistan

Ähnliche Vorgänge waren in den vergangenen Jahren im kriegsgeschüttelten Afghanistan zu verzeichnen. Wie die algerische Geschichte beginnt auch diese mit Gebeten und der Treue von Pionierevangelisten. Nachdem Dr. J. Christy Wilson und Ehefrau 1951 als Zeltmacher-Missionare[262] in das Land „hineingebetet" worden waren, arbeiteten sie unter sehbehinderten Afghanen, bis die wachsende Anzahl bekehrter Ex-Muslime an ihrer Augenklinik die Regierung im März 1973 veranlaßte, sie auszuweisen. Gebrochenen Herzens taten die Wilsons das einzige, woran sie zu denken vermochten: Sie beteten für ihre Freunde, die sie gezwungenermaßen im Stich gelassen hatten. Im Rückblick auf diese Tage schreibt Dr. Wilson: „Gott gab uns im Blick auf sie [die Blinden] eine wundervolle Verheißung aus Jesaja 42,16: »Aber die Blinden will ich auf dem Wege leiten, den sie nicht wissen; ich will sie führen auf den Steigen, die sie nicht kennen. Ich will die Finsternis vor ihnen her zum Licht machen und das Höckerige zur Ebene. Das alles will ich tun und nicht davon lassen.«" [263]

17 Jahre später bewahrheitete sich diese Verheißung auf dramatische Weise: Ein Leiter der Kirche Afghanistans, ein Blinder, wurde von fanatischen islamischen Untergrundkämpfern tief in ein von Guerillas kontrolliertes Gebiet verschleppt, wo man ihn in einen Keller warf und mittels Elektroschocks viehisch folterte. Inmitten einer Debatte seiner Peiniger über die Frage, auf welche Weise sie ihn umbringen sollten, explodierte etwas nahebei, und die Folterknechte hasteten ins Freie, um zu sehen, was geschehen war. Während dieser Augenblicke konnte der Pastor fliehen und machte sich auf den Rückweg nach Kabul, wo er nach einer unvorstellbaren Reise auch ankam. Tage später, nachdem er viele Kilometer durch unwirtliches Gelände gewandert war und etliche Kontrollposten der Rebellen passiert hatte, kehrte er wie die Apo-

---

[262] Ein Zeltmacher-Missionar ist jemand, der seine beruflichen Fähigkeiten einsetzt, um aktiv oder unterstützend Dienst in einer fremden Kultur zu tun. Der Ausdruck geht auf Apg. 18,3 zurück, wo erwähnt wird, daß der Apostel Paulus von Beruf Zeltmacher war. Dr. Wilson wird in weiten Kreisen als der Vater der modernen Zeltmacher-Bewegung gesehen, die heute Hunderte von zweiberufigen Missionaren überall auf der Welt umfaßt.

[263] J. Christy Wilson, The Experience of Praying for Muslims, in: J. Dudley Woodberry (ed.), Muslims and Christians on the Emmaus Road: Crucial Issues in Witness Among Muslims, Monrovia, CA 1989, S. 329 f.

stel im Bericht des Lukas auf den Marktplatz zurück. Er nahm seinen Zeugendienst für Christus wieder auf, und seit damals hat dieser unvergleichliche blinde Mann vielen afghanischen Muslimen geholfen, zum erstenmal zu sehen.

Wunder und Erlösung unter Türken

Während seines gegenwärtigen Beutezugs durch die Heimat des Islam hat Gott wiederholt seine Visitenkarte unter Mitgliedern der riesengroßen Völkergruppe der Türken abgegeben.[264] Mindestens 35 Prozent aller neubekehrten Türken erzählen von geistlichen Träumen und Visionen, in denen ihnen Jesus als der Sohn Gottes erschien. Von einigen Usbeken und Kirgisen in Zentralasien kommen darüber hinaus Berichte über körperliche Heilungen, während Missionare unter der türkischen Minderheit Bulgariens ganz außergewöhnliche Zeugnisse von Totenauferweckungen mitteilen.

Sogar unter türkischen Gastarbeitern in Deutschland ist die Kraft Gottes mächtig wirksam geworden. Shengul, eine Türkin, lag 1988 in einem Berliner Krankenhaus, gelähmt von den Hüften abwärts. Beim Sprung aus einem Fenster im zweiten Stock auf der Flucht vor den Messerstichen ihres alkoholisierten Ehemannes hatte sie sich schwer verletzt. Ihr Leben hatte nicht mehr viel Sinn, doch da erschien ihr eines Nachts im Traum Jesus. „Wer bist du?“ fragte sie zuerst. „Ich bin der Jesus, der die Kraft hat, dich zu heilen“, entgegnete Er, und im selben Moment streckte Er die Hand aus und berührte sie. Bevor Er sich umwandte und ging, stellte er etwas auf ihren Nachttisch. Als sie am nächsten Morgen erwachte, fragte sich Shengul, ob das, was sie erlebt hatte, Wirklichkeit war oder nur ein lebhafter Traum aufgrund der Medikamente, die sie einnehmen mußte. Um der Sache auf den Grund zu gehen, entschloß sie sich, die Beine aus dem Bett zu schwingen und zu laufen. Als sie den halben Krankenhausflur hinter sich gebracht hatte, bevor erschrockene Schwestern sie ins Bett zurückzerrten und den Arzt riefen, war sie trunken vor Freude. Als ihr Arzt, ein gläubiger Christ, seine Untersuchung beendet hatte, erklärte er sie für völlig geheilt. Plötzlich fiel ihr ein, daß der Herr Jesus in ihrem Traum etwas auf dem Nachttisch zurückgelassen hatte, und als sie sich danach um-

---

[264] Mit einem Siedlungsgebiet, das von China bis nach Europa reicht, bilden die Turkvölker einen der größten Bestandteile des islamischen Imperiums.

drehte, fand sie eine türkische Bibel vor (die der Arzt auf Geheiß des Herrn dort hingelegt hatte, während sie schlief). Das Buch leuchtete wie ein golden schimmerndes Juwel. In den folgenden Monaten wurde Shengul zu einer strahlenden Zeugin der Kraft des lebendigen Christus.

Ein internationales Kaleidoskop

Der Volksislam-Fachmann Bill Musk berichtet von Gulshan Esther, einer früheren Muslimin aus Pakistan, der sich Jesus wie auch Shengul in einer Vision näherte, in der er ihre verkrüppelten Gliedmaßen und ihre Seele heilte. Auch Gulshan wurde nach ihrer Heilung auf das Wort Gottes verwiesen. Nur lag es bei ihr nicht auf dem Nachttisch, sondern in einer Vision sah sie einen Mann zehn Meilen nördlich, der ihr ein Exemplar der Heiligen Schrift geben würde. Es versteht sich von selbst, daß sie ihn fand.[265]

Weitere Geschichten, von denen man einige noch nicht publizieren kann, dringen aus so entlegenen Gebieten wie Zentralasien, den Komoren und Tunesien zu uns, und sie alle untermauern die Beobachtung, daß Gott in einer neuen, sehr eindringlichen Weise unter wahrheitssuchenden Muslimen am Wirken ist. Die Empfänger dieser wunderbaren Gnade gehören wie in biblischen Tagen allen nur denkbaren Gesellschaftsschichten an, vom elendesten Obdachlosen bis zum abgehobenen Führer. Grenzen von Menschenhand nicht achtend, strömt diese Gnade in die düsteren Abgründe des Irak, Saudi-Arabiens und vor allem der Islamischen Republik Iran – wo, einem eindrucksvollen Tribut an den Löwen von Juda gleich, seit 1980 mehr Muslime Christen geworden sind, als man es aus den vorangegangenen tausend Jahren weiß.[266]

---

[265] Bill Musk, Dreams and the Ordinary Muslim, Missiology 16/2, 1988; vgl. auch Gulshan Esther, Der Schleier zerriß, Hamburg 1985.

[266] Ein Missionar traf einen Iraner, der in einem angrenzenden Land an einer Bibelübersetzung arbeitete. Dieser versicherte ihm: „Khomeini war unser bester Missionar. Seine ‚Religion' hat viele dazu gebracht, die Wahrheit woanders, auch in der Bibel, zu suchen." – GO Sept./Okt. 1988.

Im Angesicht des letzten Riesen

Betrachten wir die vorliegenden Fakten, so wird offenkundig, daß sich auf der Erde außergewöhnliche Dinge abspielen. Wenn auch niemand die komplexen Handlungszusammenhänge, in denen der Allmächtige sich bewegt, mit völliger Gewißheit zu erfassen vermag, so nehmen doch die Anzeichen dafür zu, daß Gott möglicherweise dabei ist, Sein Volk weit in die herbstliche Jahreszeit hineinzuführen – die Zeit der letzten Ernte, bevor die winterliche Dunkelheit einsetzt. Zu den besonders auffälligen dieser Zeichen zählen einige, auf die wir bereits weiter oben eingegangen sind:

- eine dramatische Neuformierung geistlicher wie politischer Kräfte in der Welt;
- eine noch nie dagewesene Mobilisierung missionarischer Pläne und Mitarbeiter;
- eine bemerkenswerte Zunahme übernatürlicher Zeichen und Wunder.

Es gibt viele Hypothesen darüber, wie Gott den geschichtlichen Prozeß zu Ende und die Weltevangelisation zum Abschluß bringen könnte. Zu den interessanteren davon gehört die Ansicht, daß die Heerscharen des Herrn ihre Operationen gegenwärtig auf das Ziel Eden ausrichten. Dieser Ansatz gewinnt an Überzeugungskraft dadurch, daß das Gebiet des antiken Mesopotamien gegenwärtig den Mittelpunkt des 10/40-Fensters bildet. Tatsächlich muß nur eines geschehen, damit er Realität wird: Die evangelistischen Streitmächte, die sich gegenwärtig um das „Fenster" herum formieren, müssen bei ihrem Vormarsch in dessen Inneres einigermaßen gleichen Tritt halten. Geschieht das, so werden christliche „Soldaten" aus allen Teilen der Welt das historische Zusammentreffen der Alliierten an der Elbe gegen Ende des Zweiten Weltkrieges erneut in Szene setzen – nur daß diesmal die großen Ströme, an deren Gestaden Eden lag, ihre Stiefel feuchten werden: der Tigris und der Euphrat.[267]

---

[267] Saggs weist darauf hin, daß der verstorbene Forscher E. A. Speiser mit überzeugenden Argumenten darlegte, die geographischen Details in Gen. 2,6-14 nötigten dazu, sich Eden als „Teil des Nahen Ostens in enger Verbindung mit Mesopotamien vorzustellen" (a.a.O. S. 441). An anderer Stelle schreibt Saggs: „Wer immer heute den

Daß Gott Seine Gemeinde zum Schluß in Vollendung eines geschichtlichen Kreislaufs nach Eden zurückführen wird, ist nicht bloß ein Stück frommer Poesie, sondern ein folgerichtiger Gedanke. Denn von diesem Ort ausgehend hat Satans Urlüge jahrtausendelang die Erde durchklungen. Nachdem die Schlange sich das Paradies aneignete, das eigentlich den Menschen zugedacht war, macht es Sinn, davon auszugehen, daß sie am Ende von den Abkömmlingen der hinausgetriebenen Kinder Gottes – zurückgekehrt, um in gegenläufiger Weise ihr ursprüngliches Mandat zur Ausbreitung des Königreichs Gottes über die Erde zu erfüllen – auf ebendemselben Boden geschlagen werden wird.[268]

Die Rückkehr nach Eden wird indes kein Sonntagsspaziergang sein. Wie wir gezeigt haben, haben etliche der stabilsten geistlichen Bollwerke des Planeten ihre Fundamente im Bereich des 10/40-Fensters. In seinem Mittelpunkt stehen, den beiden Säulen des Herkules gleich, Persien und Babylon.

Während die Gemeinde Jesu die letzten Riesen einkreist, sollte sie sich nicht der Erwartung hingeben, daß jene irgendwelche Territorien kampflos preisgeben werden. Diese Lektion müssen Christen vielerorts auf die harte Weise lernen. Als beispielsweise in Colorado Springs eine saudische Frau von dämonischer Belastung freigebetet wurde, of-

---

südlichen Irak besucht, mag zu dem Urteil gelangen, es sei unwahrscheinlich, daß in dieser Gegend die Zivilisation ihren Anfang genommen habe. ... Doch der Südirak hat auch andere Seiten. Euphrat und Tigris durchfließen ihn und machen das Land an ihren Gestaden überreich an sprießender Vegetation. ... Als die ersten Menschen hier ankamen, muß das ganze Gebiet mit einem weitverzweigten Netz von Wasserläufen durchzogen gewesen sein, an denen auf weite Strecken Hochufer wie natürliche Deiche wirkten; daneben gab es Feuchtgebiete, natürliche Gräben, Tümpel, Lagunen, Marschen, Sümpfe und Oasen. Mit der weitflächigen Verteilung des Wassers abseits der Flüsse existierte eine weitaus dauerhaftere Vegetationsdecke, als dies heute der Fall ist. Es wird sehr viel ausgedehntere Weiden- und Pappelbestände gegeben haben, und einzeln stehende Bäume müssen erheblich größer gewesen sein als alles, was man heute findet“ (a.a.O. S. 2 ff.).

268 Seiss bemerkt: „Auch ist mit Bestimmtheit prophezeit, daß Babylon die allerletzte der Mächte auf Erden sein wird, die am großen Tage des Herrn vom Kelch des göttlichen Zorns trinken wird.“.Er zitiert die Passage Jeremia 25,17-26, welche damit schließt, daß „der König von Scheschach nach ihnen trinken soll“, und erklärt: „Alle jüdischen Ausleger stimmen darin überein, daß *Scheschach* ein anderer Name für Babylon ist.“ An anderer Stelle wird Babylon „die letzte der Nationen“ genannt – ein Bezug auf ihr verzögertes Gericht (S. 899).

fenbarte sie, daß buchstäblich die gesamte Bevölkerung ihres Heimatdorfes am Rande der heiligen Stadt des Islam, Mekka, „verrückt" sei. Da sie den unbändigen Wunsch verspürte, auch andere Leute aus ihrer Heimat durch die Kraft Gottes befreit zu sehen, nahm sie Kontakt zu einem Vetter auf und lud ihn in die USA ein, um loszukommen. Kurz nachdem alles für die Reise geregelt war, verschwand der Mann jedoch in der Wüste, und niemand sah ihn je wieder.

Die vordersten Ziele des feindlichen Grolls stellen indessen häufig die Christen selber dar. In Nigeria, Indien und auf den südlichen Philippinen wurden Brandanschläge auf Wohnungen und Kapellen von Christen verübt. Im Sudan, der Volksrepublik China, der Türkei, Vietnam und etlichen anderen Ländern werden Christen mit schöner Regelmäßigkeit ihres Glaubens halber verhaftet und festgehalten. Auf einer Moskauer Allunionskonferenz der Evangeliumschristen-Baptisten im Februar 1990 gaben Delegierte aus Republiken mit muslimischer Bevölkerungsmehrheit deprimierende Berichte ab, nach denen „muslimische Mullahs damit drohten, den Christen die Zungen herauszuschneiden".[269] In Afghanistan wurde ein ehemaliger Mullah, der in den späten achtziger Jahren nach Bibellektüre Christ geworden war, von *Mujaheddin* erschossen. Ein anderer afghanischer Gläubiger namens Zia wurde in Westpakistan zu Tode gefoltert.

Im März 1990 entdeckten Dorfbewohner im liberianischen Bahn die Leichen des Pastors Tom Jackson und seiner Frau June. Nach 40 Missionsjahren, in denen sie die Bibel in die lokalen Sprachen Gio und Mano übertragen hatten, wurden sie ermordet.[270] Im selben Monat brachen maskierte Bewaffnete in das Haus William Robinsons ein, während der Missionar und seine Frau ihre kleinen Kinder zu Bett brachten. In einem Badezimmer wurde Robinson mit einer schallgedämpften Pistole erschossen. Seit 1983 hatte das Ehepaar im südlibanesischen Rashaya el-Foukhar ein Heim für behinderte Kinder geleitet.[271] Ebenfalls 1990 wurde Alexander Mein, ein beliebter russisch-orthodoxer Priester, auf dem Wege zu seinem Gottesdienst von einem axtschwingenden Angreifer brutal erschlagen.

---

269 Herbert Schlossberg, A Fragrance of Oppression.

270 U.S. Missionary Is Slain in Southern Lebanon [*sic*], International Herald Tribune v. 29.3.1990.

271 Ebd.

Wissend, daß ihre Zeit kurz ist, sind die Kreaturen der Nacht in übler Stimmung. Zwar vermögen sie die weltweite Kampagne der Liebe nicht zu verhindern, die die Gemeinde Jesu gegenwärtig vorantreibt, doch können sie zeitweilige Rückschläge hervorrufen. Wir sollten uns über das Wesen weltweiter geistlicher Kriegführung in den neunziger Jahren keine Illusionen machen – der Feind hat seine Krallen ausgefahren. Am Ende wird der Siegesgarten der Christen mit dem Blutsamen vieler neuer Märtyrer des Glaubens benetzt sein. Aus jedem einzelnen Samenkorn aber wird – in der würdigen Tradition eines Raimund Lull, Alexander Mein, William Robinson, des Afghanen Zia und des Ehepaars Jackson – ein triumphaler Sieg hervorwachsen.
„Während wir noch in dieser Welt leiden", so Pastor Don Williams, „sollten wir zugleich etwas von dem Hauch der Herrlichkeit spüren, weil wir in einem Königreich leben, das gekommen ist und wiederum kommt. Somit ruht Gottes Geist auf uns. Von ihm sind wir versiegelt, gesalbt und erfüllt. ... In Kenntnis einer unaussprechlichen Freude frohlocken wir inmitten unserer Drangsale, denn in ihnen haben wir teil an den Leiden Christi selbst." [272]

* * *

---

[272] Don Williams, Signs, Wonders, and the Kingdom of God, Ann Arbor, MI 1989, S. 151. – Nach der Verhaftung eines Christen im Iran vor einigen Jahren fügten die islamischen Behörden der Verletzung seiner Rechte noch die seiner Würde hinzu, indem sie seine Frau überredeten, Muslimin zu werden, woraufhin ein Beamter sie ehelichte. Zum Tode verurteilt und von jedem Kontakt zu seiner früheren Frau und seinen vier Kindern abgeschnitten, schritt dieser Mann Gottes im Glauben voran, indem er für Gefängniswärter und Mitgefangene Bibelkreise gründete. „Betet nicht für meine Entlassung", wies er seine Glaubensgeschwister an, „Gott hat mich berufen, hier zu dienen."

Kapitel 8
Die Verwandlung Magogs

Ich halte die Loslösung der zentralasiatischen [Sowjet-] Republiken vom Rest des Landes sehr wohl für vorstellbar.

Wjatscheslaw Iwanow,
Mitglied des sowjetischen
Kongresses der Volksdeputierten [273]

Lang lebe der letzte Kongreß der Kommunistischen Partei!

Text eines Plakates
vor dem Sitzungssaal des
KP-Kongresses im Juli 1990

Du Menschenkind, richte dein Angesicht auf Gog, der im Lande Magog ist und der Fürst von Rosch, Meschech und Tubal, und weissage gegen ihn und sprich: So spricht Gott der HERR: Siehe, ich will an dich...

Ezechiel 38,2 f.

Einer der wenigen Vorteile, die die rapide Beschleunigung der geschichtlichen Abläufe mit sich bringt, liegt darin, daß wir die Geheimnisse prophetisch angekündigter Figuren und Ereignisse, die lange im Nebel der Zeiten verborgen waren, mehr und mehr entschlüsseln können. Einige dieser neuen Einsichten sind bereits klar genug, um seit langem vertretene Auslegungsmodelle zu erschüttern; und selbst bei denjenigen, deren Bedeutung wir noch nicht präzise zu bestimmen vermögen, ist zumindest die Richtung ersichtlich, in die wir blicken müssen.

An keinem prophetischen Stoff läßt sich dies deutlicher zeigen als an dem Mächtebündnis, auf das Ezechiel in den Kapiteln 38 und 39 seines Buches Bezug nimmt. Jahrelang haben sich Christen darüber den Kopf zerbrochen, welche Rolle eine atheistische Supermacht, nämlich

---

273 Aus der Zeitung der lettischen Volksfront *Atmoda*; zit. n. Paul Goble, Soviet Citizens Blame System for Ethnic Problems, Radio Liberty Research v. 29.6.1990.

die Sowjetunion oder – biblisch gesprochen – Magog, in einer Mächtekonstellation spielen könnte, die im Kern islamisch ausgerichtet ist. Heute werden wir Zeugen einer Entwicklung, bei der es sich um die bedeutsamste in der Welt handelt (wenngleich sie bis vor kurzem kaum Medienbeachtung fand): der unaufhaltsamen Islamisierung ehemals sowjetischer Gebiete.

Tatsache ist, daß das Land Magog [274] gegenwärtig eine politische und religiöse Wandlung welthistorischen Zuschnitts durchmacht. Betrachtet man diese Entwicklung in Zusammenhang mit dem Golfkrieg und der voraufgegangenen islamischen Revolution im Iran, so wird ersichtlich, daß die prophetisch angesagten Zukunftsereignisse sich nunmehr entlang einer Nord-Süd-Achse entfalten (und nicht in der Ost-West-Dimension, an die sich die meisten Nordamerikaner und Europäer gewöhnt hatten).[275]

Nachdem das lange scheinbar unerschütterlich dastehende sowjetische Imperium nunmehr an allen Fronten zerbröckelt, stellt sich die Frage, welche Folgen dieser Zusammenbruch haben wird. Anfang der neunziger Jahre konnte man öfters von amerikanischen Kalten Kriegern lesen, die, so ein Zeitungsartikel, „hitzig auf den Kollaps des »Reiches des Bösen« hofften, jetzt aber ohne jedweden Leitfaden dastehen, den sie nötig hätten, um sich im Dickicht schwieriger Fragen zurechtzufinden“[276]. (Der Historiker John Gaddis verglich diese Situation mit einem Hund, der einen Großteil seiner Zeit damit zubringt, Autos nachzujagen, jedoch wenig darüber nachdenkt, was wäre, wenn er tatsächlich mal eins finge.) Die möglichen Entwicklungsverläufe können einen schwindeln machen.

---

[274] Wie im nächsten Kapitel zu zeigen sein wird, ist das biblische Land Magog keineswegs identisch mit dem Territorium der ehemaligen UdSSR, sondern umfaßt nur Teile davon; es ist also von der lange aufrechterhaltenen Meinung abzugehen, Magog *sei* die Sowjetunion. Das bedeutet nicht, daß Rußland selber – möglicherweise das biblische Rosch – in dem Szenario plötzlich keine Rolle mehr spielt. Es figuriert wahrscheinlich schon auf der prophetischen Bühne, wird aber m. E. eine zweitrangige Rolle spielen: Im Vordergrund steht der Einfluß des Islam.

[275] Zwar sind die Ereignisse der Befreiung Osteuropas Ende der achtziger Jahre als überaus bedeutsam einzustufen, sie werden aber wahrscheinlich auf die wesentlichen Geschehnisse von morgen keinen großen Einfluß haben.

[276] Underlying Issue: Possible Collapse of Soviet Union, The Seattle Times v. 29.5.1990.

Zwar scheint der Zusammenbruch der UdSSR eigentlich nur die logische Fortsetzung des Aufreißens des Eisernen Vorhangs zu sein. Die Geschichte wird indessen zeigen, daß diese beiden Prozesse einander geradewegs entgegengesetzt waren. Denn während der letztgenannte dazu diente, eine bedeutende Bresche für das Vordringen des Reiches Gottes zu *öffnen*, wird ersterer mit an Sicherheit grenzender Wahrscheinlichkeit einen Zugang *verschließen*. Unter strategischen Gesichtspunkten ist es aber kein bißchen weniger wichtig, für sich schließende Türen Vorbereitungen zu treffen, wie für aufgehende.

Das Ende der *Perestroika:* die Auflösung des sowjetischen Imperiums

Die große Mehrheit der ex-sowjetischen Bürger hat das kommunistische System, dessen sich die meisten von ihnen einst rühmten, gewogen und für zu leicht befunden. Nirgendwo herrscht größere Desillusionierung als unter seinen vormaligen Protagonisten. Ein mit Orden behangener Rentner vertraute einem westlichen Reporter an: „Sobald der Kongreß [der KPdSU 1990] vorüber ist, verlasse ich die Partei, und viele meiner Genossen ebenfalls. Unser Ideal kann nicht aufgehen.“ [277] Ein anderer Abtrünniger namens S. K. Tschapajew lamentierte: „Was ich mein Leben lang geglaubt habe, ist zu Staub zerfallen. ... Mein ganzes Leben ist durchkreuzt und hat sich als völlig nichtsnutzig erwiesen.“ [278]

Auf der Straße jedoch beherrscht das Wort *Wut* die Szene. Ihrer Frustration über die Unfähigkeit der Regierung, angemessene politische Freiheitsrechte zu gewährleisten und die Grundversorgung der Bevölkerung sicherzustellen, gaben einige Teilnehmer an den Maiaufmärschen des Jahres 1990 dadurch Ausdruck, daß sie die sowjetische Flagge mit herausgeschnittenem Hammer-und-Sichel-Emblem zeigten. Andere hoben trotzig Spruchbänder empor, auf denen es hieß: „Nieder mit dem Reich des roten Faschismus! Der Kommunismus ist eine Schande für die Welt!“ Ein Witzbold hatte auf sein Transparent

277 Old Style Communists Lick Their Wounds, The Guardian v. 13.7.1990.

278 Frederick Starr, The Disintegration of the Soviet State, The Wall Street Journal v. 6.2.1990.

gepinselt: „Biete die gesamte Regierung gegen ein Kilogramm Makkaroni."

Ende 1989 lebten mehr als 40 Millionen Sowjetbürger unterhalb der amtlichen Armutsgrenze[279], und so gut wie jeder im Lande sah sich mit ständig schlechter werdenden Lebensumständen konfrontiert. Eine Flut von Staatsbankrotten hat im Paradies der Arbeiter zu überbordender Arbeitslosigkeit geführt. Wohnraum ist so knapp, daß jeweils mehrere Familien zusammengepfercht in baufälligen Appartements von der Größe eines Schuhkartons hausen müssen. Die Fleisch- und Brotpreise haben sich vervierfacht, bei vielen anderen Waren schwankte die Preissteigerungsrate im Frühjahr 1991 um die 60-Prozent-Marke. Auf der Jagd nach harter Währung verscherbelten verzweifelte sowjetische Armeeangehörige bei ihrem Abzug aus der Ex-DDR sogar ihre *Kalaschnikows*, Boden-Luft-Raketen und panzerbrechende Munition.

Das Wirtschaftssystem der ehemaligen Sowjetunion rutscht immer tiefer ins Chaos. Sogar die Regierung gab in der Schlußphase der Sowjetherrschaft zu, daß 90 Prozent des regulären Warenangebots des staatlichen Einzelhandels dem normalen Verbraucher nicht mehr zugänglich seien. Im Bezirk Moskau produzierten Ende 1990 28 von 30 Großbäckereien entweder unter Plan oder völlig am Bedarf vorbei. Soldaten buddelten auf den Feldern die Kartoffeln aus, und Marmeladengläser voll Zigarettenkippen waren bei Straßenhändlern für 16 Dollar das Stück zu erstehen.

Doch am meisten rückläufig zeigte sich im Lande nicht die Fleisch-, Tabak- oder Makkaroni-Produktion, sondern das Vertrauen zur Regierung. „Jetzt", sagte eine ausgemergelte Frau beim Versuch, etwas einzukaufen, „können wir nur noch an Gott glauben." [280] In einer sowjetischen Fernsehübertragung aus dem Kreml-Palast hieß es im Juli 1990, sogar Umfragen hätten erwiesen, daß gerade eben noch 18 Prozent der Befragten der Partei Vertrauen entgegenbrächten. Gemäß einer Umfrage für einen amerikanischen Fernsehsender erklärten im Oktober 1990 30 Prozent der Sowjetbürger, sei würden emigrieren, wenn sie nur könnten.

---

279 John Barry, Riding the Tiger, Newsweek v. 4.12.1989.

280 Hundreds of Thousands Swamp Shops in Moscow, The Seattle Times v. 27.5.1990.

Sie können aber nicht, und so nimmt die Frustration immer mehr zu. Kurz nach der Zulassung privater Betriebe stürmten eines Sonntagabends acht Banditen eines der neueröffneten, teuren Restaurants in einer Moskauer Vorstadt. Während die Gäste unter den Tischen Deckung suchten, feuerten die Gangster aus abgesägten Jagdflinten ins Lokal. Dann fielen sie mit Knüppeln und Messern über die Neureichen her. Nach zehn Minuten des Terrors waren drei Tote und fünf Verwundete, unter ihnen ein australischer Tourist, zu verzeichnen. Im Laufe des Jahres 1990 nahm die Kriminalität aller Sparten offiziellen sowjetischen Statistiken zufolge um 32 Prozent zu.[281]

Vor das allergrößte Problem stellte die letzte UdSSR-Regierung jedoch der aufflackernde Nationalismus. Mit den Worten eines hohen Parteifunktionärs: „Es ist uns beinah zu gut gelungen, alle [parteifremden] Ideologien aus dem Lande zu verdrängen. Wenn erst einmal alle -ismen verschwunden sind, bleibt doch einer übrig, dem sich die Leute allzu leichtfertig zuwenden: der Nationalismus." [282] Damit stimmt überein, was eine 36jährige Lehrerin in Moldawien einem ausländischen Reporter sagte: „»Meine Heimat ist die Sowjetunion« [eine alte Platitüde aus dem Repertoire des marxistisch-leninistischen Internationalismus] – diese Zeiten sind vorbei. Die Sprüche von Freundschaft und Frieden haben wir satt. Jetzt braucht jeder sein eigenes Stück Land." [283]

Als im September 1990 gut 100.000 Menschen in Kiew für die Unabhängigkeit der Ukraine demonstrierten, zog ein besonders provokantes Transparent die Aufmerksamkeit auf sich: „Mutter Moskau! Wir wollen Waisen sein!" Inzwischen flattert längst nur noch die historische blau-gelbe Flagge der souveränen Ukraine über den Amtssitzen der staatlichen Organe in Kiew.

Die Ukrainer standen nicht allein, weder in ihren Empfindungen noch in ihren Taten. Im Laufe weniger Monate erklärten sich alle 15 Republiken der UdSSR für souverän. Etliche der Autonomen Gebiete und, so unglaublich das klingt, selbst Verwaltungsbezirke und Kommunen

---

[281] Scott Shane, Freedom Opens Door for Crime in the Soviet Union, The Seattle Times v. 21.10.1990.

[282] Igor Malaschenko, zit. n. David Broder in International Herald Tribune v. 9.7.1990.

[283] Scott Shane, Will Ethnic Strife Sap Remaining Unity in Soviet Union? The Seattle Times v. 1.11.1990.

schlossen sich dem an. „Die Zentralregierung“, sagte der erste postsowjetische Präsident Armeniens, der Nationalist Lavon Ter-Petrosjan, „ist politisch weitestgehend bankrott – heruntergewirtschaftet auf das Niveau einer theatralischen Propagandatruppe.“ [284]

Über Deklarationen und Resolutionen hinaus wurden nationalistische Aufstände oder andere Formen bürgerlichen Ungehorsams in den meisten ethnischen Enklaven der UdSSR zum Alltagsgeschehen. In den baltischen Republiken sagte man Reportern des *National Geographic* wiederholt: „Sagt den Russen, sie sollen nach Hause gehen! Niemand hat sie hierher eingeladen. Sie haben Furcht, Mißtrauen und eine Auszehrung des geistigen Lebens mit sich gebracht. Sie haben uns verändert, haben unsere Seele geraubt. Wir haben genug von ihnen.“ [285]

Rasch arteten viele der Konflikte in blutige Auseinandersetzungen aus. Von Georgien bis Lettland schossen Elitetruppen wahllos auf friedliche Demonstranten und knüppelten einige mit Gewehrkolben und angeschärften Spaten zu Tode. Im Gegenzug wurden Miliztruppen, die das Übergreifen der ethnischen Konflikte von Nagorno-Karabach, Abchasien, Moldawien und dem Ferganatal auf andere Regionen verhindern sollten, überfallen und gemeuchelt. Überall im Kaukasus und in Zentralasien wurden Parteizentralen, Miliz- und KGB-Stützpunkte mit Steinen, aber auch Brandflaschen beworfen, während im Baltikum lettische und litauische Bauern sich mit staatlichen Sicherheitskräften Straßenschlachten um die Kontrolle der Rundfunksender und Grenzposten lieferten.

Allgegenwärtig sind Waffen, die aus militärischen Arsenalen gestohlen wurden. Selbst Maschinengewehre und Raketenwerfer sind auf dem Schwarzmarkt erhältlich. Monatelang schwebte über Kiew die Bürgerkriegsgefahr wie eine düstere Wolke. „Ich glaube, es wird Krieg geben müssen“, sagte der 28jährige Alexej Nikolaitschuk im Herbst 1990. „Wenn das Leben dermaßen hart wird, was sollen die Leute tun in ihrer Verzweiflung? Sie können nur noch aufeinander losgehen.“ [286]

Nicht minder pessimistisch die Einschätzung, die der sowjetische Ökonom Jakow Urinson Anfang März 1991 im BBC-Fernsehen ab-

---

284 American Rebels to Join Police, The Independent v. 11.8.1990.
285 Priit Vesilind, The Baltic Nations, National Geographic Nov. 1990.
286 Mariusz Ziomecki, Knight-Rider v. 4.10.1990.

gab: „Ich sehe uns auf einen Abgrund zutreiben, und zwar in wirtschaftlicher, politischer und sozialer Hinsicht: Es wird eine Rückkehr zu den fürchterlichen Zeiten geben, die wir … in der Vergangenheit durchlebt haben.“ Gebeten, das zu präzisieren, sagte Urinson: „Ich meine die Hungerkatastrophen der dreißiger Jahre und die Säuberungen von 1937.“ [287]

Muslime im Ex-Sowjetreich: Die Ränge der Unzufriedenen füllen sich

Sollte es auf den Ruinen des sowjetischen Staates zu bürgerkriegsartigen Zusammenstößen kommen, so kann man mit Sicherheit davon ausgehen, daß darin die schnell wachsende muslimische Bevölkerung in den GUS-Staaten eine entscheidende Rolle spielen wird. Sie teilt nicht nur mit der Mehrzahl der anderen Minderheiten der ehemaligen UdSSR das Schicksal, Opfer der materiellen Mißwirtschaft, des kulturellen Chauvinismus und der politischen Unterdrückung vonseiten Moskaus geworden zu sein, sondern besitzt, wie es der Zufall will, gut 30 Prozent des gesamten ex-sowjetischen Territoriums – darunter die Ölfelder am Kaspischen Meer und zahlreiche andere Gebiete, die wegen ihres Reichtums an Bodenschätzen von strategischer Bedeutung sind.
Mit einer Kopfzahl von über 57 Millionen stellte die muslimische Gemeinschaft in der UdSSR zuletzt jeden fünften Staatsbürger und sogar jeden dritten Wehrpflichtigen der Roten Armee.[288] Die muslimische Minderheit in den GUS-Ländern wächst fünfmal so schnell wie die übrige Bevölkerung, so daß sie von 1991 bis 2000 um 70 Prozent zunehmen wird. 2010 werden vier von zehn Berufsanfängern in den GUS-Staaten und nahezu 50 Prozent der Wehrpflichtigen in ihren Armeen Muslime sein.[289] Und 2020, so zumindest einige Schätzungen, werden sie die Russen an Zahl überflügeln.[290]

---

287 R. C. Longworth, A Return to the Horrible Times, The Seattle Times v. 12.3.1991.

288 Alexander Alexiev/S. Enders Wimbush, Ethnic Minorities in the Red Army: Asset or Liability? A Rand Corporation Research Study, Boulder, CO 1988, S. 122; Gorbatchev and His Generals, Wall Street Journal v. 24.1.1990.

289 Taheri, S. XIX.

290 Ders., The Times v. 20.7.1989; s. auch Kremlin Policy, Islam Collide in Soviet Central Asia, Washington Times v. 22.7.1987. – Es gibt auch andere Prognosen. So

Voller Stolz darüber, daß mittlerweile jedes zweite in der ehemaligen Sowjetunion geborene Baby muslimisch ist, pflegen Muslime in Zentralasien und Aserbeidschan ihre hohen Geburtenraten als „unsere Geheimwaffe" gegen die Dominanz der Europäer zu bezeichnen. Wie wirksam diese Waffe ist, verdeutlichte der britische Journalist Martin Walker mit dem Hinweis auf den in Sowjetzeiten verliehenen Titel der „Heldenmutter", der Frauen mit zehn oder mehr Kindern zugesprochen wurde. Einem Bericht des Obersten Sowjet entnahm Walker 1988, daß „unter den zehn Millionen Weißrussen einmal eine solche Belobigung ausgesprochen wurde", jedoch „530mal unter den 19 Millionen Usbeken, 242mal unter den 16 Millionen Kasachen und 45mal unter den sieben Millionen Aserbeidschanern".[291]

Obwohl juristisch sowjetische Vollbürger, hatten die meisten Muslime in der UdSSR das Empfinden, wie Bewohner von Kolonien behandelt zu werden. Der Zorn über die von Moskau gesteuerte Ausbeutung regionaler Ressourcen wie usbekischer Baumwolle und aserbeidschanischen Öls schlug ebenso hohe Wellen wie der Unmut bei etlichen anderen Themen religiöser, umweltpolitischer und wirtschaftlicher Art. Jahrzehntelange ungebremste Umweltzerstörung hat Lebensverhältnisse hervorgerufen, die man nur als katastrophal bezeichnen kann. In der autonomen islamischen Republik Baschkirien, nahe dem Ural, hatte die Verseuchung zu Sowjetzeiten solche Ausmaße angenommen, daß selbst ein KGB-General zugab: „Wenn die dringendsten Maßnahmen nicht in allernächster Zukunft in Angriff genommen werden, wird das Leben in Baschkirien dem Untergang geweiht sein." [292] In Zentralasien löste die durch menschliches Einwirken verursachte Austrocknung des Aralsees schwere Salz- und Sandstürme aus, die sich auf Landwirtschaft und Wasserressourcen der Region bereits verheerend ausgewirkt haben. Im Zusammenwirken mit einer Vergiftung des Bodens durch exzessive Dünger- und Pestizidausbringung – die toxi-

---

spricht der amerikanische Bevölkerungsexperte Ward Kingkade zwar von einem „explosionsartigen Wachstum" der Muslimbevölkerung in der Ex-UdSSR, geht aber davon aus, daß diese mindestens 60 Jahre benötigen werde, um die Bevölkerungsmehrheit zu erlangen. Siehe Robert Pear, Islamic Population Gain a Challenge to Soviets, New York Times v. 24.1.1990.

291 Martin Walker, Fundamental Problems in Soviet Islam: Where M Is a Hero They Call Mother, The Guardian v. 13.4.1988.

292 TASS-Bericht; zit. n. The Seattle Times v. 13.3.1991.

kologischen Grenzwerte wurden bis zum Fünfzigfachen überschritten – hat diese Tragödie in Ost-Usbekistan eine buchstäbliche Epidemie von Krebs- und Darmerkrankungen ausgelöst.[293] Im benachbarten Kasachstan wurden infolge einer Explosion in einer metallurgischen Fabrik im September 1990 120.000 Menschen durch giftiges Berylliumoxyd verseucht.

Da die in Zentralasien pro Kopf aufgewandten staatlichen Sozialausgaben mit fallender Tendenz 30 Prozent unter dem gesamtsowjetischen Durchschnitt lagen[294], hatten Armut und Armutskrankheiten in einigen muslimischen Gebieten bereits zu Sowjetzeiten Drittwelt-Ausmaße erreicht. Die geschätzten Kindersterblichkeitsraten lagen zehnmal höher als in den meisten europäischen Ländern. In Sowjet-Turkmenistan wurden Kindern im ersten Lebensjahr durchschnittlich 300 Injektionen verpaßt. (Amerikanische Kinder erhalten im Vergleich dazu drei bis vier.) [295] „Dies ist nicht Afrika", sagte seinerzeit Jurij Kiritschenko, Kinderarzt in der turkmenischen Hauptstadt Aschabad, „das Kindersterben durch Hunger spielt sich nicht so auffällig ab wie dort; doch läßt es sich nicht mehr verbergen: Wir sind arm, und wir leiden." [296]

Zu der wachsenden Unzufriedenheit über Lebensmittelrationierungen und unzureichende medizinische Versorgung kam das Problem der Arbeitslosigkeit. Allein in Usbekistan schätzte man die Zahl der Arbeitslosen 1991 auf zwei Millionen. In dieser Lage kamen immer mehr Menschen zu der Überzeugung, daß sich die meisten ihrer Probleme lindern lassen würden, wenn man sie nur selbst bestimmen ließe – und wahrscheinlich hatten sie recht. Seit den Tagen, als die Seidenstraße sich gen China durch die Oasen Zentralasiens schlängelte, haben Muslime in diesen Regionen als Händler und Bauern gut leben können. Damals wie jetzt prägten der Koran und die Unwirtlichkeiten der Natur in

---

[293] Anthony Hyman, The Greening of the Soviet Muslims, The Middle East Nov. 1989.

[294] Alex Alexiev, Muslim Unrest Grows Inside the Soviet Union, Los Angeles Times v. 4.1.1987.

[295] David Remnick, As Soviet Central Asia Children Die, There's No Hope, to Be Honest, International Herald Tribune v. 23.5.1990. – Während die Kindersterblichkeitsrate in den USA auf unter 1% abgesunken ist, liegt sie in den ex-sowjetischen Gebieten Zentralasiens bei etwa 10%.

[296] Ebd.

den Randgebieten einer glühend heißen Wüste die Lebensweise ihrer Gesellschaft. Damals wie heute bedeutete es langanhaltende Schande, wenn ein Mann zur Hochzeit seines Sohnes den Gästen nicht ausreichend Fleisch vorsetzen konnte.

Doch während der sowjetischen Götterdämmerung ging es für viele Muslime im Land um mehr als bloß Schande. Es ging ums Überleben – national, geistig und sogar physisch. Angesichts von Tag zu Tag sich verschlechternder Lebensbedingungen begriff man Geduld immer weniger als eine Tugend. Es war durchaus die Stimme des Volkes, als ein Jugendlicher in der altehrwürdigen Stadt Samarkand sagte: „Wir wollen keine Kommunisten und ihr verdammtes System auch nicht." Ein usbekischer Nationalist gab zu Protokoll, wenn Moskau die Zeichen der Zeit nicht zu deuten verstehe und es in Zentralasien zu Volkserhebungen komme, „dann werden dagegen die Unruhen in den baltischen Republiken ein Kaffeekränzchen sein".[297] Daß solche Aussagen nicht die haltlosen Übertreibungen waren, als die manche Wissenschaftler sie allzu schnell hinzustellen versuchten, ist durch die schockierende Brutalität bewiesen, die in einigen der Krisen in der Region zutage getreten ist.

So verstopften etwa im Dezember 1986 mehr als 300.000 antirussische muslimische Demonstranten die Straßen der kasachischen Hauptstadt Alma-Ata. Es kam zu derartigen Haßausbrüchen, daß in der Stadt ansässige Russen am zweiten Tag der Unruhen per Radio davor gewarnt wurden, ihre Häuser zu verlassen. Eine in Alma-Ata lebende Russin sagte: „Die Kasachen kamen vom Lande in die Stadt, indem sie Busse in ihre Gewalt brachten." Als ein Busfahrer versuchte, Rebellen am Besteigen seines Fahrzeugs zu hindern, „prügelten sie ihn mit Gerüstbalken zu Tode".[298]

Ähnliche Ressentiments brachen sich im Februar 1990 in der tadschikischen Hauptstadt Duschanbe Bahn. Ein Sturm auf das Gebäude des KP-Zentralkomitees sowie etwa 200 bewaffnete Geplänkel zwischen Aufständischen und Ordnungskräften rund um die Stadt forderten 37 Tote und 80 Verletzte. Viele Rebellen machten gezielt Jagd auf Russen. Kurz nach den Unruhen berichtete der *Time*-Chefkorrespondent David Aikman aus dem Krisengebiet: „Neben dem Ausmaß an Gewalt

---

297 A New Scourge in the Land of Tamburlaine, The Independent v. 6.6.1990.

298 Central Asia Survey 7/4, 1988.

war das überraschendste Merkmal des Aufstands seine islamische Ausrichtung. Die Aufrührer forderten, den Islam zur offiziellen Religion in der Republik auszurufen und die arabische Schrift wieder einzuführen. Einige ihrer Anhänger terrorisierten tadschikische Frauen, die sich ohne Gesichtsschleier in der Öffentlichkeit bewegten."

Im Laufe des Jahres 1990 wurden ferner aus den islamisch dominierten Republiken Turkmenistan, Usbekistan und Aserbeidschan schwere Gewaltausschreitungen bekannt, in deren Folge Aufwiegler nicht nur für Sachschäden in Millionenhöhe, sondern auch für zahlreiche Morde an Partei- und Milizfunktionären zur Rechenschaft gezogen wurden. Ohne daß diese Untersuchungen im einzelnen dokumentiert werden können, ist festzuhalten, daß slawischstämmige Bewohner jener Republiken derart schikaniert wurden, daß sie in der Folgezeit scharenweise ins russische Mutterland zurückkehrten.

Öl ins Feuer: Unterstützung aus dem islamischen Ausland

Die vereinten Kräfte von Religion und Nationalismus machten Sowjet-Zentralasien und das Kaukasusgebiet, wie sich der sowjetische Islam-Fachmann Igor Beljajew ausdrückte, zu „einem sehr empfänglichen Milieu" für ausländische Einmischungsversuche.[299] In einem Artikel, den die einflußreiche sowjetische Wochenzeitschrift *Literaturnaja Gazeta* veröffentlichte, berichtete Beljajew, er sei im Libanon mit einem führenden iranischen Mullah zusammengetroffen, der ihm in schönster Offenheit von einer „dritten islamischen Revolution" nach der iranischen und afghanischen gesprochen habe – und zwar in der Sowjetunion.[300]

Eine der ersten Maßnahmen, die das neue Revolutionsregime in Teheran ergriff, war die Berufung eines Komitees mit der Aufgabe, die „Botschaft des Islam in der UdSSR" wiederzubeleben. Wie der Schriftsteller Amir Taheri berichtet, startete der Iran bald darauf per Rundfunk einen großangelegten Propaganda-Angriff auf den „sowjetischen Atheismus", wobei sich Teheran dreier starker Sender an den nördli-

---

[299] Literaturnaja Gazeta Mai 1987.

[300] Vgl. Xan Smiley, Russia Warned About Islamic Subversion Threat, London Daily Telegraph v. 22.5.1987.

chen Grenzen des Landes bediente und ein vielsprachiges 200-Stunden-Programm in die UdSSR ausstrahlte.[301] Die Sender Gorgan und Täbriz brachten im allgemeinen flott, doch clever aufgemachte, lockere Programme, während Radio Teheran schärfere Kost auftischte, darunter Ansprachen, die die Hörer aufforderten, sich von der sowjetischen Gesellschaft loszusagen und der islamischen Weltgemeinschaft (*umma*) beizutreten. 1986 kamen zu den rein akustischen Programmen noch Fernsehsendungen in turkmenischer Sprache, die hohe Einschaltquoten erzielten.[302]

Mit seinen Bemühungen um eine islamische Erweckung steht der Iran keineswegs alleine. Mit Stand 1991 strahlten nicht weniger als 38 türkische, ägyptische, chinesische, jordanische, saudi-arabische und Golfstaaten-Radiosender Lehrvorträge über islamisch-theologische Themen in den Kaukasus und nach Zentralasien aus. Taheri weiß zu berichten, daß „Radio Riad 1980 mit der Ausstrahlung einer Sendereihe begann, die eigens für die sowjetischen »Diener des Glaubens« konzipiert war".[303]

Ferner, wie um den Beweis zu führen, daß der Islam in den sowjetisch-muslimischen Gebieten in mehr als einer Hinsicht magnetische Anziehungskraft besaß, tauchten bei unterschiedlichsten Gelegenheiten – von der diskreten Hausversammlung bis hin zur Öffentlichkeit von Offiziersclubs – Kassettenaufnahmen islamischer Lesungen, Predigten und Musikstücke auf. Auf dem Schwarzmarkt erstandene Kassettenrecorder dienten dazu, iranische, saudische und chinesische Radiosendungen mitzuschneiden und ins Land geschmuggelte Aufnahmen mit Koranunterweisungen oder Ansprachen islamischer Führer wie des Ayatollah Khomeini zu hören.[304] Allein in den Jahren 1986/87 investierte der Iran insgesamt fast zehn Millionen Dollar in die Herstellung spezieller Audio- und Videobänder für Muslime in Aserbeidschan. Ein Posten Korankassetten aus der Türkei wurde seinerzeit ausgerechnet durch eine von der US-amerikanischen Republikanischen Partei finanzierte Reisegruppe ins Land geschmuggelt.

Helfende Hände im Ausland versorgten sowjetische Muslime auch mit islamischem Schrifttum, und zwar sowohl auf legalem wie auch auf il-

---

301 Taheri, S. 186.

302 The Mullahs vs. Moscow, Washington Post v. 25.9.1988.

303 Taheri, S. 195; s. auch Alexandre Bennigsen in Orbis 32/3, 1988.

304 The Magnetic Appeal of Islam, U.S.S.R., Arabia März 1985.

legalem Wege. Hochoffiziell bürgten 1989 Muslime in Tokio und Finnland für 150.000 Dollar, die für den Kauf von Papier benötigt wurden, um 50.000 Koranexemplare für Muslime in der sowjetischen Wolgarepublik zu drucken. Breit über die Medien vermarktet wurde im Jahr darauf die Lieferung von einer Million Koranexemplaren per *Aeroflot* aus Saudi-Arabien. Gleichzeitig betätigten sich fundamentalistische afghanische *Mujaheddin* seit Mitte der achtziger Jahre als Schmuggelkolonne am Abudarja-Fluß. Die Rebellen behaupten, seinerzeit nicht nur Tausende von Koranexemplaren, sondern auch noch „zündendere" Literatur zum Thema *Dschihad* ins Sowjetreich verfrachtet zu haben. Die Konterbande in Plastik eingeschlagen, pflegten die Afghanen ans sowjetische Flußufer zu schwimmen und ihre Lieferungen an zuvor vereinbarten Treffpunkten abzuliefern – wobei die Empfänger in manchen Fällen, wie die *Mujaheddin* behaupten, selber den sowjetischen Sicherheitsorganen angehörten.[305] Ein offenherziger Guerilla-Kommandeur erklärte: „Jede Revolution überschreitet Grenzen. Ich möchte die Revolution Gottes über dieses Land hinaustragen und sehen, wie sich ihr Einfluß in der Sowjetunion ausbreitet." [306] Im gleichen Geist vermeldete der Ayatollah Ardebili, früher Oberster Richter im Iran, angesichts der Aufstände von Baku im Januar 1990, Sowjet-Aserbeidschan sei jetzt „ein großer Markt für die Einführung des Islam" [307].

Moschee und Volksfront

Im Pariser *Le Monde* vom 15. Juni 1989 gab Michail Gorbatschow Befürchtungen Ausdruck, in der UdSSR könne es zu einer „islamisch-fundamentalistischen Erweckung" kommen. Er war aus guten Gründen besorgt: Nicht nur nannten damals immer mehr muslimische Eltern zu Ehren der Führer des nahen Iran ihre Neugeborenen *Ayatollah*, vielmehr hatte der Kommandeur des tadschikischen KGB, General Wladimir Petkel, das KP-Zentralkomitee der Republik vor Geistlichen im islamischen Untergrund gewarnt, die seinen Informationen

---

[305] A Silent War of Infiltration Against the Soviet Union, Time v. 29.1.1990.
[306] Ebd.
[307] Bruce Nelan, Occupational Disease, Time v. 5.2.1990.

zufolge zum *Dschihad* gegen das herrschende System aufriefen.[308] Angesichts dieser und weiterer undurchsichtiger Vorgänge gingen konservativ gesonnene sowjetische Journalisten dazu über, ihre Leser vor dem Islam zu warnen, der sich „wie ein Krebsgeschwür" [309] im Lande ausbreite.

Gerade mal sieben Monate nach Gorbatschows Pariser Stellungnahme glich der sowjetische Präsident einem Propheten, dessen Schau zu seinem eigenen Schrecken eingetroffen war. Scharen sowjetischer Aserbeidschaner versammelten sich entlang der Grenzbefestigungen zum Iran und brüllten aus Leibeskräften: „Gott ist groß! Khomeini ist unser Führer! Aserbeidschan ist erwacht und verteidigt die islamische Revolution!" Während des darauffolgenden *Ašura*-Festes, so berichteten iranische Muslime nahe dem Grenzfluß Araks, hörten sie ihre Brüder auf der sowjetischen Seite leidenschaftlich zu Ehren des Imam Husain singen, begleitet von Trommeln und Zimbeln.

Nachdem die sowjetische Politik in den achtziger Jahren die kompromißlose Liquidierung etlicher islamischer Untergrundorganisationen betrieben hatte, vollzog sie Anfang der Neunziger einen deutlichen Schwenk hin zur beschwichtigenden Duldung dieser Gruppen. Es schien, als habe sich Moskau endlich jene stoische Schlußfolgerung zu eigen gemacht, die der kasachische KP-Chef bereits 1982 in Karaganda formuliert hatte: „Die Volksmassen sind so tief mit dem Islam verwoben, daß es keinerlei Mittel gibt, ihn herauszureißen." [310]

Erstes aufrüttelndes Anzeichen kommender Veränderungen war 1989 die Ablösung des Muftis für Zentralasien, eines Mannes, der gemeinhin für eine Marionette des Kreml gehalten wurde, durch Muhammadsadik Mamajusupow, einen charismatischen 36jährigen, der seine theologische Ausbildung in Libyen erhalten hatte. Als populärer Führer wurde Mamajusupow in Taschkent von Tausenden jubelnder Anhänger willkommen geheißen, auf deren Transparenten zu lesen stand: „Der Islam ist der einzig wahre Weg." [311]

Um 1990 konnte es niemand mehr verkennen: Unter den Muslimen der Sowjetunion brach sich eine dynamische geistliche Wiederer-

---

[308] Vgl. Alexandre Bennigsen, Islam in Retrospect, Central Asian Survey 8/1, 1989.

[309] V. Rabijew in Kommunist Tadschikistana v. 12.2.1987.

[310] Q. Smanbajew in Kasachstan Kommunisti 8/1982.

[311] London Financial Times v. 15.3.1989.

weckung Bahn. Freitagsgebete und Koranlesungen wurden über regionale Fernsehsender übertragen, und in Hunderten von Moscheen in verschiedenen Teilen der UdSSR wurden erstmals seit mehr als 70 Jahren *Ramadan*-Zeremonien abgehalten.[312] Ein Mullah in Zentralasien kommentierte: „Die Zahl der Gläubigen nimmt zu. Jeder möchte nach Mekka."

Seit der iranischen islamischen Revolution schossen in den muslimischen Sowjetrepubliken die Moscheen wie Pilze aus dem Boden. Allein in Zentralasien verdreifachte sich bis Anfang der neunziger Jahre die Anzahl der offiziell registrierten Moscheen, während sich die Dunkelziffer der inoffiziellen oder Untergrundzentren zwischen 2000 und 5000 bewegte.[313]

Die Zahl der im Untergrund agierenden „Diener des Glaubens", die Millionen sowjetischen Muslimen religiöses Wissen und geistliche Leiterschaft gaben, wurde 1989 auf 50.000 geschätzt.[314] Viele davon waren wandernde Autodidakten, die in Teehäusern – zu Beginn der Sowjet-

---

312 Tashkent Radio Says Religious Ceremonies Held in Uzbek Mosques, UPI-Meldung v. 29.3.1990.

313 Die Zeitung *Toronto Globe & Mail* veröffentlichte am 16. März 1990 einen Artikel unter dem Titel „Soviet Islam's Freedom Road", demzufolge es damals allein in der aserbeidschanischen Hauptstadt Baku 3000 Moscheen (registrierte und inoffizielle) gab. 1975 waren es lediglich drei. Sowohl das Magazin *Time* („Islam Regains Its Voice", 10.4.1989) als auch die Zeitung *The Daily Telegraph* („Russia Warned About Islamic Subversion Threat", 22.5.1987) bezifferten die inoffiziellen Moscheen mit etwa 1800. Diese Zahl dürfte mittlerweile bei weitem überholt sein. – Die Angabe über die Vermehrung der offiziell genehmigten Moscheen wurde *Time* vom 12.3.1990 entnommen. Sie berücksichtigt nicht 56 neue islamische Glaubensgemeinschaften, die laut einer TASS-Meldung vom 16. August 1989 im europäischen Teil der UdSSR und in Sibirien registriert wurden. Einer weiteren Pressemeldung (Central Asia and Caucasus Chronicle 8/4, 1989) entnehmen wir, daß für Anfang 1990 zwecks Wiedereröffnung die bauliche Herrichtung von etwa 200 Moscheen allein in der autonomen Region Daghestan vorgesehen war.

314 Taheri, S. 194. – Kernstück des unregistrierten bzw. „Parallel"-Islam in der Sowjetunion waren die Sufi-Bruderschaften. Jahrhunderte vor dem Sowjetsystem in der Gegend verankert, besaßen die Sufis, so der verstorbene französische Sachkenner Alexandre Bennigsen, „ein außerordentlich effektives organisatorisches Rückgrat, an das sich muslimisch gefärbtes politisches Dissidententum anlehnen und von wo es gesteuert werden konnte". Diese Struktur beinhaltete „feste, strenge Hierarchien, einen ausgeprägten Sinn für Disziplin und eine entschieden hingabe- und opferwillige Geisteshaltung". Darüber hinaus wußte Bennigsen von Anzeichen für sufitische Untergrundgerichte und sogar lokale Milizen, deren Tätigkeit sich gegen die Feinde des

herrschaft in Tadschikistan als Agitprop-Zentren der Partei bekannt – heimlich religiöse Schulungen abhielten. Getarnte Moscheen gab es in Clubhäusern, Kolchosen und zumindest in einem Falle in einer Trauerhalle.[315] Eine der Methoden, aus staatlicher Sicht fragwürdige oder ungesetzliche religiöse Unterweisung zu vertuschen, bestand offenbar darin, daß Schüler sich im selben Betrieb Arbeit zuweisen ließen wie ihre Lehrer. In anderen Fällen verdingten sich Personen als Hausdiener bei ihren Mentoren.[316] Jedenfalls wurde den Untergrund-Mullahs überaus großer Einfluß nachgesagt.[317]

Taheri geht von etwa einer halben Million Mitgliedern bzw. Schülern aus, die im sowjetischen Untergrund-Netzwerk der Sufis aktiv waren. Neben den Sufis aber entstand, beginnend in den dreißiger Jahren, jedoch mit starkem Zuwachs nach der iranischen islamischen Revolution, eine Reihe kleinerer, dafür militanterer Bewegungen auf sowjetischem Territorium. Viele davon, so Taheri seinerzeit, „haben sich dem allfälligen Umsturz des Sowjetsystems verschrieben, das sie in ihren Schriften als satanisch und rebellisch gegen Gott bezeichnen".[318]

Mit Blick auf Untergrundgruppen, die den totalen Bruch mit Moskau anstrebten, prahlte ein tadschikischer Dissident: „Wir sind viele und werden immer mehr." [319] Ein anderer Radikaler, der die Begründung einer islamischen Republik iranischen Musters vorzog, wurde mit den Worten zitiert: „Wir müssen die Leute dazu bringen, sich zu erheben." Es könne „zwei, drei oder vier Jahre" dauern, fuhr er fort, „und es muß sehr schnell durchgezogen werden".[320]

Derlei neu aufgekommene revolutionäre Gruppen hinterließen ihre Spuren in allen muslimischen Sowjetrepubliken, die Speerspitze der islamistischen Bewegung befand sich jedoch augenscheinlich in Aser-

Islam richtete. Dem KGB sei es kaum gelungen, in die Sufi-Bruderschaften einzudringen. Siehe Ursula Kings Rezension zu Bennigsens Buch *Mystics and Commissars: Sufism in the Soviet Union*, The Journal of Communist Studies 4/3, 1988.

315 Muriel Atkin, The Survival of Islam in Soviet Tajikistan, Middle East Journal 43/4, 1989.

316 Ebd. – Auf diese Weise konnten Schüler zugleich ihre Lehrer „bezahlen".

317 Daniel Sneider in Christian Science Monitor v. 12.6.1990.

318 Taheri, S. 196 f.

319 Mort Rosenblum, Samarkand: Ancient Magic, Current Unrest, The Seattle Times v. 21.10.1990.

320 Soviet Central Asia Buffeted by Islamic Resurgence, AP-Meldung v. 5.5.1989.

beidschan und Tadschikistan. In Tadschikistan inhaftierten Sicherheitskräfte im Jahre 1989 über 50 militante Muslime, die fünf verschiedenen politisch tätigen Fundamentalistenzirkeln angehörten.[321] Diese schienen vom Zugriff der Staatsmacht herzlich unbeeindruckt zu sein, denn im Herbst 1990 ging die Nachricht durch die Medien, daß tadschikische Muslime in der ersten Oktoberwoche die Neugründung einer radikalen „Partei der Islamischen Renaissance“ angekündigt hatten. In Usbekistan war zu diesem Zeitpunkt bereits eine islamische Partei im Untergrund aktiv, deren programmatischer Kernpunkt die Schaffung einer von Moskau unabhängigen regionalen islamischen Föderation war und die, wie man hören konnte, sich rasant wachsenden Zulaufs erfreute. [322]

„Handeln wir jetzt nicht, so werden wir niemals handeln“, sagte Talat Tadschitin, Mufti für das europäische Rußland und Sibirien, 1989 in einer bewegenden Rede, in der er die Muslime drängte, zusammenzustehen und die sich abzeichnende religiöse Erweckung auszunutzen.[323] Die Botschaft traf auf offene Ohren. Vielfach verhielt es sich in der letzten Sowjetzeit, zumindest in den muslimischen Republiken, so, daß es nicht nur der KP nicht gelang, den Islam zu neutralisieren, sondern die islamischen Kräfte sich sogar die Partei zunutze machten. Angesichts dieser Problematik traten im Juni 1990 die leitenden Partei- und Regierungsfunktionäre aller fünf zentralasiatischen Sowjetrepubliken zu einer außerordentlichen Sitzung in Alma-Ata zusammen. Zu den Zielen des Treffens, die im großen ganzen auch erreicht wurden, zählte die Ausarbeitung eines umfassenden regionalen Grundlagenvertrages der Republiken Kasachstan, Kirgisien, Tadschikistan, Usbekistan und Turkmenistan. Das Abkommen, das der Urzelle eines muslimischen Gemeinsamen Marktes glich, setzte die Aushandlung multilateraler Übereinkünfte auf zwölf politischen, sozialen und wirtschaftlichen Hauptfeldern auf die Tagesordnung. Ein in der Schlußsitzung des Treffens verabschiedetes Zusatzdokument erklärte: „Das Andenken unserer großen Vorfahren ruft uns heute dazu auf, unsere Anstrengungen zur Stärkung der geschichtlichen Bruderbande zu vereinen.“

---

[321] Taheri, S. 197.

[322] Ahmed Rashid, Uzbek Unrest, Far Eastern Economic Review v. 12.7.1990.

[323] Dusko Doder, Central Asia: The Rise of Moslems, U.S. News & World Report v. 3.4.1989.

Für den Fall des Fehlschlagens dieser Politik hielt sich eine wachsende Anzahl von Volksfront-Formationen kampfbereit. Die Volksfront Aserbeidschans beispielsweise wurde im August 1989 ins Leben gerufen und hatte aus dem Stand gewaltigen Zulauf. Das schiitisch-religiöse Establishment des Landes beeilte sich, ihr seine Unterstützung zuzusichern.[324] Noch schneller wuchs *Birlik*, die Volksfront Usbekistans. Im November 1988 aus dem Boden gestampft, verfügte sie mit Stand 1991 über mehr als 300.000 Mitglieder und konnte bereits auf mehrere von ihr veranstaltete Massendemonstrationen zurückblicken. Die *Birlik*-Abspaltung „Demokratische Partei »Erk«" hatte sich ausdrücklich das Ziel eines unabhängigen Usbekistan auf ihre Fahnen geschrieben.[325]

Je mehr sich ihr Reich von den Rändern her auflöste und je weniger an politischem Bewegungsspielraum ihnen zur Verfügung stand, um so spürbarer wurde die Spannung unter den Entscheidungsträgern der Sowjetunion. Der frühere US-Sicherheitsberater Zbigniew Brzezinski stellte seinerzeit die Frage, „ob sich die Sowjetunion gewaltsam oder durch einen Prozeß der Übereinkunft wandeln wird".[326] Einige Ereignisse der jüngsten Zeit in Zentralasien und im Kaukasus haben die Nerven vor allem der Russen blankgelegt; und Ängste, daß ein neuer „heiliger Krieg" den in Jahrhunderten aufgestauten Haß zur Entladung bringen könnte, scheinen nicht unbegründet. Schon Gorbatschow hatte die Gefahr eines Bürgerkrieges angesprochen, und der sowjetische Ex-Außenminister Eduard Schewardnadse warnte vor einer denkbaren „sozialen Explosion", die, wie er sagte, „die gewaltigen Halden nuklearer und chemischer Waffen zur Entzündung bringen" könnte[327].

Das Drama, das seinen Lauf nimmt, ist nach den Worten des tadschikischen Schriftstellers Salim Ayub ein „Kampf zwischen den Braunäugigen und den Blauäugigen"[328], in dem beide Parteien mit ei-

---

324 Said Zafar, Soviet Islam's Freedom Road, Toronto Globe & Mail v. 16.3.1990.

325 Adrian Karatnycky, Summer of Discontent for Soviet Turks, Asian Wall Street Journal v. 31.7.1989; Central Asia and Caucasus Chronicle 9/2, 1990.

326 Zbigniew Brzezinski, Should the Soviet Union Be Saved? Washington Post; zit. n. The Seattle Times v. 10.3.1991.

327 Martha Brill Olcott, Soviet Central Asia: Next to Erupt? Christian Science Monitor v. 29.1.1990.

328 Zit. n. Said Zafar, a.a.O.

nem üppigen Vorrat an Traumata und Vorurteilen ausgestattet zu Felde ziehen. Dem kollektiven Gedächtnis der Russen sind die grauenvollen Überlieferungen ihrer 250jährigen brutalen Unterjochung durch die mongolischen Tatarenhorden so tief eingebrannt, daß russische Mütter seit dem Mittelalter unartige Kinder mit dem Satz „Die Tataren kommen!" zur Räson zu bringen pflegen. In Moskau betiteln einige Taxichauffeure nach wie vor jeden Fahrgast mit dunklem Teint als „Tataren" – ein gängiger Schmähname für alle Muslime.[329] Doch nur wenige, die bewundernd vor der Basiliuskathedrale, Iwans des Schrecklichen architektonischem Prunkstück am Roten Platz, stehen, wissen, daß deren farbenprächtige Zwiebelkuppeln ursprünglich einmal die abgeschnittenen, turbanbedeckten Häupter von acht muslimischen Stammesführern symbolisieren sollten, die im Kampf gegen russische Truppen gefallen waren.[330]

Die freundlichste Bezeichnung, die man für die Haltung der Muslime gegenüber Slawischstämmigen, die in Zentralasien oder der Kaukasusregion ansässig geworden sind, wählen könnte, ist „kühle Nichtachtung". Ein vor Ort gedrucktes Pamphlet, das sich mit der vermeintlichen „slawischen Kolonisation islamischer Länder" befaßt, fordert die Gläubigen auf, sich abzuwenden und ihrer Wege zu gehen, wo und wann immer sie „denen, die kein Recht haben, sich in einem Land aufzuhalten, das nicht das Ihre ist", begegnen.[331] In der Praxis kann das alles mögliche bedeuten – von der Sperrung von Restaurants für Nichtmuslime bis zur Weigerung, Russisch zu lernen. Eine Kennerin Zentralasiens, Marie Broxup, sagt, kein Slawe könne in einem usbekischen Dorf länger als ein halbes Jahr überleben – und möge er auch die allerbesten Absichten hegen: „Zwingt ihn die soziale Ächtung nicht fort, so werden es die Schikanierungen tun."

In zunehmendem Maße macht sich ebendiese Feindseligkeit auch in den großen Städten der Region geltend, etwa in Taschkent, Frunse,

---

329 Islam Rises, Moscow Trembles, The Independent v. 13.6.1990.

330 Taheri, S. IX. – In jüngster Zeit ist die tatarische Hauptstadt Kasan zwischen bis zu 150 muslimischen und slawischen Straßenbanden in Sperrbezirke aufgeteilt worden. Nach sowjetischen Zeitungsberichten kamen zwischen 1985 und 1987 nicht weniger als 15 Jugendliche in diesem Bandenkrieg um und befand sich Anfang der neunziger Jahre beinah die ganze Stadt unter der Kontrolle irgendwelcher Jugendbanden. Vgl. ebd. S. 201.

331 Ebd. S. 200.

Duschanbe und Baku. Angesichts sich zusehends verschlechternder sozialer Bedingungen werfen Jahr für Jahr Tausende von Russen das Handtuch und machen sich auf gen Norden. Machte der slawische Bevölkerungsanteil Zentralasiens 1970 noch 21 Prozent aus, so liegt er heute bei weiter fallender Tendenz bei 13 Prozent. Um diesen Exodus noch zu beschleunigen, gießen fanatisch-muslimische Elemente nach Kräften Öl ins Feuer, indem sie Gerüchte über drohende Gewaltausbrüche schüren. So konnte man beispielsweise im August 1990 in den Straßen usbekischer Städte hören, per 1.Oktober würden alle Russen fort oder tot sein – eine Drohung, die durchaus ernstgenommen wurde, nachdem Übergriffe auf Russen im Februar 1989 mehrere Todesopfer gefordert hatten, die man mit durchschnittenen Kehlen auffand.[332] Besonders hart betroffen wurden christliche Gemeinden in der Region, deren Mitgliedschaft sich mehrheitlich aus Russisch- und Deutschstämmigen zusammensetzt. Sowohl aus religiösen als auch aus nationalistischen Motiven unter Druck gesetzt, flüchten Christen in großer Zahl. Ein baptistischer Superintendent in Zentralasien berichtete, daß von den 32 ihm unterstehenden Gemeinden mittlerweile 16 ohne örtliche Leitung seien. Eine Versammlung in der kirgisischen Hauptstadt Frunse verlor seit Januar 1990 fast 80 Prozent ihrer Mitglieder. Kürzlich predigte ein amerikanischer Missionar der Rumpfgemeinde über die Herausforderung, die Muslime mit dem Evangelium zu erreichen. Nach dem Gottesdienst kamen mehrere Besucher auf ihn zu und sagten: „Bitte vergeben Sie uns, aber wir müssen hier weg.“ [333]

---

[332]Mündlicher Bericht von Marie Broxup. Siehe auch Wybo Nicolai, Muslim Radicals Gain Strength in Soviet Central Asia, News Network International v. 10.7.1989.

[333] Gespräch mit Steve Weber, Seattle, 12.9.1990. – Ein sowjetischer Gläubiger arbeitete die letzten drei Jahre hindurch unter muslimisch-kirgisischen Dorfbewohnern im Grenzgebiet zu China. Zwölf der Dörfler haben sich zu Christus bekehrt. In Taschkent lebt eine russische Fabrikdirektorin mittleren Alters, die eine brennende Leidenschaft verspürt, die bodenständigen Usbeken mit dem Evangelium zu erreichen. Mit Unterstützung der größten Baptistengemeinde der Stadt konnte sie bereits etlichen Berufskollegen Zeugnis geben und evangelistische Versammlungen ausrichten. Doch ungeachtet solch positiver Einzelberichte stehen für die geistlichen Nöte der Region immer weniger Arbeiter zur Verfügung.

Gegenschlag: *Pamjat* und der Aufstieg des russischen Faschismus

Während im Januar 1990 im Raum Baku und in Nagorno-Karabach die erbitterten Kämpfe zwischen Russen, Armeniern und Aserbeidschanern ihren Höhepunkt erreichten, erschien in der sowjetischen Zeitung *Trud* ein Bericht von einem antirussischen muslimischen Pogrom. Die Situation spitzte sich dermaßen zu, daß Moskau die ungewöhnliche Maßnahme ergriff, 15.000 Angehörige von in Aserbeidschan stationierten Soldaten und KGB-Funktionären aus der Republik zu evakuieren.[334]

Der New Yorker Professor Michael Rywkin, selbst in Zentralasien aufgewachsen, versuchte die damalige Zwangslage der Regierung so zu umreißen: „Es gibt Pogrome gegen Russen. Diese haben bereits die Dörfer verlassen, jetzt gehen sie auch aus den Städten fort. Die Sowjetführer stehen vor demselben Dilemma wie einst Charles de Gaulle in Algerien: Soll man einfach alles hinter sich lassen?“ [335]

Die Russen selbst waren in dieser Frage gespalten. Während viele Nationalisten ihr Imperium als Zeichen russischer Größe, ja als göttlich verordnetes Recht sahen, beurteilten andere, unter ihnen Alexander Solschenizyn, es als Rußlands Unglück. Mit dem Hinweis, das Sowjetimperium sauge dem russischen Mutterland alle Lebenssäfte aus, forderte der Dissident 1990 alle nichtslawischen Republiken zur freiwilligen Sezession auf, andernfalls man sie mit Gewalt abtrennen müsse.[336]

Auch die meisten KP-Reformer – wenngleich sie dazu neigten, das Problem und seine Lösungsmöglichkeiten anders auszudrücken – stimmten im Grundsatz der These zu, daß die nichtrussischen Völker des Imperiums die Freiheit erhalten sollten, ihre eigene nationale Politik zu gestalten. Unter der Führung von Männern wie Boris Jelzin, Eduard Schewardnadse und der Bürgermeister sowohl Moskaus als auch des damaligen Leningrad drückte diese latent gefährdete Parteifaktion auch offen ihre Besorgnis hinsichtlich einer möglichen Wiederbelebung des sowjetischen Totalitarismus aus. In der Erkenntnis,

---

[334] Occupational Disease, Time v. 5.2.1990.

[335] Talk Grows in Central Asia of „Decolonization“ by Soviets, AP-Meldung v. 10.6.1990.

[336] Aus der *Komsomolskaja Prawda* zitiert in Time v. 1.10.1990.

daß Rußland selbst nicht frei sein könne, solange es andere unterdrücke, wurden mehr und mehr fortschrittliche Politiker willens, zugunsten eines freien, demokratischen Rußland vom sowjetischen Imperialismus zu lassen.

Am anderen Ende des Spektrums murrten die wahrhaft Konservativen. Aufgeschreckt von den Kräften, die *Glasnost* und *Perestroika* entfesselt hatten – insbesondere der politischen Entschlossenheit sowohl bei liberalen Nationalisten als auch demokratischen Parteireformern, sich von nichtrussischen Territorien zu trennen –, gingen diese selbsternannten Patrioten wild entschlossen in den Kampf um die Bewahrung der Überreste des Reiches. Und sollte dabei eine neue Distanz dem Westen gegenüber herauskommen, so sollte ihnen das gerade recht sein. Während einer Straßenkundgebung im Frühjahr 1990 beklagte ein Armeeoffizier in Uniform die von ihm so genannten Ansätze, das Militär „zu einer Hure zu machen, mit der man herumexperimentiert, damit der Westen applaudiert“. Auf dem kurz danach abgehaltenen KPdSU-Kongreß in Moskau warf der Kommandeur der Pazifikflotte, Flottenadmiral Gennadij Chwatow, den liberalen Reformern vor, sie hätten jedweden geopolitischen Zugewinn verspielt, den die UdSSR seit der Zeit vor dem Zweiten Weltkrieg erzielt habe. „Wir haben keine Alliierten im Westen, und wir haben keine Alliierten im Osten!“ bellte er. „Im Ergebnis sind wir auf die Situation von 1939 zurückgeworfen worden.“

Selbst das KGB stimmte in den Chor der Bewahrer ein. In einem ungewöhnlich offenen Brief an Präsident Michail Gorbatschow gelobten Mitarbeiter des Moskauer Hauptquartiers feierlichst, alle zur Aufrechterhaltung der Ordnung und der Union nötigen Maßnahmen zu ergreifen. „Auf *Glasnost* und der Meinungsvielfalt herumreitend“, schrieben sie, „verunglimpfen großmäulige Advokaten gewisser sozialer Interessen den heiligen Namen Lenins und die Ideen der Heimat, des Patriotismus und des Oktober, die jedem Sowjetmenschen so teuer sind.“ [337]

Um die Jahresmitte 1990 war aus der reaktionären Bewegung, die konservative Kräfte bereits einige Jahre zuvor in Gang gesetzt hatten, ein echtes Monster geworden. Den Wandel witternd, lamentierte im Juli ein Leitartikler der liberalen Zeitung *Moscow News*: „In der Tat hatten

---

[337] Michael Parks, KGB Warns It Will Act to Protect Socialist System, The Seattle Times v. 9.3.1990.

wir gehofft, es werde keinen Weg zurück in die Vergangenheit geben. Doch bemerkten wir: Es gab ihn nach wie vor, und er befand sich gut in Schuß. Es handelte sich nicht um eine kaum befahrene Landpiste, sondern um eine moderne Autobahn.“ [338]
Im Schulterschluß mit den Konservativen in den Streitkräften bildeten wachsende Teile von KGB und KPdSU faschistoide russisch-nationalistische Organisationen. Zwar standen viele dieser Organisationen an den Rändern des politischen Spektrums; aufgrund ihrer Popularität, ihres selbstbewußten Auftretens und und ihrer hochrangigen Regierungskontakte jedoch schätzten einige Reformer sie als bedrohlicher ein denn die Kommunisten an den Schalthebeln der Macht.[339]
Abgesehen von dem mächtigen *Sojus*- oder „Unions“-Kartell, das gewissermaßen die offizielle Formation der sowjetischen Konservativen darstellt, entpuppten sich die meisten der neuen Rechtsaußen-Organisationen als offen nationalistisch. In der Regel unterhielten sie enge Bindungen zur Russisch-Orthodoxen Kirche. Zur bekanntesten dieser Gruppen wurde *Pamjat* („Erinnerung“). Diese Vereinigung mit Sitz in Moskau und Nowosibirsk nannte alsbald Zugehörige in der Ukraine, in Lettland, Kasachstan, Juschno-Sachalinsk im Fernen Osten und anderswo ihr eigen.[340] 1980 vorgeblich zur Pflege patriotischer Traditionen und zum Erhalt von Denkmälern gegründet, leistete *Pamjat* tatsächlich faschistischem Ideengut nach dem Muster der berüchtigten Schwarzen Hundertschaften Vorschub.[341]
Im Einklang mit Schwesterbünden wie *Otetschestwo* („Vaterland“) in Swerdlowsk und *Spasenije* („Errettung“) im damaligen Leningrad nahm *Pamjat* alle Äußerungen von Separatismus und ethnischen Konflikten in der UdSSR als „Ergebnis schmutziger zionistisch-freimaurerischer Provokationen“ [342] wahr. Unter dem Titel „Flüsternder Haß“ berichtete im März 1990 das Magazin *Time* von einer Konfrontation

---

[338] Leonid Treyer, The Summer of Our Discontent, Moscow News v. 15.7.1990.

[339] Vgl. David Shipler, Russia: Broken Promises, Solemn Idols, New York 1983, S. 327.

[340] Julia Wishnevsky, The Origins of Pamyat, Survey 30, 1988, S. 84.

[341] Peter Duncan, The Fate of Russian Nationalism: The *Samizdat* Journal *Veche* Revisited, Religion in Communist Lands 16, 1988, S. 52. – Die Schwarzen Hundertschaften waren eine rechtsextremistische Rolltruppe, die sich an den Pogromen des Jahres 1905 gegen Juden, Liberale und mißliebige Intellektuelle beteiligte.

[342] Manifest der Nationalen Patriotischen Front *Pamjat*, Artikel Nr. 50.

zwischen gut 50 *Pamjat*-Anhängern und einem Kreis liberaler Schriftsteller, die sich im Januar desselben Jahres zugetragen hatte. „Unter antisemitischen Spruchbändern und begleitet von rassistischen Parolen warnte ein Hooligan die Versammelten: »Diesmal sind wir mit einem Megaphon gekommen – nächstesmal kommen wir mit Waffen!« Ein anderer Demonstrant, dessen Handlungen auf Video festgehalten wurden, brüllte: »Jetzt können euch nicht mal mehr KGB und Partei helfen! Wir werden die Herren des Landes sein, und ihr Bastarde solltet nach Israel verschwinden!«“ [343]

An der Spitze der russischen Nationalisten-Bewegung standen zwei besonders bemerkenswerte Figuren: Dimitrij Wassiljew von *Pamjat* und der Führer der rechtsextremen Ultras, Gennadij Schimanow. Beide propagierten ein vereintes „Unteilbares Rußland“ [344] – eine Art slawisches Drittes Reich. In seiner Abhandlung „Der ideale Staat“ faselte Schimanow von einem „Mystischen Organismus ... unter der Führung des russischen Volkes“[345].

Zur Erfüllung ihrer messianischen Vision freilich hielten diese Herrschaften es für erforderlich, daß Rußland selber von den zerstörerischen Auswirkungen des sowjetischen „Kosmopolitanismus“ gereinigt würde, worunter sie Gewaltenteilung und die Vermischung menschlicher „Rassen“ verstanden. Im Prozeß der „Reinigung“ würden alle Nichtslawen das russische Kernland zu verlassen und in ihre ethnischen Herkunftsgebiete zurückzukehren haben, die damit quasi zu Reservaten würden. Nur durch eine solche großangelegte Apartheid-Politik könne Rußland sein hohes geistiges Erbgut zurückgewinnen und damit beginnen, sein Imperium zu einer, wie Schimanow sich ausdrückte, „Kleinen Menschheit“ umzuformen.[346]

---

[343] In ihrem Artikel vom Oktober 1988 (s. Anm. 340) zitierte Julia Wishnevsky den ernüchternden Bericht eines Reporters der *Moscow News*, demzufolge an einem Leningrader *Pamjat*-Treffen „Dutzende“ von Polizeibeamten wie auch KP-Funktionären verschiedener Ränge teilnahmen. Der Reporter, Valeri Voskoboinikov, schrieb, kein einziger habe zu intervenieren versucht, als Redner die Unterbindung von Eheschließungen zwischen Russen und Nichtrussen sowie die sofortige Deportation von Juden und anderen Minderheiten an „die Orte ihrer historischen Herkunft“ forderten. A.a.O. S. 83.

[344] Vgl. Alexander Yanov, The Russian Challenge and the Year 2000, Oxford 1987, S. 158.

[345] Zit. n. Yanov, S. 240 f.

[346] Diese Idee ist von Lenin abgekupfert, der ebenfalls eine Art – allerdings widergöttlicher – messianischer Vision verfolgte, die er mit dem Begriff der „Kleinen

Umgeben von schwarzgewandeten Chargen nach Manier der *Aryan Nation* oder der *Nation of Islam* Louis Farrakhans [faschistische bzw. militant-islamische Terrorgruppen in den USA; *A. d. Ü.*], kultivierte der *Pamjat*-Führer Wassiljew eine Aura des Bösen. Darauf angesprochen, daß nicht alle Weißen in der Sowjetunion Wert darauf legten, zu seiner mystischen russischen Nation zu gehören, erklärte Wassiljew mit verschrobener Aufrichtigkeit: „Es sind die Zionisten, die die Ukrainer überzeugt haben, daß sie keine Russen seien. Sie haben auch die Litauer dazu gebracht, zu glauben, sie seien keine Slawen.“ [347] Angesichts des fortschreitenden Zusammenbruchs der sozialen Systeme sprangen viele Russen auf den Nationalistenzug auf, insbesondere seit Schimanow, wie der Sowjetexperte Alexander Yanov schrieb, „es fertiggebracht hat, eine ideologische Rechtfertigung dafür zu konstruieren, daß die orthodoxen Massen intuitiv dahin tendierten, ihren Frieden mit dem [sowjetischen] Regime zu machen“ [348]. Schimanows Argumentation ist clever aufgezogen, sie spielt auf der Klaviatur von Schuldempfinden, Stolz und Furcht. So gesteht er einerseits ein, das Sowjetsystem könne nicht länger ernsthaft dem Hirngespinst des Kommunismus nachjagen, beeilt sich dann aber hinzuzufügen, es könne aber ebensowenig „die Größe seiner Mission verraten“. Wie das? Weil es „ansonsten für sinnlose Opfer in wahrlich unzählbarer Menge geradestehen müßte“.[349] Um diesen Opfern gerecht zu werden und zugleich zu erreichen, was Schimanow „Die Große Verwandlung

---

Menschheit“ belegte. Freilich schrieb er der Partei und nicht etwa dem russischen Volk die Führungsrolle bei der Verwirklichung seiner Idee zu.

[347] Aus einem Interview mit der französischen Zeitschrift *Actuel*, Mai 1989.

[348] Yanov, S. 237.

[349] Gennadij Schimanow, Kak ponimatj naschi istoriu, S. 6. – Yanov faßt das Schimanowsche Denken zu diesem Punkt folgendermaßen zusammen: „Das von Natur aus mobile Regime, dessen dynamische Anmutung auf der Bewegung hin zu einem klaren, deutlich formulierten Ziel beruht, hat sein Ziel verloren und ist folglich immobil geworden. Die Bewegung degenerierte zunächst zu einem Marschieren auf der Stelle und ging dann in ‘Fäulnis’ über. Die Nation ist desorientiert und gedemütigt und befindet sich von daher in einem geistigen Sterbeprozeß. Dies zeigt sich an dem katastrophalen Rückgang der sozialen und Arbeitsdisziplin, der die Lebenskräfte der Nation untergräbt. Die kolossalen Opfer, die das Volk auf dem Wege zum Ziel hin gebracht hat, haben jeden Sinn verloren. Die Revolution, der Bürgerkrieg, das *Gulag*-System, der Tod von Millionen, Hunger und Kollektivierung, der Zweite Weltkrieg, alle Selbstaufopferung: das alles ließ sich als notwendig auf dem Wege zum Kommunismus rechtfertigen – und das alles hat sich als sinnlos erwiesen“ (S. 233).

der Welt" nannte – die dem kaputten westlichen System nicht länger zuzutrauen sei –, müsse das Sowjetsystem die kosmopolitische Idee des Kommunismus über Bord werfen und die russische Orthodoxie an deren Stelle setzen.[350] Bei Verzicht auf diese nationalistische Vision sei das Sowjetsystem ohne Ziel; doch ohne das Sowjetsystem und seine diktatorischen Strukturen werde die russische samt der globalen Zivilisation entweder auseinanderfallen oder von zeitgenössischen Tataren überrannt werden.

So ließen sich Anfang der neunziger Jahre alarmierende Anzeichen dafür ausmachen, daß das diktatorische Sowjetsystem sich mit nationalistischer Ideologie zu einem neuen faschistischen Ungeheuer verschmelzen könnte. Eine Stimme aus dem Volk war die Nikolai Makuschews, eines kommunistischen Chemiearbeiters, der keinen Hehl aus dem machte, was er für richtig hielt: „Die Menschen stehen auf Ordnung. Wenn die Ordnung gewahrt wird und die Leute anständig leben können, schert es sie einen Dreck, ob die Regierung nazistisch, faschistisch, kommunistisch oder sozialistisch ist. Mir geht es auch so. Wenn das Land erstmal vier oder fünf Jahre mit eiserner Hand regiert worden ist, wird es zu blühen beginnen – aber auf unsere russische Weise." [351]

Die orthodoxe Kirche für ihren Teil legte nicht nur ihr Gewicht zugunsten der Bemühungen des Regimes in die Waagschale, die Union zusammenzuhalten, sondern verhielt sich geradezu offensiv, indem sie Abzeichen und Flaggen der „Schwarzen Hundertschaften" in kirchlichen Räumen zuließ.[352] Und was die Armee betrifft, so vertrat zumindest ein Fachmann, Professor John Erickson von der Universität Edinburgh, die Auffassung, ihr Charakter werde auf Kosten der sowjetischen Identität beständig „russischer". Abgesehen davon, daß das *Military History Journal* Anfang der neunziger Jahre stolz Photographien zur Schau stellte, auf denen Popen und Patriarchen russische Truppen segneten, tauchten in den Mitgliedsrollen von Organisationen wie *Pamjat* mehr und mehr Offiziere auf, unter ihnen z. B. der Generalleutnant Grigorij Samoilowitsch aus dem damaligen Leningrad. [353]

---

[350] Ebd.

[351] Zit. n. Paul Quinn-Judge, Industrial Town Awaits Capitalism with Trepidation, The Seattle Times v. 19.10.1990.

[352] Vgl. Yanov, S. 62 f.

[353] Vgl. Wishnevsky, S. 86.

Mehr ins Gewicht fielen die Befürchtungen mancher, die sowjetische Armee sei auf eine kriegerische Auseinandersetzung aus. Die Generalität wandte sich voll Abscheu von Gorbatschows weicher Westpolitik ab und war brüskiert davon, wie eilig es der Präsident hatte, die Militärausgaben zu kürzen. Auch die Häufigkeit von Desertionen bzw. Nichtgestellungen entzückte sie ganz und gar nicht, ebensowenig die Behandlung, die ihren Einheiten in den Randgebieten des Imperiums zuteil wurde. (So wurden z. B. russische Soldaten, die den Auftrag hatten, ethnische Unruhen in Kirgisien niederzuschlagen, verprügelt und die Eisenbahnzüge, in denen sie abzogen, mit Steinen beworfen.) [354] Diese und andere Mißstände hatten zur Folge, daß in einigen Städten die regulären Milizstreifen durch patrouillierende Soldaten ergänzt wurden. Es kam sogar zu Soldatendemonstrationen.

Am Abgrund des Krieges: die Rückkehr der *Basmadschis*

Der Kampf gegen „heilige Krieger" auf deren Weise und in deren Territorium kann eine schwierige Aufgabe sein, wie die sowjetische Armee in Afghanistan lernen mußte. Diese Botschaft wurde während des Krieges in Form versiegelter Särge und Leichenbeutel tausendfach in die Heimat geschickt. Als das Blutbad immer schlimmer wurde, entdeckten Beobachter, die ihre Hausaufgaben machten, daß die Rote Armee nicht zum erstenmal einer grimmigen muslimischen Guerilla gegenüberstand.

In den Jahren unmittelbar nach der Oktoberrevolution von 1917 wurden die islamischen Siedlungsgebiete in Zentralasien und im Kaukasus von neuen Frontlinien durchzogen. Auf der einen Seite standen die militanten Bannerträger der bolschewistischen Idee, auf der anderen die antikommunistischen Kämpfer Allahs. Nach den ersten paar Gemetzeln verpaßten die vorrückenden Truppen Lenins ihren muslimischen Gegnern den Spitznamen *Basmadschis* (eigentlich türkisch für

[354] A Bitter Homecoming, Newsweek v. 30.7.1990. – Es gab darüber hinaus weitere Schwierigkeiten. Gut 200.000 jüngeren Offizieren konnte keine angemessene Unterkunft geboten werden, was verschiedentlich Anlaß zu Desertionsdrohungen ganzer Einheiten wurde.

„Unterdrücker"; im russischen Sprachgebrauch Synonym für [muslimische] „Banditen"). Von Haus aus als Beschimpfung gedacht, wurde diese Bezeichnung alsbald „Synonym für Mut und Hingabe an den Islam"[355].

Zwei Jahrzehnte lang, von 1919 bis 1939, maßen sich die *Basmadschis* mit den Bolschewiken. Krieger aus Afghanistan, China, dem Iran und der Türkei verstärkten ihre Reihen. Selbst Enver Paša, Mitglied des osmanischen Triumvirats der Kriegszeit, focht und fiel in Hingabe an seine visionären pantürkischen Ideale in Zentralasien.

Zwar gelang es endlich Stalin, die muslimischen Partisanen durch eine Kombination aus militärischem Vorgehen und Aushungern in die Knie zu zwingen, der geistige Widerstand gegen die kommunistische Machtanmaßung bestand jedoch fort. Gegen Ende der Sowjetära schien der Aufstand der *Basmadschis* im Begriff zu sein, sich ganz neu zu formieren.

So erfreuten sich in den meisten zentralasiatischen Republiken Dichtungen und Geschichten zum Ruhm der antikommunistischen *Basmadschi*-Bewegung allergrößter Beliebtheit. Kirgisische Parteifunktionäre beklagten dieses Phänomen, während ein Beraterteam des Senders *Radio Liberty* 1989 empfahl, bei künftigen Radioprogrammen darauf zu achten, daß die *Basmadschis* nicht als Banditen, sondern als Freiheitskämpfer dargestellt würden, die ihre Dörfer verteidigten.

Ferner kamen immer häufiger Berichte über Razzien vonseiten örtlicher Guerillas, die gezielt *Basmadschi*-Kämpfer imitierten. Es wurden sogar Aktivisten gesehen, die das rote Stirnband der Märtyrer trugen.

Die Unruhen in Duschanbe 1990 lieferten ein Beispiel dafür, wie schnell sich die Dinge entwickeln können, wenn der richtige Katalysator ins Spiel kommt. In einem TASS-Artikel vom Mai 1990, verfaßt von Viktor Ponomarjow und abgedruckt in der *Prawda*, hieß es, sobald die Demonstrationen in Duschanbe gewalttätig geworden seien, „erscholl ein Ruf in die Teehäuser, die zu Bethäusern verwandelt worden waren: »Wacht auf, Muslime! Das Volk erhebt sich!« Per Audio- und Videokassetten wurden Ansprachen islamistischer Führer verbreitet, in denen es hieß: »Es ist an der Zeit, einen islamischen Staat zu errich-

---

355 Taheri, S. 100.

ten!«". Ponomarjow brachte diese Parolen mit dem Erscheinen von ihm so genannter „Gesandter" aus Baku in Verbindung und legte nahe, daß diese für die nachfolgenden Gewaltausbrüche verantwortlich gewesen seien. Die Bildung eines „Provisorischen Nationalkomitees" am zweiten Tag der Aufstände sah er im Zusammenhang mit „militanten Gruppen, die, aufgeheizt durch ihre heimischen Mullahs, aus den ländlichen Bezirken in die Stadt geeilt kamen, Parolen skandierend, die die Gründung einer islamischen Republik forderten".[356] Dem Komitee, so Ponomarjow, stand niemand anders vor als Buran Karimow, stellvertretender Vorsitzender des Ministerrates der Republik und Präsident der staatlichen Planungsbehörde.[357]

Die *Literaturnaja Gazeta* veröffentlichte am 21. Februar 1990 ein Dokument, das dem Vernehmen nach vom *Rabita-Da'awa*-Institut im pakistanischen Peshawar stammte und sowjetischen Muslimen präzise Instruktionen lieferte, wie sie zum *Dschihad* übergehen könnten.[358] Zudem reklamierte die radikale afghanische *Hisb-e Islami* bereits 1984 für sich 3000 Mitglieder innerhalb Zentralasiens [359] – eine Behauptung, die sehr an Glaubwürdigkeit gewann, als der KGB-Major Wladimir Petkel 1987 in einer Rede eingestand, daß es Infiltration aus dem Ausland gebe und daß man Untergrund-Netzwerke aufgedeckt habe [360]. Noch ominöser freilich waren bestätigte Berichte, nach denen gegen Ende der Sowjetherrschaft sogar die berüchtigte *Hisbollah* auf sowjetischem Boden operierte.

Während der anarchischen Krise in Aserbeidschan berichtete die sowjetische Tageszeitung *Iswestija*, Muslimextremisten hätten drei Truppentransport-Züge samt Insassen und Ausrüstung gekapert. Im ganzen Jahr 1990 stiegen die Diebstähle von Waffen und Munition von sowjetischen Militärstützpunkten um verblüffende 50 Prozent an. [361] Diese unkontrollierte Ausbreitung todbringenden Geräts erfolgte of-

---

356 Vgl. Central Asia and Caucasus Chronicle 9/2, 1990.

357 Am 22. Mai 1990 debattierte das ZK der tadschikischen KP den Ponomarjow-Artikel und stellte fest, daß „die Schlußfolgerungen des Autors in vielen Belangen mit der Situation in der Stadt Duschanbe im Monat Februar 1990 übereinstimmen".

358 Central Asia and Caucasus Chronicle 9/2, 1990.

359 U.S.S.R. News Brief 10, 1984; zit. n. Central Asian Survey 6/1, 1987.

360 V. Rabijew, Kommunist Tadschikistana v. 12.2.1987.

361 David Wood, Underlying Issue: Possible Collapse of Soviet Union, The Seattle Times v. 29.5.1990.

fenkundig – zumindest in einigen Fällen – unter amtlicher Duldung. Mit Bezug auf Vorkommnisse im Kaukasus teilte ein Generalmajor des Innenministeriums mit: „Die Polizei sagte, die Waffen seien ihr gestohlen worden – tatsächlich aber händigten die Polizisten die Waffen aus.“ [362]

Seinerzeit schossen Gerüchte ins Kraut, die wissen wollten, Waffen vom afghanischen Kriegsschauplatz würden im Ferganatal, knapp 500 Kilometer östlich Taschkents, gehortet. „Die Usbeken streben die Oberherrschaft über Zentralasien an, und sie sind bis zu den Zähnen bewaffnet“, sagte dazu ein nichtusbekischer Intellektueller in Samarkand.[363] Bekannt wurde auch, daß in der Silvesternacht 1990 nicht weniger als 40.000 sowjetische Muslime illegal die Grenze zum Iran überschritten und mit Waffen zurückkamen.[364]

Derlei Vorkommnisse nötigten einem renommierten sowjetischen Völkerkundler die Bemerkung ab: „Moskau hat nicht genügend Truppen, und wenn irgend etwas wirklich hochgeht, wird es nicht damit fertigwerden können.“ Das wäre doppelt eingetroffen, wenn sich die wiederbelebten *Basmadschis* in den Hügeln verschanzt hätten und gleichzeitig in anderen Teilen der UdSSR Unruhen ausgebrochen wären. Zwar suchte Michail Gorbatschow die wachsende Bedrohung dadurch zu steuern, daß er mit Boris Pugo (früher KGB-Chef von Lettland) und Boris Gromow (Ex-Oberkommandierender in Afghanistan) zwei Falken an die Spitze des Innenministeriums berief, doch wurden zunehmend Besorgnisse laut, sogar hinsichtlich der Loyalität der Armee.

Dabei stellte der hohe Anteil von Militärs mit muslimischem Hintergrund das größte Problem dar. Von den Spezialtruppen des Innenministeriums für die innere Sicherheit hieß es beispielsweise, daß ihre Mannschaften etwa zur Hälfte aus Zentralasiaten bestünden. In den achtziger Jahren gab es an einem Fliegerhorst nahe Alma-Ata mindestens eine Wachkompanie, die zu 80 Prozent aus muslimischen Wehrpflichtigen rekrutiert war.[365]

Soldaten zentralasiatischer Abstammung hatten zunehmend Grund zur Bitterkeit über ihre Behandlung in der Armee. Viele berichteten,

---

362 Eyewitness to Hatred, Time v. 5.2.1990.

363 Marie Broxup, Far Eastern Economic Review v. 12.7.1990.

364 The Seattle Times v. 20.1.1990; Occupational Disease, Time v. 5.2.1990.

365 Alexiev/Wimbush, S. 148 ff.

slawische Unteroffiziere würden sie ständig mit Schmähungen wie „schwarze Ärsche" und „Schlitzaugen" beschimpfen. In einer Luftabwehrbrigade wurden zwei kasachische Tataren von russischen Kameraden mißhandelt, die im Wissen, daß die Kasachen kein Schweinefleisch essen durften, ihnen ein Schweineohr in die Suppe legten. Andere legten ihnen Fußlappen auf den Kopf, während sie schliefen [366]. Alsbald begannen einige zurückzuschlagen. In den achtziger Jahren hörte man Berichte von einem regelrechten Kleinkrieg zwischen Russen und Aserbeidschanern bei einer Ausbildungseinheit in Nowosibirsk. Doch auch in den hochgeheimen Nuklearwaffenstützpunkten bei Tomsk spielten sich ernsthafte Auseinandersetzungen ab: Ein junger Usbeke, der von den ständigen Schikanierungen genug hatte, verschaffte sich ein Maschinengewehr und mähte das gesamte Wachkommando nieder. Ein ähnlicher Fall wurde aus einer Elitedivision gemeldet, von wo zwei frustrierte Zentralasiaten mit großkalibrigen Waffen samt Munition desertierten, freilich gefaßt und bei einem Schußwechsel getötet wurden.[367]

Anscheinend wurde einigen hochrangigen Militärführern und Politikern bald klar, wie verletzlich viele ihrer strategischen Basen und Einrichtungen waren. Als im Januar 1990 schwerbewaffnete aserbeidschanische Extremisten mit entwendeten gepanzerten Mannschaftswagen der Armee in den Straßen von Baku Streife fuhren, wurden eilends KGB-Spezialtruppen in Marsch gesetzt, um ein Depot mit atomaren Sprengköpfen zu bewachen, das gerade mal 25 Kilometer entfernt lag.[368] Acht Monate später gab der Stabschef der Armee, General Michail Moisejew, einen regelrechten Rückzug bekannt, indem er erklärte, alle derartigen Waffen seien aus potentiellen Krisengebieten entfernt worden.

Doch selbst nachdem das Atomwaffenpotential aus der Schußlinie genommen war, verfügte der Kreml immer noch über zahllose strategisch bedeutsame Objekte, die in den muslimischen Republiken mancherlei Gefährdungen ausgesetzt waren. So gab es etwa in Baku eine Fabrik, die über 70 Prozent der Maschinenausrüstung samt Ersatzteilen für die sowjetische Ölindustrie herstellte. Ohne sie wäre seinerzeit

---

[366] Ebd. S. 182.
[367] Ebd. S. 185 f.
[368] Wood, a.a.O.

die sowjetische Energiewirtschaft produktionsunfähig gewesen; ihr Ausfall hätte die gesamte sowjetische Wirtschaft lahmlegen können. Überhaupt förderte Aserbeidschan zu Sowjetzeiten jährlich mehr als 14 Millionen Tonnen hochwertigen Erdöls.[369] Wie verletzlich die aserbeidschanische Ölindustrie war, wurde schlaglichtartig deutlich, als im Winter 1990 in Reaktion auf Razzien von KGB-Truppen in der Republik die Kapitäne von mehr als 50 auf dem Kaspischen Meer verkehrenden Öltankern den Hafen von Baku blockierten und damit drohten, Schiffe und Ölförderanlagen in die Luft zu sprengen.[370] Ebenfalls in islamischem Kerngebiet lagen das Atomwaffentestgelände Semipalatinsk, das strategisch bedeutsame Kosmodrom von Baikonur und beinah alle Atomkraftwerke, Hersteller von Klimaanlagen und Baumwollfelder des Landes. Auch nach dem Zusammenbruch der Sowjetunion sind diese Schlagadern der GUS-Wirtschaft nicht in muslimische Kontrolle übergegangen – doch gebannt ist die von islamischen Fanatikern ausgehende Gefahr deshalb noch lange nicht.

* * *

369 Soviet Muslims Brief 5/5.6, 1990.
370 Occupational Disease, Time v. 5.2.1990.

Kapitel 9

Tage des Zorns und Tage der Wunder

Wir Muslime in der Sowjetunion bekräftigen, daß wir ein Teil der muslimischen *umma* waren und nach wie vor sind. ... Die muslimische Welt ist kein Gebilde auf der Landkarte, sondern eine gewaltige internationale Macht.

Talat Tadschikin, Mufti von Rußland
(in einer Grußadresse an den Islamischen Weltkongreß) [371]

Infolge der Ankunft des Mahdi, der ... eine Weltordnung aufrichten wird, welche auf den islamischen Lehren über Gerechtigkeit und Tugend beruhen wird, wird die Koran-Prophetie vom unausweichlichen Sieg des Islam in Erfüllung gehen. Danach wird es in der Welt nur noch eine Religion und eine Regierung geben.

Scheich Yusufali Nafsi [372]

Und ich sah ein zweites Tier aufsteigen von der Erde... Und es übt alle Macht des ersten Tieres vor ihm, und es macht, daß die Erde und die darauf wohnen, anbeten das erste Tier... Und es tut große Zeichen...

Offb. 13,11 ff.

Wir befinden uns inmitten des Jahrzehnts der Evangelisation. Erstmals seit Jahrhunderten – und vielleicht zum erstenmal überhaupt – ist das feindliche Lager gezwungen worden, ebensoviel Energie für die Bewachung seiner geistlichen Gefangenen aufzuwenden, wie ihm dafür zur Verfügung steht, neue Beute zu machen. Da anhaltende Fürbitte die eisernen Tore des satanischen Reiches bereits derart erschüttert hat, daß sie einen Spalt offenstehen, dringen Lichtstrahlen des Evangeliums bis in seine düstersten Eingeweide.

---

371 Mosques Rise As Soviet Moslems Emerge Under Perestroika, Reuters-Meldung v. 16.2.1990.

372 Zit. n. Baqir al-Sadr/Murtaza Mutahery, The Awaited Saviour, London 1979, S. 13

Da sie wissen, daß ihre Zeit knapp ist, ringen Satan und seine Entourage fieberhaft darum, diese neuen Einfallstore des Evangeliums – etwa im Bereich der Ex-UdSSR und im Nahen Osten – wieder zu verstopfen, um weiter ungestört den Vorbereitungen ihrer eigenen Schlußoffensive nachgehen zu können. Wenngleich Gott fürs erste Seinen Fuß fest in der Tür hat, ist so gut wie sicher, daß die Menschheit in die heißeste Phase geistlicher Auseinandersetzungen eintreten wird, die die Welt je gesehen hat, sobald Er ihn zurückzieht.

Es ist schwierig, die Grundlinien dieses kommenden Zeitalters zu skizzieren. Allerdings gleicht für die meisten Christen die Auslegung der Prophetie, speziell der vielfältigen Bilder der Apokalypse, ein wenig dem Bau eines Hauses nach Zeichnungen voller verwischter Hieroglyphen. Dennoch haben epochale Ereignisse der letzten Jahre wie die Revolution im Iran, der Zusammenbruch des Ostblocks und der Golfkrieg auch viele dieser desorientierten Gläubigen davon überzeugt, daß wir ein geschichtliches Stadium erreicht haben, in dem „Endzeit" *unsere* Zeit ist.

Trifft diese Schlußfolgerung zu – und das steht angesichts der überbordenden Fülle an Beweisen ganz außer Zweifel –, dann dürfen wir die großen prophetischen Abschnitte Daniels, Ezechiels und der Offenbarung nicht bloß als ominöse Glanzstücke eschatologischer Reiseführer sehen, sondern müssen sie als elementare Straßenkarten für morgen begreifen.

Zwar verfolgen wir hier nicht das Ziel, ausgefeilte Zeitpläne oder Zukunftschronologien zu entwerfen; man ist sich aber heute in der Gemeinde Jesu mehr und mehr dahingehend einig, daß im Lichte der jüngsten Entwicklungen in der Welt möglicherweise einige der gängigen Annahmen über künftige Zeiten neu bedacht werden müssen. Das soll hier nicht aus eitler Neugier geschehen, sondern weil die Gemeinde Jesu zur Weltführung aufgerufen ist. Wenn wir in der Zukunft – *unserer* Zukunft – verantwortlich dienen wollen, müssen wir etwas darüber wissen, was für morgen auf Lager ist.

Wie die meisten Dinge, die über die Zukunft geschrieben werden, sollte jedoch auch dieses Kapitel *cum grano salis* aufgefaßt werden. Der Zukunft liegt es, Leute zu foppen – vor allem Dogmatiker. Ich kann für mich keine besonderen Gaben oder Kräfte beanspruchen, abgesehen von strengem Forscherfleiß. Es gibt andere Untersuchungen zum Thema, die nicht weniger Aufmerksamkeit verdienen, und ich hoffe, daß der Leser sich die Zeit nimmt, in größerem Rahmen nachzuforschen, bevor er irgendeine Position bezieht. Für mich geht es nicht darum, ob der Dispensationalismus oder irgendeine andere Lehre zutreffend ist oder nicht, sondern um das, was die Gemeinde Jesu unternimmt, um angesichts der geistlichen Mächte, die heute in der Welt aktiv sind, eine klarere Sicht von ihrer Verantwortung zu gewinnen.

Abfall und Entweihung: was den letzten *Dschihad* heraufbeschwört

Fast alle Bibelkundigen stimmen darin überein, daß eines der bedeutsamsten Endzeitereignisse eine allseitige Invasion Israels durch eine mächtige Konföderation sein wird, deren Schaltzentrale im Norden ist. Recht ins einzelne gehend schreibt hierüber der Prophet Ezechiel (s. die Kapitel 38 und 39). Die allgemeine christliche Auffassung ist, daß dieser Einfall mit der Gier nach Öl zusammenhängen wird, doch dieser rationalistische Erklärungsversuch entspricht den biblisch geschilderten Umständen nicht. Zum einen werden viele Mitglieder der antiisraelischen Koalition ölreiche Staaten sein, zum anderen hat der Verlauf der US-Militäroperation gegen den Irak gezeigt, wie unwahrscheinlich es ist, daß ausschließlich wirtschaftliche Interessen den Überlebensinstinkt der Staaten über den Haufen werfen könnten. Eine andere Standardposition, die eine Neubesinnung lohnt, besagte, daß jene Invasion irgendwie kommunistisch geführt bzw. inspiriert sein werde. Ohne weiteres ist vorstellbar, daß Rußland in dem Konflikt eine wichtige Rolle spielen wird, doch schon heute haben wir es nicht mehr mit dem Rußland zu tun, das die Welt mit der Ideologie Marx' und Lenins belästigte.

Was bleibt übrig? Aus den Hinweisen der Schrift ergibt sich als wahrscheinlichstes Szenario, daß die bei Ezechiel erwähnte Konföderation eine im Kern islamische Streitmacht sein wird – eine aus tiefgründigen *religiösen* Motiven für die Schlacht gestählte Allianz. Rußland wird sich gemeinsamer Interessen mit diesen muslimischen Mächten bewußt werden und wird sich ebenfalls aus religiösen Gründen in den Konflikt verwickeln, wenngleich nicht aus islamisch-religiösen Gründen (dazu später mehr).

Israel wird ganz klar das Endziel dieses ultimativen *Dschihad* sein, aber vielleicht nicht das erste. Im ganzen Nahen Osten gibt es diverse

heilige Stätten, die für den heutigen Islam von Bedeutung sind. Einige davon befinden sich faktisch in den Händen Ungläubiger, andere werden von muslimischen Gewaltherrschern oder Abgefallenen kontrolliert – kein bedeutsamer Unterschied für islamische Fundamentalisten. Jede einzelne dieser Stätten muß letztendlich befreit werden.
Außerhalb Israels und Saudi-Arabiens liegen die heikelsten Stätten in der Ex-Sowjetunion und im Irak. Beide Staaten haben auf verschiedene Weise und zu verschiedenen Zeiten heilige Stätten entweiht: Buchara, Samarkand, Baku, Kufa, Nadschaf, Kerbela. Sosehr die Schrift nahelegt, daß sowohl Russen als auch Iraker wichtige Koalitionäre im letzten *Dschihad* sein werden, so guten Grund liefert sie für die Annahme, daß die genannten heiligen Stätten vor den Ereignissen von Ezechiel 38 und 39 freigekämpft sein werden.
Womit wir wieder bei Israel und Saudi-Arabien wären. Von den Heiligtümern des Islam genießt keines mehr Verehrung seitens der Gläubigen als Mekka, der Ort der Großen Moschee, Medina, der Ort des Grabes des Propheten, und Jerusalem, der Ort des Vornehmen Heiligtums. Zwar befinden sich Mekka und Medina gegenwärtig unter der Verwaltung der nach außen hin sittenstrengen Saudis, viele Fundamentalisten jedoch beurteilen dieses arabische Regime als kompromittiert und korrupt.[373] So tief sitzt die Abneigung jener Elemente gegen das saudische Wächteramt, daß jeder große *Dschihad* gegen die ungläubigen Israelis beinah mit Sicherheit die Gelegenheit wahrnehmen wird, im Vorübergehen auch gleich das „abgefallene" saudische Herrscherhaus umzustürzen.
Zu Jahresbeginn 1988 traten mehr als 400 Islamisten – von denen viele unter Beobachtung diverser westlicher und arabischer Geheimdienste standen – zu einer dreitägigen Konferenz im Londoner Hotel *Royal National* zusammen, um unter anderem über die saudische Treuhänderschaft an den heiligen Stätten zu debattieren. Die Versammlung verabschiedete ein Dokument, in dem die Saudis als „der Arm des US-Imperialismus im Zugriff auf das Herz der islamischen Welt" bezeichnet wurden, und forderte die Bildung eines internationalen muslimi-

---

373 Nach Meinung der Iraner und überhaupt der meisten Schiiten steht das Wächteramt der Saudis über die heiligen Stätten von Mekka und Medina lediglich für die fortgesetzte Usurpation der Führung der *umma*, die rechtmäßig allein den Aliden zustünde.

schen Komitees, das die saudische Regierung als primäre Hüterin Mekkas und Medinas ablösen sollte.[374]

Der militärische Aufmarsch der USA in Saudi-Arabien anläßlich des Golfkrieges hat die Besorgnisse der Radikalen natürlich nicht gerade zerstreut. Während sich die Saudis ihre Entscheidung, nichtmuslimische Truppen ins Land zu bitten, im Rahmen einer Sonderkonferenz des Islamischen Weltkongresses im September 1990 absegnen ließen, zogen die Iraner diese Konferenz ins Lächerliche. Der geistliche Führer Ayatollah Ali Khamenei nannte sie einen inszenierten Aufgalopp mit dem Ziel, „die Tatsachen des Islam zu ändern", und rief nach einem *Dschihad*, um die Ungläubigen aus den heiligen Städten zu vertreiben.[375]

Während es Fundamentalisten ein Greuel ist, auch nur die Schatten westlicher und speziell amerikanischer Soldaten auf die heiligsten Stätten des Islam fallen zu sehen, gestehen Regierungsvertreter in der Golfregion hinter vorgehaltener Hand ein, daß die Region für viele Jahre mit irgendeiner Form amerikanischer Militärpräsenz wird leben müssen. Sollte es tatsächlich so kommen, so ist es nur eine Frage der Zeit, bis Hardliner, die sich an diesem Sakrileg reiben, aufs neue Saddams Schlachtruf ertönen lassen, „Mekka und das Grab des Propheten aus der Okkupation zu erlösen" [376].

Ein noch viel sicherer Weg, einen *Dschihad* auszulösen, wäre es natürlich, wenn einige irregeleitete Zeloten sich daranmachen würden, den Jerusalemer Tempelberg zu entweihen, für die Muslime *haram eš-šerif*, das „Vornehme Heiligtum". Dieses Plateau auf dem Hügel Morija beherbergt zwei der heiligsten Stätten des Islam, den weltbekannten Felsendom und die kleinere Al-Aksa-Moschee, die von jenen jüdischen und christlichen Fundamentalistenkreisen, die an derselben Stelle den dritten Tempel gebaut sehen wollen, als ärgerliche Hindernisse betrachtet werden.

Während die offizielle israelische Politik zur Frage des Tempelberges von Toleranz und Sensibilität geprägt ist, hat es seit 1967 mindestens

---

374 Adel Darwish, Islamic Extremists Talk in London, The Independent v. 15.1.1988 – Zwar waren die meisten Delegierten dieser Konferenz Sunniten, nichtsdestotrotz aber anerkannten sie per Abstimmung den Ayatollah Khomeini als die „authentische Stimme" des Islam.

375 Purse Strings and Prayer, The Economist v. 22.9.1990.

376 Saddam's Call to All Muslims, The Independent v. 11.8.1990.

sechs ernsthafte Versuche religiöser Radikaler gegeben, die muslimischen Bauten zu zerstören. Diese Anschläge gingen in der Regel von Juden aus (wobei auch ein australischer Staatsbürger von den Behörden festgenommen wurde). Ein Zerstörungsplan einer radikalen jüdischen Untergrundorganisation sah sogar Luftangriffe vor. Nach Informationen aus Behördenkreisen wurde dieser Plan lediglich deshalb aufgegeben, weil die Terroristen selber zu dem Schluß kamen, die Detonationen könnten möglicherweise auch die Klagemauer in Mitleidenschaft ziehen.[377] Im August 1990 deckte die israelische Polizei ein ausgedehntes Waffenlager im ultraorthodoxen Viertel Mea Shearim auf. Darin befanden sich unter anderem Infanterie-Lenkwaffen, die dem Vernehmen nach in den Händen einer radikalen jüdischen Gruppe gewesen waren, die die Absicht hegte, den Felsendom zu zerstören. Aus israelischen Militärbeständen hatte sie Shimon Barda, der Anführer einer mystischen Höhlenbewohnersekte, entwendet.[378]
Doch nicht nur solche, sondern auch etliche andere Israelis – nach einer Umfrage von 1983 nahezu 20 Prozent [379] – meinen, es sei an der Zeit, einen neuen Tempel zu errichten. Seit die Römer 70 n. Chr. den zweiten Tempel zerstörten, lautet eine der 18 täglichen Bitten, die fromme Juden demütig Gott vortragen: „Möge es dein Wille sein, daß das Haus der Heiligkeit in unseren Tagen rasch wieder erbaut werde!" Des Wartens müde, sagt Gershon Soloman, Führer der Radikalenorganisation „Getreue des Tempelberges", die muslimischen Moscheen sollten „dahin zurückgebracht werden, wohin sie gehören: nach Mekka" [380]. Andere, unter ihnen Zev Golan, Vorsteher des nicht weniger fanatischen „Tempelinstituts", glauben, die Juden würden noch ein wenig warten müssen, doch, so Golan: „Jeder Tag mehr ist ein Schandfleck für die Nation." [381]

Bis es soweit ist, sagt Golan, „ist es unsere Aufgabe, die Sache des Tempels voranzutreiben und Vorkehrungen für seine Verwirklichung zu treffen, anstatt bloß darüber zu reden". In beinah acht Jahren

377 Jacob Young, Retaking the Temple Mount, Newsweek v. 29.10.1984.

378 Jewish Sect Believed Ready to Attack Shrine, The Seattle Times v. 30.8.1990.

379 Richard N. Ostling, Time for a New Temple? Time v. 16.10.1989.

380 Geoffrey Hanks, Temple Blocked But Plans Rise, Christian News World Feb. 1990; Charles Richards, Builders of Third Temple Thwarted, The Independent v. 17.10.1990.

381 Ostling, a.a.O.

Schriftforschung hat das „Institut“ Dutzende ritueller Geräte rekonstruiert – darunter Weihrauchschalen, Musikinstrumente und Priestergewänder –, derer man bedürfen wird, falls und sobald die Tempelopfer wieder eingeführt werden. [382] Das „Institut“ und andere Gruppen beschäftigen sich auch damit, Färsen für die Opfer zu züchten und Baumaterialien für die Tempelmauern zu sammeln. (1989 unterband die Polizei einen Versuch des Soloman-Vereins, an der Westmauer eine Grundsteinlegung zu feiern.) [383]

Mit Stand 1990 machten die Religiösen etwa 50 Prozent der israelischen Bevölkerung aus. Dieser Block unterteilt sich in religiöse Zionisten (ca. 30%), messianische Zionisten (5%) und ultraorthodoxe, antizionistische Juden, die den Messias erwarten (ungefähr 15%).[384] Jede dieser Gruppen kann wiederum in vielfältige Ebenen unterschiedlichen Engagements aufgegliedert werden.

Unter den bedeutsameren Sekten des heutigen Israel sind *Ataret Cohanim*, *Shavau Banim*, die „Jungisrael“-Bewegung und *Chabad*, eine orthodox-messianische Gruppe mit Hauptsitz in Brooklyn, USA. Letztere, die den Rabbi Mendel Schneerson als ihren Führer anerkennt, glaubt fest an die unmittelbar bevorstehende Wiederkunft des Messias und hat es so weit getrieben, ihm vorsorglich in Israel ein Haus zu errichten.[385] Die „Jungisrael“-Bewegung hat ihren Sitz in Ostjerusalem und lehrt „eine Mixtur aus Großisrael-Theologie und Tempelmythen“ [386]. Gründer dieser Gruppe, die enge Verbindungen zur militant antiarabischen *Kach*-Partei unterhält, ist Rabbi Nahman Kahane, der Bruder des verstorbenen Nationalisten Meïr Kahane. *Ataret Cohanim*, gleichfalls mit Sitz in Jerusalem, versteht sich als Elite-*Yeshiva* der *Gush Emunim* [387]. Im Umfeld des Tempelberges lebend,

---

[382] Ebd.

[383] Hanks, a.a.O.; Richards, a.a.O.

[384] Israel Gropes for Line Between State, Religion, The Seattle Times v. 4.5.1990. – Die messianischen Zionisten, Rückgrat der Siedlerbewegung, glauben, daß Gott die Menschen erlöst, indem er das Land befreit.

[385] Die Naherwartung der *Chabad*-Leute flammte verstärkt auf, als sie gegen Jahresende 1990 die Ereignisse im Nahen Osten an neu interpretierten alten Schriften maßen, die schwere Auseinandersetzungen zwischen muslimischen Nationen prophezeiten.

[386] Mike Dumper, Settler Groups in the Old City of Jerusalem, MEI v. 27.4.1990.

[387] *Gush Emunim* gilt im allgemeinen als Speerspitze der orthodoxen Siedlerbewegung. Eine jüdische *Yeshiva* ähnelt einem christlichen Predigerseminar.

bereiten sich die *Ataret-Cohanim*-Mitglieder aktiv darauf vor, priesterliche Dienstpflichten zu übernehmen, sobald der dritte Tempel errichtet sein wird. Sie durften sich beträchtlicher materieller Zuwendungen sowohl von seiten der israelischen Regierung als auch von christlichen Gruppen in den Vereinigten Staaten erfreuen.[388]
Wohin führen all diese Aktivitäten? Gershon Soloman sagt, die Gläubigen in Israel „werden nicht ruhen, bis der Tempelberg gänzlich den Juden gehört“ [389]. Zugleich aber tat ein Geistlicher an der Al-Aksa-Moschee kund, die Muslime würden „die heiligen Orte des Islam bis zum letzten Blutstropfen verteidigen“ [390]. Angesichts so vieler Völker, Nationen und Religionen, die ein Interesse an der Angelegenheit haben, kann wohl niemand den Worten eines ehemaligen britischen Geheimdienstoffiziers widersprechen, der im Sommer 1990 sagte: „Schauplatz des endgültigen Dramas der gegenwärtigen Epoche wird deshalb die Bühne Palästinas sein – die Tore Jerusalems.“

Schwarze Hundertschaften und grüne Fahnen: Die Ezechiel-Allianz formiert sich

Im 38. Kapitel seines Prophetenbuches zählt Ezechiel zur antiisraelitischen Koalition das Land Magog, Persien, Äthiopien, Libyen, Gomer mit seinem ganzen Heer und das Haus Togarma mit seinem ganzen Heer. Mit Ausnahme Persiens, Äthiopiens (Kusch) und Libyens, die allesamt leicht identifizierbare moderne Nationen sind, haben die Alliierten, auf die der Prophet hier Bezug nimmt, einen Run der Bibelgelehrten und Prophetiefreaks auf Karten der alten Welt ausgelöst, um nachzusehen, ob sich darin Hinweise zur Bestimmung der genannten Mächte finden lassen. Teilweise haben derlei Nachforschungen mehr Fragen aufgeworfen als Antworten erbracht. Solide Historiker-Arbeit liefert uns jedoch zwei bedeutende Fakten hinsichtlich der Ezechiel-Konföderation:

1. Sie wird vom Islam geprägt sein.
2. Sie läßt sich nicht mit modernen territorialen Grenzen in Übereinstimmung bringen.

---

[388] Dumper, a.a.O.
[389] Young, a.a.O.
[390] Ostling, a.a.O.

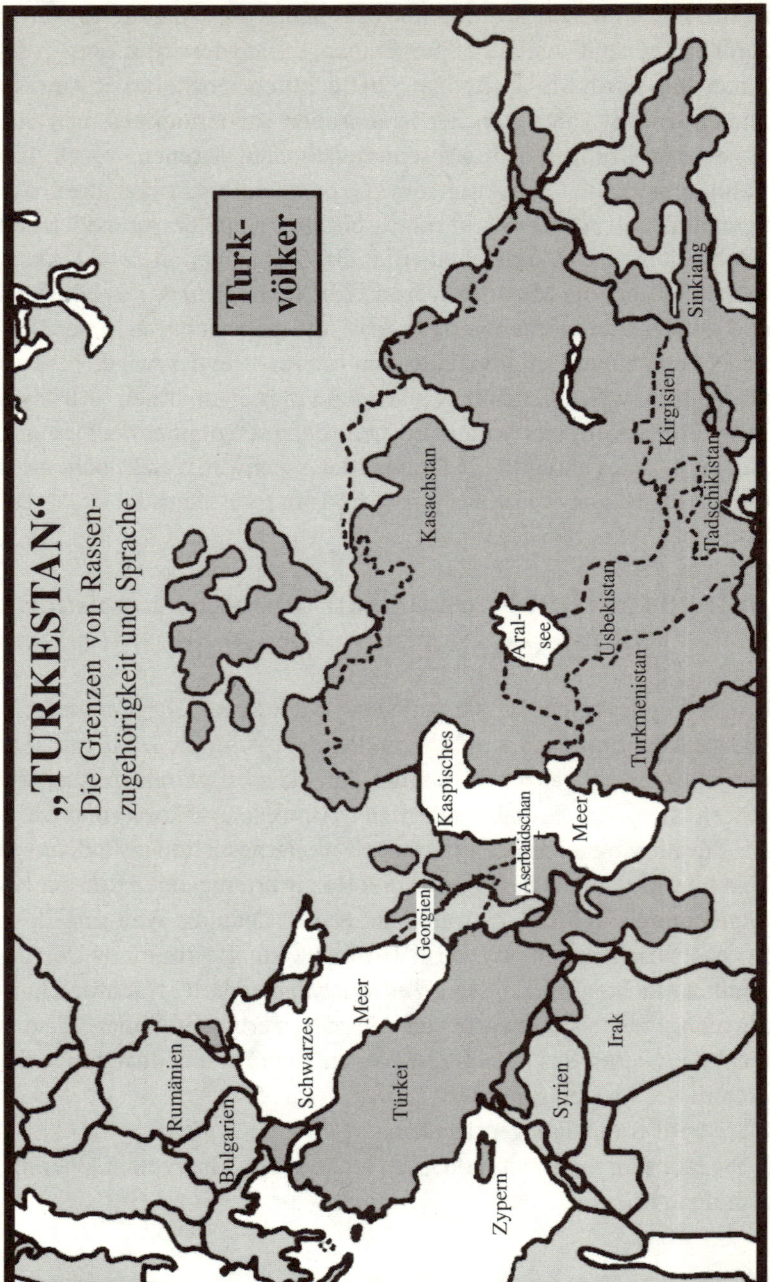
„TURKESTAN“
Die Grenzen von Rassen-
zugehörigkeit und Sprache
Turk-
völker
Kasachstan
Sinkiang
Kirgisien
Tadschikistan
Usbekistan
Aral-
see
Turkmenistan
Kaspisches
Meer
Aserbaidschan
Georgien
Schwarzes
Meer
Rumänien
Bulgarien
Türkei
Syrien
Irak
Zypern

Was den letztgenannten Punkt betrifft, so ist es sehr wahrscheinlich, daß mehrere der von Ezechiel erwähnten Teilnehmer große ethno-linguistische Gruppen darstellen und nicht einzelne Staaten. Diese Feststellung scheint die Dinge auf den ersten Blick komplizierter zu machen, tatsächlich aber ergibt sich aus ihr eine Schnittstelle zwischen aktuellem Zeitgeschehen und biblischer Prophetie, die nach dem Zusammenbruch der Sowjetunion noch um einiges plausibler geworden ist.

Nehmen wir zum Beispiel das Land Magog. Es wird durchweg als Synonym Rußlands bzw. des ex-sowjetischen Gebiets angesehen. In Genesis 10,2 f. wird es ethnisch mit Gomer und Togarma in Verbindung gebracht. Die Nachkommen Japhets – Magog, Gomer, Meschech, Tubal und Togarma, die allesamt in Ezechiel 38 wieder auftauchen – bezeichnet Genesis 10,5 als Stammväter der Heidenvölker. Betrachten wir die Landkarte nördlich Israels, so ergibt sich, daß zu den Nachkommen der Japhetsöhne nicht nur das heutige russische Volk gehört, sondern auch die nach Millionen zählenden nichtsemitischen Turkvölker, deren heutiges Siedlungsgebiet – ein weiter Landstreifen, der sich von der Türkei (Kleinasien) über das ex-sowjetische Zentralasien bis nach China hinein erstreckt – Turkestan heißt.

Mit Gomer „und seinem ganzen Heer" identifiziert man gemeinhin die alten Kimmerier, deren ursprüngliches Siedlungsgebiet das Wolgabecken nördlich des Kaukasus und des Asowschen Meeres war. Aus diesem Gebiet gegen Ende des 8. Jahrhunderts v. Chr. durch die Skythen vertrieben, gelangten viele Kimmerier in die heutige Osttürkei. Das Haus Togarma müßte, da von Gomer abstammend, ethnisch verwandt sein. Diese Leute, den Assyrern als *Til-garimmu* bekannt, gehörten vermutlich zusammen mit den Abkömmlingen Tubals und Meschechs (assyrisch *Tabalu* und *Muški*) zu den frühen Bewohnern der südlichen, östlichen und nördlichen Schwarzmeerküsten. [391]

Solange es das kommunistische Sowjetregime in Moskau gab, war es schwer vorstellbar, daß dieses militärische Schläge gegen Israel hätte sanktionieren sollen. Der Zerfall der UdSSR, der gerade in dem in Rede stehenden Gebiet eine ganze Reihe einzelner Staaten hervorgebracht hat, rückt ganz andere Szenarien in den Bereich des Möglichen. Nachdem das „im Norden wohnende" Haus Togarma -zig Millionen in

---

391 Saggs, S. 130 f.

den GUS-Ländern lebende turkstämmige Muslime – vom Moskauer Joch befreit ist, erscheint seine Beteiligung am letzten *Dschihad* nicht mehr als phantastische Vorstellung.
Zwar ist die Turkestan-Idee selber bislang ein politischer Traum geblieben – die 150 Millionen Köpfe starken Turkvölker zwischen dem Balkan und China sind jedoch eine lebendige Tatsache. Ihre Existenz und – sollten sie je vereinigt werden – potentielle politische Schlagkraft sind Faktoren, mit denen zu rechnen ist.
Tatsächlich mehren sich die Anzeichen, daß die Idee der Einheit aller muslimischen Turkvölker gar nicht allzu utopisch sein könnte und ihre Verwirklichung vielleicht näherliegt, als es aktuell den Anschein hat. So kamen noch zu Sowjetzeiten, im November 1989, Repräsentanten der aufstrebenden Sowjet-Turkvölker (Usbeken, Aserbeidschaner, Tatarengruppen u.a.) in der Stadt Baku zusammen und verabschiedeten die Forderung, innerhalb der UdSSR eine Turk-Föderation zu schaffen. Als zwei Monate darauf die Rote Armee in die Stadt einmarschierte, um ethnische Unruhen niederzuschlagen, marschierten Tausende von Demonstranten durch die Straßen Istanbuls und forderten Unterstützung für ihre „türkischen Brüder in Asien“ [392]. Ungeachtet der offiziellen türkischen Politik, die nichts als moralische Unterstützung anbieten konnte, löste ein türkischer Minister schwere politische Verstimmung aus, als er ankündigte, schon bald würden auf dem Gebiet der UdSSR und Chinas mehrere Staaten mit türkischen Flaggen gegründet sein [393].
Die kasachische Untergrundzeitung *Alas* ging noch einen Schritt weiter, als sie Mitte 1990 die Forderung publizierte, zur Gründung einer Islamischen Republik Turkestan zu schreiten. Mit dieser Forderung stand die im Anschluß an das Freitagsgebet in der Zentralmoschee von Alma-Ata verteilte Zeitung nicht alleine. Nach Aufständen der kasachischen, kirgisischen und uigurischen Minderheit in der chinesischen Provinz Xinjiang [394] im April 1990 warfen chinesische Beamte einer islamischen Untergrundpartei, die auch in den Sowjetrepubliken

---

[392] Turks Awake, Russians Quake, Asiaweek v. 13.4.1990.
[393] Ebd.
[394] Das ist zwar die chinesische Bezeichnung der Provinz im Fernen Westen, doch sagt der Istanbuler Schriftsteller Yusuf Donmez, Verfasser des Buches *The Turkic World*: „Wir nennen sie Dogu-Turkestan“ (Ost-Turkestan).

Usbekistan und Tadschikistan aktiv war, vor, die Unruhen geschürt zu haben. Über dieselbe Partei, so berichtete Ahmed Rashid in der *Far Eastern Economic Review,* gingen Gerüchte, sie baue auch zu turkstämmigen Muslimen in Afghanistan Verbindungen auf.[395] Was besagt diese jahrelange grenzüberschreitende Zusammenarbeit? Sie besagt, wie ein Türke formulierte, „daß wir die Finger einer Hand sind".

Lange Zeit haben die westorientierten türkischen Regierungen sich alle Mühe gegeben, derlei pantürkische Ideen im Lande nicht populär werden zu lassen. Doch die Zurückweisung des türkischen Antrages auf baldige EU-Mitgliedschaft löste bei vielen Türken einen beginnenden Umdenkprozeß aus. Die Brüskierung führte alsbald zu einem merklichen Erstarken des islamischen Fundamentalismus, und sollte es den Islamisten [die bei den Wahlen im Frühjahr 1996 bereits stärkste politische Kraft wurden und seit Sommer desselben Jahres den Regierungschef stellen; *A.d.Ü.*] gelingen, an die Macht zu kommen, so sehen viele Experten die Türkei in der künftigen Rolle des Wegbereiters eines religiös dominierten Turkestan.

Doch selbst wenn die Türkei diese Rolle spielen sollte, bleibt die Frage, welche Personen die politisch-religiöse Führung eines solchen Gebildes übernehmen könnten. Obzwar bis dato noch kein strahlender Stern am Himmel steht, sieht der New Yorker Wissenschaftler Edward Allworth die Voraussetzungen für eine Wende als so weit gegeben, daß, „sollte irgendein charismatischer Führer auftreten, der eine grüne [islamische] Flagge schwenkt, die Leute sich hinter ihn stellen werden". Gefragt, ob man Allworth Recht geben könne, antwortete Anwar Chadirow, usbekischer Philosophieprofessor an der Universität Taschkent: „Jawohl, ich befürchte, sie [die Massen] würden einem Führer nachlaufen." [396] Indem er Israel angriff, gab der tadschikische Imam Chatib Mukamarow einen Hinweis darauf, *wohin* die Menschen solch einem Führer folgen möchten: „Die Israelis haben das heilige Gebot mit Füßen getreten. Es ist die Pflicht jedes Muslims, unseren gequälten palästinensischen Brüdern und Schwestern zu Frieden und nationaler Unabhängigkeit zu verhelfen." [397]

---

395 Ahmed Rashid, USSR – The New Silk Road, Far Eastern Economic Review v. 12.7.1990.

396 Talk Grows in Central Asia of „Decolonization" by Soviets, AP-Meldung v. 10.6.1990.

397 TASS-Meldung v. 13.12.1989.

Sobald die großen türkischen Scharen aus dem Norden gen Israel marschieren, werden sich ihnen nicht minder fanatische arabische und persische Muslime anschließen. So zeigt es die Schrift. Während einige dieser Verbündeten – namentlich der Iran und der Irak – zu den Angreifern aus dem Norden zu rechnen sind, kommen andere, darunter Libyen, Äthiopien und wahrscheinlich der Sudan und Somalia [398], aus dem Süden herauf.

Nach einem Anschlag jüdischer Brandstifter auf die Al-Aksa-Moschee zwei Jahre nach der israelischen Eroberung Ostjerusalems 1967 rezitierte ein wütender Ayatollah Khomeini vor einer Gruppe schiitischer Gläubiger in Nadschaf (Irak) eine Sure, in der es heißt: „Bringe soviel an Kämpfern, wie du mustern, und so viele Pferde, wie du anschirren kannst, gegen sie auf" (8,60), um dann eigenwillig zu kommentieren: „Hätten die Muslime im Einklang mit diesem Befehl gehandelt und ... die notwendigen Vorkehrungen getroffen, um voll kriegsbereit zu sein, so hätte es eine Handvoll Juden niemals gewagt, unseren Boden zu besetzen und die Al-Aksa-Moschee anzuzünden und zu zerstören." [399] Im Rahmen seiner Bemühungen, die Wiedereroberung Jerusalems ganz oben auf der Tagesordnung des iranischen Volkes zu halten, gab das Khomeini-Regime einer seiner Hauptoffensiven im Iran-Irak-Krieg den Codenamen *Tariq el-quds*, „Pfad nach Jerusalem".[400]

Es ist kein unbedeutendes Detail, daß der erste auswärtige politische Führer, der Khomeini nach dessen Machtantritt 1979 seine Aufwartung machte, PLO-Chef Yassir Arafat war. Richard Pipes weist darauf hin, daß die Umarmung dieser beiden nicht nur einen scharfen islamischen Zungenschlag in die palästinensisch-israelische Auseinandersetzung eintrug, sondern „Arafats Schlachtruf »Heute Teheran, morgen Tel-Aviv!« eine ausdrückliche Verbindung zwischen den beiden Bewegungen herstellte".[401] In der Erkenntnis, daß religiöser Eifer al-

---

398 Einige Übersetzungen haben „Put" oder „Phut" anstelle von „Libyen". Unger u. a. setzen diese alten Zivilisationen ins nordöstliche Afrika, nahe Ägypten und Äthiopien – in das Gebiet, das gegenwärtig von den radikalislamischen Nationen Sudan und Somalia beherrscht wird.

399 Zit. n. Algar, S. 46.

400 Robin Wright, In the Name of God, New York 1989, S. 102.

401 Pipes, S. 327. – Es sei darauf hingewiesen, daß die meisten islamischen Fundamentalisten unter den Palästinensern sich in den Folgejahren von der weltlichen PLO

lein Israel nicht in die Knie zwingen wird, haben Muslimführer von Pakistan bis Libyen seitdem immer wieder Khomeinis Ruf nach einer angemessenen Aufrüstung von *Dschihad*-Streitkräften aufgenommen. In einer in Rom mitgeschnittenen Rundfunksendung vom April 1990 appellierte der libysche Diktator Ghaddafi an die arabischen Nationen, als „ein einziges Land" zusammenzuarbeiten mit dem Ziel, „innerhalb der nächsten 20 Jahre" ein eigenes Atomwaffenarsenal zu realisieren.[402]

Weiter läßt sich sowohl prophetisch als auch politisch sagen, daß sich Rußland in gemeinsamem Interesse mit dieser mächtigen islamischen Koalition zusammentun könnte. Zweifelsohne ist dies die geläufige Überzeugung von Prophetiefreaks, die für gewöhnlich Rosch, ein Volk, das manche Übersetzungen in Ezechiel 38 als Mitglied der Anti-Israel-Allianz aufführen, mit Rußland in Verbindung bringen. Mag das zutreffen oder auch nicht, der Text insgesamt gibt genug Anlaß, entschieden von einer Beteiligung Rußlands auszugehen.

Diese Hypothese wird um so plausibler, wenn man sich den im russischen Volk und in russischen Institutionen tief verwurzelten Antisemitismus vergegenwärtigt. Antisemitische Vorurteile reichen bis in die Zarenzeit zurück und haben sich immer wieder, oft gewaltsam, Bahn gebrochen – mit stillschweigender Duldung, wenn nicht ausdrücklicher Zustimmung der Russisch-Orthodoxen Kirche. Bei grauenvollen Pogromen, die die Jahre 1905-1911 verdüsterten, beraubten, mißhandelten und ermordeten russische Extremisten, die sich „Schwarze Hundertschaften" oder auch „Liga des Russischen Volkes" nannten, hin und her in Rußland und der Ukraine Tausende von Juden. Die Schwarzen Hundertschaften setzten sich weitgehend aus Landjunkern, Polizei- und Verwaltungsbeamten sowie orthodoxen Geistlichen zusammen, und ihr Eintreten für ein autokratisch-orthodoxes

---

abgewandt haben und sich stattdessen von den radikalislamischen Gruppierungen „Islamischer Heiliger Krieg" und *Hamas* vertreten sehen. *Hamas*, gegründet von Scheich Ahmed Ismail Jassin, ist eine halbkonspirative Organisation. Der Name bedeutet „Eifer", „Hingabe" oder „Mut" und ist zugleich ein Akronym für „Islamische Widerstandsbewegung". Kompromißlose Fanatiker, die sie sind, bezichtigen *Hamas*-Führer die PLO-Spitze der Doppelzüngigkeit und diffamieren sie im übrigen als „Schweineesser und Weintrinker". Vgl. Michael Sheridan, An Eye for an Eye in Hotbed of Islam, The Independent v. 7.5.1990.

402 Arab Nuclear Arsenal Backed by Gadhafi, The Seattle Times v. 22.4.1990.

Staatswesen war in vielerlei Hinsicht nichts anderes als eine christianisierte Fassung von Khomeinis islamischem Fundamentalismus.
Im weiteren Verlauf unseres Jahrhunderts haben russische Nationalisten immer wieder „den Juden" (und in geringerem Maße die Freimaurerei) als Herzstück der verschiedensten diabolischen Arrangements ausgemacht. Die Juden, vom Satan angetrieben und häufig allegorisierend mit dem Schlangensymbol in Verbindung gebracht, sieht man auf dem Wege zur Weltherrschaft.[403] Während er den Nazis in den dreißiger Jahren diese Denkweise einimpfte, stieß Grigorij Bostunitsch auf eine alte Europakarte, die den Kontinent von einer Schlange umschlungen zeigte. Walter Lacqueur zufolge ging Bostunitsch anschließend dazu über, zu zeigen, wie die Juden mehrere Staaten „zerbrochen" hätten, die sich ihren böswilligen Plänen in den Weg stellten.[404] Zum Lohn für seine „bahnbrechenden" Forschungsarbeiten erhielt Bostunitsch schließlich den Titel eines Professors ehrenhalber, verliehen von der SS.[405]
In unseren Tagen gibt es mehr als genug erschreckende Anzeichen dafür, daß die Schwarzen Hundertschaften wieder in Mode kommen. Man sieht nicht nur Jungfaschisten mit Hakenkreuz-Armbinden, *Heil Hitler!* und *Sieg heil!* grölend, mit Aufmärschen Hitlers Geburtstag begehen, sondern viele sind als Brandstifter und Schläger zu den Methoden ihrer Vorläufer zurückgekehrt.[406] Mehr noch, wie Yanov berichtet: „Es wird überaus schick, die Tapferkeit der Anführer des Dritten Reiches zu rühmen", und Bücher über das Naziregime werden begierig verschlungen, „besonders in Kreisen junger Funktionäre".[407]
Den Antrieb für diese niederträchtige Bewegung liefert ein unbeugsamer Haß auf die Juden, verbunden mit der ernsthaften Überzeugung, daß eine jüdisch-freimaurerische Verschwörung darauf lauert, bis zum Jahre 2000 Rußland kaputtzumachen. Aus Furcht vor Vernichtung

---

403 Wie Yanov aufzeigt, hat sich selbst Solschenizyn solchen Anwandlungen gegenüber nicht als immun erwiesen. In seinem Roman *August 1914* vergleicht er den Juden Mordechai Bogrow mit einer Schlange, die sich um Pjotr Stolypin windet und ihn zu Boden reißt.
404 Unter diesen Staaten waren angeblich Athen (429 v.Chr.), Rom unter Augustus, Spanien unter Karl V., Frankreich unter Ludwig XIV. und Rußland 1917.
405 Vgl. Yanov, S. 213.
406 Aus einem *Samisdat*-Aufsatz, erschienen in: Strana i Mir 1-2/1984, S. 51; zit. n. Yanov, S. 252.
407 Ebd. S. 254.

und/oder Versklavung durch jene diabolische Allianz setzten die russischen Nationalisten seit langem aufs falsche Pferd: Ausgerechnet in einer starken sowjetischen Militärdiktatur sahen sie „das einzig machtvolle Bollwerk, das dem Zionismus auf seinem Marsch gen 2000 im Wege steht“ [408]. Gennadij Schimanow verlieh der Diktatur in seinem mystisch-nationalistischen Traktat *Moskau – das Dritte Rom* religiöse Weihen, womit er lediglich einem Standpunkt Ausdruck verlieh, der nach L. Borodin „unter der zum Nationalismus neigenden russischen Intelligenz extrem populär ist“ [409].

Zur Illustration der Dynamik eines religiös sanktionierten Antisemitismus zitiert Yanov folgendes aus einem nationalistischen Magazin mit dem Titel „Russisches Selbstbewußtsein”: „Die Semiten haben unser Vaterland verdorben, und nur der Antisemitismus kann ihm Rettung bringen. Unseren Abscheu gegen die Itzigs hat uns der Herrgott selbst eingepflanzt. Antisemitismus ist ein heiliges Gefühl. Wer es in sich unterdrückt, sündigt nicht bloß, sondern ruiniert sich selbst und sein Land.“ [410]

Wer solcherlei Nationalistenrhetorik als zu extrem, um ernstgenommen zu werden, abtut, sollte sich zu Gemüte führen, was der englische Historiker Norman Cohn beobachtet hat: „Es existiert eine Untergrundwelt, in der Schwindler und halbgebildete Fanatiker pathologische Phantastereien, verbrämt als Ideen, ausspeien, die sich Ignoranten und Abergläubische zu eigen machen. Zuzeiten hebt sich dieser Untergrund aus den Tiefen hervor und fasziniert, bannt und beherrscht plötzlich Scharen ansonsten gesunder und verantwortungsvoller Menschen. … Und gelegentlich geschieht es, daß diese Untergrundwelt zur politischen Macht wird und den Lauf der Geschichte verändert.“ [411]

Gog und der Geist des Totalitarismus

Wenn auch die Identität der Völker, die an der von Ezechiel geweissagten Invasion Israels teilnehmen werden, langsam aus dem Nebel tritt, so nicht diejenige des Führers des Unternehmens. Zwar enthüllt

---

[408] Nowij Schurnal 118, 1975, S. 227; vgl. Yanov, Kap. 12.
[409] Moskowskij Sbornik 1, S. 68; zit. n. Yanov.
[410] Nikolaj Tetenow, Zerkalo 3, 1985, S. 2.
[411] Norman Cohn, Warrant for Genocide, New York 1966, S. 17 f.

der Prophet den Namen dieses endzeitlichen Rädelsführers – es ist der berüchtigte *Gog* – und identifiziert ihn darüber hinaus sogar als den „obersten Fürsten“ Magogs, Roschs, Meschechs und Tubals. Diese Hinweise jedoch mit einer bestimmten Person in Verbindung bringen zu wollen erweist sich immer noch als nichts denn ausschweifende Spekulation.

Gestützt auf den Kontext von Ezechiel 38 und den Umstand, daß der Name Gog im Anschluß an das Tausendjährige Reich wieder auftaucht (Offb. 20,7 ff.), weisen die Herausgeber der *Living Bible* in Textanmerkungen darauf hin, daß „Gog eher ein Symbol als eine historische Gestalt wie Nebukadnezar zu sein scheint“ [412]. Und in der Tat legt die beträchtliche Zeitspanne zwischen der Invasion von Ezechiel 38 (die die meisten Ausleger vor Harmageddon ansetzen) und dem Ende des Millenniums auf den ersten Blick nahe, daß man nicht davon ausgehen kann, Gog werde ein normaler Mensch sein.

Daß Gog als Oberherr einer bestimmten Region bezeichnet wird und zu verschiedenen Zeiten als Kriegshetzer auftritt, bringt uns zu einer anderen, bestechenden Annahme: Weder Mensch noch Symbol, ist Gog vielmehr ein dämonischer Territorialherrscher, der die Länder und Völker Magog, Meschech und Tubal beherrscht – einen Landstreifen, der gegenwärtig Teile der Türkei, des Irak, des Iran und der zentralasiatischen GUS-Staaten bedeckt. Wenn diese Annahme stimmt, dann hat der Geist Gogs – das ist Totalitarismus – sich im Lauf vieler Jahrhunderte unterschiedliche Menschen in der Region als Gefäße zu eigen gemacht.

Mit Sicherheit gibt es nur wenige Gebiete auf der Erde, die sich mit den Ländern zwischen Schwarzem und Kaspischem Meer und an deren südlichen Küsten messen können, was die Zahl mächtiger und blutrünstiger Diktatoren anbetrifft, die diese Länder hervorgebracht haben. Neben antiken Despoten wie Nebukadnezar, Sargon dem Großen und Sanherib hat auch die jüngere Geschichte Entsprechendes zu bieten – Gestalten wie Josef Stalin (der nicht etwa aus Rußland stammte, sondern Georgier war) und Saddam Hussein. Wenngleich es natürlich unmöglich ist, den massenhaften Blutzoll zu bemessen, den diese und andere Tyrannen der Region verursacht haben, kann man mit Gewißheit sagen, daß nirgendwo sonst das Licht menschlichen Lebens

412 The New Layman's Parallel Bible, Grand Rapids, MI 1981.

und Glücks so anhaltend und grausam ausgelöscht worden ist. (Zwar sind die „feurigen Öfen“, die Schauprozesse, *Gulags* und der Größenwahn vieler dieser Führer gut bekannt – weniger freilich die verheerenden Kriegszüge der assyrischen Könige. Sanherib behauptete in seinen Annalen, er habe „Schrecken über die weiten Lande Elams ausgegossen“[413]. – Ebensowenig ist der türkische Völkermord an den Armeniern im Gedächtnis der Öffentlichkeit verhaftet.)

Zwei der grausamsten Tyrannen aller Zeiten, Dschingis Khan und Adolf Hitler, führten zwar Reiche, die außerhalb des Landes Magog lagen, unterhielten aber enge Beziehungen zu dieser Region. Während der mongolische Vorstoß unter der muslimischen Bevölkerung der Region die Saat der Gewalt ausstreute und Rußland von der Renaissance abschnitt, waren es später die Russen, die den Deutschen ihr faschistisch-antisemitisches Evangelium brachten. (Einer der frühen Führer der Schwarzen Hundertschaften, N. E. Markow, beendete sein Leben Berichten zufolge als Gestapo-Berater für russische Angelegenheiten.)[414]

Objektiv und über lange Zeit betrachtet, weisen Grundzüge und taktische Vorgehensweisen der totalitären Regime der Region deutliche Ähnlichkeiten auf. Zwar stimmt es, daß Diktatoren gerne ihresgleichen in die Arme schließen – weswegen die aktuelle Popularität der Schriften Hitlers in der Ex-UdSSR und im Irak niemanden wundern sollte –, doch vermag man, wenn man die Länder Magog, Meschech und Tubal mit geistlichen Augen mustert, auch deutlich die schattenhafte Visage des Drahtziehers namens Gog auszumachen. Sieht man ihn hinter den Kulissen der Endzeitszenerien lauern, die Ezechiels Schau vor uns aufreiht, so kommt man nicht umhin, sich zu fragen, welcher seiner Marionetten er als nächster Lebensatem einhauchen wird.

---

413 Saggs, S. 113. – Nach Saggs stand in der Chronik des assyrischen Königs über den Elamiterfeldzug u. a. von assyrischen Schlachtrössern zu lesen, „die durch Blut wateten; die Ebene war übersät mit den zerfetzten Leibern der Hingeschlachteten, die man in Stücke gehackt hatte, um ihre Ringe und Armreifen zu erbeuten – wenn nicht aus schierer Blutrünstigkeit –; völlig verstörte Pferde quälten sich mit Karren voller Leichen über das Schlachtfeld.“

414 Yanov, S. 44.

Der Erwartete: *al-Mahdi* und seine Wundertaten

Blättern wir in Ezechiels Prophetenbuch weiter, so sehen wir, daß Gott auf übernatürliche Weise eingreifen wird, um den letzten *Dschihad* zu durchkreuzen – spätestens dann, wenn dieser das israelische Bergland erreicht haben wird. Es werden nicht nur die verbündeten Angreifer selber dezimiert werden, sondern ihr eigenes Land, Magog, wird sich dem glühenden Zorn Gottes ausgesetzt sehen. Charakter und Ausmaß dieser Vernichtung werden die Nationen – darunter aller Wahrscheinlichkeit nach die der islamischen Welt – unmittelbar mit der Wirklichkeit und Souveränität Gottes konfrontieren.

Man kann mit Sicherheit voraussagen, daß sich dann viele Erdenbewohner Christus zuwenden werden; doch ebenso gewiß ist, daß viel mehr von ihnen es nicht tun werden, sei es aus Skepsis oder Stolz. Die islamische Welt selbst wird sich vermutlich in zwei Lager spalten: das der ehrlichen Wahrheitssucher, die Jesus als ihren Erretter ergreifen werden, und das der demoralisierten Fundamentalisten, die die Wunder *al-Dajjâl*, dem Antichristen der islamischen Eschatologie, zuschreiben werden.

Gehen wir davon aus, daß das apokalyptische siebenköpfige Tier aus Offenbarung 13 die politischen Reiche und Systeme der Menschen darstellt – das Hauptvehikel der Wirksamkeit Satans auf dieser Erde [415] –, dann gewinnt es eine gewisse Wahrscheinlichkeit, in der militärischen Niederlage der islamischen Welt, wie sie Ezechiel 38 f. bezeugt, die tödliche Wunde zu sehen, die Johannes in Offenbarung 13,3 anspricht. [416] Jedenfalls wird der krachende Zusammenbruch der islamischen Armeen in Israel viele Muslime an einen emotionalen Tiefpunkt bringen, der der Erfahrung der Jünger Jesu unmittelbar nach Seiner Kreuzigung gleichkommt.

In gerade so eine Situation plaziert die islamische Eschatologie eine messianische, wunderwirkende Gestalt namens *al-Mahdi* („Der von Allah Geleitete“/„Rechtgeleitete“).[417] Scheich Yusufali Nafsi

---

[415] Mehr zu dieser Thematik in Kapitel 4.

[416] Hierzu mehr im Anhang.

[417] Einige islamische Lehrtraditionen setzen die Erscheinung *al-Dajjâls* nach der *al-Mahdis* an. So heißt es beispielsweise in der *Muqaddima* Ibn Chalduns: „Mit Sicher-

schreibt: „An dem bezeichneten Tag wird er wieder erscheinen, um gegen die Mächte des Bösen zu streiten, eine Weltrevolution anzuführen und eine neue Weltordnung aufzurichten.“ [418]
Wenn auch zweifellos viele Muslime diese Gleichsetzung zurückweisen würden, zeigen die islamischen Traditionen vom Auftreten und Handeln des *Mahdi* eine geradezu unheimliche Ähnlichkeit mit dem, was Johannes in seiner Offenbarung dem „falschen Propheten“ zuschreibt. Tut dieser beispielsweise „große Zeichen“, so daß er „Feuer vom Himmel fallen“ läßt „auf die Erde vor den Menschen“ (Offb. 13,13), so besagt eine fast spiegelbildliche schiitische *hadît* (Überlieferung aus der mündlichen Tradition), daß beim Auftreten des *Mahdi* in Mekka „Gott dem Licht befehlen wird, sich in der Form von Säulen zu erheben, so daß es von der Erde bis in den Himmel hinaufsteigt und die Bewohner der Erde es sehen werden“ [419].
Könnte es sein, daß der *Mahdi* jener wunderwirkende Führer sein wird, dem es gelingt, das verwundete Haupt des Tieres (d.i. die islamische Ökumene) dadurch zu heilen, daß er in der Stunde ihrer schmählichsten Niederlage den Glauben der Muslime wiederbelebt? Den Islam als endgültige systemische Inkarnation des Tieres zu sehen, liegt aus folgenden Gründen nahe:
1. Der falsche Prophet übt die Macht des Tieres aus. Damit muß es sich um ein seinem Wesen nach religiöses System handeln.
2. Es gibt keine andere Weltreligion, auf die die Schilderungen von Offenbarung 13 und 17 zutreffen.
3. Die Nationen, die dem Tier folgen, hassen die Frau in Purpur und Scharlach (den Geist des Materialismus und der Üppigkeit) [420] und führen Krieg gegen sie – eine eindringliche Beschreibung der Empfin-

---

heit wird am Ende der Zeit ein Mann aus der Familie [des Propheten] erscheinen, einer, der den Islam stärken und die Gerechtigkeit zum Triumph führen wird. Die Muslime werden ihm folgen, und er wird die Herrschaft über das muslimische Reich gewinnen. Man wird ihn den Mahdi nennen. Nach ihm wird, mit allen nachfolgenden Zeichen der Zeiten, der Antichrist erscheinen.“

418 The Awaited Saviour, S. 20.

419 Siehe Sachedina, S. 161.

420 Bei sorgfältigem Studium von Offb. 18 ergeben sich wenig andere Auslegungsmöglichkeiten für das Symbol der Frau in Purpur und Scharlach bzw. Babylons der Großen.

dungen und Bestrebungen heutiger islamischer Fundamentalisten gegenüber dem „großen Satan“ [421].

Anders als viele sunnitische Muslime sind die meisten Schiiten überzeugt, die Identität des *Mahdi* – zumindest dem Namen nach – zu kennen. Es handelt sich um Muhammad ibn Hasan al-Mahdi al-Muntazar, den Zwölften Imam, den Erwarteten. Obwohl er seit 941 nicht mehr mit seinen Anhängern in Kontakt getreten ist, sagen diese von ihm, er sei irgendwo in Saudi-Arabien am Leben und nehme jährlich an der *hajj* teil.[422] Das Vermögen des Imam, mehr als zehn Jahrhunderte lang zu leben, wird mit seiner entschieden übernatürlichen Herkunft erklärt. Im heute irakischen Samarra geboren, Sohn einer Sklavin namens Nardschis – von der hervorgehoben wird, sie sei eine Jungfrau gewesen und habe bis zur Niederkunft mit dem *Mahdi* keinerlei Anzeichen einer Schwangerschaft gezeigt –, begann der Imam sein Leben damit, daß er sich im Gebet verneigte und Allah und Mohammed bezeugte.[423] Ob man diese Einzelheiten nun unkritisch aufnimmt oder nicht, es gibt zahlreiche *hadîts*, die den *Mahdi* als Abkömmling der Mohammed-Tochter Fatima, d.h. genauer ihres Sohnes Husain, des berühmten Märtyrers von Kerbela, bezeichnen. [424]

Interessanterweise stellt eine bekannte prophetische *hadît* fest: „Im Osten wird ein Volk auftreten, das dem Mahdi seinen Weg zum Aufstieg an die Macht pflastern wird.“ [425] Viele Muslime, vor allem schiitische, pflegen diese Schau als unmittelbare Bezugnahme auf den Iran zu verstehen (welcher tatsächlich östlich der früheren Residenz der Imame im heutigen Irak liegt). Als er seine fundamentalistische Revolution vom Zaun brach, war sich der Ayatollah Khomeini mit Sicherheit dieser Rolle bewußt, und seine Taten wie sein Einfluß mögen sich zukünftig sehr wohl noch als bahnbrechend für den Aufstieg des *Mahdi*, des biblischen falschen Propheten, erweisen.[426]

Der New Yorker Professor Abdulaziz Sachedina schreibt: „Vor dem Erscheinen des Mahdi am Ašuratag wird in der 23. Nacht des Rama-

---

[421] Im Anhang finden sich weitere vergleichende Auslegungen.

[422] Sachedina, S. 75.

[423] Ebd. S. 70-74.

[424] Hussain, S. 17.

[425] Vgl. ebd.

[426] Khomeini wurde von vielen als *mujaddid* gesehen, d. h. als Wiederhersteller oder Erneuerer des Glaubens, wie er in jedem Jahrhundert erscheint, um den islami-

dan sein Name ausgerufen werden." Schiitentheologen sehen diese Nacht als „die Nacht der Kraft", während derer der Koran offenbart wurde und in der „die Engel herabsteigen mit den Verordnungen Gottes hinsichtlich der Ereignisse, die während des Jahres geschehen werden". [427] Seinen ersten öffentlichen Auftritt wird der *Mahdi* – nicht gerade eine Überraschung – an der *Kaaba* in der Großen Moschee von Mekka haben. Sobald er seinen Arm ausstrecken wird, wird Licht von ihm ausgehen, während er die Worte sprechen wird: „Dies ist die Hand Gottes; sie kommt von ihm und wirkt nach seinem Befehl." Augenblicke später wird die Sonne aufgehen, und eine Stimme, die aus der Richtung der Sonnenstrahlen kommt, wird in gepflegtem Arabisch sprechen: „O Bewohner des Universums! Dies ist der Mahdi aus der Nachkommenschaft Mohammeds." Diese übernatürliche Ansage wird in aller Welt zu hören sein.[428]

Bevor er sich aufmachen wird, um Ungläubige in Saudi-Arabien, im Irak und sonstwo zu vernichten, wird der *Mahdi*, an die *Kaaba* gelehnt, aus verschiedenen Schriften rezitieren und dadurch verstärkt seine Authentizität demonstrieren.[429] Nach schiitischer Tradition wird auch Jesus aus dem Himmel nach Jerusalem herabsteigen und für die

---

schen Geist aufzufrischen und die Tradition gegen Neuerertum, weltlichen Skeptizismus und Gottlosigkeit in Schutz zu nehmen. In bezug auf den *Mahdi* gesehen, wäre Khomeini mithin eine Art Johannes der Täufer gewesen.

[427] Sachedina, S. 158.

[428] Ebd. S. 162 f.

[429] Nach Sachedina wird der *Mahdi* seine Lesungen mit folgender Erklärung einleiten: „Wahrlich, wer immer Adam und Seth zu sehen begehrt, sollte wissen, daß ich Adam und Seth bin. Wer immer Noah und seinen Sohn Sem zu sehen begehrt, sollte wissen, daß ich Noah und Sem bin. Wer immer Abraham und Ismael zu sehen begehrt, sollte wissen, daß ich Abraham und Ismael bin. Wer immer Mose und Josua zu sehen begehrt, sollte wissen, daß ich Mose und Josua bin. Wer immer Jesus und Simon zu sehen begehrt, sollte wissen, daß ich Jesus und Simon bin. Wer immer Mohammed und 'Ali, den Âmîr der Gläubigen, zu sehen begehrt, sollte wissen, daß ich Mohammed und 'Ali bin. Wer immer al-Hasan und al-Husain zu sehen begehrt, sollte wissen, daß ich al-Hasan und al-Husain bin. Wer immer die Imame aus der Nachkommenschaft al-Husains zu sehen begehrt, sollte wissen: Ich bin diese reinen Imame. Nehmt meinen Ruf an und schart euch um mich, auf daß ich euch mitteile, was immer ihr zu wissen begehrt. Wer die himmlischen Schriften und die göttlichen Rollen gelesen hat, wird sie jetzt von mir hören." – Vgl. mit Lk. 4,17-21!

Sache des *Mahdi* Partei ergreifen.[430] An diesem Punkt sollen dann Christen und Juden den wahren Status des *Mahdi* erkennen und ihrem Gottesglauben absagen.[431]
An dieser Stelle kommt die islamische – zumindest die schiitische – Eschatologie dem prophetischen Gehalt von Offenbarung 13,11-18 sehr nahe, wo der falsche Prophet „macht, daß die Erde und die darauf wohnen, anbeten das erste Tier, dessen tödliche Wunde heil geworden war". Jeder Bürger wird genötigt sein, ein Abzeichen des Systems an sich zu tragen, ohne welches es unmöglich sein wird, zu kaufen oder zu verkaufen. Diejenigen, die sich standhaft weigern werden, dem System Ehre zu erweisen, werden umgebracht werden. Schiiten glauben: „Das erste, was unter der Herrschaft des *Mahdi* geschehen wird, wird die *Islamisierung der ganzen Welt* sein." [432] Dieses Ziel wird er gewaltsam erreichen, unter einem anderen seiner prophetischen Titel, dem des *sahib al-saif* (Meister des Schwertes).[433] Bei dem schiitischen Gelehrten Nu'mani lesen wir, weder werde der *Mahdi* „irgend jemandes Reue akzeptieren, noch wird der Wider-

---

[430] Die Schiiten glauben, daß Jesus nach dem Tode des Antichristen eine vierzigjährige Herrschaft der Gerechtigkeit aufrichten wird. Danach wird Er sterben und in Medina, Mohammed benachbart, begraben werden. Einige Sunniten bezweifeln, daß es der *Mahdi* sein werde, der den Antichristen zur Strecke bringt, und behaupten stattdessen, daß, „während der Koran keinen Mahdi erwähnt, er sehr wohl unter den Zeichen der Stunde die Wiederkunft Jesu aufführt – und Er, nicht der Mahdi, wird den *dajjal* töten". Siehe Sachedina, S. 172.

[431] Nafsi, a.a.O. S. 18.

[432] Sachedina, S. 174 (Hervorhebung im Original).

[433] Dieser Titel stimmt mit der schiitischen Tradition des Imamats überein (d. h. der Lehre von der Sukzession der zwölf Imame aus der Familie Mohammeds). Jeder Imam ererbte von seinem Vorgänger drei Insignien seiner Legitimität: das prophetische Licht, d. i. Wissen, die Bücher und die prophetischen Waffen. Das „Licht" erlaubte angeblich jedem Imam, mit Hilfe verschiedener transzendenter Zeichen Menschen in seinen Bann zu ziehen. Die „Bücher" enthielten die Prophetenrolle Fatimas, Gesetzesverordnungen 'Alis sowie aus der Bibel die Psalmen, die Torah und die Evangelien. Die „Waffen", wozu Schwert, Rüstung und Speer des Propheten gehören, stellen eine Bedeutungsparallele zur Bundeslade der Israeliten dar. Das Schwert war die vornehmste unter den Waffen – nicht nur, weil man glaubte, der Engel Gabriel habe es aus dem Himmel herabgebracht, sondern weil der Meister des Schwertes es in der Endzeit gegen Abgefallene und Ungläubige wenden werde. – Vgl. Sachedina, S. 21.

spruch seiner Gegner ihn davon abbringen, den Befehl Gottes auszuführen".[434]
Was das berüchtigte Zeichen des Tieres angeht, so existiert bereits in vielen muslimischen Ländern – Pakistan, Malaysia und dem Iran beispielsweise – ein islamisches Identifizierungssystem, das die Diskriminierung von Nichtmuslimen ermöglicht. Gleiches gilt für einige Staaten Nordafrikas, die Nichtmuslimen häufig Pässe und anderes verweigern. Im Licht der wundersamen Großtaten des *Mahdi* kann man sich leicht vorstellen, wie einem Jungbrunnen entsprungene Gläubige sich berufen fühlen könnten, diese Systeme auszubauen und fanatisch durchzusetzen.

Zwei Schnitter, drei Frösche und sieben Engel: am Vorabend Harmageddons

Die Schrift macht deutlich, daß es zwischen dem letzten *Dschihad* von Ezechiel 38 f. und der großen, furchtbaren Schlacht von Harmageddon – von der so gut wie alle Bibelkundigen annehmen, daß sie den menschlichen Reichen ein Ende setzen wird – zu einer großen Seelenernte für die Gemeinde Jesu kommen wird. Eine besonders aussagekräftige Passage hierzu ist Offenbarung 14,14 ff.:

> *Und ich sah, und siehe, eine weiße Wolke. Und auf der Wolke saß einer, der gleich war eines Menschen Sohn; der hatte eine goldene Krone auf seinem Haupt und in seiner Hand eine scharfe Sichel. Und ein anderer Engel kam aus dem Tempel und rief mit großer Stimme zu dem, der auf der Wolke saß: Schlag an mit deiner Sichel und ernte ...; denn die Ernte der Erde ist reif geworden! Und der auf der Wolke saß, schlug an mit seiner Sichel an die Erde, und die Erde ward geerntet.*

Hier wird uns ein erregendes Ernte-Szenario vor Augen gemalt, das sich unmittelbar vor einer Zeit großer Gewaltausbrüche und Schwierigkeiten auf der Erde abspielen wird. Diese Ernte wird offenbar

---

[434] Muhammad bin-Ibrahim bin-Dscha'far al-Nu'mani, Kitab al-ghaiba, Täbriz 1383; zit. n. Sachedina.

enorme Ausmaße annehmen, aber das Fenster der Gelegenheit wird nur eine begrenzte Zeit lang offenstehen. Denn nachdem der erste Schnitter seine Arbeit vollendet haben wird, wird an einen zweiten Schnitterengel der Befehl ergehen, seine Sichel an die Erde zu legen, um die berühmten Trauben des Zorns zu schneiden (Offb. 14,17-20). Und wenn Gott dann die sieben Engel des Zorns losmacht (Offb. 15), werden die Erde und ihre aufständischen Bewohner Gegenstand eines verheerenden Angriffs des Allmächtigen sein. In kurzer Zeit werden nie dagewesene Wellen von Krankheit, Tod und Zerstörung einen derartigen Tribut fordern, daß Satan und seine Heerscharen – mitsamt dem falschen Propheten – sich entschließen werden, einen einzigartigen Gegenschlag zu führen. Im Rahmen der feindlichen Anstrengungen, das letzte Aufgebot zu mobilisieren, verzeichnet Johannes, daß drei froschgestaltige unreine Geister aus den Mündern des Drachens, des Tieres und des falschen Propheten hervorgehen werden, um Unterstützung einzuwerben.

> *Diese sind Teufelsgeister, die tun Zeichen und gehen aus zu den Königen der ganzen Welt, sie zu versammeln zum Streit auf jenen großen Tag Gottes, des Allmächtigen.*
>
> *Offb.16,14*

Scheinbar im Bemühen, den Tag des Sieges rascher herbeizuführen, befiehlt Gott selber dem sechsten Zornesengel, seine Schale auf den Euphrat auszugießen – wobei er den Strom austrocknet, „damit bereitet würde der Weg den Königen vom Aufgang der Sonne" (Offb. 16,12) [435]. In diesem Endzeitgeschehen am Vorabend Harmageddons stellt Gott die ursprüngliche Rolle der Schlange in Eden auf den Kopf, indem Er in das Herzstück von Satans territorialem Bollwerk eindringt und so handelt, daß die trotzigen satanischen Truppen ihrem letzten Gericht entgegengeführt werden.

Während der Name *Harmageddon* einen frösteln macht – und zwar zu Recht, soweit es Männer und Frauen angeht, die entschieden sind, nach ihrem eigenen Ratschluß zu leben –, bezeichnet er doch für Chri-

---

435 Zwar werden die Könige aus dem Osten nicht identifiziert, es läßt sich jedoch mit Fug mutmaßen, daß die volkreichen islamischen Nationen Iran, Pakistan, Indien, Bangladesch, Afghanistan, „Turkestan" und vielleicht sogar Indonesien und Malaysia beteiligt sein werden.

sten das gesegnete Tor, durch das Gottes Königsherrschaft endlich wieder in die irdische Geschichte eintritt. Nie lag es in der Absicht des Meisters, daß dieses Tor mit dem Blut von Männern und Frauen besudelt werden sollte.

* * *

Kapitel 10

Den Zeiten gerecht werden: eine strategische Checkliste

In dieser Stunde, wo Männer, die ihre natürlichen Gaben und Fähigkeiten anzuwenden gelernt haben, verzagen, erweckt Gott viele, damit sie sehen, wie zwingend es ist, mit dem Übernatürlichen zu rechnen.

DeVern Fromke [436]

Der Glaube hat Vorstellungen von der Zukunft, die Gottes Vorstellungen sind. Gott selbst ist derjenige, „der da lebendig macht die Toten und ruft dem, was nicht ist, daß es sein wird" (Röm. 4,17). ... Vision hat nicht damit zu tun, zu sehen, was ist, und zu fragen, warum. Vielmehr geht es darum, zu sehen, was noch nie gewesen ist, und zu fragen, warum nicht.

Os Guinness [437]

Ich habe die Hoffnung, daß die Welt Christus durch seine Gemeinde sehen wird, bevor sie ihn mit seiner Gemeinde sieht.

Steve Fry [438]

Die Zukunft, hat jemand gesagt, ist ein fremdes Land: Die Dinge laufen dort anders.[439] Viele Firmen und öffentliche Einrichtungen unserer Tage nehmen es überaus wichtig, im Voraus etwas darüber zu erfahren, worauf es in dieser neuen Welt ankommen wird. Und tatsächlich hängen für diese Institutionen politisches und ökonomisches Wohlergehen – in manchen Fällen auch die nackte Existenz – weitgehend davon ab, wie gut es ihnen gelingt, Informationen darüber zu gewinnen, was als nächstes zu erwarten steht.

Erstaunlicherweise hat die Gemeinde Jesu – Ausnahmen bestätigen die Regel – bislang nicht annähernd soviel Interesse an Zukunftsinfor-

436 Zit. n. Gary Kinnaman, And Signs Shall Follow, Tarrytown, NY 1987, S. 18.
437 Os Guinness, Das Problem des Zweifels, Neuhausen 1979, S. 201ff.
438 Predigtzitat.
439 Profiles of the Future, S. IX.

mationen gezeigt wie ihre weltlichen Zeitgenossen. Soweit sie überhaupt über die Zukunft nachdenken, sehen viele Gläubige sie als einfache Wiederholung des Vergangenen. In ihren Augen sagt der Autor des Predigerbuches alles zum Thema Nötige: „Geschieht etwas, von dem man sagen könnte: »Sieh, das ist neu«? Es ist längst vorher auch geschehen in den Zeiten, die vor uns gewesen sind.“ So „geschieht nichts Neues unter der Sonne“ (Pred. 1,10.9).

Für andere beschwört der Gedanke an die Zukunft angstvolle Vorstellungen vom Gericht Gottes herauf. Ich weiß von einer christlichen Frau, bei der die Offenbarung des Johannes blankes Entsetzen auslöste. Sie las sie niemals; denn, so sagte sie, sie bekomme davon Alpträume. Und sie ist keineswegs so eine Ausnahme, wie man denken könnte. Für sie und Tausende ihresgleichen hat die „Endzeit“ nicht mit evangelistischen Möglichkeiten zu tun, sondern mit den Schatten der Apokalypse und Harmageddons. Die täglichen Schlagzeilen bringen diesen Menschen keinen Optimismus, sondern Mutlosigkeit. Die „Zeichen der Zeit“ sind keine frohmachenden Indizien für erfüllte Verheißungen und das Wiedervereintwerden, sondern ein Countdown bis zur Katastrophe. Für sie sitzen wir alle in einem außer Kontrolle geratenen Zug und haben keinerlei Chance, den Gang der Dinge zu beeinflussen.

Ob wir es erkennen oder nicht – unsere Zukunftssicht hat viel damit zu tun, wie wir uns in den Monaten und Jahren, die auf uns zukommen, verhalten werden. Der Zukunftsforscher Alvin Toffler schreibt: „Falls die Gesellschaft von morgen einfach nur eine erweiterte »Großleinwand«-Version der Gegenwart sein wird, *müssen* wir nur wenig tun, um uns auf sie vorzubereiten. Ist es der Gesellschaft andererseits unausweichlich vorherbestimmt, noch zu unseren Lebzeiten sich selbst zu zerstören, so *können* wir nichts daran tun.“ Die Ironie liegt darin, daß „beide Weisen der Zukunftssicht den Rückzug ins Private und Passivität hervorbringen ..., beide uns zur Untätigkeit gefrieren lassen ..., beide Vorstellungs- und Willenskraft lähmen“.[440]

Sollen unsere geistlichen Ambitionen und Institutionen die wütenden Stürme der Zukunft überdauern, so müssen wir zuallererst alle Auffassungen über Bord werfen, die etwas für unausweichlich erklären. Sinken wir sowieso, gibt es keinen Grund, die Maschinen überhaupt erst zu starten, geschweige denn unser Navigationsgerät zu erneuern. Unaus-

---

[440] Alvin Toffler, The Third Wave, New York 1981, S. 11 f.

weichlichkeitsdenken raubt Ansporn, und wir verlieren jede Motivation. Wenn Menschen überzeugt sind, daß ihr Handeln sowieso nichts ändert, werden sie schlicht nichts tun – nicht einmal für Gott.

Zum Glück finden wir in der Schrift keinerlei Aussicht auf eine kraft- und sinnlose Zukunft (sondern bloße „Formen der Gottseligkeit" werden mit Verachtung beschrieben). Vielmehr fordert Gott Sein Volk heraus, mit aller Kraft ins Morgen zu investieren. Christen müssen aktive Vertreter eines liebevollen „göttlichen Imperialismus" sein, überall auf dem Planeten. Langeweile und Oberflächlichkeit eines bloßen liturgischen Formenschatzes müssen durch die zupackende Verantwortung des Führertums ersetzt werden. Wie schrieb einst H. G. Wells: „Vor uns stehen Gelegenheiten, nicht ein Schicksal."

Zugleich sind Christen, die meinen, nostalgische Siebziger-Jahre-Dienststrategien auf die Realitäten des anbrechenden 21. Jahrhunderts anwenden zu können, überreif für ein hartes Erwachen. Strategische Entwürfe und methodische Handbücher, die für die gemütlichen Umstände von gestern geschrieben wurden, werden rasch zu Museumsstücken. Im Gegensatz zur Überzeugung Mark Aurels, daß „der, die gegenwärtigen Dinge gesehen hat, alles sah" [441], müssen wir alle zugeben, daß die heutige Welt nur noch wenig Ähnlichkeit mit derjenigen aufweist, in der wir vor ein paar Jahren lebten – und ein paar Jahre weiter wird nur noch wenig so sein wie heute.

Dementsprechend laufen diejenigen geistlichen Werke am meisten Gefahr, die Zukunft nicht zu meistern, die heute darauf bestehen, *business as usual* zu betreiben. Sie mögen so groß oder ehrwürdig sein, wie sie wollen – Denominationen, Missionswerke und Ortsgemeinden, die es versäumen, sich den rapiden Veränderungen anzupassen, die die neunziger Jahre mit sich bringen, werden im nächsten Jahrzehnt schlicht und ergreifend versagen.

In Anerkenntnis dieser Tatsache nahm die Evangelisch-lutherische Kirche Nordamerikas für ihren Teil 1988 eine maßgebliche Kurskorrektur ihrer Missionsstrategie vor, indem sie entschied, ihr Zeugnis gegenüber den Muslimen entscheidend aufzuwerten. Einer der Hauptverantwortlichen für diese neue Ausrichtung, Dr. Mark Thomsen, erklärte: „Wenn Sie sich nicht anpassen können, können Sie gleich zu Hause bleiben. Eine unbewegliche Kirche ohne Spielraum, sich anzu-

---

441 Meditationes 9,28.

passen, ist unfähig, einen namhaften Beitrag zu Gottes Mission zu leisten.“ [442] Schon einige Jahre zuvor vertrat der stets vorausblickende Francis Schaeffer in seinem Buch *The Church at the End of the Twentieth Century* die gleiche Auffassung: „Zur Veränderung im Heiligen Geist nicht fähig zu sein, während die Zeiten sich ändern, ist schändlich.“ Mehr noch, schrieb Schaeffer: „Die Weigerung, sich unter der Leitung des Heiligen Geistes Veränderungen zu stellen, ist ein geistliches, nicht ein intellektuelles Problem.“ [443]

Zum Glück haben sich viele Personen und Institutionen, was ihren Dienst betrifft, auf dem laufenden gehalten, indem sie der unaufgebbaren Rolle des Heiligen Geistes bei ihren Recherchen und Planungen Rechnung tragen. Gemäß meinen Beobachtungen dieser modernen Erfolgsgeschichten und wie ich in vielen Gesprächen festgestellt habe, dreht es sich bei ihren strategischen Anpassungen an die Zeitläufe in erster Linie um vier Bereiche:

die Notwendigkeit, „Schlüssel“-Erntefelder ausfindig zu machen und aufs Korn zu nehmen;

- die Notwendigkeit, Dienstpartnerschaften einzurichten und daran teilzuhaben;
- die Notwendigkeit einer angemessenen Finanzierung des Vorhabens und
- die Notwendigkeit, der Bedeutung von Gebet und Geistesgaben für den Erfolg von Mission in der vordersten Frontlinie Rechnung zu tragen. Auf den folgenden Seiten werden wir jeden dieser wichtigen Bereiche genauer in den Blick nehmen.

---

442 Ministries to Muslims Highlighted, The Lutheran v. 23.11.1988.

443 Francis Schaeffer, The Church at the End of the Twentieth Century, Downers Grove, IL 1970, S. 67. 77. – Zur Erläuterung dieser Sätze schrieb Schaeffer: „Man kann auf eine üble und auf eine gute Weise altmodisch sein. Die gute Weise hat damit zu tun, daß manche Dinge sich niemals ändern, weil sie ewige Wahrheiten sind. … Doch es gibt auch eine üble Weise. Jungen Pastoren und Lehrern, die sich mit diesen Dingen abplagen, stelle ich oft eine simple Frage: Können Sie sich wirklich vorstellen, daß der Heilige Geist jemals im negativen Sinne altmodisch sein könnte? Nein – natürlich nicht. Wenn also wir als Evangelikale altmodisch werden – nicht im guten Sinne, sondern im üblen –, muß uns klar sein, daß das Problem im Grunde kein intellektuelles, sondern ein geistliches ist. Es zeigt, daß wir von unserem Weg abgekommen sind. Wir haben keine Fühlung mehr mit der Leitung durch den Heiligen Geist.“

In die richtige Richtung ziehen: „Schlüssel"-Erntefelder identifizieren und ins Visier nehmen

Während einer Ansprache an die Delegierten des Weltevangelisationskongresses in Singapur im Januar 1989 bemerkte der internationale Direktor von *Jugend mit einer Mission*, Floyd McClung: „Ich hörte eine Geschichte über einen Typ, der ein Gewehr hatte und rausging, um Schießen zu üben. Als erstes schoß er auf eine Hauswand, dann ging er hin und zeichnete eine Zielscheibe um das Loch herum, wo die Kugel eingeschlagen war. Dann stellte er sich hin und sagte: ‚Das war'n guter Schuß. Ich glaube, genauso ist es manchmal in unserem christlichen Dienst. Wir erklären das zum Ziel, was wir schon getroffen haben, aber wir treffen nicht notwendigerweise das, wovon Gott will, daß wir es zum Ziel machen." [444]

In dem Bemühen, dieser Falle zu entgehen, strengen sich viele Gemeinden und Missionsgesellschaften bei ihren Arbeitsprogrammen an, so viele Ziele wie möglich zu treffen – in der Hoffnung, daß dann zumindest ein paar von Gottes strategischen Absichten mit abgedeckt sind. Ein paar Spaßvögel haben dieser weitverbreiteten Praxis das Label „Schrotflinten-Methode" verpaßt. Abgesehen davon, daß diese Methode schnell und leicht zu handhaben ist – sie verlangt keinerlei geistliche Meisterschützen-Qualitäten –, ist sie am ehesten deshalb so beliebt, weil sie denen, die sie ausüben, das *Gefühl* vermittelt, kraftvoll und weitreichend zu arbeiten. Ihr größter Nachteil besteht natürlich darin, daß sie jede strategische Ausrichtung der Kräfte vermissen läßt. Indem sie schlecht finanzierte, oft unzureichend ausgestattete missionarische „Schrotkugeln" wahllos streuend in die Gegend jagen, rufen „Schrotflinten"-Verantwortliche nicht nur Verletzungen und Zorn bei vielen der erstrangigen Zielvölker der Gemeinde Jesu hervor, sondern stören auch merklich die Arbeit anderer.[445]

In deutlichem Kontrast zu dieser eigensinnigen, häufig ineffektiven

---

444 Floyd McClung, Targeting for the Countdown, in : Thomas Wang (ed.), Countdown to A.D. 2000, 1989, S. 23.

445 Diese Störungen resultieren im allgemeinen aus den Ausbildungs- und/oder Ausstattungsmängeln, unter denen heute viele aktive Missionare – sowohl im Kurz- als

Arbeitsweise zeigen die Worte des Psalmisten im 144. Psalm – Gott lehrt „meine Hände kämpfen … und meine Fäuste, Krieg zu führen" – das Konzept der *Präzision*. Es ist an der Zeit, sich darauf zu besinnen, daß geistliche Planung und Kriegführung nicht nachlässig gehandhabt werden sollten.

Obzwar man also personelle und finanzielle Ressourcen missionarischer Arbeit heutzutage fast überallhin senden kann, ist die Frage, auf die es wirklich ankommt: Wohin sollten wir sie senden? Im Licht dessen, was wir bereits hinsichtlich der Arbeitsweisen Gottes, der Zeiten, in denen wir leben, und des gegenwärtigen geistlichen Schlachtfeldes bedacht haben, scheint diese Frage eine dreifache Antwort zu erfordern: Wir sollten sie senden

- in vernachlässigte Gebiete;
- dorthin, wo sich *kairos*-Gelegenheiten auftun, und
- zu außergewöhnlichen Erntekampagnen.

Diese Schlußfolgerungen überlappen einander in mehrfacher Hinsicht, bilden aber dennoch, wie wir sehen werden, jeweils eigenständige Kategorien.

Vernachlässigte Gebiete

Dem Missionsfachmann Dr. David Barrett zufolge umfaßt der harte Kern der unevangelisierten Welt gegenwärtig fast ein Viertel der Erdbevölkerung bzw. gut 1,25 Milliarden Menschen.[446] Ein großer Teil dieser Menschen lebt in 30 evangelistisch unterbedienten Ländern innerhalb des erweiterten 10/40-Fensters.[447]

---

auch im Langzeit-Einsatzbereich – leiden. Diese Mängel können dazu führen, daß Volksgruppen dem Evangelium gegenüber immun werden. Ein anderes Problem besteht darin, daß „Schrotflinten-Mission" nicht erstrangig ergebnisorientiert arbeitet und häufig wertvolle Ressourcen von wirklich strategischen Zielgebieten abzieht.

[446] Barrett/Johnson, S. 25. – Diese Zahl beruht auf Barretts Prinzip der „demographischen Evangelisation". Dabei orientiert sich die evangelistische „Buchführung" primär an Familien, Gruppen und ethno-linguistischen Völkerschaften. Wenn man auf der Basis von Personen zählt, denen *individuell* die Gelegenheit geboten wurde, durch Beitritt zu einer örtlichen Gemeinde ihrer eigenen Kultur auf das Evangelium zu reagieren, erhöht sich die Gesamtzahl der Unevangelisierten um nahezu 500 Millionen.

[447] Meine eigene Mission, *The Sentinel Group* in Seattle, Washington, widmet sich der Evangelisierung der weltweit am krassesten unterbedienten Missionsfelder. Die

Obwohl nahezu 95 Prozent der unevangelisierten bzw. unerreichten Völker der Welt im 10/40-Fenster leben, zeigt Barrett weiter auf, daß mit Stand 1990 erstaunlicherweise nur ein Prozent (!) aller weltweit tätigen Missionare, das sind etwa 3000 Personen, in diesem Gebiet arbeiteten.[448] Dem größten Block unerreichter Völker in der heutigen Welt, den Muslimen, widmeten sich seinerzeit – innerhalb des 10/40-Fensters und darüber hinaus – nur etwa zwei Prozent aller christlichen Missionare.[449]

---

folgende Liste nennt diese geistlich hochbedürftigen Regionen (von Missionsmitarbeitern „Zwanziger-Zielgruppe" genannt):

- Afghanistan
- Albanien
- Bhutan
- Kambodscha
- Djibouti
- Golfstaaten (Saudi-Arabien, Kuwait, Qatar, Vereinigte Arabische Emirate, Bahrain, Oman)
- Nordindien
- Irak
- Libyen
- Nordafrika (Algerien, Marokko, Tunesien, Westsahara)
- Malediven
- Mongolei
- Nordkorea
- Westpakistan
- Somalia
- Zentralasiatische GUS-Staaten
- Tibet
- Osttürkei
- Jemen

Zwar lebt in allen diesen Gebieten mit Ausnahme der westlichen Sahara jeweils eine Handvoll Christen, doch findet man nur in etwa zwei Dritteln von ihnen verfaßte, reife Gemeinden. Auch wo Gemeinden existieren, stellen sich der Evangelisation beträchtliche Herausforderungen; sie ist aber keineswegs unmöglich.

448 Barrett/Johnson, S. 27. – Jährlich werden in der unevangelisierten Welt 133 Millionen Menschen erreicht, aber 142 Millionen neu geboren. So kommt es, daß wir trotz Neubekehrter in diesem Bereich Jahr für Jahr Boden verlieren. Vgl.Barrett/Johnson, S. 33.

449 Robert Douglas, The Callenge of the Muslim World, World Evangelization Nov./Dez. 1988. – Glücklicherweise hat diese Zahl in den letzten Jahren zu wachsen begonnen, da mehr und mehr Christen die Herausforderung des Islam erkennen. Dennoch verbleiben mehr als 930 verschiedene ethno-linguistische Gruppen, in denen noch Gemeinden gepflanzt werden müssen – eine Aufgabe, der sich in erster Linie die interkulturellen Missionen stellen müssen.

Worauf konzentriert sich christliche *Manpower* stattdessen? Fast 91 Prozent stecken in Arbeiten unter, so Barrett, „hochgradig christianisierten Bevölkerungen in vorwiegend christlichen Ländern".[450] Während also viele Nationen Nordafrikas und Zentralasiens regelrecht um evangelistische Aktivitäten betteln, stehen sich amerikanische Kirchenmitarbeiter an den Flughafen-Gepäckausgaben Brasiliens, Mexikos und der Philippinen gegenseitig auf den Füßen. (Die „Missions"-Erfahrung vieler amerikanischer Christen heute beinhaltet wenig mehr, als am Flugplatz von Freunden abgeholt zu werden, die einen zu einer Missionsstation oder Gemeinde fahren, wo man dann Seminare für Einheimische hält, die längst Christen sind.)

Der Missiologieprofessor Howard Foltz verglich diese Situation mit einem Angelausflug, den er vor ein paar Jahren in Colorado machte. Nachdem er auf den bekannten, gut erreichbaren South-Platte-Fluß hinausgefahren war, sah er alsbald an allen Ecken und Enden andere Angler seinen Weg kreuzen. Später stieg er hoch in die Rocky Mountains hinauf, wo er sich unversehens dicht an dicht von wahren Schätzen umgeben fand. Von dem Platz aus, wo er stand, konnte er nicht weniger als sechs Seen erkennen. Zu den meisten führte nicht mal ein Trampelpfad, doch alle waren sie voll mit Fischen. All diese kostbaren „Fischteiche" hatte er ganz für sich allein – schlicht deshalb, weil sie schwerer zu erreichen waren.

Nun dürfte allen bis auf ein paar Hypercalvinisten klar sein, daß das gegenwärtige Verhältnis von Ressourcen zu Bedürfnissen nicht göttlicher Mathematik entspricht. Doch mit dem bloßen Erkennen des Problems ist es nicht getan. Die Gemeinde Jesu muß handeln, und zwar entschieden handeln.[451] Wenn es uns Christen, vor allem in der westlichen Welt, wirklich ernst damit ist, den Missionsauftrag zu erfüllen und die Wiederkunft des Königs zu beschleunigen, muß eine tiefgreifende Umgruppierung unserer Missionsarbeit sowohl in personeller als auch in finanzieller Hinsicht auf die Tagesordnung.

Zwar kann man verstehen, daß es Kirchen und Missionswerken, die über ein Kapital gewachsener, ausgedehnter Beziehungen in Gebieten

---

450 Barrett/Johnson, S. 98.

451 Nach Barrett/Johnson (S. 99) kamen mit Stand 1990 99% allen christlichen Schrifttums, 99,9% aller christlichen Rundfunksendungen, 94% aller christlichen Geldmittel und 87,2% der Gelder, die für Außenmission gespendet wurden, der christianisierten Welt zugute.

wie Lateinamerika oder den Philippinen verfügen, schwerfällt, die Unterstützung ihrer dortigen Freunde zu beenden oder zu verringern; doch gibt es Alternativen. Eine davon ist, die Weitergewährung finanzieller und technischer Hilfe daran zu knüpfen, ob eine Reihe von Missionaren und einheimischen Mitarbeitern bereit ist, Dienstmöglichkeiten im 10/40-Fenster auszuloten. Lateinamerikaner zum Beispiel können gut in muslimischen Regionen Nordafrikas dienen, insbesondere unter den spanischsprachigen Völkern im marokkanischen Rif-Gebirge und in der Westsahara (beides ehemals spanische Kolonien). In Südspanien sind mindestens zwei Missionswerke ansässig, die für lateinamerikanische Missionare mit Zielgebiet Nordafrika offen sind und bereits einige in Ausbildung haben. Mehr und mehr Lateinamerikaner bezeugen eine neue Bürde für Muslime, doch verfügen nur wenige von ihnen über die finanziellen Möglichkeiten, zwecks Ausbildung und Dienst ins Ausland zu reisen. Würden US-Amerikaner, Kanadier und Europäer jedoch für die Kosten aufkommen, so würden sie nicht nur strategische Endzeit-Evangelisation ermutigen und unterstützen, sondern zugleich wichtige Verbindungen aufrechterhalten.

KAIROS-GELEGENHEITEN

Wie bereits erwähnt, hat strategisches Zieldenken in der Mission nicht nur mit dem Wo, sondern mehr und mehr auch mit dem Wann zu tun. Leiter in Verantwortung für die Ausschöpfung christlicher Ressourcen an der Wende zum 3. Jahrtausend müssen deshalb mit den *Fenstern der Gelegenheiten* ebenso vertraut sein wie mit den *Fenstern der Notwendigkeiten.*

Wenn es um das Erkennen aufgehender Türen und die Reaktion darauf geht, schauen die Annalen der Gemeinde Jesu düster aus. Als zum Beispiel der große Mongolenführer Khubilai Khan auf dem Höhepunkt seiner Macht stand, bat er Marco Polo, beim Papst die Entsendung von Missionaren zu erwirken, die in seinem Reich die Lehren des Christentums bekanntmachen sollten. Zu diesem Zeitpunkt herrschte der Neffe des berüchtigten Dschingis Khan über das ausgedehnteste Imperium, das es jemals auf der Welt gab. Nachdem beträchtliche Zeit verstrichen war, sandte die Kirche schließlich zwei Priester, die halbe Analphabeten waren. Kaum angekommen, machten diese sich schon wieder auf den Heimweg. Die Gelegenheit war verloren.

Etliche Jahrhunderte später erreichte ein neuer Ruf an christliche Missionare, ihr Evangelium zu bringen, die westliche Welt. Diesmal, es war in der Besatzungszeit nach dem Zweiten Weltkrieg, kam er aus Japan. Der Kirchengeschichtler Kenneth Scott Latourette schreibt, die Japaner „waren geistlich entwurzelt und von der Frage umgetrieben, ob nicht eine falsche Ideologie die Ursache für den Zusammenbruch des [japanischen] Reiches gewesen sei“. Mehr noch, sie begannen sich zu fragen, „ob nicht das Geheimnis des amerikanischen Sieges in dem zu finden sei, was sie die Religion der Vereinigten Staaten nannten“.[452] Die kirchliche Antwort auf diese offene Tür war im großen und ganzen dürftig, und in der Folge hat sich Japan krassem Materialismus zugewandt. Darüber hinaus sind nationale Religionen wie *Soka-gakkai* [453] neu erstarkt. Noch eine verlorene Gelegenheit.

Ein drittes Beispiel kirchlichen Versagens vor einer goldenen Dienstgelegenheit stammt aus noch jüngerer Zeit; es betrifft die Millionen afghanischen Muslime, die während der achtziger Jahre in Angst um ihr Leben vor der Roten Armee aus dem Lande flüchteten. Mit Ausnahme weniger tapferer Organisationen wie *SERVE* hat die internationale Gemeinde Jesu die Chance, den überaus zahlreichen notleidenden und versprengten Afghanen in Pakistan und anderswo in der Liebe des Herrn zu dienen, buchstäblich ignoriert – und dies, obwohl eine Reihe von Missionsstrategen und Kirchenführern Afghanistan als eines der Länder bekanntmachte, die am allerschwierigsten mit dem Evangelium zu erreichen waren.

Wenn die Gemeinde Jesu des anbrechenden 3. Jahrtausends es irgend besser machen will als frühere Generationen, muß sie damit beginnen, eine tatorientierte Mentalität zu entwickeln. Warum? Weil es zu den wichtigsten Lektionen der Geschichte gehört, daß reaktionsorientierte Kräfte auf der Verliererseite landen.

Der US-Hockeystar Wayne Gretzky sagte Reportern einmal: „Das Geheimnis meines Erfolgs ist, daß ich die Fähigkeit habe, im Voraus zu erkennen, wo der Puck hinfliegen wird, und dort ankomme, bevor er es tut.“ Kein Prediger hätte besser ausdrücken können, was die Gemeinde Jesu tun muß, wenn sie die *kairos*-Gelegenheiten kommender Jahre auskaufen will. Was fehlt, ist Gretzkys Fähigkeit, den Gang der Dinge vorher zu erkennen.

---

452 Kenneth Scott Latourette, A History of Christianity II, New York 1975², S. 1450.

453 *Soka-gakkai* (wörtlich „Wertschöpfungsgesellschaft“) ist eine militante Religion aus dem buddhistischen Spektrum, verbunden mit der Sekte *Nichiren-sho-shu*. Ihre Mitgliederzahl wird auf mittlerweile 20-25 Millionen geschätzt und wächst weiter.

Auf der Habenseite ist zu verbuchen, daß viele sich bemühen, der Gemeinde Jesu in diesem Belang aufzuhelfen. Meine eigene Mission, *The Sentinel Group* [„Die Wächtergruppe"; *A. d. Ü.*], arbeitet an der Entwicklung neuer Mechanismen, um sich öffnende Fenster der Gelegenheiten zu erkennen, zu bewerten und darauf einzugehen. Wie der Posten Jesajas (21,6), der den Auftrag hatte, den Leuten anzusagen, was er sah, empfinden wir das als ein echtes Wächteramt. Doch wie immer kommt alles darauf an, mit Vorabinformationen präsent zu sein. Manche Aspekte dieses neuen „Frühwarnapparats" sind recht komplex; doch eine der Hauptinformationsquellen, die ihn am Laufen halten, könnte nicht simpler sein. Als wir uns der vielen Gebetskreise in Wohnungen, Büros und Gemeinderäumen entsannen, in denen der Herr detailliert und bestätigend zu Seinem Volk gesprochen hatte, wurde uns klar, daß eine herrliche und weithin unausgeschöpfte Quelle strategischer Information über das Erntefeld von heute innerhalb der wachsenden Reihen betender Christen rund um die Welt sprudelte. Wenn es möglich wäre, den geistlichen Rückfluß, den diese Millionen von Gläubigen empfingen, systematisch zu erfassen und aufzubereiten, würden sich mit Sicherheit deutliche Strukturen und Schwerpunkte abzeichnen, die für christliche Strategen hilfreich wären. Wenn zum Beispiel nennenswert viele reife Gläubige in Norwegen, Brasilien, Ägypten und Korea plötzlich übereinstimmend berichten würden, daß Gott ihnen gezeigt habe, sie sollten für „offene Türen" am Horn von Afrika beten, besäßen wir einen mindestens teilweise tauglichen Indikator der Absichten Gottes. [454]

Sind solche sich auftuenden Gelegenheits-Fenster einmal ausgemacht, so müssen sie unter Gesichtspunkten wie der wahrscheinlichen Zeitdauer, für die sie offen bleiben werden, und der Art von missionarischem Dienst, die sie erfordern, bewertet werden. Ist das erledigt, so können wir Berichte, in denen „brandheiße" Flecken auf der Land-

---

[454] Diese tatkräftige neue Initiative, bekannt als *STEP* [= englisch „Schritt"; Abkürzung für *Strategic Target Evaluation Program*, „Strategisches Zieleinschätzungsprogramm"; *A. d. Ü.*], bedient sich eines Computers als einer Art besseren Notizbuchs, um alles zu erfassen, was Gott Seinem Volk zu sagen scheint, und dann die gewonnenen Daten zu aussagekräftigen „Großbild"-Übersichten und -Kategorien zusammenzustellen. Ist das getan, so wird das Material anderen trendbeschreibenden Informationen hinzugefügt. Auf diese Weise lassen sich missionarische Chancen, die sich gerade erst auftun, punktgenau bestimmen und analysieren.

karte genau beschrieben werden, samt einem Entwurf zeitlich festgelegter Aktionspläne solchen christlichen Organisationen zugänglich machen, die – wie bei einem geistlichen Notrufsystem – in der Lage sind, auf diese „Alarmfälle“ mit angemessenen Mitteln zu reagieren.

Aussergewöhnliche Erntekampagnen

Anders als bei *kairos*-Gelegenheiten, bei denen von Gott in die Wege geleitete (oder wiederhergestellte) Umstände außergewöhnliches evangelistisches Potential bieten (vgl. Joh. 4,35) – das die Gemeinde Jesu nutzen mag oder auch nicht –, gibt es heute in der Welt bestimmte Gebiete, wo bereits Seelen in großer Anzahl gerettet werden. In diesen Bereichen kann es nötig sein, Arbeiter vor Ort zu verstärken und ihnen zu helfen, das Netz ins Boot zu ziehen (s. Joh. 21,6).

Mögen solche Gegebenheiten derzeit noch verhältnismäßig selten vorkommen – echte Beispiele fand man in den frühen neunziger Jahren in Argentinien, Indonesien, Algerien, Bangladesch und Zaire –, so liefert die Bibel etliche Hinweise darauf, daß sie zukünftig häufiger sein werden.[455] Bevor sie zu üppigen Erntefeldern aufbrechen, sollten Christen aus dem Westen freilich zunächst mit anerkannten geistlichen Leitern ihres eigenen Landes abklären, ob sie dort wirklich gebraucht werden.

An einem Strang ziehen: ein Fall für Partnerschaften

Paul McKaughan schrieb in einem Aufsatz unter dem Titel „Zusammenarbeit in der Weltevangelisation“: „Es ist gesagt worden, der Hauptgrund für das Scheitern so vieler [Pläne, die Welt zu evangelisieren] liege nicht im Mangel an entschiedener Hingabe, in Knappheit der Ressourcen oder im Widerstand des Feindes.“ Stattdessen, fuhr McKaughan fort, „bestand die große »Achillesferse« der Weltevangelisation in dem Unwillen der großen geistlichen Bahnbrecher ..., ihre individuellen Träume und organisatorischen Festlegungen hintanzustellen und mit anderen, gleich Begabten und ebenso Hingegebenen, zusammenzuarbeiten.“[456]

---

[455] Siehe „Zwei Schnitter, drei Frösche und sieben Engel“, Kapitel 9.

[456] In: World Evangelization März/April 1989.

Eine eindringliche Illustration dieser Arbeitshaltung findet sich in David Barretts und James Reapsomes Studie *Seven Hundred Plans to Evangelize the World*: Von den 788 in die Tat umgesetzten Plänen, die die Autoren darstellten, setzten nahezu zwei Drittel nicht oder nur geringfügig auf Kooperation mit anderen Gruppen, und nur in 10,5 Prozent der Fälle hielt man die Zusammenarbeit mit Angehörigen verwandter Traditionen und Körperschaften für unentbehrlich. [457]

Das Wurzelwerk dieser Unfähigkeit zur Zusammenarbeit bilden zwei verwandte Komplexe: Furcht und Stolz. Unsichere Christen verweigern sich jeglicher Kooperation aus Angst, ihre Identität einzubüßen, wohingegen sich selbst genügende Charaktere schlichtweg keinen Grund erkennen können, sich mit anderen zusammenzutun. Eher selten begreifen solche Leute, daß ihre Haltung dem Wachstum des Reiches Gottes abträglich ist – obwohl Jesus in Johannes 17,21 das Verhältnis zwischen Einheit und Evangelisation festschreibt, wenn Er betet, Seine Nachfolger möchten eins sein, auf daß die Welt erkenne, daß Er wirklich vom Vater gesandt war.

Der Kern der Sache liegt darin, daß Gottes Universum von allem Anfang an nach dem Prinzip gegenseitiger Abhängigkeit aufgebaut ist. In der Struktur der Atome, im menschlichen Körper, in der Idee der Familieneinheit – überall findet sich diese Wahrheit bestätigt. Von einem Ende der Schöpfung bis zum anderen gibt es nichts, das so stark oder selbstgenügsam wäre, daß es in totaler Autonomie existieren könnte. Es ist ein Genuß, die innere Geschlossenheit der Vorgehensweise zu betrachten: Man lasse die materielle Schöpfung die gegenseitige innere Abhängigkeit der Dreieinigkeit widerspiegeln, und dann veranlasse man die sittliche Schöpfung, darauf aufzumerken und dem göttlichen Muster nachzueifern. Tatsächlich ist die Dreieinigkeit das erste und beste Beziehungsgeflecht. Ihre Zugehörigen sind absolut gleich an Wert und Position, jedoch unterschieden, was ihre Rollen und Ausdrucksformen betrifft. Als Paulus von der Gemeinde als einem Leib mit vielen Gliedern sprach, da hatte er ebendieses Konzept im Kopf.

C. S. Lewis schrieb einmal, der Grund für unsere Einheit im Leib Christi werde nicht von unserer *Ähnlichkeit*, sondern von unserer *Verschiedenheit* aus gelegt. Er zeigte auf, daß sogar der Ausdruck „Mit-

---

[457] David Barrett/James Reapsome, Seven Hundred Plan to Evangelize the World, Birmingham, AL 1988, S. 49 f. 69.

gliedschaft“ aus dem christlichen Sprachschatz stammt, und beklagte dann, daß er, von der Welt übernommen, sinnentleert worden sei. Unter Zurückweisung der Vorstellung, Mitgliedschaft im biblischen Sinne habe irgend etwas mit dem Anschluß an ein homogenes Kollektiv zu tun, verdeutlichte Lewis: „Mit *Gliedern* meinte er [Paulus] das, was wir lieber *Organe* nennen sollten: Dinge, die völlig verschieden voneinander, doch aufeinander ausgerichtet sind.“ [458]

In biblisch ausgerichteten Beziehungsgeflechten zu leben erfordert, daß wir Bewußtsein und Wertschätzung für die Unterschiedlichkeit der Glieder am Leib Jesu pflegen und uns selber mit benachbarten Gliedern zusammenfügen und verknüpfen lassen (vgl. Eph. 4,16).[459] Damit der Leib gut funktioniert, müssen wir uns sowohl über unsere Rolle wie auch über unsere Grenzen im klaren sein. Niemals werden wir gezwungen sein, unsere Identität einzubüßen; brechen müssen wir jedoch mit der lächerlichen Vorstellung, alles allein tun zu können.

In der Tat, so Herman Melville: Unterwerfen wir uns einem Leben im Leib Jesu, „so können wir nicht allein für uns selber leben. Mit tausend unsichtbaren Fäden ist unser Leben eingewoben, und entlang dieser Nervenstränge verlaufen unsere Handlungen als Ursachen und kehren als Ergebnisse zurück“.[460] Wer darauf besteht, an seinem Eigenleben und seiner eigenständigen Identität festzuhalten, wird im Leib entweder zu einem Parasiten oder zu einem Krebsgeschwür.[461] Fragen echte, loyale Glieder stets: „Was ist das beste für den ganzen Leib?“, so ist die erste Sorge unabhängiger Arbeiter allzuleicht: „Was ist das beste für mich und/oder meine Organisation?“

---

[458] C. S. Lewis, Fern Seeds and Elephants, New York 1975, S. 15.

[459] Mit „benachbarten Gliedern“ sind nicht nur solche unserer eigenen Art und Herkunft gemeint, sondern auch solche, mit denen wir verbunden werden müssen, um im Leib zu funktionieren. Ein Knie z. B. wird nicht nur von den ihm benachbarten Knochen getragen, sondern berührt auch diverse Muskeln, Bänder und Blutgefäße. So kann im geistlichen Leib etwa ein Missionsstratege zum Zwecke seiner persönlichen geistlichen Ernährung mit Pastoren, Lehrern und Lobpreissängern verbunden sein und für die Bedürfnisse seiner Arbeit mit Forschern, Computerspezialisten und Evangelisten. Für wie einzigartig auch immer ein Knie sich halten mag – niemals darf es die Tatsache aus den Augen verlieren, daß es getrennt vom Leib ein so gut wie nutzloser Gegenstand ist.

[460] Zit. n. Paul Brand/Philip Yancey, Fearfully and Wonderfully Made, Grand Rapids, MI 1987, S. 43.

[461] Ebd. S. 20.

Im Zusammenhang einer Abhandlung über seines Erachtens legitime „kulturelle“ Unterschiede zwischen Denominationen heute schreibt der bekannte Bibellehrer Jack Hayford: „Selbst in der schärfsten Zurückweisung, mit der der Apostel Paulus denen begegnet, die sich durch Namen unterschieden – indem sie sagten: »Ich gehöre zu Paulus«, »ich gehöre zu Apollos« oder »ich gehöre zu Kephas« –, scheint es nicht die *Benennung* zu sein, die ihn stört, sondern die *Abspaltung*. In 1.Kor. 3,4ff. bejaht er die unterschiedlichen Dienste von Männern, die Menschen als unterschiedliche Einflüsse auf ihr Leben empfinden mögen – einige lehrhaft, andere väterlich (vgl. 4,15). So scheint es, daß die Benennung von Gruppen *innerhalb* des Leibes an sich nicht unerlaubt ist. Wogegen sich Paulus vehement stellt, ist die Trennung von Gruppen *voneinander* wegen unterschiedlicher Einstellungen.“ [462]
Die Auswirkungen solch unterschiedlicher Einstellungen auf den Leib Christi selber liegen auf der Hand. Wie sie in den Bereich der Weltevangelisation „überlaufen“, verdeutlicht vielleicht am treffendsten ein ostafrikanisches Sprichwort: „Wenn die Finger einer Hand im Streit liegen, können sie die Nahrung nicht fassen.“ [463]
Die Einheit des Leibes wie der Dienst leiden ferner unter den weitverbreiteten Vernachlässigungssünden – vor allem auf internationaler Ebene. Obwohl es zum Beispiel keinerlei biblische Rechtfertigung für einen segmentierten Leib gibt, sehen die meisten Gläubigen im Westen die Diskriminierung und Isolation mancher unter ihren Geschwistern durch verschiedene Barrieren und Erlasse von Menschenhand nach wie vor schlicht als eine unglückliche Lebensfügung. Gemeinschaft mit christlichen Partnern in China, Vietnam oder der islamischen Welt wird einerseits für wünschenswert gehalten, andererseits für unmöglich erklärt. Daß die Vorkehrungen, die uns voneinander abhalten, nicht mehr als das *Potential* aufweisen, uns zu trennen, wird völlig übersehen – mit der Folge, daß die passive Einwilligung der Gemeinde Jesu in ihre Absichten sie noch verstärkt.
Wenn Christen vom Leib Jesu zum einen als „verfolgter Kirche“, zum anderen als „freier Kirche“ sprechen, geben sie sowohl einer Verzerrung der Wirklichkeit (nämlich derjenigen, daß die Glieder der verfolgten Kirche im wesentlichen Opfer sind und die sogenannte freie

---

462 Jack Hayford, Dependently and Independently Interdependent.
463 Nach Jan Knappert; zit. n. The World & I 1/6, 1986, S. 159. – Vgl. Mt. 12,25!

Kirche notwendigerweise frei ist) als auch einer schädlichen und unbiblischen „Wir – sie“-Mentalität Dauer. Um diesem Syndrom zu entfliehen, ist es als erster wichtiger Schritt notwendig, eine neue Terminologie anzuwenden, indem man etwa von der „Frontkirche“ und der „Patenkirche“ spricht, womit der gegenwärtig realen Rollenverteilung und Beziehungsstruktur im Leib Jesu besser Ausdruck verliehen wäre (wobei klar sein muß, daß diese Rollenzuweisungen weder statisch noch exklusiv sind).

Wer sich mit ihren Vorzügen auseinandersetzt, merkt schnell, daß internationale Dienstpartnerschaften viel auf sich haben. Betrachtet man die jeweiligen Aktiva und Passiva der Front- und der Pateneinheiten der Kirche Jesu Christi, so wird klar, daß die Stärken der einen genau das sind, was die anderen brauchen, um ihren Schwachstellen abzuhelfen. Die Schwierigkeiten der Patenkirchen hinsichtlich ihrer Ferne von den evangelistischen Frontlinien – sprachlich, kulturell und in puncto Zugangsmöglichkeiten – lassen sich durch den Aufbau verbindlicher Beziehungen zum Bruder an der Front überwinden. In ähnlicher Manier kann die Patenkirche dem Mangel der Frontkirche, was *Manpower*, Ausbildungsmaterialien, Finanzen und politische Freiheiten betrifft, begegnen. Anders gesagt: Partnerschaft ist das einzige Mittel, mit dem die *ganze* Gemeinde Jesu der ganzen Welt das Evangelium bringen kann.

Erfreulicherweise sind internationale Dienstgemeinschaften seit Mitte der achtziger Jahre sowohl an Zahl als auch an Effektivität merklich gewachsen. In den meisten dieser Dienstpartnerschaften haben sich westliche Kirchen bzw. Missionsgesellschaften mit verschiedenen christlichen Einrichtungen in den Missionsländern – vor allem an den hinduistischen, muslimischen und kommunistischen Fronten – zusammengeschlossen; es hat aber auch Fusionen vormals konkurrierender internationaler Missionswerke gegeben.

Ein besonders erfreuliches Beispiel der letztgenannten Kategorie ist ein noch recht neuer Zusammenschluß von Radiosendern namens *The World by 2000*. Hervorgegangen aus einem historischen Treffen im September 1985, bei dem die Leiter der drei bedeutendsten international tätigen christlichen Sendeanstalten eine Willenserklärung zur künftigen Zusammenarbeit unterzeichneten, hat dieser Zusammenschluß bereits beeindruckende Ergebnisse gezeitigt. Mit verschiedenen Kooperationsprojekten nähert sich die Gruppe in Riesenschritten ihrem Ziel, sicherzustellen, daß bis zum Jahr 2000 jeder Erdenbewohner die Möglichkeit hat, das Evangelium in einer ihm verständlichen Sprache zu hören. Ron Cline, Direktor einer der beteiligten Sendeanstalten, sagt: „Wir haben herausgefunden, daß man erstaunliche Dinge tun kann, wenn man zusammenarbeitet.“ [464]

Ein weiteres leuchtendes Vorbild internationaler Zusammenarbeit bietet ein regional unterschiedlich vorgehendes, Beziehungsnetze knüpfendes Unternehmen namens *Strategic Evangelism Partnerships*. Diese Initiative, weitgehend den unermüdlichen Bemühungen von Phill Butler und *Interdev* zu verdanken, schuf Einbindung für eine Reihe ansonsten unkoordiniert vor sich hin arbeitender Missionswerke und -gruppen in mehreren Weltgegenden. Immer wieder kam es zur Gesundung von Beziehungen zwischen Werken.

Die Gemeinde Jesu steht heute vor enormen Herausforderungen – nicht nur, was die reine Zahl der Unerreichten und den immensen geographischen Raum angeht, der abgedeckt werden muß, sondern auch im Blick auf die große Vielfalt der Sprachen und Kulturen. Rechnen wir die Kräfte und die Entschlossenheit derer hinzu, die sich dem Evangelium entgegenstemmen, ganz zu schweigen von dem irren Tempo, in dem die Dinge voranschreiten, so wiegt die Aufgabe so schwer, daß jedes einzelne Missionswerk darunter zusammenbrechen muß. Der einzige Weg, das Gewicht zu verteilen und damit tragbar zu machen, sind Partnerschaften.[465]

Eines der nicht zu unterschätzenden Nebenprodukte partnerschaftlichen Arbeitens ist der Synergie-Effekt. Mit diesem wundervollen Ausdruck ist gemeint, daß, wann immer Menschen, Chemikalien, Tiere oder Muskeln kooperieren, das Ergebnis ihrer Bemühungen größer sein wird als die Summe der Dinge, die jeder einzeln tun könnte. Schon mancher verblüffte Bauer fand heraus, daß, wenn ein einzelnes Zugpferd sechs Tonnen bewegen kann, zwei zusammengespannte nicht etwa nur zwölf, sondern 32 Tonnen wegschaffen. Christen ist dieser Tatbestand am ehesten aus dem alttestamentlichen Satz vertraut, „daß einer tausend verjagt und zwei sogar zehntausend flüchtig machen“ (Dtr. 32,30).

---

[464] Ron Cline, World by 2000: A Journey of Cooperation, in: Countdown to A.D. 2000, S. 95.

[465] Das Lebenstempo und die komplexen Herausforderungen der neunziger Jahre haben bereits einige Missionsgesellschaften, die ihre Möglichkeiten überschätzten, schlicht überrundet und ihre Arbeit verpuffen lassen. Siehe Offb. 3,17!

Für die Gemeinde Jesu ist synergetische Einheit das, was für Simson ein ungeschorenes Haupt war: das Geheimnis unserer Stärke. Wenn wir uns das vor Augen halten, müssen wir uns vor betörenden Delilas in acht nehmen, die uns unsere Kraft rauben könnten.

Die Pfropfen herausziehen: zur angemessenen Finanzierung des Feldzuges

Mit am klarsten überprüfen läßt sich der Grad unserer Hingabe an eine Sache durch die Frage, wieviel wir dafür zu zahlen bereit sind. Das trifft nicht nur auf Individuen, sondern genauso auf Firmen, geistliche Werke und sogar Nationen zu.

Als US-Präsident George Bush sich mit seinen militärischen Spitzenberatern zusammensetzte, um die amerikanische Antwort auf Saddam Husseins Kuwait-Besetzung vom August 1990 auszuarbeiten, tauchte beinahe sofort die Frage der Kosten auf. Besorgt, die Vereinigten Staaten könnten erneut eine halbherzige Politik betreiben, wie es während der Vietnam-Krise geschehen war, sprach sich Generalstabschef Colin Powell nur unter dem Vorbehalt für ein militärisches Eingreifen aus, daß amerikanische Streitkräfte rasch und in massivster Weise zum Einsatz kämen. „Wenn Sie die US-Streitkräfte zu einer militärischen Operation befehlen, die den Ernstfall und den Verlust von Menschenleben mit sich bringen kann", so Powell, „dann tun Sie es richtig." [466]

Für Powell reduzierte sich die ganze Angelegenheit auf ein simples Prinzip: Wenn ein Befehlshaber junge Männer und Frauen auffordert, Heim und Familie hinter sich zu lassen und ihr Leben in die Waagschale zu werfen, dann ist das mindeste, was er tun muß, die Bereitstellung der Ressourcen, die vonnöten sind, damit diese Männer und Frauen ihre Aufgaben erledigen können. „Es richtig zu tun", diese Erkenntnis gewannen wir während der Operation *Desert Storm*, umfaßt nicht nur Dinge wie Panzer und Munition, sondern auch Stiefel und Sonnenschirme.

Dieses Prinzips ist sich nicht nur die Armee der Vereinigten Staaten bewußt. Auch kommunistische Organisationen, vom Vietkong bis zum KGB, haben es jahrelang angewandt. Der Aufwand, der in die

---

466 Ready for Action, Time v. 12.11.1990.

Ausbildung sowjetischer Übersee-Operateure gesteckt wurde, war durchaus erstaunlich. Noch auf den Universitäten auserlesen und rekrutiert, wurden die besten Studenten zunächst beim Abschluß ihres Studiums unterstützt, um danach auf Staatskosten eine zusätzliche fünfjährige Spezialausbildung zu erhalten. Diese Spezialausbildung war in ihren fortgeschrittenen Stadien so hart, daß ein Kandidat nur noch zwischen drei und fünf Stunden pro Nacht schlafen konnte, wenn er erfolgreich abschließen wollte. Um ihnen indes einzuschärfen, daß Hingabe sich auszahlt, nahm man die jungen Agenten in spe zum Training olympischer Meister mit. Auch unterzog man sie einem strengen Gedächtnistraining; und jede westliche Sprache, die sie lernten, brachte ihnen eine zehnprozentige Soldzulage. (Bei orientalischen Sprachen waren es sogar 20 Prozent.) [467]

Pakistanische Muslime ermöglichen ihren chinesischen Brüdern die Teilnahme an der jährlichen *hajj* nach Mekka, indem sie ihnen über eine Handelskooperation zu Devisen verhelfen. Der Vertrag sieht vor, daß 2000 chinesische Pilger bei der Durchreise durch Pakistan gen Mekka den Gegenwert von bis zu 25.000 Rupien an Seide, Steingut und anderen Waren im Lande verkaufen dürfen, und zwar bei Abnahmegarantie durch eine Handelsgenossenschaft. Alle Handelsgüter werden über die Seidenstraße geliefert und in Gilgit an die Genossenschaft übergeben.

Auch in den meisten christlichen Kreisen ist *Hingabe* eines der beliebtesten Schlagworte. Mit viel Begeisterung wird davon gesungen, darüber gepredigt und geschrieben. Worte freilich sind billig, und wie die Geschichte gezeigt hat, haben sich viele Christen jahrelang damit zufriedengegeben, einander vom Sieg zu predigen und zuzusingen. Was den Gläubigen *wirklich* auf dem Herzen liegt, bekommt man nur heraus, wenn man auf ihre Brieftaschen schaut.

Barrett hat errechnet, daß sich mit Stand 1988 die Einkünfte aller Mitglieder christlicher Kirchen katholischer und protestantischer Zugehörigkeit weltweit auf atemberaubende 8,2 Billionen Dollar summierten.[468] Unter zwei Prozent dieser Summe, 145 Milliarden Dollar, wurden „für den Unterhalt der weltweiten organisierten Christenheit“

---

[467] Vgl. Victor Suvorov, Inside the Aquarium: The Making of a Top Soviet Spy, New York 1986.

[468] Barrett/Reapsome, S. 116.

aufgewandt.[469] Nun ist das unzweifelhaft eine Menge Geld; doch der Umstand, daß es einen so erbärmlich geringen Prozentsatz der Gesamtgeldmenge in christlichen Händen ausmacht, zeigt, wie die Prioritäten der Christen wirklich liegen.

Ungeachtet der erregenden Fortschritte, die in den vergangenen Jahren auf dem Feld der Weltevangelisation zu verzeichnen waren, spielen beispielsweise Außenmissionswerke immer noch eine armselige Nebenrolle, wenn es darum geht, wofür Christen ihr Geld auszugeben pflegen. Am Beispiel der USA aufgezeigt: Das durchschnittliche Jahreseinkommen einer christlichen Familie lag 1990 bei 19.280 Dollar. Das wöchentliche Missionsopfer pro Kirchenmitglied betrug lumpige zehn Cent.[470] Zudem wird – jedenfalls in Amerika – das meiste, was heute zum Zwecke der „Mission" gespendet wird, ausgegeben, um das Evangelium unter Völkern zu predigen, deren Angehörige die Gute Nachricht *bis zu hundertmal täglich* hören können. Nur 0,1 Prozent des christlichen Gesamteinkommens wird in Dienste investiert, die vor Ort in der nichtchristianisierten Welt arbeiten. Bezogen auf den harten Kern der unevangelisierten Welt sind es nur noch mikroskopische 0,01 Prozent.[471]

Wofür also wird heutzutage der Großteil des christlichen Spendenaufkommens aufgewandt? Neben einer Unzahl von Konferenzen, Seminaren und Selbsthilfegruppen rangieren Dinge wie neue Liederbücher, Sonntagsschulmaterial, Bücher, Kassetten und Autoaufkleber. Christliche Rundfunkprogramme für die Gläubigen verschlingen jährlich Milliarden, ebenso die stets populären Kirchenbauprojekte. 1979 bereits schätzte man den Gesamtwert kirchlichen Sachvermögens allein in den USA auf über 130 Milliarden Dollar.[472] Angesichts dieser heimatnahen Ausgabegewohnheiten brachte der schwarze Evangelist Tom Skinner die Dinge trefflich auf den Punkt, als er sagte: „Laßt uns ehrlich sein – wir zahlen den Zehnten an uns selbst."

Immer mehr Christen haben sich die Auffassung zu eigen gemacht, daß ein bequemer, ja luxuriöser Lebensstil vollauf mit dem Willen Gottes übereinstimmt. Diejenigen, die für diese Position stehen –

---

[469] Ebd. S. 25. – Die entsprechende Summe für das Jahr 1990 betrug nach Barrett/Johnson 157 Milliarden Dollar (a.a.O. S. 27).

[470] Barrett/Johnson, S. 27.

[471] Ebd. S. 25.

[472] Gregory Lewis, Is God for Sale? Wheaton, IL 1979, S. 96.

seien sie nun Vertreter des sogenannten Wohlstandsevangeliums oder auch der Gemeindewachstumsbewegung –, werden nicht nur immer zahlreicher, sondern praktizieren auch immer offenherziger, was sie predigen. Die langjährig prominentesten Exponenten dieses Lehrgutes, Jim und Tammy Faye Bakker, schafften es schließlich sogar auf die Liste der 20 Trendsetter der achtziger Jahre der Zeitschrift *People*. 1989 schrieb *People*-Redakteur Dave Barry in einem Porträt der Bakkers: „Ich glaube, die Bakkers hatten Erfolg, weil sie eine sehr ansprechende und bequeme Moralphilosophie verkörperten, wie sie in den achtziger Jahren in Blüte stand – eine Philosophie, die sich folgendermaßen zusammenfassen läßt: Du kannst nicht anderen Gutes tun, solange du dich nicht mit dir selber wohlfühlen kannst, und das kannst du nicht, wenn du nicht eine Menge nettes Zeug dein eigen nennst. … Ihre Botschaft kam so rüber: Hey, wenn du Gottes Werk tust, will der Herr, daß es dir gut geht. Er will, daß du schicke Klamotten, kostbare Autos und luxuriöse Residenzen mit vergoldeten Badezimmerarmaturen und klimatisierten Hundehütten besitzt."
Während ihrer Recherchen zu einem Buch über Direktverkaufs-Organisationen interviewte die Soziologin Nicole Woolsey Biggart einen Christen, der eindringlich klarmachte, woher er seine Inspiration bezog. „Ich lese zum drittenmal *Denk' nach und werde reich*", sagte er. „Ich denke heute weitaus schärfer, weil ich Bücher lese, die geradlinig motivieren. … Ich habe mir sogar eine Gemeinde gesucht, die keine negative Haltung hat, eine Gemeinde mit einer grundsätzlich positiven Herangehensweise an religiöse Dinge." In Biggarts Buch findet sich auch eine interessante Anekdote über Mary Crowley, die Gründerin und Chefin eines großen Verkaufsunternehmens für Einrichtungs- und Geschenkartikel. Bei der Eröffnung eines Managementseminars für 25 Teilnehmerinnen griff Crowley zum Buch der Sprüche und sagte: „Lassen Sie uns lesen, was König Salomo seinen Söhnen darüber sagte, wie sie zu Führern werden könnten. Denn wenn irgendeine Berufsgruppe Weisheit und Verständnis braucht, dann die der Manager. Und wo sonst gibt es Weisheit, als wenn man die Welt mit Gottes Augen ansieht? Wenn Sie das tun, müssen Sie nur noch bei Ihrer Mission – *unserer* Mission – erfolgreich sein. Damit ist sichergestellt, daß keine Wohnung in Amerika mehr nüchtern oder unattraktiv sein wird." [473]

---

[473] Nicole Woolsey Biggart, Charismatic Capitalism, Chicago 1989, S. 137.

Nun sind zwar attraktive Wohnungseinrichtungen, geschäftliche Erfolge und große Gemeinden nicht in sich schlecht, doch wenn wir das Unsrige suchen und nicht das, „was Jesu Christi ist" (Phil. 2,21), laufen wir nicht nur Gefahr, unsere eigene wahre Mission mißzuverstehen, sondern lassen auch dem Feind eine Tür offen, durch die er unseren Götzen Leben einhauchen kann. „Es kümmert uns nicht sehr, ob wir unsere Götter mit den Augen oder in Gedanken sehen", schrieb Joseph Haroutunian schon 1940, „aber wir tragen Sorge dafür, daß sie die Träger unserer Ideale, die Meister unseres Glücks und diejenigen sind, die unsere Wege in letzter Instanz rechtfertigen." [474]

Wenn auch dämonische Mächte sich kürzlich islamischer und hinduistischer Ressourcen bedienten, um gegen christliche Zugewinne in Afrika und Indien anzugehen, kann es sehr gut sein, daß es bis heute Satans genialster Streich war, die namhaften Finanzquellen der Gemeinde Jesu für christliche Streiter verschlossen zu halten. Solange 98 Prozent des christlichen Gesamteinkommens gar nicht erst ins Reich Gottes fließen und dann 99,9 Prozent des verbleibenden „losen Kleingelds" innerhalb der christlichen Welt verbraucht werden, bleibt für Frontkämpfe so gut wie nichts übrig.

Es wird zunehmend offensichtlich, daß die Christen ihre Scheckbücher aufschlagen und „es richtig machen" müssen, wenn die Gemeinde Jesu das erregende evangelistische Klima der letzten 40 Jahre aufrechterhalten *und* einen glaubwürdigen Schlag gegen die letzten Bollwerke des Feindes führen soll. In der Gegend von Atlanta sagte ein Pastor, als er im Gottesdienst die Kollekte ankündigte: „Es ist die Zeit der besonderen Gelegenheit, ins Reich Gottes zu investieren!" Zwar sind in den letzten Jahren ein paar leuchtende Sterne am Firmament aufgegangen – so spendet zum Beispiel das Charismatische Zentrum *Calvary* in Singapur monatlich mehr als 250.000 Dollar für die Mission [475] –, doch es bedarf einer ganzen Milchstraße solcher Sterne.

Wie es in diesen Dingen weitergeht, wird aller Wahrscheinlichkeit nach von dreierlei abhängen:

- einer Revolution der zeitgenössischen Einstellung zur Treuhänderschaft;

---

[474] Joseph Haroutunian, Wisdom and Folly in Religion, New York 1940, S. 51.
[475] Mission Frontiers, Jan./Feb. 1988.

- einer nachhaltigen Neuverteilung vorhandener Mittel für Missionszwecke;
- der Gewinnung von Sponsoren für die Sache der Weltevangelisation unter christlichen Unternehmern.

Jedenfalls werden sich die Gläubigen an der Schwelle des 3. Jahrtausends zu fragen haben, ob die Dinge, in die sie sich selbst investieren, im Wert steigen oder verfallen.
Dem erstgenannten Punkt, Treuhänderschaft, ist vielleicht am allereinfachsten und zugleich am schwierigsten gerecht zu werden. Wenn wir recht verstehen wollen, was es damit auf sich hat, müssen wir zuerst erkennen, daß „es etwas geistlich Betrügerisches an sich hat, unser Vertrauen auf das zu setzen, was uns gehört, anstatt auf den, dem wir gehören“ [476]. Solange wir nicht anfangen, unser Leben zu führen, als gehörten 100 Prozent von allem, was wir haben, Gott, haben wir Treuhänderschaft nicht begriffen.
Würde Treuhänderschaft in der Gemeinde Jesu mehr gelebt werden, so hätte das seine Auswirkung auch auf den zweiten Bereich: die Neuverteilung vorhandener Missionsmittel. Auch hier gilt: was wir suchen, ist Wertsteigerung – Investitionen, die sich auszahlen, „Talente“, die sich multiplizieren (s. Mt. 25,14-30). Falls und wann immer wir sehen, daß das nicht wirklich geschieht, müssen wir als gute Treuhänder etwas unternehmen. Das wird vielfach die Zurückschneidung unproduktiver Programme wie auch den Abbau von Personal und/oder Infrastruktur ebenso beinhalten wie die Umsteuerung freigewordener Mittel in ertragreichere und strategisch sinnvollere Investitionen. Oft fällt es schwer zuzugeben, daß ein in Ehren gehaltenes Programm die Grenze seiner Nützlichkeit erreicht hat. Doch ist es wie bei Fußballern, die man über ihre Glanzzeit hinaus in einer Mannschaft hält: Kommt es nicht zu einem Austausch, so werden sie die Mannschaft bald zu einer unterliegenden machen.
Zum Teil haben die Schwierigkeiten der Kirchen in diesem Belang mit ihrer hauptsächlichen Ausrichtung zu tun. Während Unternehmen und wissenschaftliche Institute ihr Hauptaugenmerk auf die effiziente Ausschöpfung von Ressourcen richten, kennt man „Kirche“ als eine Institution, die in erster Linie Versammlungen abhält. Konsequenz: während die Kirche wohlversorgt mit Visionen sein mag, schafft sie es

---

[476] G. Lewis, S. 107.

nicht gut, für ihre Ressourcen zu sorgen. Eingeschränkt durch einen Mangel an meßbaren Zielen (d.h. kaum fähig, auszumalen, wie ein Erfolg aussähe, wenn er denn errungen würde), verschleudert die Kirche ihr Potential weiterhin damit, daß sie eine ungeheure Anzahl von Uralt-Programmen unterhält und aus der Hüfte geschossene Missionsanstrengungen unterstützt.

Nicht, daß die Kirche nicht genügend kompetente Fachleute für Ressourcen-Management hätte oder haben könnte – sie nimmt deren Potential einfach nicht wahr. Tausende von hochbegabten Managern, Analytikern und Unternehmerpersönlichkeiten harren geduldig in ihren Reihen aus und warten auf Gelegenheiten, ihren latent vorhandenen Neigungen zum geistlichen Dienst, wenn nicht sogar Berufungen gerecht zu werden.[477] Weil es die Kirche weitgehend versäumt hat, solchen Leuten Herausforderungen zu bieten, ist ihr viel an geistiger Schaffenskraft entglitten: Eine Menge ihrer besten Talente hat sie an weltliche Zwecke verloren. Unfähig oder unwillig, sich dieses kreative geistige Potential zunutze zu machen, mußte die Kirche zusehen, wie es fast ausschließlich von erstrangigen wirtschaftlichen, akademischen und politischen Institutionen vereinnahmt wurde.[478]

---

[477] Einige christliche Unternehmer sind zu dem Schluß gekommen, daß der beste Weg zu diesem Ziel die Gründung einer „Firma für Christus" sei. Bahnbrechend für diese Idee, die sich rasch quer durch die Vereinigten Staaten verbreitet hat, war ein Verein aus Atlanta namens *Fellowship for Companies for Christ*. Unter den vielen Beispielen für die Umsetzung des Konzepts befinden sich die Tetra Corporation, Albuquerque, New Mexico, eine High-tech-Forschungs- und Entwicklungsgesellschaft auf dem Gebiet der Impulsströme und der Plasmaphysik, und das Software-Unternehmen Metaware aus Santa Cruz, Kalifornien. Beide Firmen haben vielfältige Möglichkeiten gefunden, durch ihren Geschäftsbetrieb der Sache Jesu zu dienen.

[478] Heutige Berufskarrieren schlucken mehr von unserem Leben als bloß Stunden oder Wochen. Neue Forschungsergebnisse zeigen, daß die Berufsarbeit nicht nur fast 50% unserer Zeit, sondern umwerfende 95% unserer emotionalen Energien aufsaugt. Darum ist Zufriedenheit im Beruf seit einigen Jahren zu einem derart wichtigen Thema geworden – so wichtig, daß das Fachblatt *Personnel Journal* 1988 berichtete, für Arbeitnehmer in den USA sei Zufriedenheit im Beruf wichtiger geworden als die Sicherheit des Arbeitsplatzes.

Der Prophet Jesaja fragte: „Warum zählt ihr Geld dar für das, was kein Brot ist, und sauren Verdienst für das, was nicht satt macht?" Im Johannesevangelium erklärte der Herr Jesus, Seine Freude solle in uns bleiben und unsere Freude solle erfüllt werden. Wenn uns Christen am Arbeitsplatz diese Freude fehlt, ist es an der Zeit, uns zu fragen – oder erneut zu fragen –, warum das so ist. Zu sagen, auch weltliche Arbeit sei von Gott gewürdigt, ist schön und gut, aber es genügt nicht.

Während die Kirche auf das Ende der Geschichte zugeht, zeigt sich immer deutlicher, daß die letzten Schlachten um die Befreiung geistlicher Geiseln aus den Verliesen feindlicher Festungen sowohl kompliziert als auch teuer – selbst bei übernatürlicher Mithilfe – zu werden versprechen. Wenn wir die Erfolgshoffnungen hoch halten wollen, müssen wir das Waffenarsenal der Gemeinde Jesu um das Fachwissen hochmotivierter Laien – insbesondere das von unternehmerisch Tätigen – aufstocken.

Unternehmer denken in Möglichkeiten. Sie bringen ihre vorhandenen Ressourcen so zum Einsatz, daß Gelegenheiten entstehen, die zuvor nicht da waren. Sie sind innovative Persönlichkeiten, die, ausgehend von der Erfahrung, daß das Festhalten am *status quo* zukünftiges Versagen präjudiziert, als „Lokomotiven der Veränderung" wirken und ihre Mitstreiter in ganz neue Richtungen ziehen werden.

Von solchen Menschen zu erwarten, daß sie sich darauf konzentrieren, Finanzmittel für die Sache des Reiches Gottes bereitzustellen, heißt ihre Fähigkeiten derart geringzuschätzen, als würde jemand Luciano Pavarotti unter Vertrag nehmen, um in einer Kindertagesstätte die Kleinen in den Mittagsschlaf zu singen. Ohne Frage könnte er einen solchen Vertrag erfüllen, doch würde man seine Gabe nur sehr begrenzt ausnutzen. In gleicher Weise sind zwar Unternehmer imstande, Reichtum *weiterzugeben*; ihre wirkliche Begabung liegt aber darin, Reichtum zu *schaffen*.

Reden die Sprüche von „Erkenntnis wohldurchdachter Pläne" (Spr. 8,12 nach Menge), so sollte uns das gemahnen, daß es sich die Gemeinde Jesu im Endspurt auf das Jahr 2000 zu nicht erlauben kann, auf kreative Phantasie zu verzichten. A. W. Tozer schrieb einst, wir müßten unsere Ohren darauf ausrichten, „daß die kreative Stimme Gottes ständig durch die Schöpfung schallt".[479] Zugleich müssen wir groß träumen, denn, wie Malcolm Muggeridge in den frühen siebziger Jahren formulierte: „Die Erfahrung zeigt, daß solche, die um wenig bitten, leicht ganz leer ausgehen."[480]

---

479 A. W. Tozer, God Tells the Man Who Cares, Harrisburg 1970, S. 14.
480 Muggeridge, S. 116.

Fäden ziehen: die Bedeutung des Gebets und der geistlichen Kraft

Während die Welt schon immer ein geistliches Schlachtfeld war, haben die meisten Christen im Westen dies kaum als etwas anderes denn theologische Theorie gesehen – bis vor kurzem. Im Laufe der vergangenen 15 Jahre sind Tausende vormals unbekümmerter Kirchgänger wachgerüttelt worden, mit der Wirklichkeit unsichtbarer geistlicher Mächte zu rechnen. Dazu beigetragen haben Dinge wie die plastischen Schilderungen in den Romanen Frank Perettis und eine wachsende Anzahl glaubwürdiger, detaillierter Berichte von Konfrontationen mit geistlichen Mächten auf den Missionsfeldern. Zunehmend werden lehrmäßige Meinungsverschiedenheiten über Gegenstände wie die Wirklichkeit von Dämonen oder die Sicht von Wundern in der modernen Welt ohne weitere Diskussion überwunden.
In seinem Buch *Overcoming the Dominion of Darkness* schreibt Gary Kinnaman:

> Lehrmäßige Korrektheit ist vonnöten, aber sie genügt nicht. Wenn es zutrifft, daß unser Kampf sich nicht gegen Fleisch und Blut richtet, benötigen wir geistliche Einsicht und eigenständige Kraft, um ihn zu bestehen. Richtige Lehre – so notwendig sie auch für die langfristige Festigkeit der Gemeinde Jesu ist – reicht nicht hin, um die geistlichen Heerscharen der Finsternis niederzuringen, die gegen die Gemeinde in Stellung gebracht sind. Sorgfältige Erarbeitung der Wahrheit ist unerläßlich, um Irrtümern entgegenzutreten und sie zu überwinden. Wir müssen indes zur Kenntnis nehmen, daß Irrtümer nicht nur im Denken existieren.
> Die Bibel weist mehr als deutlich darauf hin, daß die Schlacht immer hitziger wird, je näher die Wiederkunft Christi heranrückt. Tatsächlich sind der noch nie dagewesene Fortschritt der Kirche im letzten Teil des 20. Jahrhunderts, das Wiederaufkommen von Zeichen und Wundern der apostolischen Zeit und das steigende Bewußtsein für geistliche Kriegführung ebensolche Zeichen für die Nähe der Wiederkunft des Herrn wie viele der geopolitischen Ereignisse im Nahen Osten.[481]

---

481 Gary Kinnaman, Overcoming the Dominion of Darkness, Tarrytown, NY 1990, S. 24. 30.

Die Bedeutung von Geistesgaben und Geisteskraft

Da Christen sich nunmehr die Tatsache, daß die stoffliche Welt wenig mehr als die Außenhaut der Wirklichkeit darstellt, zu eigen zu machen beginnen – John Dawson erinnert uns, daß „Jesus … mit seinem Auferstehungsleib durch Wände hindurch [ging] (Lukas 24,36.37), denn Er war der feste Körper, und die Wände waren für Ihn nebelhaft und verschwommen“ [482] –, muß der nächste Schritt darin bestehen, Strategien und Waffen zu finden, die in der geistlichen Tiefendimension effektiv wirken. Das Gebet, das wir kurz behandeln wollen, ist sowohl Strategie als auch Waffe. Ebenso verhält es sich mit dem Fasten, der Einheit und der Befreiung (welch letztere notwendig ist, wann immer Menschen oder Orte von dämonischen Abgesandten bewohnt und/oder beeinträchtigt werden). Zusätzlich zu dem kraftvollen Schwert der Wahrheit bewähren sich heute als Waffen die biblischen Gaben der Erkenntnis, der Weisheit, der Heilung und der Wunderwirkungen.

An diejenigen gewandt, die die Gültigkeit solcher übernatürlicher Werkzeuge in Frage stellen, schreibt Howard Snyder:

> Wo geistliche Gaben geringgeschätzt werden, kommt es unbedingt auch zu einer Entwertung des biblischen Verständnisses von Gemeinde und geisterfülltem Leben. Die Charismata sind nicht etwas künstlich Aufgesatteltes; auch sind sie nicht zeit- oder kulturgebunden. Sie gelten kulturunabhängig, und daß sie in der Kirche vorhanden sind, macht diese erst kulturübergreifend bedeutsam. [483]

Eine eindrucksvolle Phalanx alterfahrener Missionare, unter ihnen der Kulturanthropologe Chuck Kraft, hat sich in den vergangenen Jahren gerade mit dieser kulturübergreifenden Bedeutung befaßt. Kraft erinnerte sich seiner Tage auf dem nigerianischen Feld:

> Als Missionare hatten wir einem Volk, das sehr auf Kraftwirkungen achtgab, eine letztlich kraftlose Botschaft gebracht. Die Nigerianer „wußten“: Welche Kraft auch immer dem Christentum innewohnte, sie vermochte mit Dingen wie Unglücken, Unfruchtbarkeit, zerbrechenden Beziehungen und Unwettern nicht fertigzuwerden. Viele ih-

[482] John Dawson, Unsere Städte für Gott gewinnen, Biel 1991, S. 138.
[483] Howard Snyder, The Problem of Wineskins, Downers Grove, IL 1976, S. 131.

> rer tiefsten geistlichen Bedürfnisse blieben von ihr unberührt. Das verwirrte sie zwar – denn was die christlichen Führer redeten, klang wirklich gut –, aber sie paßten sich der Situation schlicht dadurch an, daß sie eine Art Doppelbindung eingingen: Sie waren loyal dem Christentum gegenüber, wo es um äußere Bedürfnisse ging; handelte es sich aber um ihre Bedürfnisse nach übernatürlicher Kraft, so verharrten sie in der Loyalität gegenüber den Medizinmännern der Stammesreligionen. Als Missionare beklagten wir diese Praxis, besaßen aber kein wirksames Gegenmittel. [484]

In Übereinstimmung mit Krafts Feststellungen bemerkte eine andere langjährige Missionarin, die in Pakistan und der arabischen Welt tätig gewesene Vivienne Stacey: „Nach 32 Jahren in der islamischen Welt bin ich zu dem Schluß gelangt, daß wir Christen die Bindungskraft der Volksreligion unterschätzt haben." Mit Hinweis auf die in vielen Gebieten des islamischen Südasien weitverbreiteten okkulten Riten gibt Stacey zu bedenken, daß „es mehr als intellektueller Überzeugungskraft und Kopfwissens bedarf", um dieser Situation entgegenzuwirken. „Theologie hat ihren Platz, doch sollte Lehre klinisch, praktisch und ereignisorientiert sein, damit ihre Relevanz augenfällig wird." [485]
Zustimmend äußert sich Paul Hiebert, Präsident der Schule für Weltmission und Evangelisation an der *Trinity Evangelical Divinity School*: „Wenn wir Muslime einladen, Christus zu folgen, sollte das mit Erweisen der Kraft Gottes einhergehen." [486]
Am deutlichsten erwiesen hat sich die Richtigkeit dieser Philosophie während der vergangenen Jahre an den geistlichen Brennpunkten der Dritten Welt. In vielen Ländern, darunter – um nur ein paar zu nennen – Uganda, Zaire, Algerien, Indonesien, Guatemala, Pakistan, Nigeria, Brasilien, Thailand, Argentinien, Nicaragua und die Philippinen, haben auf Krafterweise ausgerichtete pfingstlich-charismatische Kirchen phänomenales Wachstum verzeichnet. Ähnliche Verläufe gab es auch in Nicht-Drittwelt-Ländern wie Südkorea, Rumänien und den Vereinigten Staaten.

---

484 Kraft, S. 4.
485 Vivienne Stacey, The Practice of Exorcism and Healing, in: Muslims and Christians on the Emmaus Road, Monrovia, CA 1989, S. 292 f.
486 Paul Hiebert, Power Encounter and Folk Islam, ebd. S. 56.

Während einiger der schlimmsten Jahre des brutalen Mengistu-Regimes in Äthiopien führten Wunder nicht nur viele ins Reich Gottes, sondern bewahrten auch einige Leute vor dem Grab. Einmal, in den frühen achtziger Jahren, wurde ein äthiopischer Evangelist von der Kanzel weg durch Revolutionsgarden verhaftet und mit vorgehaltener Waffe zum Verhör in ein Haus geführt. Nach Beginn der Befragung spottete einer der politischen Funktionäre: „Du glaubst also an Gott. Denkst du, daß Er dich vor uns retten wird?" Anschließend stellten die Wachen ihren Gefangenen auf einen Tisch und schraubten eine Birne aus der Deckenbeleuchtung. Der Evangelist wurde vor die Wahl gestellt, seinen Finger an die unter Strom stehende Leitung zu halten oder auf der Stelle erschossen zu werden. Er wußte, daß die Schergen es ernst meinten; also hielt er seinen Finger an die Leitung und rief aus: „Im Namen Jesu!" Im selben Moment fielen im ganzen Bezirk alle Lichter aus. Angesichts dessen verkrochen sich die kommunistischen Wachen unter dem Tisch, während der Evangelist dastand und Gott pries. Zaghaft baten ihn die Funktionäre, mit dem Predigen etwas kürzer zu treten, doch – welche Überraschung! – schon am nächsten Tag trafen sie ihn wieder auf der Kanzel an. Diesmal ergriffen sie ihn und schlugen ihn mit genagelten Knüppeln. Gleich Stephanus während seiner Steinigung sah er den Herrn in einer Vision und spürte keinen Schmerz. Nach seiner Folterung wurde er zu einer brennenden Fackel für das Feuer Gottes in Äthiopien.

Letztendliches Ziel der „Waffen unseres Kampfes" sind selbstverständlich die dämonischen Heerscharen der Finsternis. Diesen stinkenden Haufen zu „binden", „in die Flucht zu schlagen" und „auszutreiben" sind wir aufgerufen. Weil aber diese geistlichen Kreaturen mit menschlichen Sinnen weder zu sehen noch zu hören sind – außer wenn sie sich entschließen, sich durch sterbliche Gefäße zu manifestieren, die in Besitz zu nehmen ihnen erlaubt worden ist –, kann es zuweilen eine Herausforderung sein, sie zu bezwingen.

Handelt es sich um territoriale Mächte oder Fürsten, so stehen wir vor einer sogar noch stärkeren Übermacht. „Auf dieser Ebene", erläutert Tom White, eine bekannte (und ausgewogene) Autorität auf dem Gebiet der geistlichen Kampfführung, „haben wir es gewissermaßen mit dem Sitzungssaal der Hölle zu tun und müssen gewärtig sein, dort auf hochgestellte Spitzenmanager in Verantwortung für die nachhaltigsten Tendenzen der Verderbnis und Zerstörung menschlichen Lebens in unserer Welt zu stoßen." [487] Im Kampf mit Mächten dieses Kalibers ist es weniger unsere Aufgabe, auszutreiben, als zu fesseln und zu bekämpfen, mit anderen Worten, ihre Kräfte mit ablenkenden Aktionen (wie z. B. Engel-„Hinterhalten", die durch Fürbittgebet aufgestellt werden können) zu binden, so daß unsere Feldzüge erfolgreich hinter die feindlichen Linien getragen werden können.

Während es „normativ für den Dienst des Evangeliums ist, Menschenleben von bösen Geistern freizusetzen", sagte White auf dem 2. Lausanner Kongreß für Weltevangelisation in Manila 1989, „steht es anders um Übergriffe auf satanische Festungen (es sei denn, Gott in Seiner Souveränität erwählt sich einen Heiligen, unter Seiner außergewöhnlichen Führung so vorzugehen)". Zugleich glaubt White, das gegenwärtige weltweite Wirken des Geistes innerhalb der Gemeinde Jesu deute möglicherweise darauf hin, daß Gott eine Streitmacht aufstellt, „um die Mächte der Hölle zurückzuschlagen und für eine Zeit noch nie dagewesener Ernte Raum zu schaffen" [488].

In seinem Geleitwort zu *Christianity with Power* schreibt der kanadische Theologe Dr. Clark Pinnock:

> Brüder und Schwestern, unser auferstandener Herr hat über die Mächte des Bösen triumphiert. Er herrscht jetzt zur Rechten Gottes und besitzt alle Macht im Himmel und auf Erden. Es ist jetzt der Wille des Königs Jesus, Menschen in jedem Bereich ihrer gefallenen Geschöpflichkeit zu retten und zu heilen: nach Leib, Seele und Geist. … Sollten wir dann nicht Glauben ausüben an die Siegermacht Jesu, gegen alles anzugehen, was die Menschheit versklavt und unterdrückt? Sollten wir nicht Autorität annehmen über alle Macht des Feindes? Sollten wir uns nicht entschließen, als solche zu leben, die

---

[487] Tom White, A Model for Discerning, Penetrating, and Overcoming Ruling Principalities and Powers, Arbeitspapier zum 2. Lausanner Kongreß für Weltevangelisation, Manila Juli 1989.

[488] Ebd. – Indem er aufzeigt, daß weder Wesley noch Finney sich groß mit unmittelbarer Auseinandersetzung mit dem Teufel abgaben, sondern sich vielmehr auf Gehorsam gegen die Wahrheit, Fleiß im Gebet und Abhängigkeit vom Geist konzentrierten, warnt White: „Konfrontation mit Mächten darf so wenig wie irgendein anderer Bereich des Dienstes eine Vormachtstellung erhalten. Es gibt an dieser Stelle die Gefahr eines heiligen Kreuzzugs, um die Welt von den Bollwerken des Bösen zu entleeren. Wird die Schau vom Herzen Gottes, das sich nach den Verlorenen sehnt, durch eine Kommando-Operation zum Sturm auf die Tore der Hölle vernebelt, so gehen wir am Eigentlichen des Missionsauftrags vorbei."

> von der Hand Gottes, unseres Vaters, Wunder erwarten – und die Pfade des rein zweckorientierten Unglaubens hinter uns lassen?
> Mitchristen, Jesus fordert uns heute heraus, beim Aufräumen mit der Unordnung und dem Schmerz einer gefallenen Schöpfung mitzuhelfen, indem wir stark in seiner Autorität und Kraft voranschreiten. Er sendet uns in seinem Namen aus, die gute Nachricht des Königreiches auszurufen, die Kranken zu heilen und Dämonen auszutreiben.

Pinnock sagt es nicht ausdrücklich, aber dieses Voranschreiten unter dem Einfluß des Heiligen Geistes ist exakt das, „was durch den Propheten Joel [3,1] zuvor gesagt ist" und worauf Petrus am Pfingsttag Bezug nahm (Apg. 2,14-18).

Die Bedeutung des Gebets

Mit Auswirkungen von der gleichen Unbegrenztheit wie der Gott, den es bewegt, ist das Gebet selbstverständlich die bei weitem wichtigste Waffe im Arsenal des heutigen Gläubigen. Es ist, schreibt Walter Wink, „geistlicher Widerstand gegen das Bestehende im Namen der Verheißungen Gottes. In der Fürbitte wird eine Zukunft sichtbar, die anders ist als das Schicksal, das das Handeln gegenwärtiger Mächte des Widerspruchs scheinbar vorzeichnet. Fürbitte bläst den Wind einer erst noch kommenden Zeit in die erstickende Atmosphäre der heutigen Wirklichkeit".[489]

John Robb zeigt, daß Fürbittegebet, wie es mehr als dreißigmal allein in der Apostelgeschichte erwähnt wird, buchstäblich allen „wichtigen Durchbrüchen bei der äußeren Expansion der frühchristlichen Bewegung" voranging. [490] Auch bei den außergewöhnlichen Erweckungsfeldzügen von Jonathan Goforth in China und Korea sowie Charles Finney in der angelsächsischen Welt spielte Gebet, was seinen zeitlosen Wert beweist, eine Schlüsselrolle. Ferner wird die dramatische Öffnung Osteuropas weithin auf Gebet zurückgeführt. Schließlich kann man es unmittelbar mit dem tiefen Eindringen des Evangeliums in die islamische Welt, wie es in jüngster Zeit zu verzeichnen war, in Verbindung bringen.

---

489 A.a.O.

490 John Robb, Prayer as a Strategic Weapon in Frontier Missions, Arbeitspapier für die Tagung der Internationalen Gesellschaft für Píoniermission am 13.-15.9.1990.

So war es zum Beispiel eine einzelne Fürbitterin namens Flora Davidson, die den Weg für Gottes faszinierendes Wirken in Afghanistan Anfang der neunziger Jahre – wo die nationale Gemeinde Jesu binnen kürzester Zeit um ein Drittel wuchs (von 2000 auf 3000 Menschen) – bereitete. Dr. Christy Wilson beschreibt in einem Aufsatz über Gebet für Muslime, wie Davidson, die ursprünglich aus Schottland stammte, während der vierziger Jahre in einem zweistöckigen Lehmgebäude in der Stadt Kohat nahe dem berühmten Khaiberpaß an der Nordwestgrenze Britisch-Indiens lebte (heute Nordwest-Pakistan). „Vor einem Fenster, durch das sie in der Ferne die afghanischen Berge sehen konnte", erzählt Wilson, pflegte Flora Davidson „Stunden auf den Knien zu verbringen, betend, daß Gott dieses Land für das Evangelium aufschließen möge." Bereits 1945 begannen sich ihre Bemühungen auszuzahlen, als Dennis Clark und andere, darunter auch das Ehepaar Wilson, die Genehmigung erhielten, als Zeltmacher-Missionare ins Land einzureisen. Seither ist der Strom christlicher Arbeiter, denen es gelungen ist, ins Land zu gelangen und die geistlichen Funken anzufachen, die Flora Davidson einst entzündete, nie mehr abgerissen – nicht einmal in den düsteren Jahren der sowjetischen Okkupation. [491]

Vor einiger Zeit sprach ich in Rochester, New York, mit Dick Dreyer, einem Missionar in mittleren Jahren, der in den sechziger Jahren eine Gruppe junger Amerikaner bei einer Gebetsexkursion an den algerischen Schauplatz des Martyriums Raimund Lulls im 14. Jahrhundert geführt hatte. Indem sie betete, Gott möge die Saat des hingegebenen Lebens Raimund Lulls aufgehen lassen und ein Wirken des Heiligen Geistes schenken, half die Gruppe mit, das Fundament für jene souveräne Ausgießung der Gnade Gottes zu legen, die sich weniger als 20 Jahre danach ereignen sollte.

In mancherlei Weise bieten sich die alten Kulturen Asiens und Afrikas für solch fürbittendes Gebet geradezu an. Walter Wink verweist auf die Erfahrungen Abrahams und Moses und findet biblisches Gebet– das er als „unverschämt, unaufhörlich, kühn und anstandslos" bezeichnet – „dem Feilschen auf einem Straßenbasar ähnlicher als den höflichen Monologen in den Kirchen".

Glücklicherweise beten heute mehr Christen als je zuvor. (Zweifellos liegt hierin einer der Hauptgründe für den verblüffenden Fortschritt

---

[491] Wilson, a.a.O. S. 326 f.

der Weltevangelisation während der letzten paar Jahrzehnte.) Mit Stand 1990 schätzte man die Zahl derer, die täglich für Weltmission beteten, auf 170 Millionen. Davon waren 20 Millionen Personen in vollzeitigem Gebetsdienst engagiert, viele als Mitglieder von 22 weltweit aktiven Fürbitte-Netzwerken oder in einer von etwa zehn Millionen wöchentlichen Gebetsgruppen. [492]

Andererseits neigt ein erheblicher Anteil dieser zeitgenössischen Fürbitter dazu, wie die irakischen Flakschützen im Golfkrieg zu agieren. Obzwar Meister im Ausleuchten des Nachthimmels, ist ihre Trefferquote erbärmlich. Unter den Hauptgründen für dieses Debakel sind unzureichendes Training und noch schlechtere Zielerkennung.

Was kann man dagegen tun? John Robb meint, „die beste Strategie, die wir in die Pioniermission einbringen können, ist, zur Bildung von permanenten Gebetsgruppen und Netzwerken für geistliche Kampfführung anzureizen, die sich auf bestimmte unerreichte Völker, Städte und Länder konzentrieren". Als treffendes Beispiel nennt er die Arbeit von *OMS International* unter der Leitung von Wesley Duewel. Nach 25 Jahren wenig erfolgreichen Dienstes in Indien entschloß sich diese Organisation, „1000 Leute in ihren Heimatländern anzuwerben, um jeweils 15 Minuten am Tag für das Werk zu beten". Das führte zu atemberaubenden Ergebnissen: In nur wenigen Jahren wuchs die Arbeit von 25 Gemeinden mit 2000 Zugehörigen auf 550 Gemeinden mit mehr als 73.000 Gläubigen. [493]

Im gleichen Geist und mit der Zielrichtung, zu Durchbrüchen auf den 20 am meisten unterbedienten Missionsfeldern der Welt beizutragen, hat *The Sentinel Group* das sogenannte 20/20-Programm initiiert. Unser Plan geht dahin, in den nächsten Jahren Tausende seriöser Personen zu verpflichten, sich an der Niederringung der feindlichen Verteidigungslinien in diesen geistlich schwer einzunehmenden Bastionen in zweierlei Weise zu beteiligen: zum einen durch wöchentlich mindestens 20minütiges Gebet für die Gebiete, die im Verzeichnis der „Zwanziger-Zielgruppe" (s. Anm. 447) aufgeführt sind; zum zweiten durch einen Beitrag von mindestens 20 Dollar monatlich, der in evangelistische Vorstöße in diese Gebiete fließt. Im Gegenzug verpflichten wir uns, erstklassiges Gebets-Informationsmaterial in Form monatli-

---

492 Barrett/Johnson, S. 27.

493 Robb, a.a.O.

cher Rundbriefe zu liefern und unser ausgedehntes Kontaktnetz in den Ländern eingeschränkter Freiheit dafür zu nutzen, Finanzmittel in strategische Pioniermissions-Projekte zu leiten.
Funktioniert so eine Idee? Zumindest hat sie im Falle des „Russischen Christlichen Radios" (RCR) funktioniert, eines im US-Bundesstaat Colorado ansässigen Missionsunternehmens unter der Leitung von Earl und Pirkko Poysti, das substantielle Informationen sendet und damit kompetente Fürbitte auslösen möchte. Betrachten wir folgendes aus einem Rundbrief vom Frühjahr 1991:

> In unserem Rundbrief vom November [1990] erwähnten wir den Einfluß, den Okkult- und Geistheiler in der Sowjetunion ausüben. Bitte beten Sie weiterhin gegen diese Mächte der Finsternis. Wir preisen Gott, daß Er bereits zu antworten begonnen hat. Der prominenteste Geistheiler, Kaschpirowskij, der täglich im Sowjetfernsehen auf Sendung war und einen ungeheuren Einfluß auf die Bevölkerung genoß, ist endlich in Ungnade gefallen. Seine Sendungen wurden abgesetzt. Danke für Ihre Gebete!

Verbunden mit der dringenden Bitte, in dieser Angelegenheit weiter zu beten, veröffentlichte RCR folgenden Auszug aus einem sowjetischen Hörerbrief:

> „Wir erinnern uns weitaus besser gefühlsmäßig als gedanklich", sagt der sowjetische Parapsychologe und Geistheiler Kaschpirowskij, dessen Séancen per TV ins ganze Land übertragen werden. Er hat sehr beeindruckende Ergebnisse vorzuweisen: Ein verkürztes Bein wird auf dasselbe Maß wie das andere verlängert, eine völlig blinde Person kann plötzlich Tag und Nacht auseinanderhalten, bei einer kahl werdenden westlichen Schauspielerin beginnt das Haar wieder zu wachsen, viele Diabetiker werden geheilt usw. Uns erreichten Berichte, nach denen eine Schwester aus Noworossisk nach einer solchen TV-Séance dämonisch besessen wurde. Leute, die unter seinen Zauber kommen, verfallen in Schlafzustände, andere fangen an zu lachen, einige weinen. Einige empfinden gar nichts, andere erleben Halluzinationen.
> Das staatliche sowjetische Fernsehen strahlt neuerdings jeden zweiten Sonntag eine Sendung über moralische Fragen aus. … Außer hier und da einem verschämten Hinweis auf die Bibel oder andere

antike Schriften vermag man in ihren „Predigten" kaum etwas Geistliches oder auf Gott Bezogenes auszumachen. Im Vergleich zu Kaschpirowskij erscheinen diese Sendungen so uninteressant, daß sie kaum eine Alternative zu seinen Programmen darstellen.

Der gegenläufigen Kraft des Feindes zum Trotz hat Gott versprochen, daß, wenn Sein Volk nur darum bittet, Er ihm die Nationen zum Erbe geben wird (Ps. 2,8).

Den Sieg davontragen: eine aktivistische Mentalität entwickeln

Aktivismus – der nicht mit reiner Geschäftigkeit verwechselt werden sollte – wird unweigerlich die Haltung einer Seele werden, die dem Herzen und Willen Gottes nahekommt. Aktivismus ist die natürliche Reaktion auf die Erkenntnis, daß Gottes Wille die höchste und größte Sache ist, der man dienen kann.
Unter der Last prophetischer Salbung klagte Jeremia: „Da dachte ich: Ich will nicht mehr an ihn denken und nicht mehr in seinem Namen predigen. Aber es ward in meinem Herzen wie ein brennendes Feuer, in meinen Gebeinen verschlossen, daß ich's nicht ertragen konnte; ich wäre schier vergangen" (Jer. 20,9). Petrus und Johannes sagten vor dem Hohen Rat aus: „Wir können's ja nicht lassen, daß wir nicht reden sollten von dem, was wir gesehen und gehört haben" (Apg. 4,20). Der Apostel Paulus schrieb den Korinthern: „Denn daß ich das Evangelium predige, darf ich mich nicht rühmen; denn ich muß es tun. Und wehe mir, wenn ich das Evangelium nicht predigte!" (1.Kor. 9,16.) Jesus schließlich erklärte Seinen Jüngern: „Ich muß wirken die Werke des, der mich gesandt hat, solange es Tag ist; es kommt die Nacht, da niemand wirken kann" (Joh. 9,4). [494]

---

[494] Einerseits sind diese Sätze in jüngerer Zeit zum Credo einer wachsenden Anzahl christlicher Aktivisten geworden; ebensoviele moderne Kirchenleute aber finden eine derartige Zurschaustellung geistlicher Leidenschaft sowohl aufdringlich als auch einschüchternd. Allgemein ungnädig gegenüber allem, was ihren Spazierschritt stört, stellen derartige Figuren Äußerungen von Aktivisten hinsichtlich der Dringlichkeit des Augenblicks als hysterische, unnötige Dramatisierungen dar. Sie sagen das nicht so, aber ihre Dienstphilosophie läßt sich mit dem Spruch „Wenn Gott mich will, kennt

Dem nigerianischen Romancier Chinua Achebe verdanken wir die wahre Geschichte eines Arztes, der gegen Ende der Kolonialzeit in Angola lebte. Während des ganzen Bürgerkriegs gegen die Portugiesen verhielt sich der Doktor, der zugleich ein Dichter war, apolitisch. Eines Tages jedoch wurde er Zeuge eines besonders brutalen Übergriffs seitens des Kolonialregimes. Er erkannte, daß er sich nicht länger heraushalten konnte, schloß seine Arztpraxis und begab sich in den Busch. In den folgenden Monaten gelangten zwei Zeilen aus einem seiner Gedichte an die Bürgerkriegsfronten und wurden zum Kampfruf der Freischärler: „Ich warte nicht mehr. Ich bin der Erwartete.“ [495]

In denselben Umständen leben Christen heute. Die letzten Riesen blecken ihre Zähne, und die Zeit von *business as usual* ist vorbei. Angesichts der Herausforderung bittet Gott Seine Gemeinde nunmehr in-

---

Er ja meine Adresse“ auf den Punkt bringen. Solche Leute sehen sich nicht als Teilnehmer, sondern mehr als Beobachter des Werkes Gottes.

Bei ihrem gemütlicheren Schrittempo finden viele passiv lebende Christen massenhaft Zeit, ihre aktiveren Geschwister zu kritisieren. Das neue Evangelisationsprogramm der Gemeinde interessiert sie nicht sonderlich; sie betrachten es nicht als weise oder ethisch richtig, Bibeln in unfreie Länder zu schmuggeln; sie können nicht verstehen, warum Lebensrechtler unbedingt jedes Wochenende zu Anti-Abtreibungs-Demonstrationen auf die Straße gehen müssen. Zornig antwortete Dwight L. Moody einmal solchen Kritikern: „Ich ziehe meine Art, die Dinge zu tun, Ihrer Art, sie nicht zu tun, vor.“

Freilich werden auch „geistlichere“ Gründe für eine bodenständig-unbewegliche Lebensweise vorgebracht. Der beliebteste davon ist: „Ich warte auf den Herrn“ – was ja durchaus etwas für sich hat. Man sollte sich jedoch vergegenwärtigen, daß, wer wartet, ohne zu *er*warten, immer ohne Lohn ausgehen wird. Wartet ein Soldat auf seinen Befehlshaber, so tut er es in der Gewißheit, daß er bald Befehle erhalten wird. Indem er sich für die Schlacht bereitgestellt hat, hat er sich einer bestimmten Führung unterworfen. Seine zivilen Kumpel hingegen mögen an der Kaserne herumstehen, sooft sie wollen – an sie wird sich der Befehlshaber niemals wenden.

Wer wirklich auf den Herrn wartet, heißt das, wird immer aktiv werden. Die Ruhe im Glauben hat nichts mit Untätigkeit zu tun und sollte niemals als Ausrede für Trägheit herhalten müssen. Die Römer ermahnte Paulus, „nicht träge in dem“ zu sein, „was ihr tun sollt. Seid brennend im Geist. Dienet dem Herrn“ (Röm.12,11). Sprüche 24,10 mahnt: „Zeigst du dich lässig am Tag der Not, gerät auch deine Kraft in Not“ (REÜ). Noch nachdrücklicher warnt Jesus im Gleichnis von den anvertrauten Talenten, wo Er nachlässige Knechte „faul“ und „unnütz“ nennt und sie hinausstößt (Mt. 25,26-30).

[495] Nach einem Interview mit Bill Moyers in: A World of Ideas, New York 1989, S. 336.

ständig, sich von dem abzuwenden, was Pastor Kenn Gill eine Tendenz zur amorphen Aufweichung nennt [496].
Nehmen wir erst einmal den Willen und die Ziele Gottes zur Kenntnis, so ist Aktivismus nicht länger eine Haltung, die bei einer entsprechenden Führung abrufbar ist, sondern wird zu einer Sache des Gehorsams. Dem Christen, der sich am Segen des Vaterhauses gütlich tun will, ohne sich um die damit verbundene Verantwortung der Jüngerschaft zu kümmern, ist gesagt: „Wer gestohlen hat, stehle nicht mehr, sondern arbeite…" (Eph. 4,28).
Einer der prägnantesten Aufrufe zum Aktivismus, die je aufgeschrieben wurden, kommt ironischerweise nicht aus dem Munde eines großen Propheten oder Patrioten, sondern von todgeweihten Aussätzigen. Die Begebenheit, im 2. Buch der Könige überliefert, wirft ein interessantes Schlaglicht auf die drumherum stehenden Geschichten vom Aufstieg und Fall von Königen. Die Hauptfiguren, vier verelendete Aussätzige, saßen am Eingang des Tores von Samaria, während die Stadt von den Truppen des Syrerkönigs Benhadad belagert wurde. Sie hatten dort schon lange genug gesessen, um sich über ihre Situation nichts mehr vorzumachen: Sie war erbärmlich. Vor der Stadt lauerten die Assyrer wie Geier, die auf ihre Beute warten. Innerhalb der Mauern wütete bereits der Hunger, und Panik machte sich breit. Und mittendrin faulte ihr eigenes sieches Fleisch dem Tode entgegen. Sie erkannten, daß die Lage sich nicht von selber zum besseren wenden und daß Passivität nur den Status quo aufrechterhalten würde, und plötzlich strömte in ihre Gedanken wie ein Elixier der Jugend ein Aktivismus ein, der ihnen zuvor lächerlich erschienen wäre: „Was sollen wir hier bleiben, bis wir sterben?" (2.Kön. 7,3.)
Gleich diesen Aussätzigen sind viele Christen heute erlahmt und ineffektiv, schlicht weil sie von der falschen Frage ausgegangen sind. Passivität ergibt sich aus der Frage *wie?* und der Zurückhaltung von Hingabe, bis man darauf eine Antwort hat. Die aktivistische Mentalität hingegen kann einen Mangel an Ergebnissen nicht ertragen und fragt: *Warum* gehe ich nicht irgendwohin?
Andere sind mehr als willig, göttliche Aufgaben zu übernehmen, aber weniger entschlossen, sie auch zu Ende zu führen. Die Gründe, aus de-

---

[496] Im Rahmen seines Appells erklärt Gill: „Gott drängt uns nicht zur Radikalität, sondern zur Normalität."

nen sie ausfallen, reichen von Langeweile bis zu Furcht vor Verfolgung. Nicht, daß ihnen der Lohn für eine gut erledigte Arbeit völlig egal ist, im allgemeinen jedoch sind sie damit zufrieden, „wenigstens den Stein ins Rollen gebracht“ zu haben.

Ein Aktivist dagegen verschwendet nicht mal einen Gedanken an einen Teilsieg. Aus der Hingabe zu fallen, wenn es um Gottes Werk und Ruf geht, kann auf keinerlei Weise gerechtfertigt werden. Erforderlich ist die ehrliche Bereitschaft, die Kosten im Voraus zu überschlagen, so daß Gottes Reich nicht später durch halbfertige Bauruinen in Mißkredit gerät.

Nachdem er in den späten achtziger Jahren verschiedene amerikanische Kirchen und christliche Medienunternehmen besucht hatte, wurde ein polnischer Pastor gebeten, seine Eindrücke zu schildern. Seine Antwort schmerzte. „Die Kirchen in Amerika“, sagte er, „sind Gefangene der Freiheit.“ Als er später gebeten wurde, diesen Satz zu erläutern, erwiderte er: „Für amerikanische Christen ist das wichtigste an der Freiheit, daß sie selber sie haben. Für uns in Osteuropa hingegen ist das wichtigste an der Freiheit, was man damit tut.“ Zu diesem Belang ist häufig gesagt worden, daß Gott einen Menschen nicht aufgrund dessen, was er getan hat, richten wird, sondern aufgrund dessen, was er hätte tun können und nicht getan hat.

Auf dem Marsch der Gemeinde Jesu ins Jahr 2000 ist keine Ermahnung so dringlich wie diese. Scharen von Menschen warten nach wie vor auf dem Grat der Entscheidung, und die einfache Frage ist, von welcher Seite her sie zuerst erreicht werden. Nie zuvor war der Wettlauf um Seelen so verbissen. Nie zuvor hat sich die Gemeinde Jesu mit einer so vielfältigen Ansammlung von Rivalen auseinandersetzen müssen, die allesamt bis zum Äußersten den Prinzipien des Aktivismus hingegeben sind. Zum Glück hat Gott durch den Propheten Joel versprochen, gerade in eine solche Zeit hinein Seinen Geist über alles Fleisch auszugießen (Joel 3,1 f.).

Das ist wahrlich eine gute Nachricht. Sie beinhaltet aber auch, wie Francis Schaeffer notierte, daß, „je mehr der Heilige Geist wirkt, um so mehr die Christen in der Schlacht eingesetzt“ sein werden. [497] Betrachten wir die überschießenden Zeichen dafür, daß Gottes Spätregen über der Erde eingesetzt hat, so kann es uns sehr schnell so gehen, daß

[497] Francis Schaeffer, No Little People, Downers Grove, IL 1974, S. 72.

wir mit Versprechen konfrontiert sind, die wir halten müssen. Denn mit Recht erinnert uns Peter Wagner, daß Gott zwar „die Ernte ausreifen läßt, sie jedoch nicht selber einbringt“ [498]. Dieses Vorrecht hat Er Seiner Gemeinde überlassen.

Alles, was dir vor die Hände kommt, es zu tun mit deiner Kraft, das tu; denn bei den Toten, zu denen du fährst, gibt es weder Tun noch Denken, weder Erkenntnis noch Weisheit.

Prediger 9,10

* * *

---

[498] C. Peter Wagner, On the Crest of the Wave, Glendale, CA 1983, S. 121.

Nachwort
Gefährliche Sicherheit

Risikofreies Leben ist siegfreies Leben, lebenslange Verdammung zur Mittelmäßigkeit. Und das ist die schlimmste aller Niederlagen.

Jamie Buckingham [499]

Es reicht nicht aus, bei neuen Unternehmungen die versteckten Kosten eines Ja zu überschlagen. Wir müssen genauso lernen, die versteckten Kosten eines Nein zu überschlagen.

Freeman Dyson [500]

Die verbreitete Idee, man könne Fortschritte machen, ohne Risiken zu tragen, entbehrt in Wirklichkeit jeder Grundlage. Nicht nur auf dem geistlichen Feld, sondern ebenso in allen anderen Lebensbereichen ist diese Idee verkehrt. Als Christen ist uns bewußt, daß wir in einer gefallenen Welt leben und zumindest ein gewisser Grad an Beschädigung unvermeidlich ist. Mit den Worten des kalifornischen Rechtsprofessors Aaron Wildavsky: „Der Trick ist nicht, herauszufinden, wie man Risiken vermeidet – denn das ist unmöglich –, sondern, wie man Risiken benutzt, um mehr vom Guten und weniger vom Schlechten abzubekommen. … Wer auf Sicherheit spielt und nichts tut, reduziert mögliche Gelegenheiten, von wahrgenommenen Chancen zu profitieren, und läuft Gefahr, Menschen zu verletzen.“ [501]

Die Geschichte ist nicht vorgezeichnet; und mit Recht hat ein scharfsinniger Autor geschrieben: „Kein Heldentum und keine Erfindung ging daraus hervor, daß man die Dinge so getan hätte, wie sie in der Vergangenheit getan wurden.“ Will man auf dem geistlichen oder irgendeinem sonstigen Feld des Lebens Fortschritte erzielen, so müssen vorherrschende Meinungen darüber, was möglich und nötig ist, von Zeit zu Zeit erneuert werden – nicht aus dem kindischen Wunsch heraus, absichtlich zu provozieren, sondern aus dem Verständnis, daß sich

---

499 Jamie Buckingham, The Risk Factor, Charisma and Christian Life Jan. 1989.

500 Freeman Dyson, The Hidden Cost of Saying NO!, Bulletin of the Atomic Scientist 31/5, 1975.

501 Aaron Wildavsky, Searching for Safety, New Brunswick 1988, S. 2. 5.

die Zeiten ändern und viele Denkweisen, die in der Vergangenheit weit verbreitet waren, sich als fehlerhaft und ungenau erwiesen haben.
Im Bereich der Wissenschaft etwa waren die Menschen felsenfest überzeugt, die Erde sei flach und es sei die Sonne, die sich um sie drehe. Im Jahr vor dem erfolgreichen Erstflug der Gebrüder Wright in Kitty Hawk verkündete der Astronom Simon Newcomb: „Das Fliegen von Maschinen, die schwerer sind als Luft, ist unpraktisch und unbedeutend, wenn nicht völlig unmöglich." Einen ähnlichen Pessimismus legte 1923 der Physik-Nobelpreisträger Robert Millikan an den Tag, indem er erklärte: „Es ist völlig unwahrscheinlich, daß der Mensch sich je die Kraft des Atoms zunutze machen kann."
Auch auf der geistlichen Strecke wird evangelistischer Fortschritt ständig durch eine Menge solcher negativer und falscher Hypothesen behindert. Die vielleicht gewichtigste davon – nämlich, daß man nicht in sogenannte „geschlossene" Gesellschaften hinein evangelisieren könne – hat kein bißchen mehr für sich als die früher vorherrschende Überzeugung, die Erde sei flach.
In Wahrheit brauchen viele von uns eine frische Offenbarung Gottes darüber, was möglich ist und was nicht. Es würde sich anbieten, von der Erkenntnis auszugehen, daß wir staatlichen Widerstand gegen das Christentum mit der Ablehnung des Evangeliums durch die in einem Staat lebenden Volksgruppen verwechselt und solche Missionsfelder als nicht „weiß zur Ernte" abgestempelt haben, ohne dort ernsthafte Versuche zu evangelisieren unternommen zu haben. (In anderen Fällen haben wir nicht durchblickt, daß es nicht das Evangelium war, das zurückgewiesen wurde, sondern unsere Methoden, es zu präsentieren.) Indem wir anerkennen, daß unsere Denkweisen ungeprüft waren und wir unsere Überzeugungen auf bloße Annahmen, nicht auf Erfahrungen stützten, machen wir den Weg für Gott frei, uns seine Zielsetzungen zu enthüllen.
Das Umgehen von Risiken ist nichts weiter als ein Versuch, Schmerzen auszuweichen. Die Überlegung dahinter ist: Wenn man schon nicht die Zukunft mit Gewißheit voraussagen kann, ist es das beste, den Rat des Theoretikers John Rawls zu beherzigen und sich so zu verhalten, „als würde man an der schlimmstmöglichen Stelle landen". Eine biblische Parallele hierzu findet sich in Jesu Gleichnis von den anvertrauten Talenten. Die Hauptfigur dieser Geschichte, ein durch und durch konservativer Sklave, entschließt sich, seine Treuhänder-Verantwortung durch Vergraben statt Investieren des ihm für die Zeit

der Abwesenheit seines Herrn anvertrauten Kapitals wahrzunehmen. Die *Möglichkeit des Verlusts* bereitete ihm weitaus mehr Sorgen als ein *Fehlschlag beim Gewinn*. Folglich opferte er die Möglichkeit, daß es nicht besser werden könnte, auf dem Altar des Auf-keinen-Fall-schlechter-Werdens. Natürlich endet die Geschichte damit, daß die schlimmsten Befürchtungen des Sklaven wahr wurden. Seine eigenen Schritte, dem Verlust vorzubeugen, förderten diesen gerade.

Fast genau das gleiche passiert heutzutage tragischerweise in bezug auf Evangelisation und Gemeindewachstum auf vielen der schwierigeren Missionsfelder der Erde. In beklagenswert vielen Fällen läuft das Engagement, mit dem wir uns bemühen, die Gemeinden vor ihren äußeren Feinden zu schützen, auf die unabsichtliche Ausmerzung ihres eigenen Einflusses im Lande hinaus. Indem wir unsere „Talente" in den Lappen der Diskretion einschlagen, kann es auch uns passieren, daß wir dem, was wir am meisten fürchten, Tür und Tor öffnen, nämlich dem nachhaltigen Verstummen der primären Stimme Jesu Christi auf Erden.

All dies wirft wichtige Fragen auf, wenn es darum geht, anderen unseren Glauben mitzuteilen – vor allem dann, wenn dabei mit wütendem Widerstand zu rechnen ist. Wenn wir zum Beispiel wissen, daß es Verfolgung geben wird: Sollten wir abzuschätzen versuchen, wie hart sie werden könnte, bevor wir ein Zeugnis verbreiten? Und wenn die Reaktion ernst, womöglich lebensbedrohlich, werden wird: Können wir einen Entschluß, die Konfrontation zu meiden, biblisch rechtfertigen?

Sollte sich die Gemeinde Jesu unter politisch oder gesellschaftlich bedrohlichen Umständen bedeckt halten, um der möglichen Vernichtung durch Kräfte, die dem Christentum feindselig gegenüberstehen, zu entgehen? Oder ist es wahrscheinlich, daß offenere Konfrontation mit vorherrschender geistlicher Ignoranz und Widersetzlichkeit – und wenn dadurch Christen zu Märtyrern würden – zu evangelistischen Durchbrüchen führt?

Islamische Fundamentalisten behaupten, daß Märtyrerblut ihre geistliche Revolution beflügelt. Ist es denkbar, daß das christliche Versagen beim Eindringen in die islamische Welt damit zusammenhängt, daß es bemerkenswert wenig christliche Märtyrer gibt? Und kann die muslimische Welt die Ansprüche einer Kirche, die sich versteckt hält, ernstnehmen?

Natürlich gibt es biblische Vorbilder für strategische Zurückgezogenheit. David verbarg sich vor dem unnachgiebigen Grimm Sauls. Rahab versteckte die jüdischen Späher in Jericho. Joseph und Maria brachten den Säugling Jesus nach Ägypten, damit er Herodes' Massaker an den Unschuldigen entgehe. Es stellt sich nicht die Frage, ob es zuzeiten weise sein kann, Anbetung und Zeugendienst diskret zu handhaben. Vielmehr ist fraglich, wie lange dies andauern kann, ohne daß wir schuldig werden, unser Licht unter den Scheffel gestellt zu haben.

Offene Türen und die Tore der Hölle

Im ersten Buch des Propheten Samuel wird eine dramatische Begegnung zwischen dem Volk Gottes und dem Geist der Furcht und Einschüchterung erzählt. An der Episode beteiligt waren die Armeen Israels und der Philister, die sich am „Terebinthental" in Schlachtordnung gegenüberstanden. Während sie auf die Schlachtreihen des jeweils anderen starrten, löste sich ein hünenhafter philistäischer Krieger aus dem Verband seiner Kameraden, um die Truppen Sauls mit Spott zu überziehen. 40 Tage lang stellte sich dieser Riese morgens und abends den Armeen Gottes zur Schau. Voller Feindseligkeit brüllte er seine Parolen über das Tal, und wir lesen: „Als aber alle Männer von Israel den Mann sahen, flohen sie vor ihm und fürchteten sich sehr" (1. Sam. 17,24 REÜ).

Furcht kann ein todbringender Feind sein. Ihr wohnt die Fähigkeit inne, selbst die festeste Seele zu entwaffnen, zu verwirren und zu lähmen. Sie hat zwei Gesichter: das des *Schreckens*, der uns angesichts unmittelbar drohender Gefahr überkommt, und das des *Grauens*, einer Verzerrung der Wirklichkeit, der wir unterliegen, wenn wir uns das Unbekannte ausmalen. Was das Grauen anbetrifft, so lassen sich viele nicht durch das lahmlegen, was geschieht, sondern durch das, was geschehen könnte. Als zeitliche Geschöpfe stehen wir alle vor der Fülle des Unbekannten, und soweit wir nicht Wissen über die Zukunft erlangen können, das uns sicher macht – oder zumindest einen sicheren Hafen, in dem wir ruhig abwarten können, was kommt –, wird uns das Grauen schwächen und endlich überwältigen.

Unsere Ängste dahingehend, was passieren *könnte*, haben uns heute mehr und mehr missionarische Umwege und evangelistische Lähmungen eingebracht. Möchtegern-Missionare und -Multiplikatoren pflegen in unseren Tagen nicht als erstes zu fragen: „Ist das Feld reif?", sondern man hört immer öfter: „Ist es dort sicher?" Können relative Freiheit und Sicherheit nicht in zufriedenstellendem Maße garantiert werden, so weiß man der Vorsicht nur dadurch Rechnung zu tragen, daß man das Projekt fallen läßt und wartet, bis Gott „die Türen öffnet". Aber was meint eigentlich der Ausdruck „offene Türen"? Nach landläufiger Meinung beinhaltet das eindeutig mehr als die bloße Zusage persönlicher Sicherheit. Den Faktoren „Gelegenheit" und „Machbarkeit" wird nicht minder Gewicht zugemessen. Unter Gelegenheit versteht man dabei eine die Arbeit irgendwie legalisierende Einladung oder ein offizielles Willkommen, unter Machbarkeit ein realistisches Verhältnis zwischen dem, was getan werden soll, und den zur Verfügung stehenden Mitteln. Ist eines von beiden nicht gegeben, schlußfolgert man, daß die Tür zu einem effektiven Dienst zumindest auf absehbare Zeit „verschlossen" sei.

Auch wenn solche Einstellungen weit verbreitet sind, ergibt eine sorgfältige Rückfrage ans Neue Testament, daß sie in klarem Gegensatz zur Sichtweise und Praxis der frühen Kirche stehen. So treffen wir zum Beispiel nirgendwo auf die Vorstellung, die Diener Gottes müßten in ihrer Funktion als Botschafter willkommen geheißen werden. Vielmehr zeigen die Berichte, daß die Apostel von Jerusalem über Damaskus und Ephesus bis Rom geschlagen und gesteinigt wurden, daß man wegen ihres Zeugnisses gegen sie intrigierte und sie in Gefängnisse warf. Offizielle Einladungen waren die absolute Ausnahme und niemals das Fundament für ihre Mission.

Es geht nicht um faire Kämpfe

Im geistlichen Dienst ist es eine unbestreitbare Tatsache, daß Gott Seine Leute fast nie in einen fairen Kampf schickt. Das immer wiederkehrende Thema der Schrift ist die Auseinandersetzung mit Riesen und Heerscharen. Wieder und wieder sahen sich christliche Streiter aufgefordert, sich Widersachern zu stellen, deren natürliche Ressourcen ihre eigenen überstiegen.

Dasselbe Muster gilt für uns heute. Angesichts der immer offener hervortretenden Finsternismächte, wie sie sich in den Herausforderungen der Verstädterung, der gewaltigen Flüchtlingsströme, des militanten Islam und der wachsenden Anzahl totalitärer Regierungen manifestieren, die sich der Verbreitung des Evangeliums entgegenstellen, stehen keine fairen Kämpfe an. Und nein, das Arbeitsfeld ist *nicht* sicher – aber genauso wenig sicher ist es, im Unglauben zu wandeln.

Geht es darum, göttliche Anstöße umzusetzen, so entbrennen die härtesten Schlachten nicht aus äußeren Anlässen, sondern tief in unseren eigenen Herzen und Gemütern. Das wiederum, was wir in diesen verborgenen Kammern gespeichert haben, ist vielfach aus unserer Interaktion mit den Hausgenossen des Glaubens erwachsen. Viele christliche Leiter unserer Zeit erkennen zwar an, daß Gott ohne weiteres allen Unwägbarkeiten, die mit der Annahme eines Auftrags verbunden sind, steuern *kann*, sträuben sich aber davon auszugehen, daß Er das auch tun *wird*. Ungeachtet der triumphalen Zeugnisse von völlig unzureichend gerüsteten Helden wie Jonathan mit seinem Waffenträger, dem jungen David und der Hure Rahab ist christliche Beratung im wirklichen Leben heutzutage mit Warnungen gesättigt. Was wir allzuoft zu hören bekommen, erinnert an die Schlußfolgerungen der Kundschafter-Expedition im Buche Numeri – „wir vermögen nicht hinaufzuziehen gegen dies Volk ..." – sowie an das, was Saul David im „Terebinthental" sagte: „Du kannst nicht hingehen, um mit diesem Philister zu kämpfen ..." Diese beiden Einschätzungen fußten jeweils auf der Annahme, daß das Verhältnis zwischen der Herausforderung und den zu Gebote stehenden Möglichkeiten abwegig sei. Die Kundschafter sagten ihren Volksgenossen, die Kanaanäer „sind uns zu stark", während Saul David erinnerte: „Du bist zu jung dazu, dieser aber ist ein Kriegsmann von Jugend auf."

Die „schlechten Nachrichten" von heute gehen nicht von Atheisten oder moralisch Disqualifizierten aus, sondern von wohlmeinenden christlichen Verwandten, Pastoren, Jugendleitern, Bibelschullehrern sowie allerlei Missionsleitungen und -komitees. Während uns Predigten, Lieder und Sonntagsschullektionen allwöchentlich ermutigen, einen Geist der Hingabe zu entwickeln, werden wir in persönlichen Gesprächen mit geistlichen Leitern und Menschen mit Vorbildfunktionen unserer Defizite, unserer Naivität und all der Gründe erinnert, aus denen wir nicht wirklich auf Erfolg hoffen oder ruhigen Herzens „ausgesandt" werden können. Man gibt vor, uns schützen zu wollen, und vertuscht, daß man von vornherein Risiken aus dem Weg gehen will.

Von David wissen wir, daß er nichtsdestotrotz voranschritt, um sich Goliath zu stellen. Umstände, Unwägbarkeiten und Gefahren spielten letztlich keine Rolle. Was zählte, war, daß Gott verspottet und Sein Volk durch Furcht gelähmt worden war. „Es gibt doch allen Anlaß zu kämpfen", sagte sich David. Statt auf die Entmutigung durch seinen Führer und die Schmähungen seines Widersachers zu hören, wußte dieser junge Hirte im Heiligen Geist, daß ihm ein Sieg sicher war, der in die Annalen aller Zeiten eingehen würde. Was man sich oft nicht klarmacht, ist das Fehlen jeglicher normaler Attribute eines Kriegers: Lebensalter, Erfahrung und Ausbildung. All dies spielte mithin bei Davids spektakulärem Triumph keine Rolle.

Geistliche Einfälle in feindliches Territorium sind so gut wie immer das Ergebnis göttlicher Anstöße, nicht heidnischer Einladungen. Bei Seinen Ansprüchen auf die Rückübereignung Seiner gefallenen Schöpfung geht Gott entschieden aggressiv vor: Er wartet nicht erst, bis geknechtete Seelen um Befreiung einkommen, sondern sendet Seine Diener zu ausgedehnten Such- und Rettungsaktionen aus. Das ist ein gewagtes, todernstes Unternehmen; denn außerhalb der Umgrenzungen des Reiches Gottes stehen Abgesandte Gottes sofort vor den Toren der Hölle. Mit dem furchterregenden Bild, das sie bieten, haben diese abschreckenden Bauwerke mehr als eine Missionsexpedition dazu gebracht, in sicherere Gefilde zurückzukehren.

Die aber weiter voranschreiten, tun das in dem doppelten Vertrauen, daß Jesus Christus zugesagt hat, mit ihnen zu sein, und daß Er selber vor ihnen durch diese Tore geschritten ist. Wenn es noch weiterer Ermutigung bedarf, so wird diese von Matthäus 16,18 geboten, wo Jesus erklärt, daß „die Pforten der Hölle" die Gemeinde „nicht überwinden werden". In ruhmreichen Schlägen verschafft sich die Kraft der Armee des Herrn gegen die statischen, im Kern defensiven Vorrichtungen des Feindes Geltung. Und was die verschlossenen Türen angeht, vor denen Christen heute stehen, so gehen in Wirklichkeit nur sehr wenige davon auf Handlungen Gottes zurück. Die meisten sind Barrieren, die nur errichtet wurden, um die Pfeile der göttlichen Wahrheit ablenkend auf sich zu ziehen, und damit legitime Ziele geistlicher Angriffe. Sie alle bilden goldene Gelegenheiten, Gottes Möglichkeiten und die Wahrheit Seiner Verheißungen aufs neue zu erweisen.

Heute stehen überall Goliaths vor uns, in unserer Gesellschaft und weltweit. Diese geistlich Starken treiben ihren Spott mit uns, weil wir jahrhundertelang weder den Mut noch den Glauben gezeigt haben, mit dem Evangelium Breschen in ihre Mauern zu legen. Hören wir sie? Sind wir wie David entsetzt über ihre Lästerungen des Namens und der Ehre Gottes? Wenn ja, ist die Zeit für uns gekommen, unsere Pflicht zu erfüllen.

* * *

Anhang

Hypothese zu Offenbarung 13/17: Das „Tier“ aus dem Islam

Offb. 13,1

- *Bildhafte Aussage:*
  Das siebenköpfige Tier steigt aus dem Meer hervor.
- *Auslegung:*
  Es handelt sich um menschliche politische Reiche und Systeme.

Offb. 13,2

- *Bildhafte Aussage:*
  Der Drache verleiht dem Tier seine Autorität.
- *Auslegung:*
  Satan beherrscht die Reiche.

Offb. 13,2

- *Bildhafte Aussage:*
  Das Tier hat Züge eines Panthers, eines Bären und eines Löwen.
- *Auslegung:*
  Die Reiche beinhalten Erbgut aus früheren Systemen (vgl. Dan. 7,3-8).

Offb. 13,3

- *Bildhafte Aussage:*
  Einer der Köpfe ist tödlich verwundet.
- *Auslegung:*
  Das islamische Reich wird in der Magog-Israel-Schlacht geschlagen.

Offb. 13,3

- *Bildhafte Aussage:*
  Die Todeswunde wird geheilt.
- *Auslegung:*
  Das islamische System erholt sich wieder.

Offb. 13,3

- *Bildhafte Aussage:*
  Die Welt staunt und folgt dem Tier.
- *Auslegung:*
  Der Glaube der muslimischen Weltgemeinschaft wird wiederhergestellt.

Offb. 13,4

- *Bildhafte Aussage:*
  Die Menschen fragen: „Wer ist dem Tier gleich? Und wer kann mit ihm kämpfen?"
- *Auslegung:*
  Nach der wunderbaren, übernatürlichen Wiederherstellung des islamischen Reichs kommt es zu einer Belebung des Glaubens.

Offb. 13,5-8

- *Bildhafte Aussage:*
  Das Tier verhöhnt Gott und bekriegt 42 Monate lang die Heiligen.
- *Auslegung:*
  Der islamischen „Inquisition" fallen diejenigen zum Opfer, die sich weigern, sich dem Islam zu unterwerfen (hat wahrscheinlich mit der „großen Trübsal" zu tun).

Offb. 13,11

- *Bildhafte Aussage:*
  Ein anderes Tier kommt aus der Erde hervor; es sieht aus wie ein Lamm, redet aber wie ein Drache.
- *Auslegung:*
  Es handelt sich um den islamischen *Mahdi*, „den Erwarteten".

Offb. 13,12-15

- *Bildhafte Aussage:*
  Das zweite Tier übt die Macht des ersten aus und bringt die Erde dazu, das Tier, dessen Todeswunde geheilt wurde, anzubeten.
- *Auslegung:*
  Als Verkörperung der eschatologischen Hoffnung des Islam verhilft dieser Wundertäter dem islamischen System zu neuer Glaubwürdigkeit.

Offb. 13,16-18

- *Bildhafte Aussage:*
  Alle müssen das Malzeichen des Tieres tragen.
- *Auslegung:*
  Ein islamisches Identifizierungssystem wird zwangsweise eingeführt (vermutlich eine fanatischer angewandte Version von Systemen, die in mehreren islamischen Ländern bereits existieren).

Offb. 17,3-6; 18

- *Bildhafte Aussage:*
  Die scharlachrote Frau sitzt auf dem scharlachroten Tier. Sie wird auch Babylon die Große genannt, die große Stadt, die über die Könige der Erde herrscht.
- *Auslegung:*
  Die Verführerin symbolisiert menschliche Macht, menschlichen Reichtum und sexuelle Zügellosigkeit (d.i. der Geist des Materialismus).

Offb. 17,9

- *Bildhafte Aussage:*
  Die sieben Köpfe sind sieben Berge, auf denen die Frau sitzt.
- *Auslegung:*
  Es handelt sich um die sieben Kontinente der Erde.

Offb. 17,10

- *Bildhafte Aussage:*
  sieben Könige, fünf davon gefallen, einer am Leben und einer, der noch kommen soll.
- *Auslegung:*
  Stellt man den Zeitrahmen der Offenbarungen in Rechnung, die dem Johannes zuteil wurden, so handelt es sich bei den „gefallenen Königen" wahrscheinlich um die Reiche der Ägypter, Assyrer, Babylonier, Perser und Griechen. Der König, der zu Johannes' Zeit lebte, war offenkundig das Römische Reich, der, der noch kommen sollte, entweder Rußland oder das westliche Bündnis.

Offb. 17,11.8

- *Bildhafte Aussage:*
  Das Tier, das war und nicht ist, das zu den Sieben gehört, geht ins Verderben.
- *Auslegung:*
  Hierbei handelt es sich im Kern um eine endzeitliche Beschreibung des letzten Gerichts über die politischen Systeme der Erde.

Offb. 17,12-13

- *Bildhafte Aussage:*
  Zehn Hörner, d.h. zehn Könige, übergeben ihre Autorität und Macht dem Tier.
- *Auslegung:*
  Es handelt sich um einen aus zehn Nationen zusammengesetzten islamischen Bund, der in den letzten Tagen existieren wird.

Offb. 17,16

- *Bildhafte Aussage:*
  Zehn Hörner hassen die Hure und verwüsten sie.
- *Auslegung:*
  Dies ist ein antiwestlich-antimaterialistischer Kreuzzug, den die islamische Konföderation unternehmen wird.

* * *